U0916253

心灵是一个幽邃的花园

MIND IS A SECLUDED GARDEN

赵丽宏 著

中国大百科全书出版社

图书在版编目（CIP）数据

心灵是一个幽邃的花园 / 赵丽宏著 . -- 北京：中国大百科全书出版社，2022.6

ISBN 978-7-5202-1143-7

Ⅰ . ①心… Ⅱ . ①赵… Ⅲ . ①散文集－中国－当代 Ⅳ . ① I267

中国版本图书馆 CIP 数据核字（2022）第 085029 号

心灵是一个幽邃的花园

赵丽宏　著

策 划 人　李默耘
责任编辑　王云霞
责任印制　李宝丰
出版发行　中国大百科全书出版社
地　　址　北京市西城区阜成门北大街 17 号
邮　　编　100037
网　　址　http://www.ecph.com.cn
电　　话　010-88390739
印　　刷　阳谷毕升印务有限公司
开　　本　710 毫米 ×1000 毫米　1/16
字　　数　265 千字
印　　张　21
版　　次　2022 年 6 月第 1 版
印　　次　2022 年 6 月第 1 次印刷
书　　号　ISBN 978-7-5202-1143-7
定　　价　58.00 元

书画作品

花朵和果实

書當快意讀易盡
客有可人期不來
世事相違每如此
好懷百歲幾回開

辛丑冬至書陳師道詩

張煒仁兄雅屬　趙麗宏

书画作品

书陈师道诗

书画作品

合卷含笑思故人

文學的未來和
希望在於青年

上海文學雜志社
賀青年文學四十誕辰
辛丑春 趙麗宏

甲午年余出席巴黎书展以汉字的艺术为题为法国读者介绍中国书法现场挥毫以甲骨文金文小篆隶书及草体行楷书写一鸟字以呈现汉字书法演进历史一鸟飞过千年流逝而汉字生生不息也

中国书法乃中华文化之标志也是人类文明发展中美妙奇迹生而为中国人能以汉字书写表意抒情实在是莫大荣幸

庚子七月重忆往事并书 赵丽宏

书画作品

浑成紫檀金屑文

渾成紫檀金屑文作得琵琶聲入雲胡地迢迢三萬里那堪馬上送明君

戊戌九月在阿尔及尔國際書展為讀者吟詩欒越才女以琵琶伴奏即興彈奏天籟之音曲驚四座美哉奇哉 趙麗宏書

有了愛就有了一切

書冰心老人名言

辛丑八月趙麗宏

覓茶香

飄飄綠衣郎
揮臂做刀槍
攀爬何所欲
夢裡覓茶香

辛丑秋日午後
友人書院
案頭所見

趙麗宏

书画作品

读会心之书如遇佳人

书画作品

觅茶香

书画作品

寒鸦

书画作品

极目万里贺重阳

浮雲難遮登高眼
極目萬里賀重陽
庚子九月九日 趙麗宏

喜從天降

与其臨川羡鱼
不如退而结網
蟢蛛不辞辛苦
俟之喜從天降

辛丑九月
趙麗宏

书画作品

读好书如清风扑面

书画作品

喜从天降

讀書時自得新解
作事處應同古人

賀落墨有聲當代
五十位中青作家書
畫展隆重開幕
壬寅新春於上海
趙麗宏書

书画作品

自得新解

自 序

《心灵是一个幽邃的花园》《我留在世界上的指纹》这两本书汇集了本人近二十年的各种演讲、访谈、对话、博客和在网络上传播的文字。在我已经出版的大量著作中，这是两本很特别的书。书中的篇章有长有短，但有一个共同的特点，都是我对这个时代的真实看法，而且文字大多是不加修饰、直抒胸臆的口语白描。其中的内容，有谈论文学、议论读书，有回忆自己的人生经历，也有对社会、历史、自然和时事的观察、思考和议论。编这两本书的过程，也是自己对这二十年人生和事业的回顾和反思。这些文字，曾经散落在各种媒体的报道、网络的传播和朋友间的通讯往来中，把它们汇编在一起，竟然有这么多篇章，让人吃惊，也颇让人感慨。一个文人，能生活在这个风云变幻、日新月异的时代，是一种幸运，人生因此而丰富，眼界因此而阔远，思想也因此而自由奔放。收录在这两本书中的篇章，和我以前的作品有些不同，也许都不是那么讲究谋篇布局，文字也不是那样精雕细琢。它们所呈现的，不是文学创作的成就，而是面对这个大时代产生的丰富感想，是一些直接的记录，是一些冷静的见证，也是一声声发自内心的叹息。

两本书的书名，分别是《我留在世界上的指纹》和《心灵是一个幽邃的花园》。用这样两个有点诗意的句子来做书名，并非为了招徕读者，而是有感而发。这两个书名，前者是我的诗集《疼痛》中的一句诗，后者是我解读一部世界文学名著的一篇演讲的标题。生命在世界上旅行，到处留下指纹，自己看不见，但它们处处存在于无形之中。书中的内容，其实也如指纹，只是化成了文字，可以让人直观体验探索触摸中产生的情绪和思想。把心灵比作花园，是文学的语言，这大半辈子，一直在文学的道路上探求寻觅，回头看看，确实如在一个幽深丰繁的花园中徜徉，在欣赏花开花落，感受枝叶间的风霜雨雪时，不时发出由衷的感叹。

很感谢中国大百科全书出版社精心编辑出版这两本书，使这些散落在各处的文字能和读者见面，也给我半个多世纪的文学人生留下一份珍贵的纪念。

辛丑仲夏于四步斋

目 录

目　录

目 录

目　录

第一辑

我和文学的缘分

青春、文学和我们的时代

——答问录

问：虽然您的文字以优美抒情见长，但其背后似乎却是脱不出那种来自遥远的“指点江山，激扬文字”的情结，您在作品中对岁月的那种勾连，似乎也可以从中解读出您内心的喜忧和担当。如果从生命消长的进程来说，我们早已过了“把栏杆拍遍”“念天地之悠悠，独怆然而涕下”的年龄了。但对一个诗人来说，童年、青春意味着什么？时代又意味着什么？

答：我的文字有什么特征，我自己无法说清楚。我们的汉字是人类文字中最有表现力的文字，同样一种意象或者一个景象，不同的写作可以用完全不同的词汇和文字风格来表现。多年前在新加坡和当地的文学青年谈写作，我曾告诉他们，作为一个中国作家，能用汉字写作，是我的幸运和骄傲。新加坡的年轻人听到这样的话，有些震惊。他们都是华裔，能说汉语，但书写主要是用英文。后来有一位听过我演讲的新加坡学生给我写信，说她是第一次听人这样赞美汉语，她希望自己今后也能用自己的母语写作。她随信寄来了她用汉语写的习作，虽然有些幼稚，但可以看到她的努力。她的习作中用了很多成语，形容词也用得特别多，有些形容，其实是多余的，读起来给人臃肿、累赘的感觉。我回信告诉她，文学表达的最高境界，其实是用朴素简洁的文字来表达世界的丰繁和人心的幽邃。譬如李白的《静夜思》，“举头望明月，低头思故乡”，用的是最直白简单的文字，却表达了思乡游子深沉的感情，读者能从中体会到无穷的情思。回溯我的创作，不同的年龄段，我的文字风格还是有点变化的。年轻时，曾经追求过文字的绮丽华美，这对一个写作者其实不难。但是后来发现，绮丽华美，绝非文学表达形式中的最高境界。写出动人的诗篇，不在于文字的华美，而在于是否有新鲜独特的意象，是否表达了真挚深刻的情感和思想。而这些，用朴素的文字完全能表达。这些年，我尽量在这么做，读者也应能发现我的努力。陈子昂和辛弃疾的诗篇并不是年轻人的激情宣泄，而是经历了人世沧桑之后的深沉咏叹。也许，在我们这样的年龄，依然可能“拍遍栏杆”而四顾茫然，面对着天地的辽阔、世事的浩繁，徒生苍凉之感。童年，意味着生命中遥远而亲切的回忆，意味着曾经有过的天真和单纯，意味着逝去的岁月。对青春的解释，各人也许都不一样。当然，青春一定是我们曾经年轻烂漫的生命，是理想和激情燃烧的岁月。如果以生理的角度，那么，鬓发飘雪，肌肤衰老，青春的逝去无可奈何；但若以精神的层面，那么，只要心中还有梦想，还有爱的信念，还有追寻人生和艺术真谛的心愿，青春在我们的生命中便不会老去。

问：中国有两千多年的文学历史，乡土文学传统源远流长，积累深厚。写作者对此也是轻车熟路，闭上眼睛，脑海里立马会浮现出生动的文学形象。可一旦涉及城市生活，诗人普遍会有一种脱节感，感觉与对象之间有一种错位，不知道城市该用哪些文学意象和符号来表现。有人断言：上海无诗！还有人说：“在上海写诗，是个矛盾语……”您是怎么解决这个“矛盾”的？

答：中国的文学史远不止两千多年，《诗经》中的作品最早诞生在三千多年前。我相信还有更早的用文字创造的文学作品。这是中国人引以为傲的事情。中国有几千年历史，在进入现代社会之前，基本是农耕社会，传世的文学作品当然大多以山林自然为描写对象，若写到故乡，也多是乡村，是和大自然相关联的。在诗人的作品中，故乡就是一间草屋，一缕炊烟，一条河，一棵树，一湾荷塘，一片竹林，一群牛羊，一行归雁。所谓“乡关”“乡梦”“乡情”“乡愁”，很重要的一部分就是诗人对童年时代所处的大自然和乡村的依恋、向往和怀念。羁旅途中，眼帘中所见也多是乡野山林，触景生情，引发乡愁，是很自然的事情，譬如宋人王禹偁的怀乡妙句“何事吟余忽惆怅，村桥原树似吾乡”，就是由此而生。近一个世纪以来的中国现代白话诗，也是延续了这个传统，是因为那个时代的诗人，大多也来自乡间。但是时代发生了变化，现在的很多诗人，出生在城市，成长在城市，他们的童年和故乡就是城市。这和古代诗人完全不同。如果还要在诗中学古人，学出自乡村的前辈，那就不合情理了。譬如我，我的故乡就是上海，所有童年的记忆，都在这个城市中，羁旅在外，思乡之情都和这个城市发生关联。我想，和我同时代的或者比我小的诗人，大致也是这种情况。你也是成就卓著的诗人，你很多写城市生活的作品，也属于这个范畴吧。写城市的诗篇中，出现了很多古诗中没有的意象，楼房、街道、工厂、商店，人山人海，也许很多人认为这些意象与诗无关，其实不然。所谓诗意，未必只和特定的对象发生关系，只要心中有诗意，有对美的追求和向往，有灵动的想象之翼在心头扇动，天地间的一切皆可入诗。故乡到底是什么？其实不仅仅是具体的地域，更是感情的寄托，父母亲情，手足之情，儿时的伙伴，一段往事，一缕乡音，都可能是记忆中故乡的形象，这些无关乡村还是城市。我写过一首长诗《沧桑之城》，是写我心目中的上海，写我对这座城市的感情、我的童年、我的父母、我的朋友、我对历史和未来的探寻和思索，都和这座城市相关。在这本诗集的扉页上，我题写了这样一句话：“谨以此诗献给我的故乡之城上海。”这是由衷之言，发自肺腑。“在上海写诗，是个矛盾语”，这是非常奇怪的话，这种说法才是矛盾语。时代和生活的变化，必定会使文学创作的内容乃至形式都发生变化，这也给诗人的创作提供了创新的条件。上海当然不是一个无诗的城市，从五四新文学运动以来，上海出现了很多优秀的诗人，很多诗歌的流派源自上海。当下的上海，也是诗歌创作非常活跃的城市。这是无须我多说的。

问：茅盾《子夜》对20世纪二三十年代上海城市生活的描写，与哈代有点类似，他以局外人的身份看待城市，对城市生活给予批判。这种批判体现出作家本人的生活经验和成长记忆。您又是怎么看待上海的生活的？最近您出版的长篇小说《童年河》，引发很多好评，这是您对此做出的相应的文学表达吗？

答：很多作家在他们的小说中对城市生活表现出一种极为复杂的感情，城市把各种不同地域的人集中在一起，凸现了贫富的差别，在泛滥的欲望中，也泛滥着人性中的贪欲和丑恶。拥挤、压迫、浑浊的空气，被排挤和放逐的自然和天籁。文学家的目光决不会放过这一切，表现这些，也不能说是对城市生活的批判。城市生活中也有美好的人性闪光，也有诗意的温情。生活在城市底层的人群中，有艰辛的拼斗和挣扎，也有憧憬和追寻。形形色色的人群，酸甜苦辣的生涯，融汇成城市生活的五光十色。谁也无法对上海的生活一言以蔽之，上海是一个海，是一个人生染缸，是一个可以包容人间所有情绪和期冀的杂色汪洋。我一直记得童年时在夏日的夜晚，躺在屋顶上仰望星空，看月亮，看银河，等待流星划破夜幕，这时，下面有喧嚷的市井人声飘出，空中响起黄浦江轮船的汽笛声，还有海关的钟声。《童年河》是我的第一部长篇小说，因为是童年生活，小说的主人公也是孩子，所以被归入儿童文学。小说写的是20世纪五六十年代的上海城市生活，我没想过要批判城市生活，只是写我曾经在那个时代感受到的人间真情。城市在变化，生活也在变化，但人心中有些东西是不会改变的。我是写那些不会改变的东西。所以和我同辈的读者也许会产生共鸣，而这个时代的孩子，也不会感觉遥远和陌生。正如我在小说后记中所说："不管我们所处的社会和生活状态发生多大的变化，有些情感和憧憬是不会变的，譬如亲情，譬如友谊，譬如对幸福人生的向往。童心的天真单纯和透明澄澈，也是不会改变的。”

问：年前您得了国际诗歌的金钥匙奖，此前莫言更是获得了诺贝尔文学奖。中国人的情感与精神面貌是否通过过去和当下的文学创作，已源源不断地向世界传递？您如何评价新世纪以来的文学发展？是否有目标，有期许？

答：世界对中国当代文学的重视程度是前所未有的。这很正常。因为中国的发展和崛起使西方世界关注并重视中国发生的一切，当然也包括文学。莫言获得诺贝尔文学奖，使世界文坛对中国当代文学刮目相看。最近几次去欧洲访问，在荷兰和丹麦，在法国，我在那里的书店中看到不少被翻译出版的中国当代文学作品，莫言的小说以显赫的地位陈列在书店的最显眼处。说中国人的情感和精神面貌正在通过文学被世界了解，当然没有错。最近几十年中国的文学创作成果是丰硕的，改革开放带来的生活多样性，为中国作家提供了取之不竭的创作源泉。可以说，中国文学在当今世界文学之林是一棵生机勃勃的大树，花果满枝。但是，必须指出的是，和中国对西方文学的翻译推介的规模和深度相比，西方世界对中国当代文学的翻译推介是极不对称的。西方对中国文学的了解，还非常粗疏浅薄，还局限在一些所谓“汉学家”的书斋里。对中国文学这棵大树，很多人并不认识，甚至视之为草芥。我想，我们也不必为之焦灼烦躁，只要中国文学家都能沉下心来，脚踏实地，大胆创造，用我们引以为傲的文字，写属于我们自己的故事，抒发真挚的感情，表达我们对世界的思考和憧憬，中国文学这棵大树会越来越繁茂挺拔，中国文学和世界的不对称，一定会逐渐得到改变。

网络会给文学带来什么

有人曾这样预言：网络的发展会彻底改变传统文学创作的思维方式，引起文学的革命。这样的预言，我以为是夸大其词，甚至是危言耸听。我这么说，绝不是将网络和文学对立，恰恰相反，我以为这两者之间有着千丝万缕的联系。

网络的发展会给文学带来什么？

网络的出现，使文学作品又增添了一个强大而有效的传播途径。一些优秀的文学作品会因为网上的宣传和发表而深入人心。很多原来不屑读书或懒于读书的年轻人，现在可能会花一些时间在网上阅读文学作品，进而产生兴趣步入文学殿堂。网络上发表作品的自由和便捷，使很多喜欢写作的年轻人有了成功的感觉，随便怎么写都能上网发表，无须承受退稿的心理压力，写作成为一种自娱自乐的行为。在这些热衷网上写作的人群中，会涌现出有一些才华的作家，当然，那只是其中的极少数人。现在经常被很多媒体宣传的一些“网络作家”，就是在网络上被读者发现认识的。毫无疑问，网络的发展对文学创作不是灾难，而是福音。网络的普及和扩展，能促进文学的繁荣。

以上这些现象，是否就可以证明文学会因此而出现所谓的“革命”呢？

也许，随着网络的发展，随着文学作品在网络上的传播越来越广泛，传统的文学载体会受到冲击。但是我不认为现有的纸质文学报纸杂志会因为网络的兴盛而逐渐走向衰落甚至消亡。面对网络的压力和挑战，传统的文学报刊会发奋图强，会努力寻求新的发展，而网络本身也会成为这种新发展的助燃剂和推动力。出版界的现状已经在证明这一点。

所谓的传统作家和网络作家（对这样的提法，我不以为然）并没有本质的区别，唯一的区别是前者在传统的媒体上发表作品，而后者则在网上发表作品。对作品的评判标准，两者应该是相同的。现在情况也在发生变化，网络作家成名之后，他们的作品便被出版社印行成书，而传统作家的作品，也大量地在网上传播。美国的博库网站和国内的很多网站，已经在这两年购买了不少作家作品的网上版权。更有很多小网站和网络上的同人杂志，不打招呼便将很多文学作品在网上传播。现在，已经有作家将自己的作品在网上首发。我想，将来，“传统作家”和“网络作家”这样的称呼会成为历史。对作家而言，书报杂志和网络，只是文学作品的载体和传播途径，选择哪一条途径，是作家的自由。对读者而言，只有好作品、平庸作品和坏作品之分，而不是“网络作品”和“传统作品”的区别，至于通过什么渠道阅读、认识它们，则是读者的自由。不管你的作品是先在报刊上发表，先出版成书，还是先在网络上问世，结果是一样的。有价值的、感人的作品，一定会被称道、被流传；而那些无聊的、粗糙拙劣的文字，即便铺天盖地于一时，最终还是会被人们遗忘、抛弃。

毋庸讳言，网络的出现，会使文学创作出现新的题材和内容，譬如和网络有关的生活和故事，文学家的笔下也会出现一些新的词汇。但是这些变化，对文学创作来说谈不上什么革命，至多是一些发展和变化。在历史上，文学的发展一般都是渐变的。时代的大变革，会使文学创作出现新的浪潮，譬如中国的五四新文学运动，白话的创作替代了文言文，文学作品从内容到形式都发生了改变。这可以说是一场文学的革命。然而这场革命和文学载体以及传播渠道的变化并无太大的关系。纵观中国文学史，中国文人运用的工具和载体由甲骨、竹简到绢、帛、纸张，由刻刀到毛笔，由毛笔到铅笔、钢笔、圆珠笔，这些书写工具和文字载体的更替和进化，并没有直接影响文学创作的观念和作品的形式，更没有使文学创作因此而出现突兀的变革和更新，没有出现真正意义上的文学革命。五四新文学运动的主将们，在创作那些全新的作品时，书写工具还是传统的笔墨。到 20 世纪后期，人类发明了电脑，电脑写作逐渐取代了传统的书写，这种书写方式的变化，可以说是一次革命，但这也只是书写工具和方式的变化，并没有引发文学创作的革命。

我想，对一个作家来说，完全可以用一种平静的心态来面对网络的出现，即便它如同海潮般汹涌而来，我们依然可以一如既往地思索和写作。生活在照常进行，网络绝不可能淹没了一切。只要人性没有变，只要人类对美、对爱、对理想和幸福的追求没有改变，那么，文学的本质就不会改变。不管科技如何革命，不管书写的工具和传媒如何花样翻新，文学仍将沿着自身的规律走向未来。

2000 年 8 月 2 日

我的“写字”生涯

我为什么会选择文学

常常有人这样问我:“你为什么会选择文学，怎么会成为作家?”我无法用一两句话来回答这个问题，而且有些茫然无措，不知该怎样回答。有些人的人生和事业像一幅线条清晰而鲜明的版画，而我的这幅画，却是一幅色调朦胧的水彩画。在我那些可以追溯到的祖先中，似乎无人与文学、笔墨有缘。我父亲是一个出身贫苦的小资本家，1949 年前历尽坎坷，惨淡经营，濒于破产。母亲是医生，受过良好的教育。儿时家境贫寒，然而在和睦的大家庭中，我享受到了童年的欢乐。少年时代，我从来没有想过将来要当作家。对我最具有吸引力的，首先是音乐，其次是绘画。我曾做过当音乐家和画家的梦，然而只是做梦而已。不过，这种爱好延续至今，也使我得益匪浅。我已经出版的或者正在出版过程中的几本书，都和音乐及美术有关。作为一个“爱乐者”和美术的欣赏者，我一直在以自己的眼光和情趣流连其中，有不少思索，也生出很多联想，这些思索和联想使我的文字有别于其他作家。

小时候，我虽然连做梦也没有想过当作家，但是对书却有着特殊的兴趣。我的阅读经验起始于幼年，上学前，哥哥姐姐们已经教会我识不少字，一识字，便能自己读小说。上小学一年级时，就读了《西游记》《水浒传》和《说岳全传》。以后，只要是有趣的书，拿到就看，而且速度极快，常常一天便能读完一部长篇。放一次暑假，往往能读完几十部长篇。我的一位姐姐爱好文学，我读小学时，她已上高中，我当时读的所有外国小说，几乎都是她借来的，其中有《复活》《战争与和平》《悲惨世界》《九三年》《高老头》《约翰·克利斯朵夫》《猎人笔记》《红与黑》等。这种大量的阅读，尽管是毫无目的、囫囵吞枣式的，却在无意中为我后来的文学创作打下了一定的基础。进中学后，开始接触诗歌和散文，似乎有些"一见倾心"的感觉。在我的笔记本和日记本上，密密麻麻地抄了许多诗，有中国的，也有外国的。外国诗人中，我喜欢普希金和泰戈尔。我的周围并没有其他诗歌爱好者，我只能一个人默默地读，默默地背，默默地喜欢，我觉得诵读诗歌是一种快乐。文学大师们使文字产生了音乐一般的魅力，这是天才们的作为，我只是一个好奇的、兴致盎然的欣赏者。他们的创作使我惊叹，但我从不敢产生加入他们行列的奢望。他们是遥远而又灿烂的星辰，世界因他们而丰富宽广，然而他们是可望而不可即的。

中学还未毕业，便遇到了"文化大革命"。少年时代曾经迷恋过的所有一切，几乎都被扣上了可怕的帽子，"革命"时代没有它们存在的位置。和许多家庭出身有问题的年轻人一样，我惶惑、消沉了一段时间。离开学校后，我曾经流落到江苏宜兴乡间学当木匠，这不到半年的学徒生涯是我的人生第一课，在这期间，我第一次尝到了饥饿、孤独和寄人篱下的滋味，并由此了解了中国农民艰辛的生活。后来我曾在《文汇月刊》上发表长篇散文《氿畔》，回忆这段很特殊的生活。以后又到故乡崇明岛插队落户，成为中国农民的一员。那时的崇明岛虽然属于上海郊区，但生活很艰苦，我插队的那个村庄里连电灯都没有。我整天流着汗埋头干活，很少说话。前途渺茫，心灰意懒，但我又不甘心永远消沉。我觉得自己仿佛坐着一艘小舢板，漂泊在无边无际的大海上……然而我还是逐渐振作起来。动力来自两个方面。一方面是乡亲们对我的关心。纯朴的农民们不仅在生活和劳动中给我各种各样的帮助，在精神上也给了我极大的安慰和鼓励。知道我喜欢看书之后，生产队里家家户户都把可以找到的旧书找来送给我。在偏僻的乡村中，我竟然通过各种途径找到了大量书籍，这实在是不幸中的大幸。我住的一间小草屋里，除了半屋子柴草、一张破床和一张旧桌子，其余便是堆得高高的书。

书籍为我打开了许多窗口，使我冲出狭小幽暗的天地，自由自在地在广阔的世界中遨游。当年就着一盏小油灯坐在破床上读书的情景，现在想起来仿佛仍在眼前。这是我人生旅途中最艰难的时期，却也是使人十分怀恋的时光。这时才真正感受到文学的力量和魅力，并且感到她离我很近，我可以伸手触摸她，可以根据自己的愿望和想象来重新塑造她。我发现自己周围有无数人和事值得去写、去刻画、去讴歌。当陶醉在写作的乐趣中忘却烦恼和痛苦时，我隐约意识到自己的生命和生活从此有了一种依托。如果说从事文学创作是我人生路上的一大选择的话，那么这种选择是经历了迷茫和痛苦之后情不自禁的产物。当年在昏暗、摇晃的油灯下写成的那些文字，成为我最初的作品。

从“小黑屋”到“四步斋”

在农村插队时，半间草屋就是我的书斋，虽然和梦想中的书斋相去遥远，但读书写作却不受干扰，而且有美妙的天籁做伴。1977 年恢复高考后，我从崇明岛考入华东师范大学中文系，又回到了上海市区。大学的集体宿舍中有我的一个铺位，然而要想在那里构思创作，几乎不可能。于是我天天回家，成了一个走读生。在上海的家中有一间属于我的小屋子，是老式石库门住宅中的一间中厢房，一间没有窗户的小黑屋。这是夹在四面人家中的一间八平方米的屋子，没有窗户，白天不开灯，屋里便伸手不见五指。这是我的卧室兼书房。在这里写作必须从早到晚开着灯，坐在灯下可以忘记外面是白天还是黑夜。小黑屋的生存环境是恶劣的，四壁外邻居家中发出的任何声响都能破壁而入，震荡着我的耳膜，厨房里的油烟酱雾也可以从板壁的缝隙中钻进来，刺激着我的嗅觉……好在我的精神世界不是一间小黑屋，当我在幽暗之中埋头读书写作时，脑海里出现的是外面的大千世界，心中涌动的是对光明的渴望。说小黑屋是我创作灵感的源泉，那显然不确切，但是在这样的环境中，确实能使一个人淡忘自身的荣辱，以更认真更执着的态度去思索人生、思索社会，去追求心中梦魂萦绕的理想。我曾经在散文《小黑屋琐记》中这样写：“在黑暗中寻觅到的光明，是永远不会暗淡的。在狭窄中追求到的辽阔，是永远不会缩小的。在贫瘠中创造出的丰饶，是永远不会枯竭的。”这是我的肺腑之言。在小黑屋里，我编出了自己的第一本诗集《珊瑚》。以后陆续出版的散文集《生命草》《诗魂》和报告文学集《心画》中的大部分作品，也是在小黑屋中写成的。

1984 年春天，我终于告别小黑屋，搬进一个有阳光的居所，有了一个小小的家。这时我早已大学毕业，在《萌芽》月刊当编辑。我的新居地处浦东，是居民新村中的一个独间单元，虽然比小黑屋宽敞了许多，但仍然是一个客厅、卧室和书房三位一体的居所。在朝南的窗下放一个书桌，旁边立起两个新置的大书柜，阳光可以毫无遮拦地铺满我的书桌，推窗便可以呼吸到田野清新的空气。一明一暗，大概是它和小黑屋的最大区别。说起来可悲，因为在暗室中读书写作已经形成习惯，到阳光下竟然浑身都感到不自在，于是白天写作不得不拉上窗帘，打开台灯。这也许可以算是一种人性的扭曲，但已经成为我的习惯，我不想改变它。

当我面对书桌俯身读书写作时，俨然置身一个挺像样的书斋，可是只要回头一看，书斋的气氛便烟消云散——身后有儿子的摇篮，妻子做家务就在身边走动……我想，这样的生活、工作环境，在中国当代青年知识分子中大概是很典型的。在那里我住了将近四年，其间出版了散文集《维纳斯在海边》《爱在人间》、散文诗集《人生遐思》，报告文学集《心画》。另外还有我出访墨西哥和美国回来后写成的散文集《玛雅之谜》。我的工作也有了一些变化，应上海作家协会的聘请，我离开《萌芽》，成为上海作协的一名专业作家。

1987 年深秋，我又搬了一次家。新居在市中心的香山路，离孙中山故居没有几步路，是一个闹中取静的地方。这里是当年的法租界，古老的楼房掩隐在法国梧桐浓密的绿荫里。在这个新居中，我总算有了一个小小的书房。这是一间三平方米左右的斗室，有一扇朝南的窗户，窗外有梧桐的绿荫，也能蓄入满室阳光。这斗室中刚好放得下一张书桌、两把椅子和一只书柜，还有板壁上一排固定的书架。尽管狭小，多少有了一些书斋的气息。在这间斗室中，从门到窗，只能走四步，而且必须是文绉绉的小步。在这里来回踱过无数次方步，数过无数次“一、二、三、四”之后，我索性为我的斗室取名为“四步斋”。这个斋名也许欠雅欠含蓄，没有什么玄妙的典故和出处，只是记录其小，但我觉得它真实亲切。迂回在小小的四步空间，虽然可以使人脚力渐弱，身心日衰，但是如何在这弹丸之地继续走向辽阔，一直是我为之思索和努力的命题。我的“四步斋”虽然小，却使许多文学界的朋友羡慕不已，他们有这样的议论：“读书写文章，有这样一小间就可以了。”中国的穷文人，要求从来就不高。在这个朝南的“四步斋”里，我工作了将近三年。在那里，编成了《赵丽宏散文选》和另外几本散文集《小鸟，你飞向何方》（台湾出版）、《爱之初》《死之余响》，完成了诗集《沉默的冬青》、散文诗集《银舟远翔》等多本著作。

1991 年夏天，我又搬了一次家，住房比先前大了一些，从此我有了一间独门进出的小书房。这是一个坐南朝北的亭子间，北面和东面的墙上有两扇窗，面积不到十平方米，但比先前的“四步斋”大了许多。然而放了我的书桌和五个书柜后，所剩空间就非常可怜了。想在里面踱步，也超不过四步，只是步子可稍稍比以前大一些。我还是叫它“四步斋”。这间新的“四步斋”里再也没有阳光照进来，窗外也没有了绿荫，有的是距离很近的邻居家的墙和窗户，给人一种被包围的压抑感。好在这里的墙面比以前大了许多，可以将一些自己喜欢的字画挂出来，增添一些艺术气氛，冲淡一点压抑的感觉。新的“四步斋”也不安静。北窗外有一个幼儿园，每天上午，幼儿园用高音喇叭为孩子们放相同的音乐。东窗外也有邻人的说话声飘来。不过这些问题都不大，比起十多年前的“小黑屋”，这些声音根本算不了什么。再说，当思想沉浸在读书和创作之中时，这些噪声仿佛都不存在了。

在这里，我的写作生活有了一个大变化，即从 1992 年起，我开始用电脑写作。我曾经是激烈的电脑写作的反对派，我认为用机器代替人脑从事写作违背人性，不合理，作家坐在电脑前，灵感和激情会消失。但实践证明我原来的想法不对，用电脑写作，并没有妨碍我的想象和创造，电脑给我带来很多方便，写作的速度比以前更快。只是再没有一沓沓、一本本手稿了，所有的文章都存在电脑和软盘中，如果时光往前推十年，这简直就是科幻小说中的情节了。

搬进新的“四步斋”后，我出版了十多本书，其中有散文集《爱之初》《白夜之旅》《抒情的回声》《岛人笔记》《艺品》《舐犊情》《至善境界》《人生韵味》《赵丽宏散文自选集》《赵丽宏散文诗集选》《喧嚣与宁静》《岁月的目光》《青春之翼》《晶莹的瞬间》《天堂就在你身边》《在岁月的荒滩上》、诗集《抒情诗 151 首》和《挑战罗布泊》，另外有两本在台湾出版的散文集《超越生和死》和《心灵是一棵会开花的树》，上海文艺出版社还出版了四卷本《赵丽宏自选集》。这些新著中的文字，有些是以前写的，大部分都是在我的“四步斋”里写出来的。小小的“四步斋”并没有阻隔我的思绪向四面八方飞翔。有一次,《羊城晚报》的编辑要我谈谈“四步斋”，我给他们写了这样一段文字:“我没有‘七步成诗’的机智，更没有‘四步为文’的本事。把书房称为‘四步斋’，只是记其狭小，并无深奥之意……在其间走四步，也只能是莲足细步，绝无昂首阔步的可能。不过，读书写作，有半席之地便可以了。在书房里活动、飞翔的是精神，精神是不会受空间束缚的。中国的作家，很多人曾经或者仍在狭小局促的空间里写作，然而这并不妨碍他们笔耕四野、心驰八荒。以‘四步斋’这样并不文雅也不玄妙的词命名我的书房，当然不是想自我封闭，而是希望给自己一个警策:不要作茧自缚，要在狭窄中追求辽阔，在幽暗中寻找光明。也许，以后我会有一个大一点的书房，但我仍会保留‘四步斋’这个名字。”

我真的又有了扩大“四步斋”的机会。1999年秋天，我又一次搬家，新家在淮海路上，也是老房子，但比以前大了不少。这十多年中多次搬家，是上海很多市民的共同经历，社会的进步和生活质量的提高，由此可见一斑。我的书房也大了一些，不过还是很可怜，才十一二平方米，它当然还是“四步斋”，仍然名副其实。新的“四步斋”里有一扇西窗，每天下午有很好的阳光。我依然老习惯难改，从早到晚拉着窗帘。喜欢开窗的妻子抱怨说，你应该买一间仓库来做书房。我想，我的这种习惯，大概此生难改了，动荡时代和曲折人生在我的生活中留下的印记，会使我常常回忆当年，反思今日，这没有什么坏处。

在这个“四步斋”里，我又写了一些新书，已经出版的有《艺术人生——新千年日记》、散文集《读书是永远的》《唯美之舞》《日晷之影》《会心一笑》《无言的回旋》《致新大陆》《异乡的天籁》。每次拿到新出版的书，我总是要一个人坐在书房里，在台灯温暖的光芒中翻阅片刻，然后把它放到高高的书架上，让它在无人注意的角落里占一个位置。看自己的书，这是检阅过去的脚印，那只能是回头一瞥，不值得沉迷留恋，更重要的是未来的道路该怎么走。我的新书中，《读书是永远的》是我的一本读书随笔集，用这样一个书名，其实是表达了我对读书的想法，对于我来说，似乎写作是业余的，只有读书才是专业的。写作需要激情，需要灵感，需要创作的冲动和欲望。而读书却可以随时随地，不受任何情绪的影响。一本好书在手，便能心神怡然，宠辱皆忘，引我进入一个阔大美妙的世界。面对浩瀚无际的书海，我常常感到自己的可怜和渺小，恰似“沧海一粟”一样的感觉。

我的目标

我成为作家，是自然和偶然的造化。不过我想努力做一个好作家。所谓好作家，我以为首先必须做一个正直善良的好人，不趋炎附势，不媚俗，不说假话，其次才是文字表述的个性。我是在孤独和寂寞中和文字结下不解之缘的，从事写作，仍然是一种孤独寂寞的事业。儿子在五岁时曾经以他天真的观察把我的工作概括为两个字：写字。概括得很不错。如果没有日复一日、夜复一夜独自面对孤灯埋头思索、写字的耐心，与文学的缘分绝不会长久。

到目前为止，我已经发表了好几百万字的作品，出版了四五十本书。然而这些并不能使人陶醉，因为它们并不是我追求的目标。如果说，我的写作最初只是为了得到一种自我情绪的宣泄，是为了打发那些寂寞孤独的时光，那么，到后来，写作已逐渐成为我生命的一种需要。我的文字是我思想和情感的记录，其中浸透着我的悲欢忧愤，写这些文字的目的不再是藏在日记本中自我欣赏、顾影自怜，而是想把我在这个世界上体验到的种种感受真实地告诉人们，以激发人们对生活和美的渴望。我一直认为，真正的文学，应该给人的精神以安慰，使人摆脱颓丧和惰怠，产生高尚的激情，使人追求、向往美丽辽阔的人生。这一切，只能通过作家真诚的表述和富有个性的创造来实现。我至今仍然非常怀念最初写作时那种真挚而又自由的心态，没有杂念，没有功利心，有的是对大自然、对青春和生命的热爱。我想，在尽可能保持这种心态的前提下，不断开阔视野和胸襟，追寻人生的真谛，这便是我应该追求的，这是一个永无止境的目标。

2002 年 3 月 31 日改定于四步斋

文学，有一颗年轻的心

《文学报》要开辟和青年有关的文学创作专版，我觉得这是一件有眼光的好事情。在答应为这个专刊写一篇文章时，我心里涌起一些往事的回忆。

三十多年前，我孑身一人在荒僻的乡村，前途渺茫。面对着寥廓旷野，面对着苍茫天空，面对着在夜风中飘摇的一茎豆火，我沉迷在文学书籍中，沉迷在写作中。阅读和写作使我忘却了身边的困境，忘却了物质生活的匮乏，忘却了孤独。那时，我不到二十岁，身体瘦弱，沉默寡言，常常一个人在田野里沉思冥想。文学，像流动的泉水，滋润着我年轻而干涡的心灵。因为有了文学的陪伴，我的日子变得有生机，有希望，有期冀。幻想的翅膀携着我上天入地，穿越古今，抵达我希望抵达的任何地方。文学为一个生活在困顿、迷茫中的年轻人展现了辽阔的空间，让我自由飞翔。那时，我没有想过要当作家，只是喜欢读书和写作，那种感觉，犹如一个绝望的落水者在即将被淹没时抓到了救命稻草，而这稻草，渐渐变成了航船，载着我开始了美妙的远航。

20 世纪 70 年代末，我在大学读书。那时，文学是多少年轻学子追求的梦想。我们组织文学社，自己办油印的文学刊物，在教学楼和宿舍的走廊里贴出自己创作的小说、散文和诗。每次把新作贴出来后，那些简陋的张贴栏前，人头攒动，议论纷纷，那种认真和热情，至今想起来仍让人感动。还记得我们办过一次诗歌朗诵会，学校的大礼堂里挤满了人，连走廊里也站满了人，而外面的学生还在往里面拥，维持秩序的同学只能关上大门。朗诵会开始时，只听见大礼堂的门被门外的同学擂得咚咚作响。坐在台上的老诗人辛笛先生激动地站起来大喊：“好，这是春天的敲门声，快开门，让外面的同学都进来！”门打开，门外的同学蜂拥而入。那天夜晚，大概是这个古老的大礼堂容纳人最多的一次。人们为诗歌而来，为文学而来，为心中的理想而来。虽然礼堂里人挤人，但朗诵时一片寂静，诗歌在年轻人的呼吸中回旋，晶莹的诗句引导着年轻的心灵飞向四面八方。

20 世纪七八十年代之交，我在上大学。我曾在上海最热闹的南京路上组织主持过一个诗社，诗社的成员都是年轻人，有工人，教师，机关公务员，也有农民。每逢周末，年轻的诗人们从城市的四面八方赶来，最年轻的田园诗人沈晓来自几十公里外的南汇海滨。我们聚集在当年“先施公司”的屋顶花园，围坐在一起，互相吟诵自己新写的诗。那些漾着火花和泪光的眸子，至今仍在我眼前闪动，那些不太流畅却真诚激动的声音，至今仍在我耳畔飘萦。当年的诗社成员，大多并没有因为写诗而升官发财，很多人还在干自己的老本行，但他们人人都珍惜那段和诗歌联系在一起的青春时光。使我欣慰的是，我离开这个诗社之后，诗社并没有散伙。二十多年来，在那条物欲汹涌、红尘滚滚的马路上，一直有一批人聚集在一个安静的角落，为了文学，为了诗歌，为了心中那份不灭的理想。很多新人我已经不认识，但我知道，他们年轻，他们和我当年一样充满了幻想和激情。在中国，很多诗人都知道上海这个城市诗社，她将成为这个城市文化的一部分。这也是文学的魅力和理想生生不灭的生动见证。

20 世纪 80 年代初，我在《萌芽》杂志当诗歌散文编辑。除了自己写作，每天接触大量来稿，投稿者大多是年轻人。那时，每天都能收到一麻袋来信和来稿。来稿大多是幼稚而不成熟的，但那些歪斜的字迹中时常会有让你眼睛发亮的字句跳出来。我编发很多年轻作者的文字，也给他们写信。我早已忘记那时曾给来稿者写过多少回信。今年初夏，我去上海远郊会见一批文学爱好者，到会场后，有一位素不相识的中年人毕恭毕敬递给我一封信。这是当年给《萌芽》杂志投稿的作者，曾经收到过我的信。他在写给我的信里这样说："二十多年来，我一直珍藏着你的信，你的信使我找到了自己的位置。"在他的信中，附着我二十多年前给他写的那封信的复印件，有两页信笺，信上我鼓励他，但却劝他不要将主要精力用于写作，而是希望他只是把文学当作人生的伴侣，通过阅读和写作丰富自己的精神生活。对一个渴望发表作品的业余作者，这其实是一盆冷水。我写这封信，是想婉转告诉他，他没有文学创作的才华和潜力，不必为此浪费时间。但我的这盆冷水并没有浇灭他对文学的热情，他重新为自己定位，放弃了当作家的梦想，而是做一个没有功利之心的文学爱好者。他告诉我，这二十多年中，他阅读了无数文学名著，有时偶有所思，也写几篇文章，那只是自娱而已。虽然没有当成作家，但是他却生活得充实而富有情趣。而最令人欣慰的，是他把自己对文学的热爱也传染给了儿子。他儿子跟着父亲到了会场，那是一个中学生，脸上稚气未脱，他有很多和文学有关的问题要问我。他的理想并不是当作家，但这并不影响他喜欢文学。从这一对父子身上，我也看到了文学存在于人间的意义。还有什么东西，能像文学一样丰富我们的心灵和感情，提升我们的精神生活呢？

2003 年，我在《上海文学》担任"文学新人大赛"的评委。筹备大赛时，曾经有人表示疑惑，现在这样的年头，人心浮躁，文学无法吸引年轻人的目光，更何况让他们坐下来潜心创作。写一篇万把字的短篇小说，谈何容易，会有人来参赛吗？然而这样的担心是多余的。短短几个月，《上海文学》编辑部收到一千多篇短篇小说，作者遍布全国各地，参赛者大多是年轻人，来稿中佳作迭出。读着这些短篇小说，我被作者们南腔北调的语言文字打动，被作品中五光十色的生活气息吸引，也被蕴含在小说中的真诚情态感动。读这些小说，能看到当代文学青年的才情和想象力，能了解他们对生活的洞察力。读着这些小说，我深感欣慰。这些小说，就是文学在当代生活中鲜活灵动的生命力的反映，也是文学创作后继有人的证明。

文学曾经陪伴我度过曲折的青年时代，我的青年时代因此而变得丰富而激情多姿。现在我已经两鬓斑白，但我总觉得自己的心还是和三十多年前一样，对世界充满好奇，对未来的生活有所期盼，因此还要不断地思索和表达，不断地写作。生理的青春正在渐渐远去，但心灵却因为有文学陪伴而依然保持着年轻的激情，这也是一种幸运。我知道我们这一代人终将被更年轻的一代取代，这是不以谁的意志为转移的，是自然法则。看到年轻的一代崭露头角，我发自内心地为他们喝彩。

文学是属于年轻人的，离开了青年，文学便无所谓繁荣和兴盛。如果年轻人都对文学失去了兴趣和向往，那么，文学就真的走到了末路。不过我相信这样的情形是不会出现的。年轻人喜欢梦想，一切在现实中难以获得的美妙，在文学中都可以创造，一切在现实中遭遇的问题，在文学中都可以探讨。文学中有梦想，有对未来的憧憬，更有对现实的观察、思索和希冀。人生有多么纷繁曲折，文学就有多么丰富多彩。我想，只要人类不否定自己创造的文明和美，文学就不会被青年拒绝，文学就有存在和发展的理由。

文学不应是功名利禄的敲门砖，而是人生忠诚而美好的旅伴。

在 20 世纪末，文学曾一度被认为走向末路，再无法激动人心、改变生活。然而事实并非如此，过去的岁月已经一次又一次证明，文学是不会灭亡的，因为，文学有一颗永远年轻的心。

2003 年 9 月 21 日于四步斋

阅读改变人生

在座的各位，有些人年龄比我小，有些人跟我年龄相仿，还有些人比我年长。我们不妨把这当作朋友间的一次聊天，听一个爱读书的人，讲他从小对书的感情，谈谈他对一些书的看法。也当作一次漫谈，谈谈我为什么会读书，以及书在我的生活中产生的影响。

一个人的一生其实是很短暂的，哪怕活一百年，你也只是经历了漫长历史中的一个瞬间。哪怕你一生都在行走、在旅游，你所看见的也只是世界的几个小角落。但我觉得有一件事情可以改变这种状况，那就是读书。人的精力有限，但书可以让你走遍天下，可以让你走到任何你想进入的领域，去古今中外那些你永远也不可能抵达的地方。书可以让你认识更多的人，甚至可以让你重活十次、几十次、一百次。因为你每读一本书，就是走进一个完全陌生的人生。

一个人活在世界上，如果渴望追求知识、探索人生的话，那最划算的办法就是读书。一本好书就像一个智者，他用一生的心血、毕生的精力去寻找、去探索、去追求，最后把自己写成一本薄薄的书。我们作为一个读者，只要花几天、一天，甚至几个小时的时间，就可以读完一个智者一生的追求。这不仅是一件划算的事，你的人生也会随着经验的积累而非同一般。尽管你可能默默无名，但你的精神世界是丰富的。你会是一个非常独立的、情感丰富的、有见解的、有思想的人。

去年有个叫多丽丝·莱辛的英国女作家获得了诺贝尔文学奖，在十几年前，我曾跟她有过一次交往。她到上海访问，当时没有任何报道，仅仅就是一个英国女作家的来访。那次我们一起交谈，她说了一句话，这句话引起了我强烈的共鸣。她说：“现在在我们英国，高学历的野蛮人越来越多。”“什么叫高学历的野蛮人呢？”我问。她说这些高学历的野蛮人都读过大学，他们有硕士、博士的学历，他们能够操纵最精密的机器，懂得最先进的科技知识，但是他们冷漠，没有感情。我说这是为什么？“因为他们不读小说，不读文学作品！”她这样回答。这些话也许只是一个作家偏激的话，但其实是很有道理的。一个人的知识结构里，如果没有这样的阅读，我想这个人在精神上可能是不健全的。

作为一个作家，我已经写了几十年，但在我小时候，我没有想过要当一名作家，连一丝这样的念头也没有。我的家庭不是书香门第，只是一个很一般的家庭，我的父亲甚至不能算是知识分子。少年时代他读了几年私塾，初通文墨，可以自己写信算账，但算不得一个读书人。我父亲经过自己的奋斗，从农村到上海，在上海开了工厂，也算一个小小的成功者。但尽管这样，他也不是一个读书人。我母亲是个医生，她从小就在教会学校里接受了很好的教育，算是一个知识分子。但在我的记忆里，家里的书是很少的，我只记得有一个小小的书架，书架上都是母亲的医学书籍。

我想再简单讲讲我的家庭，你们也许会有兴趣。我父亲年轻的时候是一个很成功的人。在乡下，大家都把他当作一个传奇。一个佃农的儿子，成了当地少有的富人，这一切都是通过自己的努力和冒险得来的。抗战的时候，他在乡下开了商店，冒着生命危险从内地进货到崇明岛，店里生意很是兴旺。直到解放战争时候，父亲为了不让自己和店里的年轻店员被国民党抓去当壮丁，就变卖了乡下所有的店，到上海开了一家小小的工厂，这个工厂在大上海仅仅像一个小虾米。他自以为这个厂可以加入实业救国的行列，但想不到这是他衰败的开始。他根本不懂现代工业，工厂业绩一路下滑。到解放的时候，我家几乎破产。父亲一直靠借来的钱维持着这个企业，因为他很要面子，他觉得如果把工厂关了，那是很失败的。他硬撑着，一直撑到解放后公私合营。那个时候父亲的资产正好够划为资本家，所以我的家庭出身是资本家、资产阶级，这是很不好的出身。

但是我们从小过的却是很清贫的生活，父亲的定息被分付给几个债主，厂房都捐给了国家，家里并没有钱，甚至连自己住的房子也没有，住在亲戚家里，过着寄人篱下的生活。工厂状况不好，父亲自己带头减工资，减到最后他的工资比工人还要低，母亲的工资也比父亲高。记得小时候我是不穿新衣服的，我姐姐的衣服穿了以后哥哥穿，哥哥穿了以后我再穿，都是穿打着补丁的衣服。尽管小时候家里很清贫，但我们从没为此感到自卑过。我母亲生了六个孩子，六个孩子从来没有因为贫穷的家庭条件而觉得低人一等，因为我们在学校都是最优秀的学生。

小时候家里有一个小小的书柜，里面没有小说，没有文学作品，大部分都是我母亲关于医疗方面的专业书。那我怎么会成为一个读书人呢？这也跟小时候的机缘有关系。我识字较早，大概三岁便开始识字。那时候姐姐哥哥上学，学校里教了字，他们回来就教我，我一学就会。所以五岁的时候我已经认识了两千多个字，能识两千多个字就可以读任何一本书了。从那时候开始，只要家里有姐姐哥哥借来的书，我每一本都看。虽然我并不能认识全部的字，但是我可以把每一本书读通。到五岁的时候，我开始读很厚的书。我发现拿到一本书后，我一页一页往下读，竟然可以把这本书读懂，这是一件非常奇妙的事情。大概在我六岁的时候，我读了《西游记》，并且读的是一本线装的、竖排的，基本上我都能读懂。上小学的时候我读了很多书，像《悲惨世界》《巴黎圣母院》《安娜·卡列尼娜》《红与黑》，都是在小学一、二、三年级读的。当时那么小的孩子能读这样的书是不可思议的，现在这个年龄段的孩子恐怕是不会去读这些书的。我那么小就读那些翻译国外的小说，并不是说我是神童，而是受我姐姐的影响，我在上学前就开始了大量的阅读。我七岁上小学一年级的时候，我姐姐已经在读高中了。我姐姐读书很早，还连跳过好几级，考大学的时候才十六岁。她是一个文学青年，常常借书来看。所以那时候我姐姐借什么书回来，我就读什么书。她借书频率非常快，但常常是她还没有把书读完，我就已经读完了，所以我的大量阅读从上学之前就开始了。

阅读《堂吉诃德》《悲惨世界》《红与黑》《简·爱》《牛虻》这些书，并不是因为我喜欢它们，而是因为这些书出现在我的面前，我是没有选择地或不加选择地就开始读些书的。最开始我也不理解，但是我只要拿到一本书，不管读得懂还是读不懂，我一定会把它读完。有些书读着非常有味道，有些书读起来很生涩，但我也会坚持把它读完。现在年轻人的阅读跟我们那时候可不一样，现在是一个自由阅读的时代，可以读到的书太多。你走到书店里，各种书五花八门、琳琅满目，看得你眼花缭乱，不知道选什么好。而在 20 世纪 50 年代，能读的书不像现在那么多，虽然如此，但是所有的文学作品、翻译作品都是由最有水平的专家选择，由很好的译者翻译过来的。所以你到书店，就算不加选择，买到的外国作品也一定是经典的。

小学四五年级的时候，我开始有选择地读一些书。但那时候读到的书，并不是每一本我都喜欢。中国的四大名著，我最早读的是《西游记》，接着又在小学里读了《水浒传》《三国演义》和《红楼梦》。如果现在你让我选十本世界上最好的小说，中国只能选一本的话，那我的选择是《红楼梦》。但在读小学的时候，我并不喜欢《红楼梦》，开始时读几十页就不想再往下读。那时候我觉得这本书里男男女女、琐琐碎碎的事以及谈情说爱，都让我读得非常吃力，并且我不能深入理解书中的有些事情，因而少年时代，《红楼梦》不是我很喜欢的书。

直到中学毕业以后，我到农村插队落户时再读《红楼梦》，感觉就完全不一样了，那个时候我才觉得这部小说真是中国人写得最好的小说，至今没有作品能够超越它。

小时候我读书是以快出名的。因为书很多，我自己就发明了一种快速阅读法，快读就能多读。我读书速度非常快，一般一天就能读完一本书。古人有一目十行的说法，我没有一目十行的本事，但一目两三行是有可能的，因为我一下就能把两三行的意思看出来。《三国演义》里有一个叫张松的人就有过目不忘的本事。有一次曹操把自己新写的《孟德新书》给张松看。张松看了以后还给曹操，并说，这是战国无名氏旧作，蜀中小儿都能背诵。曹操不相信，张松竟然一字不漏地把曹操书里写的内容背了出来。曹操非常羞愧，也非常惊奇，尽管自己的书不是抄别人的，但是这个张松居然能一字不差背诵书中文字，那自己一定是重复了别人的话，于是曹操就把这本书烧了。这个故事只是小说情节，但历史上是有像张松一样能过目不忘、博闻强记的人物的。现在这样的人已经很少了，因为帮助大家记忆的工具太多，无须再用博闻强记的方式。

前年《上海文学》发表了诗人舒婷的一篇散文，文章写的是著名教授、国学大师陈寅恪。陈寅恪大师就是一位记忆力惊人的人，他到晚年的时候眼睛基本看不见了，做学问完全凭记忆。文章写到陈寅恪做学问的时候，他的助手，一位厦门鼓浪屿的大家闺秀，就在旁边帮他的忙。陈寅恪先生说你帮我把这个书架第几层的第几本书翻到第几页，是什么内容，助手翻出来的内容都不会差。陈寅恪先生记得非常准确，这是很惊人的。我想现在有这种能力的人大概很少，我也绝对没有博闻强记的本事，倒是有快速阅读的本事。我的快读完全是出于“贪心”，是想尽快把一本书读完，这样我就可以再读一本新的书。

小时候因为功课好，在老师眼里我是好学生。其实我也是一个顽皮的学生，那些顽童们做的所有事情，我也喜欢做。那时候我敢从桥上跳到苏州河里游泳，就连上海最调皮的、被叫作“野蛮小鬼”的学生也不敢这样。因为我敢，所以他们都很佩服我。那时我在苏州河里游泳，一大群人在岸上跟着走，帮我拿着衣服。游完回到家里我不会跟父母讲，学校的老师也根本不知道，他们不知道一个在学校里非常安分守己的好学生也是这样调皮的。

小学升初中的时候，我跟别人做游戏，摔断了一条手臂。这大概是我从小到现在受的最严重的伤了。骨折以后就不能出门，不能做游戏，更不能像以往的暑假一样去乡下玩。城市跟农村相比，我更喜欢农村，更喜欢大自然，直到现在也是这样。所以我的文章中对城市的美好想象和比喻都是跟农村有关的。我们说城市让生活更美好，那怎样才能更美好呢？就是把城市弄得像农村一样有大自然的气息。小时候我喜欢田野、江河、树林，每年暑假都会去乡下。骨折后去不了乡下，那还能做什么呢？就只能读书。那时候的图书馆根本不向社会公众开放，但是一些很小的街道图书馆例外。那时我住在黄浦区，那里有个很小的只有两间房子的街道阅览室，只有千把本藏书，比我现在家里的藏书还要少，但当时对一个孩子来说已经是一个非常好的图书馆了。那个暑假我花一毛钱买了一张阅览证，每天都可以用它去换书。我想暑假我一定要多读书，几乎每天借一本，一天读完，第二天傍晚再去换一本书，最后暑假两个多月下来我读了五十七本书。但读了什么书我已经忘记了，大部分都是各种各样的小说，这种快速的阅读并不是一种好的读书方式。

但是我跟年轻人讲，他们可以向我学一学，为什么？现在的孩子很多时间都花在学业上，忙着应付考试。读课外书、读闲书的时间实在越来越少。我觉得这是一件非常让人伤心的事情。在座的各位，你们家里都有子女，有些人可能有了孙子辈。你们不要老盯着孩子们让他们一天到晚应付考试，而是要想办法让他们腾出一点时间来读闲书，闲书其实并不闲。如果你们有快速阅读的本事，那么你就可以在有限的时间里读更多的书。

现在有些孩子很可怜，他们并不知道什么是好书。市场上到处充满炒作，被吹得天花乱坠的书未必是最好的书。孩子很可怜的一点读书时间，都用来读这些不是最好、最有价值的书，这是非常可惜的。所以我才说非常怀念我那个时代，尽管不是自由阅读的时代，很多书我看不到，但是我能找到的书，都是经过很有眼光的人选择过的值得一读的好书。

后来我也想拥有自己的书。小学毕业考中学的时候，我考了一个可以进市重点中学的好分数，但最后却去了郊区一所新办的中学，因为那个时候已经开始讲家庭出身了。一个小孩子应该去好的学校，却因为家庭出身，失去资格。当时我家住在市中心，到学校的路很远，需要坐车到徐家汇后再转车到莘庄，于是初中我开始在郊区的学校住读。为了省下每周坐车的七毛八分钱，我就从学校走回家，星期天晚上再走到学校去，路上要花六个小时。为了省下七毛八分钱走六个小时，对现在的年轻人来说是不可以思议的。但对当时的一个初中生来说，七毛八分钱就是很大一笔钱，我可以用这笔钱去福州路的上海旧书店买书。那时候一毛钱就可以在旧书店买一部长篇小说，有时候五分钱也能买一本书。那是我最喜欢去的地方，我在那里买了很多书。七毛八分钱除了买书以外，我还可以买邮票，那时候我喜欢集邮，那些邮票现在还在。

我小时候不太做读书笔记，这不是一个好习惯，但这确实是我自己的一个选择。后来读中学以后有个非常器重我的语文老师送了一本非常珍贵的日记本给我。日记本印刷得很精美，每一页上面都有一幅中国古代名画，我现在还保存着它。送我笔记本的老师对我说："我送给你这本日记本的意思，就是让你多做读书笔记。我知道你读了很多书，但是你读过以后就这样让它过去是不对的。你要把书里看到的所有有意思的描写、对人物风景的描写，以及那些形容词、那些好的心理刻画、格言，都抄录下来，这样对你很有帮助。”老师的话我当然必须听，但是记了不到三四页，我就停止了这件事，因为我不愿意。对我来说，这件事好像并不划算，原因有这样几个。一方面，尽管当时年龄很小，但是我很有自己的想法。我觉得老师的建议破坏了我的读书节奏。我一天原本可以读一本书，但如果要做读书笔记，那一个星期也读不完。我一边读还要一边想：这段好不好，这段是不是可以记下来。然后花时间写下来，抄这段的时候我可以读几十页书，读书的速度自然变得非常慢，而且不流畅。另外一个更重要的原因是，抄录这些文字时我总是会想，抄这些文字对我有什么用？如果写作文的时候我用了这些文句，那不就是抄袭吗？尽管这些文字写得很好，但这是别人的文字，他能写出来，我为什么不能写呢？比如写早上看日出，他能写得那么好，那么我看到日出的话也可以写，写得和他不一样。所以后来我就不再做读书笔记了，老师发现后对我有点失望。

那是初一的时候，放暑假我去了乡下。回来以后要写一篇作文，题目很乏味，“记暑假里一件有意义的事”。但是我想对一个真的会写文章的人来说，只要你有丰富的经历，有生动的文字表达能力，任何乏味的题目都可以写得生趣盎然。我写了我在乡下跟农民的孩子一起钓鱼的事情，写得很生动，到现在我都记忆犹新。我写钓鱼的时候鱼怎么咬的钩，当鱼咬钩的时候，在水上晃动的浮标怎么沉入水中。接着当我把鱼竿猛地往身后一甩的时候，我看到从波动的水面上蹿出了一把银色的宝剑。银色宝剑在我的头顶上画了一条弧线后落到身后，我回头一看大吃一惊，只见这把宝剑在草丛里面跳舞……这就是我当时对钓鱼的一些描绘。老师在班上读了我的文章，同学们都觉得我写得生动有趣。下课后，老师把我叫到了办公室。她怀疑这篇文章不是我写的，因为生动得不太像一个小孩子的描绘。我说是我写的，老师问我能不能把那本日记本给她看一看。我实话实说地告诉老师我没有做笔记，老师脸上露出不悦的神色。她说你为什么不做，我结结巴巴地把我的想法告诉了她。老师听了以后，想了想，笑了笑说：“你说得对。你可以不做笔记，以后你写作文就用自己的话来写。”这句话伴随了我一辈子。

巴金是我非常敬佩的作家。我小时候就读过他的书，他的“激流三部曲”“爱情三部曲”以及一些散文在“文革”前我都读过。巴金是生活在上海的一个大作家，那时候我还到上海市作家协会门口等过他，但是一直没有机会看到他。我第一次看到巴金是在电视新闻里，1967 年，巴金在上海杂技场被批判。通过一台黑白电视机，我看到了现场直播，这是我第一次看到巴金。巴金低着头，在震耳欲聋的口号声里，露出悲苦的、无奈的表情。但我并没有因为这种批判，觉得他是个坏人。我读过他的书，尽管他的小说并不是我最喜欢的。他的小说总是写知识分子在黑暗中寻找光明，最后希望破灭，以悲剧结尾，让人看了难受、压抑，但是你可以感觉到这是一个善良的人，是一个在寻找幸福和光明的人。

“文革”十年，巴金也消失了十年。好像从人间蒸发了，看不到他的文章，看不到他的行踪，甚至很多人以为他已经不在人世。粉碎“四人帮”后，1977 年春天上海开了一次文艺座谈会，我是被邀请参加这个座谈会的最年轻的一个。巴金也来了，这是“文革”后他第一次出现在公众面前。小组讨论时，我在诗歌组里，巴金就在我们隔壁的小说组。我没心思在诗歌组开会，老是跑到隔壁去看巴金。他已经满头白发，微笑着坐在那里不发言。我记得十年前在电视里看到他的时候，他的头发还是花白的，但是“文革”十年下来，他的头发就像雪一样白了。但他的情绪看起来很好。会议结束以后，我就跟在他后面。他跟柯灵、黄佐临、王西彦、草婴、黄裳等几个朋友在一起，后来这些人我也认识了。巴金在广场上说话，带着手势，不知道在说什么，但是我知道他很高兴。后来看到他开始发表文章，谈他对

“文革”、对他自己一生的感悟，不是追悔，而是反思，不仅剖析社会，也解剖自己的灵魂，让读者心灵受到震撼。我觉得巴金晚年的散文是他一生中最好的文字。那种真实的力量，只有以前读卢梭的《忏悔录》时我才感受过。卢梭解剖自己，把自己灵魂深处最丑陋的、最见不得人的东西展现出来，没有几个作家能做到这样。但是我在读巴金的《随想录》时，我感受到了这种真实的力量。就如同鲁迅先生所言，真正的现实主义，就是把自己的灵魂亮出来给别人看。

那时候我刚刚步入文坛，发表了一些作品。我出版了第一本散文集之后，就寄了一本给巴金，并附带了一封信。我一生中很少做这种事情，尽管我曾经收到过很多信，但却很少给一个作家写信。在信里，我表达了对他的敬仰，并希望得到一本他的书，希望他能在书上为我题一句话。写完以后我又有点后悔，我想巴金大概不会理会我。想不到三四天以后，邮递员在我家楼下大声叫我的名字，说有我的一封挂号信。我到下面去取，是一个大信封，我一下就看到了寄件人落款处巴金的署名。巴金寄了一本书给我，是他刚刚出版的一本《序跋集》。我打开一看，他在扉页上为我写了一句话：“写自己最熟悉的，写自己感受最深的。”这句话非常朴素，却深刻地道出了巴金一生写作的经验和教训。巴金的这句话，成为我写作的座右铭。后来我跟巴金有了很多交往，他的高尚品德、他的真诚，是中国文人的表率。

巴金最后离开人间的时候，我就在他身边。有人说巴金的文字不怎么样，但我觉得说这样话的人很浅薄。巴金的文字朴实无华，但是他思想的深刻、他对人生和社会的态度，以及他的真诚，没有多少人能够做到。用朴实的文字真诚地表达深刻的思想，这是文学的至高境界。在中国的当代作家里面，很多人说得很好，但是你读他文章的时候，很少感到那种震撼人心的力量。

在小学四五年级的时候，我开始喜欢一些诗歌和散文。有几本书我特别喜欢，一本是五年级时借的泰戈尔的《飞鸟集》。如果用一般的纸印刷，就像练习本一样是薄薄的一本书，但是人民文学出版社出的版本很精致，是硬封面的精装书，看上去很厚一本，但文字不多，不会超过两万字。全文两百多段，最短的一段只有几个字，最长的一段也不会超过两三百个字。这本书把我迷住了。我不喜欢做读书笔记，但是读《飞鸟集》的时候，我还是把它抄了一遍。文字都很短，但我觉得它们优美、神秘，非常有哲理，直到现在我还记得：

> 大海里的水黑沉沉，瓶子里的水亮晶晶。小道理可以用文字说明，大道理只有沉默。
>
> 天上的鸟歌唱着，水里的鱼沉默着，地上的兽喧哗着。我的诗是鸟的歌唱，兽的喧哗，鱼的沉默。
>
> 在黄昏的微光里有那清晨的鸟儿，飞进了我那沉默的鸟巢。

“文革”的时候，目睹当时的恶行，我就想起了泰戈尔的一句话：“人变成兽的时候比兽更坏。”

后来我就有意识地去找泰戈尔的书，我找到了所有被翻译成中文的泰戈尔的书，包括他的诗歌、散文诗、戏剧、小说。我读过泰戈尔的很多书，但是我最喜欢的还是他的《飞鸟集》。我想，一个作家，如果他一生中有这么一本薄薄的书，可以打动他祖国读者的心灵，也可以打动万里之外一个异国年轻人的心，并且过了一百年还能打动，那么他就是一个伟大的作家。他可以没有其他的作品，但只要有这样一本书，他就是一个了不起的作家。前年我去了印度的泰戈尔故居，那种感觉就像做梦一样。我少年时代敬仰的一个作家，他离我那么遥远，但是现在我却走到了他出生和离开这个世界的这个房间，在那里，我站了很久。

除了泰戈尔的《飞鸟集》，另外一本给我留下非常深刻的印象的书就是鲁迅的《野草》。鲁迅是中国现代作家里影响最大的一个，可以说到现在为止，还没有谁的影响能够超越他。尽管这些年不断有一些贬低鲁迅的声音，有人认为与他同时代的作家当中，也有人取得过很高的成就。确实是这样。你们听陈子善讲20世纪30年代，那是个文学非常丰富的时代。有些取得了很高成就的作家，曾经被我们忽略了。但即便是这样，鲁迅先生的地位还是没有人能够超越。而且鲁迅先生是一个非常特殊的存在。在“文革”的时候，所有现代作家的作品都受到了批判，并且不允许在书店里出售，只有鲁迅的书是例外，这件事情非常值得研究。我觉得在某种意义上，没有批判鲁迅作品对当时的中国是一件非常好的事情。

当所有优秀的文化传统被否定、被批判的时候，鲁迅还在。他就代表了中国现代最优秀的、最深刻的思想和文学的成就。我喜欢鲁迅的《野草》，也许有些人认为它并不是鲁迅最好的作品，但我认为《野草》是鲁迅最有意思的一本书。我们以前说鲁迅是一个斗士，我们谈论最多的是他的杂文。他的杂文像匕首和投枪，刺向对手的心脏，置敌人于死地。鲁迅的确很犀利，在那个时代他不断跟别人“吵架”，很多人败下阵来，跟鲁迅“吵架”的人都很倒霉，这段经历一辈子都是一件羞耻的事。当然并不是被鲁迅骂过的人都是坏人，比如我的老师，华东师大的施蛰存教授，曾经就被鲁迅骂过，施先生一辈子都为这件事情所累，当然到了晚年大家都承认他是一个大师。那时候有人让施先生推荐书，施先生推荐了包括一些古代经典在内的书。鲁迅先生认为不妥当，写文章批评了施先生。施先生当时年少气盛，用比较尖刻的文字回应了此事，因此惹怒了鲁迅先生，鲁迅在文章中骂他“洋场恶少”，这几乎成了施先生一生的罪名。其实这也真是冤枉了施先生。施先生为人忠厚，有学问，他从来没有说过半句鲁迅的不是，却为这件事大半辈子都过得很压抑。鲁迅不是神，但他确实是中国现代了不起的伟大作家。

我为什么喜欢鲁迅先生的《野草》?《野草》是鲁迅在他困惑、

彷徨的时候，在寻找光明而看不见曙光的时候写的文字。他不知道光明在哪里，一个人在黑暗中寻找，把自己内心深处的欲望、对目标的想象以及对未来的憧憬都转化成文字。在这奇妙的文字里有故事、有形象、有抒情、有议论。所以我觉得《野草》是鲁迅先生最有意思的一本书，非常值得阅读，并且可以一读再读。如果鲁迅只有一本《野草》的话，他也是一个了不起的作家。

那时候我经常到旧书店里去买书，读初一的时候，我花一毛钱买了一本薄薄的叫《西窗集》的书，是20世纪30年代初上海出版的一本外国文学选集。翻译者是卞之琳先生，一个现代派的诗人，也是一个学者。他年轻的时候，阅读了许多当时在西方影响很大的现代派作家的作品，他从中选取了他喜欢的一部分，或是带有诗意的散文诗，或是短篇小说，或是长篇小说的片段，把它们翻译成中文，汇集成《西窗集》。我想大部分当代中国人都不会读这本书，但是当时这本书对我的影响却非常大。因为它，我知道原来在20世纪初，有这么一大批有才华的作家，他们的表达方式是那么奇怪，那么奇妙。我也第一次认识了普鲁斯特，一个非常了不起的作家。现在我们经常谈诺贝尔文学奖，世界上影响最大的、地位最高的一个文学奖，所有的作家都以得这个奖为荣。但是也有人认为这个奖没有权威性、不公平，一个很重要的理由就是20世纪有好几个重要作家，按照他们的成就和声望，应该获得诺贝尔文学奖，但他们并没有获得。一个是托尔斯泰，直到他去世也没有得到这个奖。还有卡夫卡。另外一个就是法国作家普鲁斯特，他一生只写过一部长篇小说，那就是《追忆似水年华》。他是一个体弱多病的人，花了十几年时间，在一个没有阳光的屋子里写了这部小说，但当时并没有引起很大的注意。

有两种小说家，以法国为例。巴尔扎克是一种，他是现实主义的代表作家。他的代表作《人间喜剧》写了很多人物、很多他生活时代的故事，人们读他的书就像参观当时的法国社会一样。我们对巴尔扎克的评价非常高，他是小说大师，普鲁斯特跟他是不能同日而语的，但普鲁斯特是另外一种类型的小说家。他的《追忆似水年华》是本奇妙的小说，内容虽然只是在写他生活的小圈子，但他却不断地从自己的心灵深处挖掘东西。巴尔扎克用开放式的视野看这个社会，把看到的各类人物捕捉下来，一个一个抓到自己的小说里面。写他们的故事，写他们的命运，非常生动。而普鲁斯特是开掘自己的心灵，把内心深处那些隐秘的幻想，那些对大自然、对爱情、对世界、对人生的向往表达出来。这是另类的小说，你很难说清楚两者孰高孰低。

鲁迅曾经提起过普鲁斯特。但在那个时代，中国没有多少人读过普鲁斯特的作品，并不知道他的文字是什么样子的。第一个把普鲁斯特的作品翻译给中国人读的是卞之琳先生。他翻译了小说的第一章，有五六千字，收录在《西窗集》中。书里写一个孩子睡在床上，似睡非睡，似醒非醒。写他虚幻的梦境，写梦境和现实的杂糅交融，内容很是丰富。尽管我那时候还很小，但当我读到这段文字时却有非常强烈的共鸣。古人有句诗叫“片时春梦行千里”，即你做梦一个瞬间，梦里却可以行走千里，也许我们每个人都会有这样的经验。我经常在早晨醒的时候看表，一看是七点，又立即睡着开始做梦。我的梦总是特别丰富，梦境里没有时间概念，从我小时候一直到我老都会出现。梦境里出现过我认识的人，也有不认识的人，甚至我会梦到国外去，悲欢离合，生死轮回，梦境的复杂难以言说。突然身边的一个声音把我惊醒，再看表，七点十五分，我只做了十五分钟的梦而已。但是如果我用文字写出这一刻钟做的梦，也许几万字也写不完。十五分钟里我经历了整个人生，甚至可以写成一部长篇小说，常理无法解释这件奇妙的事情。

我读普鲁斯特小说的时候，就有这种强烈的共鸣。“人人心中有，人人笔下无。”正如这句话所写的，你也曾经历过、思考过，但是你写不出来，而普鲁斯特写出来了。我当时就想这个怎么是小说呢，里面没有故事，完整的小说会是什么样的呢？二十多年之后，中国人才看到了这部小说。译文出版社翻译出版了普鲁斯特的《追忆似水年华》。十几个人联合翻译出七本，每本书译笔风格并不一致，有好有坏。但是就是这样的阅读，也让我觉得这是一本无比奇妙的书。我把七本书放在床头，每天晚上睡前阅读。尽管白天在外面很忙，但想起回去就可以读这些书，内心觉得很是享受。每天三十页，我读了几个月才把这七本书读完。现在中国很多人在谈普鲁斯特的《追忆似水年华》，但包括一些作家在内的大部分人都没有读完这本书，甚至没怎么读过。因为对有些人来说这本书并不好看。书里没有连贯的故事，没有曲折的情节，更多的是普鲁斯特自己的心情，写得灵动飘逸、繁花似锦，这才是真正的艺术。

这本书的翻译者之一周克希，是我很熟的一个朋友。他翻译的那部分我认为是其中翻译得最好的。他原来是华东师大的数学教授，因为喜欢文学，就辞去了数学教授的职位，到译文出版社做了一个编辑。从此跟文字、翻译打交道。他翻译、重译过的《基度山恩仇记》《包法利夫人》等书，译笔很好。读《追忆似水年华》的时候，我跟他还不认识，认识以后我们就经常来往了。他快要退休的时候，我对他说："如果我是你，我这辈子只想做一件事情，就是把普鲁斯特的《追忆似水年华》重新一个人翻译一遍，让中国的读者看到一本风格统一的、翻译准确的译本。"我的话大概打动了他，后来他就开始做这件事情，但是到现在为止我只看到他出版了第一部。这本书是非常难翻译的，但我相信周克希会奉献出一个很好的译本给中国人看的。对于书，有些只能粗读，不值得你花很多时间去细读，有些书却值得你一读再读。普鲁斯特的这本书就值得细细品读，不可能一天看一本，需要我们慢慢品读。我有几个美国的作家朋友，他们说美国有很多读书人自由结合的读友会，其中有专门读普鲁斯特《追忆似水年华》的读书会，每个周末他们聚在一起，读一段书，到下周聚会的时候，大家谈对这段文字的看法。这样的聚会在中国还比较少。

《西窗集》里收入普鲁斯特《追忆似水年华》片段，题为《记忆与睡眠》。卞之琳在这本书里介绍了不少作家和诗人，如波德莱尔、马拉美、梅特林克、哈代、福尔、里尔克、阿索林、伍尔芙、纪德、蒲宁等。这些人当时在中国几乎无人知晓，但后来他们的名字都如雷贯耳，有些人还得了诺贝尔文学奖。其中有几个作家是我一直都非常喜欢的，但直到现在他们也没有成为文学明星。《西窗集》中的阿索林是西班牙作家，中国大概只翻译过他几本薄薄的书，但是我觉得他是西班牙最优秀的作家。他写小说，也写散文。他的小说像散文一样，散文像诗一样，我曾对他的散文一读再读。戴望舒先生翻译过阿索林的一本散文集，薄薄的一本，翻译得非常好。卞之琳先生重译了其中的一部分，并翻译了一些他的散文诗。

《西窗集》这本书，我认为是20世纪30年代翻译作品里非常独特奇妙的一本。一个中国作家、诗人，一个有学问、有才华、有见解的二十六七岁的年轻人，为了糊口翻译了这本书。他大量阅读英美作家的原著，从他们的英文作品里选取他认为好的文字，把它翻译成一本小小的书，所花的时间是难以想象的。书出版后反响非常好，重印了几次，但是印数不多。我曾经写过一篇文章《重读〈西窗集〉》，谈这本书对我的影响，我在文章里说，如果有哪个出版社现在能重新出版这本书，那一定非常有意思。后来安徽教育出版社重新出版了这本书，虽然印数不多，但印得很好。

我小时候很喜欢读书，但是我没有想过要当作家，只是觉得读书很有趣。如果问我小时候有什么梦想，我曾想过当一个音乐家。我很喜欢艺术，我觉得人类艺术中最奇妙的、给人想象空间最大的不是文学，而是音乐。有些情绪，文字是无法表达的，但音乐却可以把人类感情中最微妙的、最无法言说的那些情绪表达出来。我常常在那些美妙的音乐里面遐想，文字让人遐想的空间是有限的，但音乐的遐想是无穷的。每当我听到那些西方古典音乐时，我就想人间怎么会有这样的声音。所以那时候我想，我将来要当一个音乐家。小时候家里没有条件学乐器，但我只要看到会玩乐器的人，我就特别敬佩他们。那时候我经常去几个地方，一个是书店，一个是卖乐器的商店。没钱买乐器，我就在商店里看看、听听。看到有人来买小提琴，调弦拉几下都让我觉得很奇妙。我小时候在上海音乐厅听过一次音乐会，当看到台上几十个人拿着不同的乐器，演奏出整齐、美妙的音乐时，我觉得这件事情太神奇了。我那时甚至想，将来我长大了就在音乐厅门口做一个收票的人，收了票以后就坐在门口听音乐，这是一个孩子的幻想。直到现在我也很喜欢音乐，家里的收藏除了书，就是唱片。我想我收藏的唱片，我听音乐的经历，可能并不比那些搞作曲的人少，所以我写了好几本关于音乐的书。

我 68 届中学毕业，正好碰到了“文革”，必须要到农村去。如果我不去，我父母的日子会很难过，天天有人到我们家里来读毛主席语录。我们家里去了三个，我的两个姐妹去了安徽淮北。那时我想去黑龙江，但因为家庭出身不能去。到最后我只能选择回乡插队，当时叫“投亲靠友回乡插队”，费了九牛二虎之力把我的户口从上海迁到了崇明。现在回想起来，这是在知青里面地位最低的、最孤独的、最没有前途的一种。到农村的前三个月，我过得非常压抑。我觉得我没有前途，这一生可能就和他们一样做到老，成为一个真正的农民，但是我又很不甘心。那时我不大爱说话，一直埋头干活。农民们都注意了到我，他们发现我不说话，就主动跟我说话，我总是用最简短的语言回答他们。我所在的地方非常偏僻、贫穷，比那些插队去东北的人生活更苦。生产队里没有电，住的是草屋，点的是油灯，吃的是粗粮硬玉米。这些都可以忍受，但是那种孤独无法想象。那时候我觉得农民们很有同情心，总是千方百计地想跟我说说话。干活的时候他们尽量帮我分担，让我干轻一点的活儿，或者收工以后送点吃的东西给我。

但我觉得他们救不了我，那时我在日记里写道：“善良的人们，你们救得了我的肉体，救不了我的灵魂。”我过得非常压抑。有时候收工以后，想着反正我没有家，就一个人坐在海堤上看日落，一坐坐到天黑。农民认为这个年轻人又不笑又不说话，显得很忧郁，一个人坐在海堤上坐两个小时，行迹诡异，认为我是要自杀。我的确很忧郁，但没有想过自杀。

三个月以后，我的情况发生了很大的变化，造成这个变化的非常重要的原因就是书。我到农村去的时候带了几本书，但这几本书是不够陪我度过在农村的漫长岁月的。后来农民发现，这个从上海来的不爱说话的知识青年，只要一拿到一张报纸或者一本书，眼睛就会发光，好像变成了一个人，旁边的什么事情都会忘记。那时候农民有“早请示晚汇报”这一套，中午出工之前也要读报。我总是一个人躲在一个角落，拿着一本书看。农民知道我最喜欢看书后，虽然生产队长没有号召，但农民家里凡是有书的都找出来送给我，让我非常感动，这件事后来我还写过文章。农民给我的书中有《红楼梦》《儒林外史》《初刻拍案惊奇》《二刻拍案惊奇》《千家诗》《孽海花》《福尔摩斯探案全集》，还有后来拍成电影获得奥斯卡奖的《卧虎藏龙》，还有一些武侠小说。农民认为只要是书，是印刷品，就可以给城里来的知识青年一点精神上的安慰，我是来者不拒的。

古人有一句话叫“尽信书则不如无书”，这是经验之谈，确实是有道理的。世界上并不是所有的书都是好东西，有些书是会误人的。我想所谓读书人，就是要会读书，不仅要懂这些书，还要能鉴别这些书，哪些书是好书，哪些书是坏书；哪些书是对你有用的，哪些书是无用的；哪些书是看一眼就能随手扔掉的，哪些书是可以一读再读的。虽然我那时才十八岁，但我是一个知道怎么读书的人。农民拿来的那些书，我都放在屋子里。有些书我会仔细地读，有些书我看一眼就不再多读。

到农村以后我还很善于观察，刚来不久我就知道了这个生产队所有的农民，哪些是文盲，哪些是识字的。因为到生产队分粮草的时候要签名盖章。识字的人能够签名，不会签名就摁手印，有不少人是摁手印的，那些摁手印的人就是文盲，他们一般是不会送书给我的。但是有一天晚上，那是10月里一个凉爽的、有月光的夜晚，有人敲响我的门。我打开门一看吓了一跳，敲门的是一个八十岁的老太太，她不识字，样子很可怕，身形瘦得像骷髅一样，白发稀疏，嘴里没有一颗牙齿。她在旧时代缠过足，是所谓的三寸金莲。她用这双小脚沿着田埂从她住的地方走到我这里，大概要走二十分钟。我问她为什么来找我，她说来给我送一本书。我知道她是不识字的。她把书给我后，我送她到河边，看着她在月光下远去。回来在油灯下一看，她送我的是一本1936年的历书，就是我们现在的挂历，连封面都没有，只有一些简单的文字，阴历和阳历相对照。这本书对我一点用处也没有，但是当时我拿着这本“书”，眼泪唰唰地流下来了。那时农民还给了我一些有价值的书，有一个退休的小学校长送给我一套乾隆年间的刻本《昭明文选》，用非常好的盒子包着，我后来离开农村没带出来。如果用钱来衡量，这套书价值不菲，但我得到这套《昭明文选》时，也没有像得到八十岁老太太送的皇历那么感动。

当然农民给我的书是有限的。后来我非常幸运地在一个乡村学校的被废弃的图书馆里，找到了很多书。说起来这是一个像童话一样的故事。有一天收工以后，我一个人回到我住的草屋准备做饭，一个老太太走进来，她说来帮我炒个菜，我烧火。我就坐在灶背后烧火，老太太随手扔了一本书给我。这是一本没有封面的，被撕得只剩下中间一些内容的书。我一看就知道是一本文学作品。当时我们读了很多马列著作等政治书籍，自然段都很长，有时候一段排一页，一页不够还可以转页；文学书自然段很短，书里有对话，和政治书籍完全不同。我打开这本书，文字非常优美，至今我还记得。后来我才知道这本书是苏联作家帕乌斯托夫斯基的小说选。他是一个优秀的散文家，也是小说家，他的小说非常有诗意。20世纪五六十年代，他的散文集《金蔷薇》被翻译到中国来，非常受欢迎。后来秦牧先生写的《艺海拾贝》就是受了他的影响，书里写一些艺术家的故事，文字很优美。

帕乌斯托夫斯基的文字把我吸引住了，我忘记了烧火。老太太忙了半天，一摸铁锅还是冰冷的。她走到灶台后一看，我正借着夕阳的余晖看这本书。老太太说："哎呀，你不用这么着急，在那个学校里，有很多这样的书。"她说了一个学校的名字，我知道这所学校，离我住的那个村庄不远，是一所很破的学校，大概有三排平房。这个学校上课的时候很有意思，农民的孩子进去后可以从上小学读到初中毕业，听说教育质量很好。有时候我干活经过那里，也去窥探过。一个教室里面坐着两个班的同学，一个老师在三年级那里讲了一会儿，又到四年级那里去讲一会儿。这样破的农村学校怎么会有图书馆呢？我不相信。但是老太太给我的这本书是客观存在的，确实是一本我没读过的非常好的书。第二天正好下雨了，下雨天是农民的假日，不用出工，我就一个人跑到学校里。没想到真有一间又旧又破的大屋子，里面堆满了书，书一直从地上堆到天花板。地上是潮湿的泥土，下面的书都已经开始烂了。我在屋子里待了整整一天，把书清理了一遍，有无数我没读过的、非常好的书。我到生产队里借了一辆劳动车，几个麻袋，运了三麻袋的书。现在想起来我这也不算偷书，因为这个屋子人人都可以进去，很多人拿了书，回去以后可能就引火烧掉了。

有了这些书以后，我的生活发生了很大的变化，就像我在20世纪80年代读普鲁斯特的那种感觉一样。农村的生活很艰苦，劳动也很繁重，有时要从船上挑大粪走三里路到我们生产队。我跟农民一样赤着脚，他们光着身子，我不好意思，就穿着衬衫。农民会把扁担在两肩之间换来换去，我只能在右边肩膀上挑。半天挑下来，肩膀上的皮都被磨烂了，衬衣和血肉模糊地粘在一起，脱也脱不下来。虽然很苦，但是想起收工回到草屋后，可以点亮油灯读一本书，我觉得活着还是很有意思的。

说起挑担这件事，我就想起前年读的一本书《在中国屏风上》。作者是写过《月亮与六便士》的英国作家毛姆，一个优秀的小说家。读了这本书我才知道，毛姆曾在20世纪初到中国来生活过一年，回去以后他写了这本《在中国屏风上》，直到最近才被翻译成中文。书里写了他待在中国一年的时间里采访过的各种各样的外国人，有传教士、商人、政客、流浪者……他对中国当时的风俗民情和自然文化有很多独特的描绘。其中有一段是写他到四川后，遇到的四川纤夫以及他们的劳动号子。我曾经在文章里写过对劳动号子的感想，读到毛姆写的纤夫和川江号子时，发现我们的一些感受不谋而合，甚至一些用词都很相像，让我读得很感动。他写他听到那些受了沉重压抑的中国人，在拉纤时发出的那种痛苦的呼喊，非常震撼。我理解他的震撼。我喜欢音乐，如果问我世界上什么音乐给人的印象最深刻，我会说不是音乐厅里的交响乐，而是我在农村插队的时候，跟农民挑担时听到的那些劳动号子。这个不是音乐，没有人创作。每个农民发出的声音是不一样的，有些人像牛一样在低声地吼；有些男人像女人一样尖声地高喊；有些人就“嘿哟嘿哟”地叫。大家把内心所有的压抑和痛苦全部通过这种喊叫宣泄出来，配合着节奏，不同的声音混合在一起，就发出了非常惊心动魄的声音。这是人间最痛苦的，也是最亢奋、最昂扬的声音。

因为有了书，让我觉得一个人活着还有盼头、有乐趣。即使插队生活再苦再穷，也能回家关上门，在油灯下读一本我喜欢的书。我有一篇文章《旷野的微光》，就是写我在油灯下读书的那种感觉。这篇文章被收录在高中语文课本里，我很高兴现在的学生也可以读到这样的文章，体验我当年读书的感觉。

读书是不应该有功利心的。现在有些年轻人问我为什么读书，我告诉他们读书不要有功利心，有功利心的阅读一定是有问题的。我们为什么读书？是为了提升精神，丰富情感，增长见识。只要读的是有价值的好书，即便被人视作闲书，它们也一定会帮助你成长，把你引入无限宽广的世界。

（本文为作者于 2008 年 9 月 6 日的讲座记录）

我和文学的缘分

近日，现代出版社出版了我的十八卷文集。面对着眼前这一大堆书，我自己也感到惊讶：这难道都是我写的？我写了这么多文字？打开书卷，迎面扑来的文字，是我熟悉的，每一行，每一句，都会勾起我的回忆。这是我人生的屐痕。面对这些书，我在想，我为什么会写下这些文字？

在少年时代，我是一个文学爱好者，阅读精彩的文学作品带给我的快乐，使我毕生都回味不尽。当年是一个阅读者的时候，我从来没有想过自己将来也会选择以写作为生，没有想过我会成为一个作家。那时，我觉得作家都是一些聪明绝顶的人，他们历尽沧桑，登临绝顶，俯瞰人生，是一些思想深刻、感情丰富、才华横溢、想象力过人的人，他们是灿烂而遥远的星辰，可望而不可即。

四十多年前，我在家乡崇明岛插队落户。面对着寥廓旷野，面对着苍茫天空，面对着夜风中飘摇的一茎豆火，我沉迷在文学书籍中，沉迷在写作中。阅读和写作，使我忘却了身边的困境，忘却了物质生活的匮乏，忘却了孤独。那时，我不到二十岁，身体瘦弱，沉默寡言，常常一个人在田野里沉思冥想。每天夜晚，在油灯闪烁、幽暗的微光中，我在日记本上涂鸦，写生活的艰辛，写我的饥饿，写大自然对我的抚慰，写我的困惑和憧憬，我以文字为画笔，描绘天籁，也描绘我周围的风俗和人物。那时的写作，没有任何功利之想，没有杂念，只是觉得在孤独和困苦中这样写着，不仅宣泄了我心中的惆怅和苦闷，也使我的日子变得充实，使我的生活有了一种寄托和期盼。文学，像流动的泉水，滋润着我年轻而饥渴的心灵。因为有了文学的陪伴，我的日子变得有生机，有希望，有期冀。幻想的翅膀携着我上天入地，穿越古今，抵达我希望抵达的任何地方。文学为一个生活在困顿迷茫中的年轻人展现了辽阔的空间，让我自由飞翔。那时，我没有想过要当作家，喜欢读书和写作的感觉，犹如一个绝望的落水者在即将被淹没时抓到了救命稻草，而这稻草，渐渐变成了航船，载着我开始了美妙的远航。

我曾经在诗中把自己比作一棵长江边上的芦苇，想象生命繁衍的艰辛和悲欢，我在诗中这样叹息："用我做一支芦笛吧，我可以为你吹奏欢乐，让百鸟在头顶起舞盘旋；我也能为你吹奏悲哀，让笛孔都化作汩汩泪眼……"

当社会进步到能够自己选择职业时，我很自然地选择了写作。我觉得，我适合当一个写作人。因为写作带给我快乐。尽管写作的状态不可能永远如江河汹涌，一泻千里，有时写得艰涩而苦恼，有时写得夜不成寐，食不知味，其中所有的甘苦，对一个写作人来说，都是快乐。有些快乐即时可感，有些快乐却需要事后体会。

我写作，是因为我心里有话要说，有感情要倾吐。在人群中，我是一个不善言辞的人，我讨厌喋喋不休地说话，也常常无法把心里话流畅地表达出来，我以为，内心世界的纷繁缤纷，用嘴巴是无论如何也说不出来的。还好，还可以用文字来表达，可以写作。每个人的心里都有一个奇妙的魔匣，里面装着形形色色的喜怒哀乐，装着上天入地的荒诞幻想，装着曾经发生或者可能发生的故事。有些人，永远也没有机会打开这只魔匣，而写作人却可以不时打开这魔匣，让里面关着的精灵自由地飞出来，飞向辽阔的世界，飞向陌生的心灵，使心和心的距离由遥远变得亲近。

写作促使我思索，使我激动也使我平静。作为一个写作人，我必须睁大眼睛观察世界，观察人，也不断地审视自己，写作使我更深切地认识人生，也认识自己，使我能在喧嚣中保持心灵的宁静。

四十多年来，我的人生曲折起伏，经历了各种不同的时代和环境，然而文学一直是我亲密友善的旅伴，写作已成为我的生活方式。文学之于我，恰如那盏在黑暗中燃烧的油灯，尽管人世间风向来去不定，时起时伏，只要心里还存着爱，存着对未来的希冀，这灯就不会熄灭。我的文字，便是这灯光在我心里的辐射，这辐射衍化成文字，记下了我所感受到的时代、人性和自然。和文学结缘，是我此生的欣慰。写作对有些人来说也许是一种追求时髦与时尚的事业，而我却始终认为，这应该是一件以不变应万变的事。这是我自己选择的一种生活，是我的人生。万变的是世事，是永远花样出新的时尚，不变的应该是一个写作者的心境，是他对人生的态度，即所谓在喧嚣中寻宁静，在烦扰中求纯真。这几十年，我努力让自己保持这样的心境。我曾经在一篇文章中说：岁月和命运如曲折湍急的流水，蜿蜒于原野山林，喧哗，奔流，定无轨迹。在水中，你可以是浮萍游鱼，随波逐流，可以漂得很远，却不知所终；你也可以是一块礁石，任激流冲击，浪花飞溅，却始终保持着自己的安静和沉着。我愿意做一块礁石。

文学曾经陪伴我度过曲折的青年时代，我的青年时代也因此而变得丰富而激情多姿。现在我已经两鬓斑白，但我总还是觉得自己的心和年轻时一样，对世界充满好奇，对未来的生活有所期盼，因此还要不断地思索和表达，不断地写作。生理的青春正在渐渐远去，但心灵却因为有文学陪伴而依然保持着青春的激情，这也是一种幸运。

巴金先生曾在他赠我的书中为我题写过这样一句话：“写自己最熟悉的，写自己感受最深的”。这是他对自己一生写作经验的总结，也是对后辈的一种鞭策，我一直铭记在心。冰心老人也曾为我题写过这样的话：“说真话就是好文章。”说真话，抒真情，这是每一个写作者必须遵循的原则。离开了真，便无以为美，也无以为善。

常常有人问：你为什么写作？我想，其实原因非常简单，因为喜欢，喜欢亲近文字的感觉。能把自己的喜欢事情和职业结合在一起，是一种幸福。从这个意义上说，我算是一个幸运的人。小时候崇拜作家的那种情结，现在已经很淡，作家其实都是一些最普通的人。然而对文学的钟情，却一如既往。我曾经这样用文字表达我对文学的看法：

你是遥远的过去，是刚刚过去的昨天，也是无穷无尽的未来，你把时间凝聚在薄薄的书页之中，让读者的思想无拘无束地漫游在岁月长河里，尽情地浏览两岸变化无穷的风光。你是现实的回声，是梦想的折光，是平凡的客观天地和斑斓的理想世界奇异的交汇。你是一双神奇的大手，拨动着无数人的心弦。你在人心中激起的回响，是这个世界上最美妙的声音。人心是无边无际的海洋，这个海洋发出的声响，悠远而深沉，任何声音都无法模拟、无法遮掩。

你是一个真诚而忠实的朋友，你只是为热爱你的人们默默奉献，把他们引入辽阔美好的世界，让他们看到世界上最奇丽的风景，让他们懂得人生的真谛。只要愿意和你交朋友，你就会毫无保留地把心交给他们。你永远不会背叛热爱你的朋友，除非他们弃你而去。

你是一扇神奇的大门，所有愿意走进这扇大门的人，都不会空手而归。而对那些把你当作追名逐利的敲门砖的人，你会把门关得很紧。

这段文字的题目是《致文学》。我想，我把对文学的感情和想法都写在了这段文字中，我为什么写作的原因，也在其中了。

2014 年 8 月 12 日于四步斋

中国文学与当今世界

今天我想以个人的一些经历，谈谈中国文学与世界文学交流的情况。

一、中国对世界文学的引进从未停止

在 20 世纪的前大半个世纪，中国的现代文学在世界上几乎没有什么影响。但是，从 19 世纪末开始，中国对世界文学的引进和交流一直没有停止过。我甚至可以这么说，在这一百多年中，对本国以外的文学作品的介绍和翻译，全世界没有一个国家比中国做得更好。

清朝末期，中国人就开始介绍国外的文学。最初林琴南先生用文言文翻译了一批外国的长篇小说。五四以后，新文学运动开始，中国有一批知识分子翻译了大量外国文学作品。当时中国人视野所及的世界经典文学作品，绝大部分都陆陆续续被翻译成了中文。有些著名的作品还不止一种译本。这种翻译出版外国文学的盛况，一百多年来都没有中断过。中国还有专门翻译出版外国作品的出版社，这是很了不起的，意义也很大。

在中国，能读到各种世界经典作品。中国有些翻译家，一辈子就盯住一个外国作家，或者盯住一国的文学翻译。比如上海的傅雷先生，他就翻译法国文学，翻译了雨果、罗曼・罗兰的很多作品；草婴先生一辈子翻译俄国文学，把肖洛霍夫、托尔斯泰的作品基本上全部翻译过来。很多外国的重要作家，我们不仅翻译他的代表作，还翻译他所有的文章，出版他的全集，这真是非常了不起的事情。比如《狄更斯全集》《海明威全集》《泰戈尔全集》等。

所以，我作为一个读书人、一个写作者，觉得做一个中国的文学爱好者，是蛮幸运的一件事。因为，如果你真的喜欢文学，在中国可以读到被译成中文的、全世界最好的经典作品。

二、国外对中国文学的印象

我们对国外文学很了解，但是国外对中国文学的印象却完全是另外一回事儿。这些年，我作为一个中国作家，与外国作家、外国文学有各种各样的交际，在交流过程中一直有一种屈辱感或者说是悲凉感。

我第一次出国是 1985 年，三十三岁。当时出国非常稀罕，像我这么年轻的作家参加中国作家代表团，几乎是没有的。第一次去的是美国和墨西哥，团长是王元化先生，三个团员分别是河南的作协主席张一弓先生、上海的小说家孙树棻先生和我。到了国外和外国人交流，总是我们对外国文学很了解，而他们对我们基本上不了解。他们知道中国古代的文化，对中国当代文学基本上一无所知；知道李白、杜甫，还知道鲁迅，如果知道巴金，那就很不错了。到了墨西哥以后，我兴致勃勃地到墨西哥最大的一家书店转了一个多小时。我不认识西班牙文，也不怎么认识英文。但我想看看，有没有被翻译成西班牙文的中国书。我想我应该认得出来，因为书的封面上一定会有中国元素。但是我走遍了书店，也没有找到一本中国的书。后来，一个朋友陪我找到一本中国的书——老子的《道德经》，被翻译成西班牙语的一本小小的诗集。

说起中国的哲学，很多西方人很是不屑，认为近二百年来中国没有出过一个像样的哲学家，没有提出过一个能够改变人类的、被大家接受的新的哲学思想。所有的哲学思想全部来自西方，而我们中国在哲学领域里基本是空白。我们的很多哲学家，都只是解释、阐释西方的思想，解释西方的哲学。其实早在先秦，我们就出现了一大批哲人，把当时人类的哲学发展到一个新高度。2002 年，我随中国文艺家代表团去德国访问，接待的规格特别高，接待我们的是德中友协的会长，他是一个哲学家。他在接待我们时说，当今世界，美国文化像洪水一样泛滥，没有一个地方能够阻挡，欧洲也没办法，我看全世界只有中国能阻挡。我问他为什么？他说因为你们中国的哲学，先秦的哲学已经把人类的智慧发展到了顶峰，而且中国的文化没有中断，中国的文化是最强大的，这个文化是可以跟美国抗衡的。当时我的感觉是又自豪又悲凉，自豪的是一个外国人对中国文化这么看好，悲凉的是当时大部分中国人却没有这样的认识。

三、中国文学和世界文学交融的关键是翻译

中国与世界的文化交流长期以来是不对等的。中国人有能力把外国文学翻译成中文，但是没有能力把中国文学翻译成外文。中国人的外文再好，但是要把中国文学译成另外一种文字，也是很难做好的。20 世纪 80 年代，北京有本《中国文学》杂志，有英文版和法文版，我的一些文字被翻译成英文、法文，但几乎没有影响。我听很多外国人说看不懂。看不懂的原因，一方面是翻译得不好，另一方面是因为文化差异导致理解的隔阂。这件事情靠中国人来做是很难的。反过来也一样。比如，一个传教士到中国来，他可以传授西方的技术，但如果让他以他传教士的水平把西方的文学写成中文，恐怕也很困难。

这件事情一直到最近二十多年才有所改观，这方面我的感受很强烈。以前和外国人交流一直是这种不对等的状况，谈到后来那些外国

人也很惭愧，说我们对你们确实不了解，要好好花点时间去了解。但其实他个人花时间是没用的，因为他看不到被翻译成他们国家的语言的中国文学，根本就不可能真正了解中国文学。

所以说，世界对中国文学的翻译，对中国文学的介绍没有做好。以前外国人没有兴趣做，甚至是不屑去做。他们也许尊重中国的古代文化，对先秦哲学、唐诗宋词，甚至《红楼梦》，是敬重的，但是对中国当代文学基本上是不屑一顾的。美国一个评论家出了一本书，排列了世界上最伟大的一百部小说，中国小说只有一部《红楼梦》入选，还排在五十名以后。我不同意他的这种编排，但是他代表了很多外国人的观点。哪怕莫言获得了诺贝尔文学奖，但外国人觉得他的作品还不够好，不够成为世界经典。这其实也很自然，因为外国人对中国文学了解得少，但这对中国人是不公平的。

四、中国当代文学已经开始被世界重视

诺贝尔文学奖是一个标志。曾经有人说，要提名鲁迅先生评选诺贝尔文学奖，鲁迅先生好像不感兴趣。直到改革开放以后，才有两个华人获得诺贝尔文学奖。一个是高行健，但他获奖时已是法国籍。高行健曾是中国作家协会外联部的工作人员。巴金访问法国时，他陪同做法文翻译。他确实写过很好的作品，影响最大的是话剧《绝对信号》《车站》等。他的所有作品都是用中文写的，再从中文翻译成别的语言。另一个就是莫言，这是第一个中国籍作家获奖，意义非常重大。以前我在外国书店里总是看不到中国的书，心里有些沮丧。现在不同了。莫言获奖的第二年，我在荷兰一个小城的书店门口，看到堆满了一大堆红颜色的书，是莫言的《生死疲劳》英文版，放在最显眼的地方。这在以前是不可想象的，一个中国作家，在一家外国的小书店占据了最显要的地位。现在国外书店里经常有这样的状况了。

作为一个中国的写作者，这些年我深切感受到，因为中国经济的发展、国力的发展，世界对我们的重视程度确实和以前完全不一样了。我觉得，不是因为我们的文学突然写得比以前好了，一下子就有世界水平了，是因为我国国力强大了，经济发展了，中国的地位越来越重要，中国的文化和文学也随之被世界关注。

其实，在我们国家贫穷落后的时候，有些作家写出了一生中最好的作品，但却没有机会被介绍出去。改革开放以后，中国被翻译最多的几部作品，其中一部是余华的《活着》。余华创作《活着》的时候，是浙江某个县文化馆的业余写作者。《活着》是一部中篇小说，不到十万字，写中国人特殊的感受，通过非常具体的人物、故事，写出了一个社会、一个时代，很朴实又很深刻。《活着》这部小说的版本越来越多，已被翻译成几十种语言，中文版每年销售一百多万本，还在不断加印，真是难以想象。如果历史倒退二十年，余华就不会有这样的机会。莫言也是如此。他以前是军艺的一个学员，很有写作才能。他出手不凡，最初发表的小说就引人注意，第一篇影响比较大的是《透明的红萝卜》，发表在《中国作家》上。20世纪90年代，有一次，浙江散文大奖赛请柯灵先生和我当评委，所有来稿都是匿名的，我发现一篇题为《望星空》的文章很有想象力，极有才华。大家都觉得好，评了一等奖，作者名字揭晓才知道是莫言。莫言确实是一个很有才华的作家，他对中国乡村生活、对中国风俗人情描写得非常生动、深刻，其力度，是很多作家达不到的。

莫言作为一个中国本土的作家、共产党员、军人、中国作家协会会员，他获得诺贝尔文学奖是一个标志，使整个世界对中国文学刮目相看，也使世界加大了对中国文学的关注力度。

其实，在莫言获奖之前，就已不断有中国当代文学被翻译出去。就我而言，我的作品被翻译成外文，是我自己原先连做梦都想不到的事情。我第一本被翻译的诗集，是由爱尔兰作家翻译的《天上的船》

英译本。因为有了这个英译本，我的诗集又从英译本被译成别的文字，如保加利亚语、塞尔维亚语等。塞尔维亚有一个国际诗歌奖“斯梅代雷沃金钥匙奖”，是这个国家的最高奖，在欧洲也很有名气。我就因为这本从英文转译成塞尔维亚语的《天上的船》，他们把这个奖颁给了我，这对我来说是很意外的事。最想不到的，就是我最新的诗集《疼痛》。这本诗集是我对自己的人生经历、对这个时代的一些反思。这本诗集自 2017 年年底出版以后，不断地被国外翻译，到目前为止已经有大概十个不同语种的译本了，其中有英、法、西班牙、保加利亚、塞尔维亚、罗马尼亚、摩尔多瓦、伊朗、阿拉伯语等。正在翻译的还有葡萄牙语、日语、韩语、波兰语、意大利语等。在中国当代文学史上，一本诗集在这么短时间内被整本翻译成这么多种语言，并在外国出版，也许是前所未有的事情。实际上，中国有一批写得很好的诗歌，但是如果不被翻译，外国人不会知道。我是运气好，也是有好的机遇，才使这本诗集被世界发现，最重要的原因，是遇到了中国改革开放这一不断强大的时代。过去的时代，我们曾有非常好的作品，但是我们没有办法、没有能力把它们翻译成其他语言让外国人读到。

所以，这些年我出国参加诗歌朗诵会，真切地感受到作为一个中国人，或者说是作为一个中国作家的骄傲。以前感到的那种不公平、尴尬和屈辱，现在已渐渐地离开了我们。我感觉，中国当代文学已经开始慢慢被世界重视，以这样的趋势，中国当代文学与世界文学会有一个更好的融合。今后，需要我们中国作家真正写出能够代表中国水平的文学，这才是最重要的。

（2019 年 10 月根据录音整理）

访谈录：海关楼里，有一间赵丽宏书房

新闻路是上海市中心一条安静的老马路，这条路辟筑得很早，最初是为了攻打太平军于1862年修建的运兵土路，这条路有一段依苏州河蜿蜒曲折，其路名也因靠近苏州河上那座1735年建的新闸而得。得益于苏州河水运的便利，自1940年起，新闸路的商业便异常繁荣，道路两侧林立着数百家商铺，衣食住行样样俱全，洋溢着浓浓的市井生活味儿。

在离静安寺不远的新闸路1708号，坐落着一幢风格简洁但卓尔不群的英式老建筑，在梧桐掩映下，这幢四层高的建筑看上去有点遗世独立。建筑正门处高大的花岗岩砌边凸出于主立面，平顶，钢窗，外墙褐色泰山石面砖与米色花岗岩形成醒目的色块对比，两扇镶嵌着铸铜工艺的木门上镌刻着特有的通关密码——“海关圕”，“圕”是1924年由图书馆学家杜定友（1898—1967）发明的，用来代替“图书馆”三字，这就是建于1935年的海关图书馆，后被称作海关楼。海关楼的前身为海关总税务司图书室，亦称赫德图书室。

赫德是何许人？为何要以他的名字命名呢？查阅了《上海海关志》，得知赫德是英国人，1835年出生于英国北爱尔兰亚阿马郡波塔当的没落酒厂家庭，1853年，毕业于女王大学，次年被保送进入英国外交部。同年6月，来到中国。历任宁波领事馆翻译、广州粤海关副税务司、广州海关副税务司等职。1863年，年仅二十八岁的赫德担任中国海关总税务司职务，而且连续任职四十八年。直至1911

年 9 月 20 日，赫德病逝于英国白金汉郡的马洛，至死才卸职。20 世纪 30 年代，上海共有五座专业图书馆，但拥有独幢大楼的只有这座海关图书馆，里面馆藏十分丰富，尤其是中国经济、政治领域的书籍最为全面。海关楼是上海重要的历史保护建筑。如今，这幢具有装饰艺术派风格的建筑已成为静安区图书馆，向公众敞开了大门。门楣处的沙船图案、门把手的缆绳样式以及馆内仍可运行的老式手动送书电梯都保存完好。海关楼内藏有上千册海关主题特藏书籍，馆方还花费重金购得《美国哈佛大学图书馆藏未刊中国旧海关史料（1860—1949）》等多部近代海关史料丛书，这些珍贵文献可以帮助人们更好地了解近代中国对外贸易、对外交往的历史情况。

2017 年 4 月 23 日，即第二十二届世界读书日当天，在海关楼四楼有了一座全新的“赵丽宏书房”。作家工作室到处都有，不足为奇，但在图书馆里设置作家书房却是闻所未闻，这个国内绝无仅有的创举，无疑会给这幢耄耋之年的建筑注入新鲜的生机和活力。

创建书房的缘起

梧桐叶落时节，我再次来到了海关楼。

说是再次，是因为我曾经在海关楼做过多次分享活动，最早的一次是在 2017 年仲夏，最近的一次是在 2019 年春天。其间我也曾数度在那里参加过静安阅读节活动。对这幢建筑应该是熟悉的，但是今天却是专为赵丽宏书房而来。

循着古意盎然的木楼梯拾级而上，抵达四楼。迎候在书房里的赵丽宏一如既往地温和儒雅。尽管已是名满海内外的作家，但他身上却看不到丝毫的高冷，无论是谁，一接触他，都会被他身上那种极具亲和力的气质所感染，情绪也会犹如面对一个熟悉的老朋友那样放松下来。书房布置得很温馨，充溢着满满的文化气息，德彪西的印象派钢琴音乐轻轻地回荡在不大的空间里，在书房里乳白色的宽大沙发上坐下，瞬间被一种温暖惬意的氛围所包围。诗人气质的赵丽宏像他的诗一样坦诚，采访的过程是一种颇为享受的情感交流，他会随着你的思路回答你想知道的任何问题，但讲着讲着你的思路又会不知不觉地跟着他走。

其实在赵丽宏书房落户海关楼之前就有好多地方想为他建工作室，但都被赵老师婉拒了。2017 年年初，静安区图书馆濮麟红馆长到上海作家协会拜访赵丽宏，提出想在静安区图书馆为他建一个工作室，赵丽宏说："我的书房很小，家里书放不下，我把书房延伸到你们图书馆去吧。"于是静安区图书馆就有了建赵丽宏书房的设想，这既是作家书房，也可以作为图书馆的阅读推广窗口，让读者亲近文学，爱上阅读，并让读者有机会接近作家。曾多次到海关楼做过讲座的赵老师觉得这个主意不错。这里离自己淮海中路的家很近，在这条安静的街上，有一个安静的书房，可以经常去那里看书写作会朋友，并有机会和读者交流，是一件很好的事，就欣然同意了。于是，一拍即合。濮麟红馆长提议把书房设在海关楼四楼，那里虽然没有电梯，面积也不算大，但却是一个有历史底蕴的地方。书房是根据赵丽宏家里“四步斋”的风格来规划的，它不仅具备了一个文人书房的样子，而且处处显露出书房主人的格调和品位。

当年 3 月，赵丽宏到北京开两会，在会上遇见老朋友冯骥才，请他为书房题写了牌匾。赵丽宏还请他的一些文坛朋友们为书房题写一句话，王蒙、莫言、铁凝、王安忆、袁鹰、从维熙、鲁光、张抗抗、贾平凹、刘心武、舒婷、梁晓声、肖复兴、南帆、郑福田、孙颙、陈村、金宇澄、王小鹰等都先后寄来了题词墨宝。图书馆把这些名家墨宝装裱后挂在书房四壁，顿时蓬荜生辉。书房门前的走廊尽头镜框里则是赵丽宏自己的一幅手书。匆匆一瞥，记住了最后一句："一卷在握，宠辱皆忘，独享天籁妙境。"之所以记住是因为有同感。赵丽宏书房建成后，静安区图书馆几乎把他出版的书找全了，当赵丽宏看到自己的一百多本书被整整齐齐地陈列在书房的玻璃书柜里时，连他自己都感到惊讶，因为没想到自己居然出版了这么多书。他说并没有感到多么了不起或骄傲，而是觉得自己大半辈子的生命都融化在这些书里了，庆幸六十几年的岁月总算没有虚度。书房里，还收藏有赵丽宏各个时期的手稿和他收藏的书籍画册以及世界各国文学界友人赠予的珍贵礼物。书房临窗有一张比较大的桌子，桌子上放有文房四宝，可以写字画画，这都是赵丽宏少年时的兴趣爱好，他说现在太忙，等以后有空了，也许会经常过来写写画画。书房的一个角落放着音响和CD 机，还有一沓古典音乐 CD。赵丽宏喜欢音乐，他认为音乐可以把人心中最隐秘、最微妙的情感表现得淋漓尽致。他尤其欣赏印象派音乐家德彪西的作品，欣赏他“曲中有画，画中有曲”的意境，听着德彪西的钢琴曲写作，可以激发自己的创作灵感。

赵丽宏书房于 2017 年 4 月 25 号世界读书日正式揭幕，当天在赵丽宏书房举办了一场颇具创意的朗诵会，邀请世界各国读者用不同的语言朗诵赵丽宏新出版的诗集《疼痛》中的诗作。参加朗诵会的来宾和读者纷纷表示，赵丽宏书房为读者们提供了一个交流的空间，更多的读者可以通过名家书房走进作家的世界，感受文学的氛围。

难忘最初写作的茅草房

坐在宽敞明亮的书房，赵丽宏情不自禁地回忆起自己最初写作的茅草房。他祖籍崇明，出生在上海市区，在城市里长大。1968 年中学毕业，他到崇明岛插队落户。那时，年少青春的赵丽宏在风雪中赤着脚在海滩上挑土筑堤，在烈日下割麦插秧挑大粪，他孤独，寂寞，却无人可以倾诉。只有每天晚上，就着一盏油灯打开书卷，沉浸在那些美妙的文字中，他才会忘却自己所处的困境，进入一个使精神丰富、升华的世界。文学安慰了他少年孤寂的心，他将对文学的向往和追求比作自己的救命稻草。油灯下身影孤独，窗外寒风呼啸，然而心中却有诗意荡漾，有梦想之翼拍动。当少年赵丽宏在油灯飘忽的微光中读书、写作时，周围的贫寒简陋全然不见了，他眼里看见的只有缪斯的美丽身影，她带着他一步步走向文学的圣殿。

十年寒窗，十年磨砺，赵丽宏油灯下的文学梦持续了将近十年，十年的苦读没有白费，1977 年恢复高考，二十五岁的赵丽宏考进了华东师大中文系。在诗一般的丽娃河畔，他如饥如渴地学习，才情勃发的他还在报纸杂志上发表了不少文学作品。1982 年大学毕业时，有三家单位要他，即《文汇报》的“笔会”副刊，上海人民出版社和上海作家协会的《萌芽》杂志社。赵丽宏毫不犹豫地选择了《萌芽》杂志社，他觉得这是离文学最近的地方。就这样，赵丽宏走进上海作家协会，在《萌芽》杂志当上了一名文学编辑。编辑之余，依旧笔耕不止。1987 年，他应聘成为上海作家协会的专业作家。

年轻时代，赵丽宏没有专门的书房，属于他的只有一间既是卧室也是书房的小屋，那是一间没有窗户的黑屋子，即便是阳光明媚的白天也要开着灯才能看书写作。以致后来他搬到有阳光的屋子后，依旧沿袭了写作时拉上窗帘开着灯的习惯。三十多年来，赵丽宏搬过几次家，但书房都很小，他自嘲地把自己的书房起名为“四步斋”，意即“四步就能走完”。他现在住处的书房虽然有十多个平方米，但依旧叫“四步斋”。不过书房门外有一条长长的走廊，可以来回走二十余步，他的书橱大多被安放在走廊里了。像大多数作家一样，赵丽宏会经常找不到自己想要的书，包括自己写的书。

海关楼的赵丽宏书房给了他的书一个宽敞、宁静、幽雅的家，我戏言那是书的豪宅。

诗人雕像背后的美丽故事

在赵丽宏书房里，有两尊外国诗人雕像，他们分别是印度诗人泰戈尔和叙利亚诗人阿多尼斯。这两尊雕像很动人，雕像后面的故事同样耐人寻味。

赵丽宏的诗，抒情、唯美、凝练的风格以及文字的音乐性，使读者联想到泰戈尔。事实上，赵丽宏确实很喜爱泰戈尔，他还在读中学时，看到了泰戈尔的《飞鸟集》，瞬间被迷住，从此不离不弃。他在1980年写的散文《小鸟，你飞向何方》中，就曾表达过自己对泰戈尔的感情。在这篇散文中，寻找《飞鸟集》的过程，成为他寻找美、寻找理想的一种象征。十多年后他写的诗歌《你看见我的心了吗》，是以诗的形式和泰戈尔的一次心灵对话。在上海作家协会举办的纪念泰戈尔的国际文学交流活动中，赵丽宏关于泰戈尔的演讲，还有著名演员朗诵《你看见我的心了吗》，感动了在场所有的听众，一位印度记者很感慨地说，想不到，中国作家对泰戈尔的了解，比印度人还深刻。多年前赵丽宏率团访问印度，在印度文学院演讲，话题也是泰戈尔和中国的现代文学。在印度，赵丽宏曾想买一尊泰戈尔的木雕像留作纪念，但怎么也无法找到，这使他感到遗憾。

2014年夏日的一天中午，在大沽路上的一家印度餐馆，印度驻上海领事馆的总领事史耐恩先生请赵丽宏吃饭，席间很多话题都和泰戈尔有关。赵丽宏说起了自己遍寻印度却买不到泰戈尔木雕像的遗憾。史耐恩先生听说后只是淡淡地微笑着，目光中若有所思。2015年春节前，印度领事馆的工作人员打电话到上海作家协会，说史耐恩先生邀请赵丽宏去印度领事馆，有事情想和他面谈。带着一丝疑惑，赵丽宏来到了印度领事馆，在门口迎候他的史耐恩微笑着把他引进自己的办公室。赵丽宏走进总领事的办公室，当即被眼前出现的景象震撼了：面对门口的一张桌子上，放着一尊将近半米高的泰戈尔褐色木雕头像。雕塑家以粗犷遒劲的刀法，雕出了泰戈尔的形象：宽阔的额头，微蹙的眉峰，低垂的目光，紧抿的嘴唇，胡须和长发似在风中飘拂，仿佛正用那深沉的目光凝视着他。雕像的前面，还有一块铜牌，上面镌刻着一行汉字：致赵丽宏先生。望着惊讶得说不出一句话的赵丽宏，总领事微笑着说："赵先生，这是专门为您雕刻的。请您来，就是想给您一个惊喜，实现您的心愿。"他告诉赵丽宏，去年听说他想得到一尊泰戈尔的木雕像之后，他回国找到印度一位著名雕刻家，请他创作一尊泰戈尔的木雕像。雕刻家是泰戈尔创办的国际大学的教授，他知道这木雕将赠给一个热爱泰戈尔的中国作家，欣然答应，很快就找到一块合适的木料，雕出了这尊泰戈尔头像。印度外交部长访问中国时，史耐恩先生把这尊沉重的木雕像送上专机带到了上海。赵丽宏书房建立后，赵丽宏把这尊珍贵的泰戈尔木雕像带了过来，放在书橱上。

假如说，泰戈尔和赵丽宏只是无缘谋面的两代诗人的神交，那么赵丽宏和与他同时代的叙利亚著名诗人阿多尼斯的交往却是惺惺相惜，满溢着彼此欣赏的高山流水之情。

1930 年出生于叙利亚的阿多尼斯是作品等身的诗人、思想家、文学理论家，在世界诗坛享有盛誉。说起与阿多尼斯的交往，赵丽宏动情地说："我是通过他的诗了解他的。他是名满天下的大诗人，他很多诗都让我产生强烈共鸣。当我有幸和阿多尼斯认识后才知道，他是一个多么谦虚谦和的人，一个温厚的人。"

阿多尼斯确实是一位重情重义的诗人。2016 年人民文学出版社出版了赵丽宏的诗集《疼痛》，诗中呈现的意象和情感令人惊叹。出版一年多，已有七个国家翻译出版了这本诗集。2018 年 4 月，法国著名的阿玛通出版社翻译出版了法文版《疼痛》，旅居法国巴黎的阿多尼斯为法译本《疼痛》作序。6 月 9 日至 12 日，赵丽宏诗集《疼痛》法文版首发系列活动在巴黎举行，赵丽宏应邀访问法国，在巴黎的六天时间里，八十多岁的阿多尼斯陪了他四天。赵丽宏的每一次活动他都来，面对法国的媒体，他说：“读赵丽宏的诗，我感觉好像看到一朵朵奇花在我面前一点一点绽开花瓣，把我引进一个真实而神奇的世界。”在巴黎剧院举办的《疼痛》朗诵会上，阿多尼斯亲自把《疼痛》中的一首诗从法语译为阿拉伯语，并上台用阿拉伯语朗诵了这首题为《重叠》的诗作，使这场朗诵会成为一场三种语言融合交织的朗诵会。朗诵会结束，他把《重叠》用“阿拉伯书法”写在非常精致的纸上赠送给赵丽宏。更令赵丽宏感动的是，当阿多尼斯知道埃及的汉学家在用阿拉伯语翻译《疼痛》时，提出由他来为《疼痛》的阿拉伯语译本校对润色，而且不需要报酬。他说：“我读过你诗集中的每一首诗，你的诗被翻译成我的母语，我可以为此出点力，为阿拉伯读者提供一个准确优美的译本。”

这一切自然令同样重情重义的赵丽宏异常感动。为了答谢阿多尼斯的知遇之恩，赵丽宏回到上海后，请著名雕塑家吴为山的得意门生，曾为傅雷、柯灵、钱谷融先生做过出色雕塑的艺术家高旷宇，为阿多尼斯塑了一尊形神皆备的青铜头像。他特意关照所有知情人一定要替他保密，千万不要告诉阿多尼斯，他要给他的异国知己一个意外的惊喜。

2018 年 10 月 3 日下午，阿多尼斯应邀在南京先锋书店举办《我的焦虑是一束火花》新书首发式暨读者见面会，赵丽宏作为嘉宾也受邀参加。当赵丽宏当场揭开雕像的面纱时，阿多尼斯惊喜至极，他紧紧握住赵丽宏的手，眼眶都湿润了。周围数百位读者一起站起来热烈地鼓掌，现场气氛达到高潮。活动结束后，赵丽宏设法将分量不轻的青铜雕塑快递到巴黎。

现在，这尊雕像已安放在阿多尼斯的书房里，成为这位异国诗人最喜欢的雕像。我在赵丽宏书房里看到的阿多尼斯雕像是用玻璃钢浇铸的，头像旁边是赵丽宏和阿多尼斯在巴黎活动现场的合影，这也是两位诗人友谊的见证。仔细看去，感觉照片上这两位诗人在气质上竟非常相似。

赵丽宏书房里这两尊有着不同故事的人物雕像意义深邃，它们似乎在向每一位来到书房的读者无言地叙说着：诗歌是没有国界的，真正的诗人是属于全人类的。

最想带母亲来书房看看

在赵丽宏的读者中，对他的文章和书最在乎的人是他的父亲和母亲。但二老的表达方式却截然不同，人说严父慈母，但在赵丽宏的记忆中，母亲似乎比父亲更为严厉。从他刚开始发表作品，父亲就异常关注。只要父亲知道哪家报纸或杂志刊登有儿子的文章，他就会走遍全上海的邮局和书报摊去买那一期报刊，直到买到为止。赵丽宏出了新书，在书店签名售书，父亲是一定要去的，即便后来行动不便，拄着拐杖，也要默默地站在远离人群的地方微笑地看着被热情的读者包围着的儿子。赵丽宏曾在他的散文《挥手》中描述这一情景。

父亲去世后，赵丽宏以为再也没有人会像父亲那样关注自己的书了。母亲小时候上的是教会学校，后来成了一个受病人称赞的好医生。赵丽宏一直以为严肃的母亲是不会读他写的书的。

1999 年，上海文艺出版社出版了赵丽宏的一套四卷本的自选集。一次他去看母亲，母亲对他说，前几天她去书店了，她想买一套《赵丽宏自选集》，但买不到。赵丽宏非常奇怪，问母亲要买这套书干吗。母亲说：“读呀！”看着儿子一脸的不信，母亲说：“我读过你写的每一本书。”说着，便走到房间的角落里，拉开一个被帘子遮着的暗道，赵丽宏吃惊地发现里面居然放着一个书橱，书橱里是自己二十年来出版的几十本书，都按年份整整齐齐地排列着，一本也不少。

他顿悟，原来把自己的书收藏得最完整的，正是自己的母亲。和父亲不同，母亲细心地收集儿子的每一本书，却从不向人炫耀，只是自己一个人静静地读。赵丽宏顿时两眼湿润，说不出话来。这之后，赵丽宏每出一本新书，一定要把第一本亲手送给自己的母亲。当赵丽宏的母亲知道儿子在静安区图书馆有个宽敞的书房，很高兴，一直想来看看，可是她毕竟是九十七岁的老人了，已经不可能一步一步爬上高高的四层楼梯来到儿子的书房了。赵丽宏说，以后海关楼装了电梯，他一定把母亲接来，让她老人家到书房里亲眼看一看。

2018 年 4 月 21 日，世界读书日前夕，赵丽宏的诗集《疼痛》外语译本朗读会暨手稿捐赠仪式在静安区图书馆举办。这部名为《疼痛》的诗集富有强烈的时代精神，它是对身体遭际的刻画，更是对人生走向的描绘，整部诗集让人感受到一种积极深邃的情感指向。诚如阿多尼斯在序文中所言："这部诗集里的每一首诗篇，都是一座莲花池，从中散发出一种叫作'痛苦'的芳香。当我们注视着其中的莲花——'痛苦'，我们会感觉它摇身一变，乘着天梯升腾为云朵。"这本诗集出版两年多，在世界各地已有十余种译本。朗读会邀请了来自国内外的白领用英语、法语、西班牙语、塞尔维亚语、保加利亚语等多种外语朗诵书中的诗歌。活动中，赵丽宏将《疼痛》诗集手稿和他未出版的散文集手稿，以及收录他作品的数十册语文教材捐赠给了静安区图书馆。

2019 年 6 月，赵丽宏因诗集《疼痛》荣获罗马尼亚"爱明内斯库国际诗歌大奖"，是第一个荣获此项国际诗歌奖的中国诗人。8 月 18 日，赵丽宏《疼痛 · 中英文对照手稿本》首发式暨静安图书馆艺术分馆揭牌仪式在上海民生现代美术馆成功举办。诗画结合的《疼痛 · 中英文对照手稿本》使读者能直观地感受到作品的美，近距离地观察诗人的内心底色。诗人的视线落点从外部客体转移到人本身的内部主体世界，从描绘客观世界转变为探索人的心灵内在世界。那是一个敏锐的诗人对所处的时代，对自己的生活，对自己人生的反思。诗人借此架起了一座与全人类沟通的桥梁。

我期待海关楼的电梯能早日落成，如是，不但可以让赵妈妈如愿走进自己儿子的书房，也可以让更多喜爱赵丽宏作品的人走进书房，近距离地感受文学的魅力。

（本文写于 2019 年　作者：惜珍）

第二辑

我为我的母语骄傲

在我的书房怀想上海

我在上海生活五十多年，见证了这座城市经历过的几个时代。苏东坡诗云:“不识庐山真面目，只缘身在此山中。”这话很有道理。要一个上海人介绍或者评说上海，有点困难，难免偏颇或者以偏概全。生活在这个大都市中，如一片落叶飘荡于森林，如一粒沙尘浮游于海滩，渺茫之中，有时不知自己身在何处。

有人说上海没有古老的历史，这是相对西安、北京和南京这样古老的城市说的。上海当然也有自己的历史，如果深入了解，可以感受它的曲折幽邃和波澜起伏。我常常以自己的书房为坐标，怀想曾经发生在上海的种种故事，时空交错，不同时代的人物纷至沓来，把我拽入很多现代人早已陌生的空间。

我住在上海最热闹的淮海路，一个世纪前，这里是上海的法租界，是国中之国，城中之城。中国人的尴尬和耻辱，都和那段历史联系在一起。不过，在这里生活行动的，却大多是中国人，很多人物和事件在中国近代和现代的历史中光芒闪烁。

和我的住宅几乎只是一墙之隔，有一座绛红色楼房，一座融合欧洲古典和中国近代建筑风格的小楼，孙中山曾经在这座楼房里策划他的建国方略。离我的住宅不到两百米的渔阳里，是一条窄窄的石库门弄堂，陈独秀曾经在一盏昏暗的白炽灯下编辑《新青年》。离我的住宅仅三个街区，中国共产党第一次代表大会在那里召开。从我家往西北方向走三四个街区，曾经是犹太人沙逊为自己建造的私家花园。沙逊来上海前是个籍籍无名的穷光蛋，在这个冒险家的乐园大展身手，成为一代巨贾。从我的书房往东北方向四五公里，曾经有一个犹太难民据点，二战期间，数万犹太人从德国纳粹的魔爪下逃脱，上海张开怀抱接纳了他们，使他们远离了死亡的阴影。从我书房往东几百米，有大韩民国临时政府旧址，那栋石库门小楼里，曾是流亡的韩国抗日爱国志士集聚之地。这是一个很有意思的现象，身处水火之中的上海，却慷慨接纳了来自四面八方的异乡游子。

淮海路离我的书房近在咫尺，站在走廊尽头的窗户向南望去，可以看到街边的梧桐树，可以隐约看见路上来往的行人和车辆。很自然地会想起这百年来曾在这条路上走过的各路文人，百年岁月凝缩在这条路上，仿佛能看见他们的身影从梧桐的浓荫中飘然而过。徐志摩曾陪着泰戈尔在这里散步，泰戈尔第二次来上海，就住在离这儿不远的徐志摩家中。易卜生曾坐车经过这条路，透过车窗，他看到的是一片闪烁的霓虹灯。罗素访问上海时，也在这条路上东张西望，被街上西方和东方交融的风韵吸引。年轻的智利诗人聂鲁达和他的一个朋友也曾在这条路上闲逛，他们在归途中遇到几个强盗，也遇到了更多善良热心的正人君子。数十年后他回忆起那个夜晚的经历时，这样说："上海朝我们这两个来自远方的乡巴佬，张开了夜的大嘴。"

我也常常想象当年在附近曾有过的作家聚会，鲁迅、茅盾、郁达夫、沈从文、巴金、叶圣陶、郑振铎在喧闹中寻得一个僻静之地，一起谈论他们对中国前途的憧憬。康有为有时也会来这条路上转一转，他和徐悲鸿、张大千的会见，就在不远处的某个空间。张爱玲一定是这条路上的常客，这里的时尚风景和七彩人物曾流动到她的笔下，成为那个时代的飘逸文字。

有人说，上海是一个阴柔的城市，上海的美，是女性之美。我对这样的说法并无同感。和我居住的同一街区，有京剧大师梅兰芳住过的小楼。梅兰芳演的是京剧花旦，但在我的印象中，他却是个铁骨铮铮的男子汉。抗战时期，梅兰芳就隐居在那栋小楼中，蓄须明志，誓死不为侵略者唱一句。从我的书房往东北走三公里，在山阴路的一条弄堂里，有鲁迅先生的故居，鲁迅在这里度过了生命的最后九年，这九年中，他写出了多少有阳刚之美的犀利文字。从我的书房往东北方向不到两公里，是昔日的游乐场大世界，当年日本侵略军占领上海武装游行，经过大世界门口时，一个青年男子口中高喊“中国万岁”，从楼顶跳下来，以身殉国，日军震愕，队伍大乱。这位壮士，名叫杨剑萍，是大世界的霓虹灯修理工。如今的上海人，有谁还记得他？从大世界再往北，在苏州河对岸，那个曾经被八百壮士坚守的四行仓库还在。再往北，是当年淞沪抗战中国军队和日本侵略军血战的沙场。再往北，是面向东海的吴淞炮台，清朝名将陈化成率领将士在那里抗击入侵英军，誓死不降……我的书房离黄浦江有点距离。黄浦江在陆家嘴拐了个弯，使上海市区的地图上出现一个临江的直角，这样，从我的书房往东或者往南，都可以走到江畔。往东走，能走到外滩，沿着外滩一路看去，数不尽的沧桑和辉煌。外滩，如同历史留给人类的建筑纪念碑，展现了20世纪的优雅和智慧，而江对岸，浦东陆家嘴新崛起的现代高楼和巨塔，正俯瞰着对岸曲折斑斓的历史。往南走到江畔，可以看到建设中的世博会工地，代表着昔日辉煌的造船厂和钢铁厂，将成为接纳天下的博览会，江两岸会出现令世界惊奇的全新景象。一个城市的变迁，缓缓陈列在一条大江的两岸，风云涌动，波澜起伏，犹如一个背景宽广的大舞台，呈示在世人的视野中。

上海的第一条地铁，就在离我书房不到六十米的地底下。有时，坐在电脑前合眼小憩时，似乎能听见地铁在地下呼啸而过的隐隐声响。在上海坐地铁，感觉也是奇妙的。列车在地下静静地奔驰，地面的拥挤和喧闹，仿佛被隔离在另外一个世界。如果对地铁途经的地面熟悉的话，联想就很有意思，你会想，现在，我头顶上是哪条百年老街，是哪栋大厦，是苏州河，或者是黄浦江……列车穿行在黑暗和光明之间，黑暗和光明不断交替出现，这使人联想起这座城市曲折的历史：黑暗—光明—黑暗—光明……令人欣喜的是，前行的列车最终总会停靠在一个光明的出口处。

不久前，我陪一位来自海外的朋友登上浦东金茂大厦的楼顶，此处距地面四百余米，俯瞰上海，给我的感觉，只能用惊心动魄这样的词汇来形容。地面上的楼房，像一片浩渺无边的森林，在大地上没有节制地蔓延生长，逶迤起伏的地平线勾勒出人的智慧，也辐射着人的欲望……我想在这高楼丛林中找到我书房的所在地，然而无迹可寻。密密麻麻的高楼像一群着装奇异的外星人，站在人类的地盘上比赛着他们的伟岸和阔气。而我熟悉的那些千姿百态的老房子，那些曲折而亲切的小街，那些升腾着人间烟火气息的石库门弄堂，那些和悠远往事相连的建筑，已经被高楼的海洋淹没……

历史当然不会随之被湮灭。在记忆里，在遐想中，在形形色色的文字里，历史如同一条活的江河，正静静地流动。走出书房，在每一条街巷，每一栋楼宇，每一块砖石中，我都能寻找到历史的足迹。以一片落叶感受森林之幽深，以一粒沙尘感知潮汐之汹涌，我看到的是新和旧的交融和交替。我生活的这座城市，就是在这样的交融和交替中成长着。

2007 年 5 月于四步斋

要有中国元素

——关于上海世博会志愿者口号和标志设计的几点浅见

女士们，先生们，朋友们：

大家好！

我既不是志愿者问题的研究者，也不是标志设计的专家，是一个外行，今天来这里谈一点浅陋之见，也许是陈词滥调，供大家一笑。

上海世博会志愿者，是一支人数多、素质高、工作时间长的庞大团队，上海世博会举办得成功与否，和志愿者工作有很大关系。志愿者的标志和口号，似乎和志愿者的工作没有直接关联，其实不是这样的，志愿者队伍如果有响亮的口号，有醒目的标志，对志愿者本身是一种激励，对每天和志愿者相处的来自全世界的参展国工作人员和参观者，也是一种鼓舞。

关于上海世博会志愿者的口号，我谈三点看法：

一、口号应该简洁明快，生动亲切。口号口号，望文生义，是用口呼号，也就是大声喊叫。我们以前对口号的理解，常常是豪言壮语，是夸张的言辞，最典型的就是“万岁”之类的口号。这些口号，不亲切，不真实，无法真正拨动听者的情感之弦。世博会志愿者的口号，应该用朴素的语言表达真诚的感情，应该是发自内心的表达，是真情倾吐而不是广告招徕，应该出人意料而合乎情理。口号的主旨，当然要体现志愿者的理念：奉献、友爱、互助、进步。而这四个理念中，对于广大志愿者来说，奉献是首要的。志愿者用真诚无私的奉献，服务参展国，服务参观者。可以在奉献上多做文章。

二、世博会在上海举行，但这是代表国家的盛会，世博会志愿者口号可以考虑上海的地域特点，但更应该突出中国的国家形象。要表现海纳百川的气度，包容天下的情怀，博爱人类的心胸。这些大话，说说容易，但做到很难，要在口号中恰如其分地表达，也不容易。期待智者和高手的创造。

三、口号的主体，是以志愿者的口吻对世界说话，还是表现世界对志愿者的要求，是强调主体还是偏重客体？这值得斟酌。我觉得，两者都应兼顾。中国人欢迎客人，常用孔子的话“有朋自远方来，不亦乐乎”，这是主人的口吻，很多地方也用“宾至如归”表示对客人的欢迎，这其实是强调了客体的感受。对于上海世博会志愿者来说，“奉献”和“友爱”是主体表达，“互助”和“进步”则是主客体双方的表达，口号中，主体的表达更重要些，客体的表达也必须兼顾，如何在短短的口号中兼顾主客体的要求，相信应征者中会有巧妙智慧的创意。

希望这些宣传语的魅力和生命力不会随着上海世博会的结束而结束，让世人记住这些美好的语言，让它们成为表达现代人生活的理念和追求美好理想的心声。

关于上海世博会志愿者标志的设计，我谈两点看法：

其一，我认为这标志应该以简洁、美观、令人遐想为特点。简洁，就是形式上要避免繁复，不要为了面面俱到而使画面不堪负担。在一个简单的标志上想追求面面俱到，根本不可能，一定是“面面不到”。应该抓住最重要最主要的特质，用最简单的形态表达。我们记忆中印象深刻，一看就记住的标志，一定是简洁的，譬如“NIKE”的标志，只是眉毛似的一横，简洁得不能再简洁，却成为大家都认可并喜欢的标志。但世博会的标志不是商标，必须在简洁的形态中让人感受到它所代表的内涵。前几天看电视国际新闻，东盟合作组织新设计的一个标志，我以为很成功，代表亚细亚的英文字母A，如一根红丝带，围束起几个稻穗，东盟国家都产水稻，以大米为主食，稻穗，便是东盟诸国的象征。尽管那几个稻穗设计得不算完美，但这个标志还是简洁形象地凸现了东盟国家合作的主旨。我们上海作家协会一直没有标志，最近我们和中国艺术设计联盟网站合作，向社会做了一次会标征集，有三千人投送了作品，我们评选的标准，也是要求以简洁美观大气的形式表达作家协会的特质，最后从入围作品选中的作品，形如一个火炬，炬柄是一个变形的笔尖，从笔尖中升腾起活泼的火苗，代表文学创作的自由浪漫和激情，这一束火苗，又如盛开的上海市花玉兰花，这样，这标志又具备了地域特征。这样的标志，能让人产生美妙的遐想。

其二，要有明显的中国元素。在中国举办的世博会，她的标志理应有中国元素，有中国特色。这一点，北京奥运会和上海世博会的会徽都有明显特征。北京奥运会的会徽是红白相间的中国篆刻“京”字，是一方篆刻图章，又状如一个运动的人；上海世博会的会徽是中国书法“世”字，又状如一家三口相携而行的样子。这两个标志，尽管有很多非议的声音，但在中国元素这一点上，还是非常成功的。世博会志愿者标志，也应该考虑中国风格，但未必望文造形，“奉献、友爱、互助、进步”这样的理念，内涵丰富博大，绝非一个具体的图像能表达清楚其含义，也可用抽象的富有想象力的能引人遐想的图形来完成创意。如果能出现“人人心中有，人人笔下无”的境界，那就是高明的创造。

我想，上海世博会志愿者的标志和口号成功的创意设计，一定能够凸现这项工作的灵魂和精髓，所以说，这是一个寻找灵魂、刻画灵魂的工作。这个灵魂将会以怎样的形态展现于世人，让我们一起期待。

2007 年 10 月

诗·梦·金钥匙

在塞尔维亚的古城斯梅德雷沃，我得到一把金钥匙，这是欧洲对中国诗歌的褒奖。对我而言，这是一个意外。在来自世界各地的诗人注视下上台领奖，感觉犹如做梦。颁奖词中有这样的话：“赵丽宏的诗歌让我们想起诗歌的自由本质，它是令一切梦想和爱得以成真的必要条件。”宣读颁奖词的是塞尔维亚作家协会主席拉多米尔·安德里奇，也是一位诗人，他的颁奖词题为《自由是诗歌的另一个名字》。他的话在我心里引起了共鸣，这是对所有发自心灵的诗歌的评价。他在颁奖词中吟诵了我四十多年前写的诗句：

你说，要是做鸟多好，
做鸟，就能比翼双飞，
在辽阔的天空里自由翱翔；
你说，要是做鱼多好，
做鱼，就能随波逐流，
在清澈的流水中幽会。
生而为人，你我只能被江海分隔，
日夜守望……

我再次想起写这些诗句时的情景，一间小草屋，一盏昏暗的油灯，从门缝里吹进来的海风把小小的灯火吹得摇晃不定，似乎随时会熄灭。然而心中有期盼，有梦想，有遥远的呼唤在灵魂里回旋。在那样的岁月，诗歌如同黑暗中的火光，如同饥渴时的一捧泉水。文字是多么奇妙，它们能把心里的梦想画出来，固定在生命的记忆板上。不管岁月怎样流逝，它们都会留在那里，就像水里的礁石。流水经过时，礁石会溅起飞扬的水花。

从斯梅德雷沃市长手中接过金钥匙之后，要发表获奖感言，我的感言中有这样的话："能用中国的方块字写诗，我一直引以为傲。""中国有五千年的诗歌传统，我们的祖先创造的诗词，是人类文学的瑰宝。中国当代诗歌，是中国诗歌传统在新时代的延续。我的诗只是中国诗歌长河中的一滴水，一朵浪花。"这是我的肺腑之言。

把我的诗集翻译成塞尔维亚语的德拉根·德拉格耶洛维奇是著名的诗人，他上台介绍了我的经历和诗歌。听不懂他的塞尔维亚语，但知道他说些什么，这是他为我的诗集写的前言中那些睿智的议论。在这本双语诗集中，他的前言已经被翻译成中文。他的发言中有这样的话："人类几千年的诗歌体验已经证实，简练的语言，丰富的想象，深远的寓意是诗歌的理想境界，永远不会过时。"

颁奖会的高潮，是诗歌朗诵。我站在台上，在灯光的照耀下，用我亲爱的母语慢慢地读自己的诗，我知道，今晚的听者大多不懂中文。但我看到台下无数眼睛在闪光，一片静寂。我的声音在静寂中回荡。其中一首诗的题目是《古老的，永恒的……》，这是我年轻时代对自然之美的向往。时过三十多年，不知这些文字是否还能拨动人心，而且是在远离故乡的万里之外的异域。

掌声很热烈，持续得也很久。我想，这是礼节性的掌声，在这说着完全不同语言的遥远异乡，谁能听懂我的诗呢。当然，随后有人用塞尔维亚文和英文朗诵，朗诵者是当地的著名演员，我不认识。我的诗，变成了完全陌生的语音和旋律，重新在静寂中回旋……

诗歌毕竟不是音乐，还是会有语言的障碍。尽管我看到听众脸上的陶醉，但我相信，他们只是借景抒情，只是在联想，在陌生的旋律中，回忆着自己的梦。

典礼结束走出会场时，我被当地的年轻人包围着，他们拿着我的诗集要求签名、合影。一位满头银发的老太太走到我身边，喃喃地说了一番话。翻译告诉我，她说她被你的诗歌深深感动，她衷心祝贺你。一位来自塞浦路斯的诗人走过来拥抱我，说今夜是中国诗人的夜晚，是我的夜晚。

在会场大门口，一个姑娘从后面走上来，把一个手提袋送到我手中，她羞涩地笑着说："祝贺你，这是我的一点点心意。"说完便转身离去。手提袋里，是一束鲜花，一瓶红葡萄酒，还有一块巧克力。里面放着一张小字条，上面写着："谢谢您，给我们一个如此美好的夜晚！"

举头仰望，一轮皓月当空。我想此时此刻，万里之外的故乡，也应该是这样的明月照人吧。

随着人群的离散，我以为一切都已过去，但没想到诗的余韵竟袅袅不绝。

第二天早晨，我在街上散步经过一家超市，一位中年妇女从超市里出来，手里提着装满食品的袋子。看到我时，她惊喜地喊了一声，走到我面前停下来，面带微笑，叽里咕噜说一大段话。陪我散步的德拉根用英文告诉我："她说，昨天晚上，她在电视里看到颁奖仪式了，她很喜欢你用中文朗诵的诗，尽管听不懂，但是她觉得非常优美，非常动人，她很感动。她祝贺你得到金钥匙奖。"

在酒店午餐时，一位年轻的领班走过来，向我鞠了个躬，笑着称我"诗人先生"，并祝贺我获得金钥匙奖。他向我索要诗集，他从新闻里获悉我被翻译成塞语的诗集已经出版。他说："我喜欢诗，很想读你的诗集。"我送了一本诗集给他，他凝视着封面上涌动的海涛，惊喜的目光中闪动着蓝色的波影。

接送我们的汽车司机是一个高大英俊的中年汉子，我们每次见面，他只是微笑。颁奖典礼之后，他看到我笑着喊道：“Champion，Champion！”（英文：冠军）他用手比画着告诉我：“这几天塞尔维亚网球选手德约科维奇在上海赢得了网球冠军，而你则在斯梅德雷沃赢得了诗歌冠军。”他伸出大拇指上下挥舞着，不停地喊着“Champion”，就好像自己也得了大奖似的。他当然是好意，但这样的类比是滑稽的，很不恰当。我笑着告诉这位快活的司机：“写诗不是打网球，诗歌是没有冠军的。所有发自心灵的诗歌，都是好诗。”

这位快活的司机，载着我在塞尔维亚展开一场诗歌之旅。在幽静的古堡，在中学和大学，在国家电视台，在国际书展展馆，在塞尔维亚作家协会的厅堂，我和来自世界各地的诗人一起朗诵，不同语言的诗歌，汇合成奇妙的河流……

在贝尔格莱德大学孔子学院，面对着一群热衷于中文的大学生，我的演讲和朗诵无须翻译，他们都能听懂，并能用纯正的中文和我交流。一个长着一头亚麻色长发的姑娘对我说：“我们特别高兴，今年是一个中国诗人获奖。”她的话，引起全场的掌声。大学生们有很多问题：诗歌在当代中国的命运怎么样？你为什么写诗？“文革”对你的创作有什么影响？诗歌表达的内容和诗歌的形式，哪个更为重要……

我很难详尽地回答这些问题，我说：“答案可以从中国当代的诗歌中寻找。希望你们都成为翻译家，把优秀的中国诗歌翻译成塞尔维亚语。在中国和塞尔维亚之间，需要你们构架起诗的桥梁。”大学生们笑着用掌声给我回应。

在贝尔格莱德国际书展展馆，我在缤纷的书廊中漫步时，突然有一个奇怪的声音从一个书柜下面传来。我低头看去，是一辆特别低矮的轮椅，轮椅上坐着一个残疾妇女，她失去了双腿，看上去像一个侏儒。她抬头看着我，脸上含着微笑，手里拿着一本书，竟然是我那本刚出版的塞、中双语诗集《天上的船》。旁边有人用英文告诉我："她祝贺你获得金钥匙诗歌奖，想得到你的签名……"

已数不清有多少次在这样的景况下签下自己的名字。在遥远的异乡，人们并不认识这几个汉字，只因为它们和一把诗的金钥匙连在了一起。

在斯梅德雷沃博物馆，我看到了那把金钥匙的原型。这是一把古老的铜钥匙，五百年前，有人曾经用它开启壁垒森严的斯梅德雷沃城堡。五百年的岁月，已经将它变成了一把锈迹斑驳的黑色钥匙，陈列在玻璃展柜中，黯然无光。我得到的那把金钥匙，形状大小和这把古老的铜钥匙完全一样，但它是新铸的，装在精致的羊皮盒中，光芒耀眼，象征着诗歌的荣耀。两把钥匙之间，有什么联系？是漫长曲折的岁月沧桑，还是陌生人类的交往融合？答案当然很简单，是诗，人类的优美诗歌，穿透了历史的幽暗，也开启着心灵的门窗。作为国际诗歌奖的斯梅德雷沃城堡金钥匙，应该是包含着这样的隐喻和意蕴吧。

2013 年 11 月 16 日于四步斋

我只是诗歌长河中的一朵浪花

能用中国的方块字写诗，我一直引以为傲。我的诗歌，被翻译成塞尔维亚语，并被这里的读者接受，引起共鸣，我深感欣慰。

诗歌是什么？诗歌是文字的宝石，是心灵的花朵，是从灵魂的泉眼中涌出的汩汩清泉。很多年前，我曾经写过这么一段话："把语言变成音乐，用你独特的旋律和感受，真诚地倾吐一颗敏感的心对大自然和生命的爱——这便是诗。诗中的爱心是博大的，它可以涵盖人类感情中的一切声音：痛苦、欢乐、悲伤、忧愁、愤怒，甚至迷惘……唯一无法容纳的，是虚伪。好诗的标准，最重要的一条，应该是能够拨动读者的心弦。在浩瀚的心灵海洋中引不起一星半滴共鸣的自我激动，恐怕不会有生命力。"年轻时代的思索，现在回想起来，仍然可以重申。

感谢斯梅德雷沃诗歌节评委，给了我这么高的荣誉。这是对我诗歌创作的褒奖，也是对中国当代诗歌的肯定。感谢德拉根·德拉格耶洛维奇先生，把我的诗歌翻译成塞尔维亚语，没有他创造性的劳动，我在塞尔维亚永远只是一个遥远的陌生人。

中国有五千年的诗歌传统，我们的祖先创造的诗词，是人类文学的瑰宝。中国当代诗歌，是中国传统诗歌在新时代的延续。在中国，写诗的人不计其数，有众多优秀的诗人，很多人比我更出色。我的诗只是中国诗歌长河中的一滴水，一朵浪花。希望将来有更多的翻译家把中国的诗歌翻译介绍给世界。

谢谢塞尔维亚，谢谢斯梅德雷沃，谢谢在座的每一位诗人。

2013 年 10 月 16 日于斯梅德雷沃

（2013 年 10 月 16 日，塞尔维亚斯梅德雷沃市举办隆重盛典，将本年度斯梅德雷沃金钥匙国际诗歌奖颁给我。这是我在领奖之后发表的获奖感言。）

呈现出特殊年代的时代风云和世态人情

——关于长篇小说《童年河》的对话

杨剑龙：赵先生，您一直是以诗人、散文家著称，2013 年您发表了您的第一部长篇小说《童年河》。阅读了这部作品，我觉得这是一部精心创作的佳作，小说以从崇明乡村到上海市区的孩子雪弟的视角，展现出 20 世纪五六十年代的都市生活，突出了雪弟在都市环境中的成长经历，也呈现出了那特殊年代的时代风云和世态人情。请谈谈您是如何想到要创作这部长篇小说的。

赵丽宏：这些年我主要的精力是在写散文、写诗，基本上不写小说，也因此被人们定位为诗人和散文家，其实我以前也写过小说。我能用文字非常自如地表达我的思想感情，但我口才不好，常常词不达意。我的心灵世界一直很丰富，对世界、人生充满了憧憬和想象。我十七八岁开始写作，写了四十多年。

有人认为现在的文学界就是小说界，现在的文坛就是小说坛，如果一个人不写小说的话就不是作家。这样的说法，当然很荒唐，但对我这个很少写小说的人也是一种刺激。所以我也想着要写一部小说。写什么呢？就写我的童年生活。这是一个秘密的行动，我没有跟任何人说。这部小说写了整整两年，断断续续，写写放放，读读改改，小说拿出来发表前我已经改过很多遍了，小说中的每一句话、每一个细节我都反复思考，反复修改。

杨剑龙：我曾经与德国汉学家顾彬有一个对话，内容是讨论中国当代文学创作，虽然我批评顾彬对于中国当代文学的批评是西方文学中心论，但是他提出中国当代作家写得太多太快，许多作家不修改作品的问题，我是赞同的。有些名作家创作出的小说并非佳作，不仅结构粗糙、形象单薄，甚至连语言也经不起推敲，却受到评论界的追捧，这是中国当代文学界的非正常现象。赵先生，我始终认为一位作家的创作必须靠拢自己的生活，这样才能产生真正的精品力作。我想《童年河》一定与您的童年生活有关，与您的人生有关。

赵丽宏：这部小说是有点自传性的，有很大一部分是我童年的经历。很多人读了小说就认为我是一个乡下的孩子，从崇明的乡村到上海市区来，变成一个上海人，小说就是一个乡村的孩子对上海大都市的感觉，其实这是一个误解。我是在上海市区出生、长大，我在上海度过了我的幼年、童年和少年时代。但是我对我故乡的乡村有着特别的感情，我喜欢乡村远胜于喜欢城市，这个是真实的。小时候我经常去乡下，到崇明乡下去就是我童年最快乐的时光。放暑假、放寒假我就可以到乡下去，待个十天八天，使我对家乡有了一种非常深刻的记忆。

我从小就是个观察比较仔细的人，生活中有些细节似乎是很不重要的，但是它却往往让你一辈子都不会忘记。对于童年的生活我写过很多散文，但是并没有把我的生活都写出来，这部小说所描写的孩子雪弟的童年有些就是我记忆中的细节。

杨剑龙：历史学家往往说，细节是历史的真实；而对于文学家来说，细节是作品的血肉。靠拢生活的写作，也就是靠拢细节的写作，虽然小说创作中也需要想象，甚至可以天马行空，但是必须有生活的真实细节做支撑。与一般长篇小说构思不同，您在这部长篇小说中并不精心构想矛盾冲突，而以小主人公雪弟进城后的生活构成小说发展的脉络，雪弟在都市上海的心态与生态，就成为作品叙述的主要内容。我在阅读《童年河》时，也特别欣赏一些很有生活气息的细节，诸如雪弟离开故乡前的依依不舍、初到上海的惊异新奇、弄堂迷路的不知所措、大世界里的精彩表演等，充满着生活的真趣。

赵丽宏：小说中有一个细节，可能没人注意，这个细节我一辈子都不会忘记，就是在你非常尴尬、非常狼狈的时候，有人帮助了你，哪怕是一句话或者是一个眼神。小说里写到一个情节，雪弟画画，校长奖给雪弟一叠纸，他在回家的路上撞上小蜜蜂的母亲，纸丢了一地。小蜜蜂的母亲是一个很势利的人，小蜜蜂却善解人意，小蜜蜂的母亲嘲笑雪弟，小蜜蜂却悄悄把纸捡起来放在雪弟手里。小说中还有一个情节，雪弟准备跳苏州河时，牛加亮很起劲，他想看“戏”，小蜜蜂却悄悄拉雪弟，说：“你不要跳。”这样的细节我是很用心的，书中许多细节都是我真实的经历。

杨剑龙：赵先生，小说需要刻画人物、塑造性格，《童年河》刻画了一些有个性的人物：慈爱宽厚的阿爹、外冷内热的姆妈、体贴宽容的亲婆、敏感木讷的雪弟、善良乐观的牛嘎糖、善解人意的小蜜蜂、乖巧懂事的彩彩等，我想这些人物肯定来源于您的生活。

赵丽宏：小说中许多人物确实出自我的生活，雪弟的阿爹身上有我父亲的影子。我父亲是一个很温和的人。在我的记忆中，我的父亲从来没有对我板过脸，没有骂过我一句，更不要说打了，他永远有一张微笑的脸。在最困苦甚至是最艰难的时候，我父亲也是微笑的。小说中阿爹寻找迷路的雪弟的情节是出自我的生活，我三岁时阿爹带我上街，他去买一样东西，叫我在店门口站一站，我就这么跟着人走了，他找了我整整一天，后来我被人送到派出所。阿爹到派出所找到我的时候就抱着我痛哭，泪流满面，很激动，他说，“我以为找不到你了”，这种情景我永远不会忘记。

我父亲是1994年八十二岁时去世的，父亲住在外滩，就是我写《童年河》的那个家，我住在绍兴路。父亲去世前，我接到母亲打来电话，说父亲不行了，我奔出门，将自行车骑得飞快，但等我到的时候父亲已经去世了。

杨剑龙：小说中的阿爹从东北调到上海工厂里工作，他给雪弟介绍大世界跳楼事件时，好像很有文化，您的父亲是一个怎样的人物？

赵丽宏：我父亲其实不是知识分子，他出生于一个非常贫苦的雇农家庭，小时候上过两年私塾。他最初在一家商店里当学徒，后来居然自己开了商店。抗战时，日本人封锁崇明岛，我父亲偷偷地划着小船，到内地去进货，运到崇明岛来卖，那时候别的商店都关门，我父亲的商店却生意兴隆，其实他也是为家乡人做好事。

后来我父亲事业做得非常大，家乡镇上有半条街的店铺都是我父亲的，有人叫我父亲为“赵半镇”，一个赤贫少年通过个人奋斗获得如此成功，我父亲成为家乡的一个传奇。后来解放战争时，国民党在崇明抓壮丁，为了店里店员的安全，父亲变卖商店到上海开纺织厂。由于他根本没有开工厂的经验，他的事业也因此逐渐走向衰败。晚年时他摔了一跤，造成股骨头骨折，换了一个人工关节，走路就非常困难。我那时住在绍兴路，我父亲住在北京路，他常常自己走到我家里来坐一会儿，微笑着说几句话，有时就看看我不说话，他也觉得很满足。我父亲最在意我的，我最初发表作品是在报纸上，一篇文章或者一首诗，父亲知道明天报纸上有我的文章，他就会到报刊门市部去等着买报纸，买到以后就很满足。我母亲就嘲笑他，“好像世界上就你儿子一个人是作家，只有你儿子一个人写得最好”，我父亲就笑。

杨剑龙：小说中的亲婆是一位和蔼可亲的形象，她爱雪弟，她可以为雪弟承受一切，她将雪弟偷吃苹果的事揽在自己身上，她将饼干箱里的桃酥都给了雪弟吃，她“每条皱纹里都流淌着温情”。我想在亲婆身上肯定有您自己亲婆的身影。

赵丽宏：亲婆的形象源于我自己的亲婆，我亲婆是在我上小学一年级的时候从崇明到上海市区来的。我们家里有六个孩子，家里房子也不是很大，我父亲要把亲婆接来，我母亲开始是反对的，她是觉得我们家这么挤，来了以后会对不起她。后来是我父亲很用心地做了工作，母亲才同意了。记得我父亲、我还有我妹妹三个人到码头去接我亲婆时的情景，这小说里面的描写就是我当年真实的感受。亲婆从码头里出来，是一个逆光的形象，银发在阳光前面飘动，满面微笑地奔过来。后来我们坐着三轮车经过外滩时，我跟亲婆说："以后带你来这里玩。"但直到我亲婆去世我也没有机会带她去外滩。

她去世的时候七十八岁，去世的原因和我小说里写的完全一样，就是从楼梯上摔下去。那天赶回家时我听到亲婆在楼梯口叫了我一声，其实她已到弥留之际，不可能叫我了，但我却非常清晰地听到她叫我。小说中的亲婆有这样一句话，"生活中的快乐就像糖一样，生活中的痛苦就像你受了伤以后会留下疤，这个疤会一辈子跟着你"。我想生活中任何痛苦的事情或者只要是触动了你的情感，这些事情便会一辈子留在你的记忆里。

杨剑龙：小说中的姆妈是一个厂医，与阿爹相比好像冷漠一些，但她是刀子嘴豆腐心，虽然她没有亲婆、阿爹对雪弟那么热情，但是内心还是深爱着雪弟的，姆妈的形象大概也与您的母亲有关吧？

赵丽宏：小说中姆妈的性格源自我的母亲。我母亲是一个大家闺秀，我的外公是一个非常新派的商人，他在洋行经商成功，赚了不少钱，就回到崇明岛造了一栋他自己设计的房子，在当地被人们称为"外国房子"。我母亲是我外公的大女儿，我母亲年轻时非常美，当时那些电影明星都及不上。我父亲追求我的母亲，母亲的整个家族都反对，但母亲还是嫁给了父亲。

我母亲当然也关心我们，但她是用另外一种方式来爱子女的，比如说我小时候喜欢看书，我父亲是从来不管的，但我母亲有时候会管，她是因为怕我把眼睛看坏。她打过我一次，我小时候很调皮，到一个同学家里去做功课，把他家一张清代红木圆桌大理石桌面摔碎了，我母亲就当着那个告状人的面打了我几下。我父亲悄悄对我说，她打你是打给别人看的，你又不痛的，你不要恨她。我母亲与我父亲对子女的爱，表达的方式不一样。

杨剑龙：与小说中的阿爹和姆妈一样吧，一个是爱得溢于言表，一个是爱得深沉内在。

赵丽宏：我母亲今年九十一岁，我每天晚上跟她打电话，我到哪里都要给她打电话，每个星期我都要去陪她。以前我对我母亲了解得很不够，她跟我父亲不一样，我父亲让你每时每刻都感觉到他在关心你、爱你，而我母亲呢，不是淡淡的，是有点冷，但她心里非常关心我。我以前认为我母亲不看我写的书，想不到我的每一本书母亲都看。1999 年上海文艺出版社出了我的一套四卷本文集，母亲说想买一套，书店里没有，我就拿了一套文集送给她。后来我发现我老家的暗道里有一个玻璃大书橱，书橱里整整齐齐放着我写的每一本书，从我第一本书一直到文集，一本都不少，我母亲收藏我的书比所有图书馆都收藏得更完整。

《童年河》出版后，我也送了一本给她，我说这是小说，不是真的，你不要生气哦。有的评论家说小说中的姆妈是有缺点的，其实也不叫缺点，这是性格。母亲读了《童年河》，笑着说："我不生气，我比你写得还要坏呢。"

杨剑龙：小说的结尾写雪弟跳河救人，这样的描写让雪弟真正成长起来了，他成为一个见义勇为的小英雄，这是不是您的亲身经历呢？

赵丽宏：这虽然是一个虚构的故事，但也是有真实生活原型的。我童年上学的那个小学，后门走出去就是苏州河，河边有一个垃圾码头，我们常常在垃圾码头上玩。有一次垃圾翻斗上的绳子断了，摔下去一群小孩，还淹死了好几个。几天以后还有人在那里哭。当时我没看到，是事后才听说的，那时我就想，如果我在现场一定会跳下去救他们，因为我会游泳。

大小鸭子也是有原型的，苏州河边上确实有几个流浪的孩子，他们没有名字，其中有两兄弟，一个叫大鸭子，一个叫小鸭子，他们没法上学。我在小说里让他们坐到了教室里。这部小说里，真实和虚构是融合在一起的，我甚至有时候分辨不出哪些是虚构哪些是真实，很多小说都是这样带着作者自己经历的影子，但是我想，总体上，人物的感情应该是真实的，这个最为重要。

杨剑龙：我读汪曾祺的小说《受戒》，写小和尚明子和村女小英子朦胧的处子之情，作家自己说那是写四十三年前的一个梦。《童年河》从某种角度说，也是作家的童年的一个梦，虽然并非一定是写那种处子之情。

赵丽宏：我想写的是这个世界不管发生多大变化，世道、人心不管有多大变化，而有些事情是不会变的，这就是我在小说中想要表达的感情，那就是亲情、人性和童年的友情，另外就是对幸福和美好的一种向往和憧憬，这些是永远不会变化的。我想，小说中的雪弟和彩彩之间，大概也有这种处子之情的意味。小时候男孩和女孩之间也会有一种朦胧的说不清楚的感情，但这不同于成人间的恋爱。童年时异性间的吸引是有的，比如我写雪弟喜欢闻彩彩身上淡淡的香味，这也是我少年时有过的感觉。彩彩的故事、她的家庭经历及她后来被遣送到外地去的事情，也有当时的生活原型。

小说中彩彩给雪弟的那封信，有人说不像一个十岁女孩的口吻，可我觉得并非如此。这封信我写了好多遍，如果完全以一个很幼稚的女孩子的口吻写，不行，她不幼稚，她比一般同龄的孩子要成熟，一是因为她的家教，她从小就读很多外国作品，另外她也受过磨难。她的信叙述生动，写得比较有思想，是合乎情理的事情。

杨剑龙：《童年河》被看作是儿童文学作品，其实也适合成人阅读，因为人是需要有一点童心的。阅读时，可以回忆自己的童年，可以寻觅自己的童心。当然，作为一部儿童文学作品，必须关注儿童的阅读心理，尤其需要考虑儿童的接受能力。《童年河》关注于写亲情、友情，小说虽然将背景置于20世纪五六十年代那个动荡的时代，却始终将笔墨放在温情上，虽然作品中也写到社会的丑陋，但是作家并没有将丑陋放大，而是用善与美突出了人间的真情。因此，这里就涉及儿童文学作品如何写丑陋现象的问题。

赵丽宏：儿童文学并不是不能鞭挞假丑恶，并不是不能表现残酷的内容，但是不能太过分。如果一个儿童文学作品里面都是写那些阴暗的、血淋淋的、可怕的事情，对孩子肯定会留下阴影。你就是写恶也是为了凸显善的珍贵，你即使写冷酷也应该让孩子感觉到这个世界不应该是冷酷的，应该是温暖的。我想儿童文学如果只是展现丑恶、展现冷酷、展现人性的恶，这对孩子是不合适的。

前几年我去丹麦看安徒生的故居，《大家》杂志2013年第六期有我的一篇散文《美人鱼和白岩》，我在文中谈到对儿童文学的看法。我觉得安徒生童话就是最高级的儿童文学，它所表现的都是人性的善和美，都能由浅入深，由此及彼，让读者生发出美好深远的遐想和思索。他的作品中，虽然也有凄凉和无奈，但那也是因爱而发，因追寻幸福而生，决不会让人走向绝望。这样的文字，孩子可以读，成人也可以看，可以从小一直读到老。我觉得这就是最高境界的儿童文学。

杨剑龙：中国当代文学大致有写恶和写善两种倾向，这大概是延续了鲁迅与沈从文的传统，鲁迅写的鲁镇未庄生活充满着丑陋，沈从文写湘西边城洋溢着美善。山药蛋派延续了鲁迅的传统，而荷花淀派传承了沈从文的衣钵。当代作家中，汪曾祺是沈从文的嫡传，陆文夫是鲁迅的“后裔”。我们常常说大痛苦后有大文学，这大体是不错的。作为儿童文学作品，如何在对于善与美的描写中现出真意和深义，这也是需要思考的问题。

赵丽宏：《童年河》写得非常单纯，但是单纯中应该蕴藏着并不简单的情感和思想。好的文学作品应该是这样的，我当然还没有达到，但这是我的一个努力方向。

杨剑龙:《童年河》这种不断追求、不断探索、精益求精的创作姿态是值得赞赏的。您这部小说十几万字，写了两年，不断想，不断修改，不断斟酌，我觉得作家的创作就得要有这种精品意识。但现在有很多作家就看市场，有很多作品语言都不通，不要说意境了，我们期待您下一部佳作的问世。

2014 年 3 月

我为什么写《渔童》

这是在我心里酝酿多年的一部小说。很多年前，读巴金的《随想录》，对巴金提议建“文革”博物馆，心中深有共鸣。“文革”，是中国现代历史中一段无法绕过的历史，“十年浩劫”，是我们的史书对这段岁月的定论。1988年，我曾在七届全国政协大会提交关于汲取“文革”教训的大会书面发言，发言中呼应了巴金关于建“文革”博物馆的建议。但是对于一个作家来说，更重要的是用自己的文字记录、反思这段历史。所有曾经历过那个时代的文学工作者都应该尽自己所能，真实地追忆、描述、思索这段历史，这是时代和历史赋予的责任和使命。在20世纪90年代初，我曾以两本散文集《岛人笔记》和《在岁月的荒滩上》，写了我在“文革”的遭遇、见闻以及对这段历史的思索。“文革”三十周年时，我也曾应《收获》主编李小林之约，写过反思“文革”的长篇散文《遗忘的碎屑》。但是，这些文字并没有了却我想较有深度地反映、解析这段历史的心愿。心里一直想着用一部虚构的作品来表现这段历史，把我无法在散文中表达的情境和思想，通过虚构的人物的命运和故事来表现。这部小说该怎么写？小说中有些什么人物？是全景式地展现那个时代，还是通过一两个家庭和个人的命运来展开？最后，我还是决定写一部儿童长篇小说。

儿童小说如何正面表现“文革”？这其实是给自己出了一个难题，使我犹疑再三，无法下笔。

“文革”中人性被扭曲，黑白被颠倒，是非被混淆，文化被横扫，艺术被践踏，无数善良正直的生命在动荡喧嚣中被无情地摧残。儿童小说无法回避这些历史。

在构思酝酿小说时，我想起很多与之有关的往事，其中有自己的经历，也有各种传闻。

“文革”期间，我住在上海黄浦区北京东路福兴里，弄堂口是国华大楼。国华大楼当时曾被人称为“自杀大楼”，“文革”中有很多人在这幢大楼上跳楼自杀。我目睹的就有四五次，自杀者年龄不等，有男有女，那种脑浆迸裂、血肉模糊、惨不忍睹的情景至今仍无法从我脑海中抹去。这幢大楼中发生的事，是当时社会乱象的一个缩影。

“文革”初期，全社会破四旧，无数家庭被抄家，到处有烧书的火焰，到处有被砸碎、烧毁的文物和艺术品。我曾亲眼看到大捆文学名著被人扔进火堆，也曾看到珍贵的瓷器被摔成碎片。印象最深刻的，是一尊精美绝伦的明代德化瓷观音，被人砸成碎片。瓷片碎裂的声音伴随着收藏者撕心裂肺的哭喊……

“文革”中，有多少失去理性的行为，像家人、友朋反目等，每天都在发生，还有那些侮辱人的口号，挥动的皮带和棍棒，仇恨疯狂的眼神……所有这一切，都曾以“革命”的名义堂而皇之地横行于世。

儿童小说是以孩子的目光和视野，以孩子的认知能力和情感来观察世界、叙述故事。正面写“文革”，无法避开那些荒诞残酷的现实和非理性的疯狂行为。小说该怎么写？我想，虚构的小说，不能仅止于展示黑暗、渲染罪恶，不能止步于人性的堕落和生命的毁灭。如果作者的目光只停留在黑暗和恶行，满足或者沉浸于渲染揭露，向读者描绘一个看不到希望和前途的绝望世界，那不是文学的宗旨和目的。儿童小说，应该向小读者展现人间的真善美，让孩子领悟生命的珍贵，看到人生的希望。这也是我写作的本心和初衷。

我对记忆中的往事和很多素材经过仔细梳理和思考，逐渐找到了一条可以走出暗黑和沮丧的通道。

“文革”中因被批斗受迫害而自杀的，毕竟还是少数。走过国华大楼时，我常常想，一定有人曾经走上大楼准备自杀，但最终还是走了下来，究其原因，或许是对生命的留恋，或许是世间还有让他无法舍弃的珍爱，或许是被人劝说、解救……一切都有可能。这些可能，为虚构的小说提供了无穷的想象。我认识一位翻译家，“文革”中曾因无法忍受人格受辱，夫妻俩一起关在屋里开煤气自杀，幸被赶来的女儿救下。这位翻译家后来坚强地活了下来，并翻译了几十种世界名著。我和这位几乎是死而复生的翻译家成为忘年至交。我记着他对我说的一句话：“既然活下来，那就好好活着，做一点自己想做的事。”这是我的小说中一个人物的精神雏形。

“文革”中烧了很多书，但还有不少好书在暗中留传，我自己便在那时偷偷藏起很多世界名著，并通过各种渠道，到废品回收站去找，到旧书店去淘，还设法借到很多书。那是一个“烧书”的年代，却依然是一个读书的年代。书是烧不完的，知识是无法消灭的，文化的源流和脉络不可能因“革命”而中断。这些情景和思索，也成为我这部小说的重要内容。

“文革”中，几乎所有艺术都受到批判被打入冷宫，但真正的艺术是不会消失的。美好的音乐仍在人间流传，哪怕是以秘密的方式。我自己就曾和一些朋友关在封闭的屋子里，用一台手摇唱机放西方古典音乐的唱片，放全本芭蕾舞《天鹅湖》的音乐。我亲眼看见无数珍贵的艺术品被破坏，瓷器被砸碎，名画被撕碎，雕塑被焚烧……当时曾想，世间大概再也留不下什么艺术品了。但是，“文革”结束后，竟然还有不计其数的艺术珍品从人间冒出来，那些当时被认为是四旧，应该被破、被灭的艺术品，竟然历尽危难，奇迹般地被保存了下来。这些艺术品如何躲过劫难，如何被藏匿、被保护，一定有无数曲折甚至传奇的故事。我这部小说的主要线索，便从中产生。

一个时代，如果孩子们失去天真的童心，那么这一定是一个没有希望的时代，一个真正恐怖的时代。值得庆幸的是，“文革”并没有毁灭人间的童心。我至今仍记得一个孩子对着打砸抢的“造反派”大喊：“你们是坏人！”那一声童真的呼喊，我永远无法忘记。这也成为这部小说的一个源头。

《渔童》的构思就这样逐渐成形：一个孩子，一个教授，在危难中结成生死之交；一件珍贵的瓷器——德化瓷雕渔童，大难不死，历经惊险，被孩子保护下来；两个层次不同的家庭，在疯狂错乱的时代，互相关心，保持着人间最真挚的情谊。小说中人物和故事的走向，要让读者感知：“文革”中，人性被扭曲，但人性中的善仍存在；知识被封锁，但它依然在传播；艺术被践踏，但艺术的生命依然在人间蕴藏、生长。写这样的小说，是希望在丑中寻求美，在黑暗中闪耀光明，在表现恶时肯定善，在死亡中思考生存的意义。

儿童小说用什么样的语言，用什么样的故事结构？是否要和我以前的创作做一个切割，用截然不同的风格和方式来叙写？是否要俯下身子，装出孩子腔，以获取小读者的理解和欢心？我觉得没有这样的必要。我相信现在的孩子的理解能力和悟性，只要真诚地面对他们，把他们当朋友，真实地、真诚地向他们讲述，把我感受到、思考到的一切都告诉他们，他们一定能理解，会感动，使我不至于白白耗费了心思和精力。诚如写了《夏洛的网》和《精灵鼠小弟》的E·B·怀特所言：“任何人若有意识地去写给小孩看的东西，那都是在浪费时间。你应该往深处写，而不是往浅处写。孩子的要求是很高的。他们是地球上最认真、最好奇、最热情、最有观察力、最敏感、最灵敏，也是最容易相处的读者。只要你的创作态度是真实的，是无所畏惧的，是澄澈的，他们便会接受你奉上的一切东西。”

2015年3月18日于四步斋

我为我的母语骄傲

演讲嘉宾：赵丽宏（上海市作家协会副主席）

演讲主题：读书改变人生

主持人：王继红

演讲地点：上海市青浦区教师进修学院

时间：2016 年 12 月 22 日

演讲摘要：我从小就有一个梦想，也可以说是一个野心，想读遍天下所有好看的书。这当然不可能实现，但也正是这个梦想、这个野心成就了我。读了六十年，写了五十年，亲近文字是我一生在做的事情。

王继红：大家好！刚才三位青年语文老师用我们特有的方式对赵丽宏先生的到来表示了特别的欢迎！赵老师作为上海市作协副主席，文化活动非常繁忙，在百忙之中，应邀来参加我们区语文教师的读书报告会，这是对青年教师读书写作的关注。赵老师很多散文被收录到各种版本的教材当中，有一篇《旷野的微光》我印象颇深，是赵老师当年读华师大的时候写的，他怎么也不会想到，日后这篇散文会被收录到教材里。那篇文章写他当年在崇明插队落户时的读书情景：在偏僻的乡野之间，在一盏昏暗的小油灯下，他在读书；当时想得到一本好书是不容易的，但是乡亲们知道他爱读书，会想方设法给他送来一些旧书，一些他期待的好书。在那些艰苦的日子里，赵老师说，是那些好书，是那盏昏暗的小油灯，伴随着他度过了困顿和颓丧。我们刚刚送给大家的读书报告汇编集上说，要“为形成教育智慧而阅读”，赵老师还告诉我们，要“为体验别样的人生而阅读”，阅读可以改变人生，写作也是一种生活态度。这一套“作家走进校园”系列丛书，是几位著名作家为学生亲自挑选的一些作品，赵老师的那本是《为你打开一扇门》，都是精选的非常好的散文。刚才王志江、杨鹏飞、杨文厚三位青年教师配乐朗诵了赵老师的《周庄水韵》《晨昏诺日朗》《顶碗少年》，想必大家能够感受到作品当中的文字带给我们的震撼，之前我拜读赵老师的书，不论是他的《谈艺录》还是新出版的小说《渔童》，同样也是这种感受。下面就有请赵老师和我们聊聊读书和写作的话题。

赵丽宏：老师们，大家好。其实我是个不太爱说话的人，我在农村插队的时候，曾经有一度一天到晚不说一句话。我虽然不喜欢说话，但我可以用文字来讲我的故事，表达我对这个世界、对人生、对生活、对这个时代的看法。我用文字是自如的，说话是不自如的，有时候会词不达意，可能说出来的话不一定准确，但是说一些自己熟悉的话题我觉得还是可以的。

在座的都是语文老师，首先我得感谢大家，刚才那三位老师朗读我的作品读得很好，比我写得好，我知道你们可能都在语文课上用过我那不太高明的文章来“刁难”学生。其实今天应该讲讲跟语文教学有关的话题，尽管我在这方面是外行。我的文章收录在课文里很多，曾经有一个记者来采访我，问我总共有多少篇，我说不知道，后来这个记者写了一篇报道，然后全国各地的出版社都来找我，我这才发现，在全国各地各种各样不同的教材里面，收了我很多文章。我常常在收到语文老师和孩子的信以后，才知道在某某出版社的教材里面有一篇我的文章。

我从来没有想过要写语文课文，没有想过我的文章会被收到语文课里去，这是我意料之外的事情。但是被收进语文教材以后，影响是很大的，有人认为这是一种荣耀。一个作家的文章被收进语文教材，我认为这是把双刃剑。一方面这确实是一种荣耀，孩子们不断读你的文章，我有的文章被语文教材用了二十多年了，有的教材印数已经累计上亿了，无法统计有多少孩子读过你写的课文。现实中确实存在这样的情况，如果不是因为语文课，有些作家早就被人们忘记，有很多作家，因为他的文章被收进语文课本里面，几代人一直在读，这些作家也就因为语文课而被大家一直记得。孩子被迫读你的文章，因为必须要读，大家就记住了你的名字。这是双刃剑中对作家有利的一面。

但也有对作家不利的一面。因为你的文章被收进了语文教材，你也因此可能被孩子讨厌，这跟我们语文教学是有关的。如果把一篇课文讲得太详细，要你分段、写段落大意、中心思想，然后做各种各样的作业，再好的文章，如果被这样过度解读，那么导致学生厌烦甚至讨厌，都是很自然的。

我儿子六年级的时候，他的语文课本里就有一篇我的文章——《学步》，是写我作为一个父亲看着孩子怎样慢慢地学会走路而生出的一些感慨。我的儿子叫小凡，这篇文章是用第二人称写的，作为一个父亲看着儿子慢慢学会走路，有很多感慨和思索，这篇文章现在还在北师大版和中国香港、新加坡的教材里。有一天，儿子从学校回来，手里拿着一本“一课一练”，他说：“爸爸，今天做的作业是你写的《学步》，你是权威，你来帮我做。”但是我看了书中那些题目，我说我也做不出来，如果我做的话，你们老师肯定算你错。因为把一篇文章过度解读，分析得太细致，规定学生按照你的思路来理解它，这其实不是一种高明的方式。比如说练习册上有这样的问题：作家在这里用这个词好不好？答案当然肯定是好的。能不能换一个词？当然是不能的。接下来又问：那么你说说为什么不能换。这就是刁难学生了。没有一个学生可以把这个问题回答好。我说你跟老师说要把这个题目改掉，这个词用得好不好，你说还可以。能不能改别的词汇？答案应该是可以的。我们的汉字是那么丰富，我一直说作为一个中国作家，我最自豪的事就是我用汉字写作，我们的汉字是人类语言中表现力最丰富的，汉字是我们中国人最值得骄傲的，古人用汉字创造出的那些诗文，就是我们民族最珍贵的财富，也是最值得我们骄傲的。唐诗、宋词，这么简洁的文字，却可以表达出人类最丰富的情感，描绘出最美妙的大自然景观。五绝二十个字，七绝二十八个字，就可以画出一幅非常阔大、幽深的画卷，可以表达最深刻的思想、最丰富的情感，没有哪个民族的语言可以像我们的汉字一样具有这么强的表现力。所以我说这个词是一定能改的，我写这篇文章正好想到这个词，如果再让我想一想，我还可以想出其他词来代替它，说不定会比它更好。所以我对儿子说，这个题目的答案应该是否定的，是可以换成别的词汇的。应该将后面问题改为：如果你认为是可以换的，你就再换一个词试试。我觉得这样的题目就比较好，孩子可能会给你换很多词，可能会换出一些很好的词，当然也可能有些词不恰当。我觉得应该要有这样的一种思路。后来儿子自己做了题，结果怎样我不知道。出这本书的出版社我也很熟，我说你们这个语文课外作业是浪费孩子的时间。

我觉得我能有今天，最重要的缘由就是读书。小时候我并没有想到要当作家。我小时候曾经有过三个梦想，第一个梦想是当音乐家，我喜欢音乐，我觉得人类艺术中最伟大的、最奇妙的就是音乐，音乐可以把我们心里最隐秘、最微妙、最无法言说的情绪表达得淋漓尽致，所以小时候只要听到西方古典音乐我就会流泪，我会一个人坐在那里发呆发傻，会笑，会流泪。小时候曾经花时间去追寻音乐，听音乐，学各种各样的乐器，吹笛子，拉胡琴，吹口琴，这些简单的乐器我都学过，我还想弹钢琴，但在我进中学之前，我连摸都没摸过钢琴。我没有成为音乐家，但也不遗憾，我是个爱乐者，我的收藏除了书就是唱片，还有铭刻在记忆中的那些美好旋律。第二个梦想是想当画家。其实在座的各位一定也有和我类似的童年，每个孩子都有这样那样的梦想，都想用线条、用色彩把自己的梦想画出来，小时候我爱绘画，我一直是少先队大队部的宣传委员，负责出黑板报和墙报，因为我会画画。前几年我写了一部小说叫《童年河》，是一部儿童长篇，小说主人公叫洪雪弟，一个从农村到上海来的小孩，他喜欢绘画，他的故事有很多我小时候的原型在里面，有些是我童年的经历。当然我终究也没能成为画家，现在我还是一个美术爱好者，喜欢看画、欣赏画，屏幕上就是我最近的作品，有空的话我还是会画上几笔，这个爱好一直延续到现在。

前面两种梦想其实都是有可能实现的，如果我更专心一点，在“文革”以后去报考专门的学校，我可能不作曲，但我可以去研究音乐理论、音乐学，这完全是有可能的。画画我觉得也不是不可以，但是我觉得还是做一个票友好，一个人要有点兴趣，除了你的职业以外要有点兴趣、有点情趣，这样做人才有意思。我小时候有各种各样的兴趣，只要一个孩子认为有趣的事情我都有兴趣。

我的第三个梦想算是一个野心，是不可能实现的，但也正是因为这个梦想、这个野心成就了我。这是什么梦想呢？我想把天下所有好看的书都找来看一看。我小时候蛮聪明的，三岁识字，我的哥哥姐姐、父亲母亲就经常教我识字，大概四五岁的时候我就认识了两三千个汉字，所以我在上学之前，一个小学生该认识的字我全部都认识。我五岁的时候拿到一本书，就发现自己可以读得下去，可以一行一行、一页一页地往下翻，可以读懂书里面的故事。这件事对于一个尚未开蒙的孩子是巨大的惊喜。所以从五岁开始，我这一生就开始了寻找书的生活。

我的父亲不是知识分子，我的家庭也不是书香门第。我父亲出身贫苦，小时候上过几年私塾，粗通文墨，可以记账、写信，他很聪明，也非常勤奋，年轻的时候，通过自己的奋斗，创业取得了成功，在我们家乡，他是个传奇人物：一个佃农的儿子，在不到三十岁的时候，整个镇的半条街上都是我父亲开的店。在抗战的时候，我父亲冒着生命危险，坐小船把货运到我家乡，我家乡在崇明岛，岛上别的店都关了，只有我父亲的店还有货物供应，他在为乡亲们造福的同时，也扩展了自己的事业，所以我父亲年轻的时候是非常成功的。但是他一直跟我讲："我此生最大的遗憾就是识字太少，读书不多。因为读书读得少，所以我的事业不会有大成功。"我父亲在20世纪40年代后期把家乡所有的店铺都关掉到上海来开工厂，事业从此一落千丈。

我们以前讲阶级斗争，而我心里一直是不相信的。我认为人和人之间不可能都是你死我活的阶级斗争关系，虽然有好人和坏人之分，有善人和不善的人之分，但这和所谓的阶级并无必然关系，我父亲的历史、我们家庭的历史就是一个明证。我父亲为什么把店盘掉以后到上海来开工厂？缘由是店里那些年轻的店员来求我父亲，他们管我父亲叫"先生"，他们说："先生，到上海去开工厂吧，我们都跟你到上海去。"为什么呢？那是解放战争时期，国民党要在乡村抓壮丁，城市里面是不抓壮丁的，所以年轻人进了城以后就比较安全。于是我父亲做了重大决定，他把所有的商铺都盘掉，到上海开了一家纺织厂，唯一的原因就是为了保护那些年轻的店员。我的父亲在家乡是一个传奇人物，是成功者，但一到上海，他在这汪洋大海里就是小鱼小虾。他在上海开纺织厂，就是我们家道中落的开始。我父亲文化程度不高，又没有开厂的经验，所以开了工厂后事业一路滑坡。

直到解放后公私合营的时候，其实我父亲的工厂早就应该倒闭了，那时已经是资不抵债。可是我父亲很要面子，也很要强，他觉得自己年轻的时候那么成功，现在如果倒闭的话太没面子了，他就借钱硬撑着这个工厂。公私合营后，我们的家庭成分是资本家，我们的家庭出身是资产阶级。我父亲的定息分划给三个债主，他自己一分钱的定息也没享受过。我们家在我小时候过的是清贫的生活，我们兄弟姐妹六个，我记得每年开学付学费的时候，都要分期付款。但那个时候清贫并不是耻辱，我小时候从来没有因为清贫而感到羞耻，没有觉得我穷就低人一头，从来没有这样的想法，这个观念和现在的孩子有点不一样了。小时候我家的兄弟姐妹都很优秀，都受到学校和老师表扬。但是家里没有我们可以读的书，我记得我家里有一个小小的书柜，那是我母亲的专有。我的母亲算是知识分子，也算是个大家闺秀，从小受到很好的教育，学龄时期一直在教会学校接受西式教育，她的职业是医生，但她不是一个文学青年。家里那个小书柜中，放的都是医疗方面的书，没有一本文学作品。

我怎么会喜欢上文学呢？这个我要感谢我的一个姐姐。姐姐比我大六岁，她不是神童，但她真是个早慧的女孩子，四岁上学，初中高中都是跳级，她考大学的时候好像才十四五岁。她在上海读格致中学，这是一个市重点中学，她上高中的时候我还很小，好像才一二年级。当时格致中学的学生可以借两本书回家，我姐姐就借书回家给我这个比她小六岁的弟弟看。她借来的每一本书我都会读完，而且我比我姐姐读得快，我很贪婪，每拿到一本书就迫不及待地想把这本书读完，为的是可以快点再读下一本。我对我姐姐说："你借来的每一本书我都可以读完。"确实也是，我姐姐借来两本书，她还没开始读或只读了一本，我已把两本书都读完了，然后就逼着姐姐快去换别的书，后来我姐姐到学校里去借书，其实很大程度上是为小弟弟借的。

现在这个时代，是一个自由阅读的时代，如果你喜欢读书，那么普天下的书都向你开放。你可以到图书馆去借，到书店去买，到网上去搜索，有各种各样读书的方法，你甚至可以写一封信到一个遥远的国度去买一本最冷门的书，这本书哪怕万里迢迢漂洋过海，也会送到你的手里。但是现在的年轻人面临一个大问题，书实在太多，让人眼花缭乱，无从选择。一个人的时间是有限的，所以我现在一直在担心，现在的孩子课外读书的时间太少，因为现在学校里对学生的学业要求非常高，他们没有时间读闲书。如果课外读书时间很少，读的又是不太有意思的书，这是个极大的浪费，等回过头来要补课的时候已经晚了，他已经成年了，这个课是很难补的。

孩子是一张白纸，他们不懂得什么书对他们来说是最需要的。我的孩提时代，书是不多的，而且很多书被尘封、被屏蔽，我们看不到。但是我又觉得那个时代是一个读书的好时代，没有人规定你该去读什么，但是无形中社会已经为你做出了选择。那时你如果喜欢文学作品，那么出现在你面前的书籍大多是古今中外的经典名著。所以在我的童年阅读记忆中，读过的大多是古今中外的经典名著。

我童年读过的书，除了中国的四大名著、唐诗宋词，也有现当代的小说，如鲁迅、茅盾、郭沫若、巴金、老舍和冰心的书，有《青春之歌》《红岩》《红旗谱》《上海的早晨》《三家巷》《火种》《苦菜花》《小城春秋》《野火春风斗古城》之类的小说，读得最多的，还是外国文学名著，如托尔斯泰、陀思妥耶夫斯基、雨果、左拉、福楼拜、大仲马、莫泊桑、狄更斯、杰克·伦敦、马克·吐温、欧·亨利、司汤达等作家的书，也有普希金、莱蒙托夫、拜伦、雪莱、叶芝、歌德、白朗宁夫人、泰戈尔等诗人的作品，我从小学二三年级开始就接触这些书。这些都不是给孩子读的书，尤其是托尔斯泰的《安娜·卡列尼娜》《复活》这样的书。有时候我会不求甚解，不是全部能够读懂，但我一定会把它读完，因为我知道这些都是非常好的书。

我小时候，好像没有儿童文学这一说，当然也喜欢看连环画，但我读的文字书都是成人书。现在情况不同了，铺天盖地都是给孩子看的书。但儿童读物中，媚俗的现象很严重，有些唯利是图的书商，市场流行什么，孩子对什么感兴趣，便向他们推送什么，其中不乏庸俗无聊的书。有些书俯就孩童，去迎合市场和孩童，弄得很是幼稚、俗气。在座的都是中学老师，你们的学生都已长大了，我觉得什么书都可以读。一个孩子到了四五年级以后就识字、懂事了，以我的经验，我觉得任何一本书他们都可以看，都能理解。

我曾经向我姐姐夸口，我能读完任何一本书。但也有例外，我记得是上三年级的时候，有一次我姐姐借来《红楼梦》，我知道《红楼梦》是一本很有名的书，心想这本书一定很好看，但是展读之后，我却看不下去。这样的书，对一个三年级的男孩子，没有吸引力，琐琐碎碎，男男女女，这么多的人物，都是风花雪月儿女情长"乱七八糟"的事情，而且读起来又费时间。我不喜欢看这本书，就跟姐姐说，"你去给我换一本"，姐姐嘲笑我说："你连《红楼梦》都读不下去，你不是说要把天下的每一本书都找来读吗？"后来我姐姐还真的换了别的书，她换回来的书我还记得，是雨果的《布格·雅尔加》，是雨果十三岁时写的第一部长篇，这本书当时非常吸引我，一个是书好看，他写的是一个黑奴的传奇故事，另外我知道，雨果写这本书的时候才十三岁，一个外国作家十三岁就可以写出这样的书来，我非常好奇。

小时候我养成了几个读书的习惯，这些习惯我觉得可以向现在的孩子讲讲。因为贪心，想读得多一点，快一点，所以我从来不做读书笔记。顾炎武先生曾经说过，读书要有"三到"：眼到，心到，手到，胡适之先生后来写文章说读书要有"四到"：眼到，口到，手到，心到，我觉得这是对读书人的要求，是对做学问的人的要求，对孩子，我认为有两到就行了，即眼到、心到，如果你用心地去读，这些文字你领会了，记住了，读出了自己的感悟，那么这本书就会永远属于你。现在很多年轻人认为成功的标志就是金钱，最崇拜的偶像就是那些亿万富翁。确实，这些人是当代的成功者，他们用自己的知识、才华和劳动获得财富，令人尊敬。但你也要明白金钱其实还是身外之物，金钱和你的生命不会融合在一起，它完全有可能一夜之间就烟消云散，离你而去。而有一种财富只要获得就会永远属于你，没有任何力量能够把它从你的心里夺走，那就是你读过的书。你读过一本好书，你被它感动，它就永远属于你，成为你生命的一部分。我写过一篇文章，谈读书的感觉，读一本好书就像被人打了一枪，当然不会把你打死，但会在你身上留下一个弹孔，那弹孔会流血、疼痛，然后结疤，你看到这个疤就会想起这种痛和流血的感觉，就会想起这本书。

刚才有老师在路上问我："你最看重的身份是什么？是作家还是别的什么头衔？"我有很多头衔，我自己也记不清楚，各种各样的头衔都不是我追求的东西，这些都是过眼烟云，都是暂时的，但有一个身份我觉得不会改变，那就是读书人，我想这是我终身的职业。只要我还活着，没有失明，没有失忆，脑子还在思索，我就可以一直读下去，一直快乐下去。你们都是老师，我读书读了六十年，写作写了五十年，亲近文字是我一生在做的事情，所以我们一定会有很多共同语言。

我说读书改变我的人生，这一点也不夸张，我生命中很多记忆都跟书有关。刚才王继红老师讲起那篇《旷野的微光》，曾经在我们上海的高三语文课本里用了很多年。这篇散文是我写在农村做知青时的生活，在我人生最孤独困苦的时候，书给了我希望和力量，这是真实的读书经历。写这篇文章的时候我在上大学，我是"文革"结束恢复高考以后的第一届大学生，是七七级大学，这篇散文我是在上大一的时候写的，发表在《文汇报》上，没想到后来成为高三学生的语文课文。读这样的文字难免又想起自己的青年时代。我中学毕业时正逢"文革"，那时大学关门了，停止招生，工厂也不招工，所有拿国家工资的机构一律不向学生开放，学生从中学毕业后只有一条出路：去农村。我还清晰地记得，中学毕业前我们下乡劳动，住在生产队的仓库里，地上铺着稻草，有一天晚上突然广播毛主席的最新指示："知识青年到农村去，接受贫下中农的再教育，很有必要。""农村是一个广阔的天地，在那里是可以大有作为的。"最新指示出来就要敲锣打鼓，上街去庆祝。这条最新指示改变了我们这一代人的人生。我们没有选择，也无法选择，只能去农村。我们当时还可能有一个选择——当兵，但我这个家庭出身的人是不能当兵的，我的家庭出身是资本家，是资产阶级，是属于要接受改造的阶级。

刚才我话说到一半，为什么我不认同这种阶级斗争关系那是有原因的。我父亲工厂开到上海后，家道中落了，后来公私合营的时候，我父亲响应政府的号召，把工厂全部交给国家，自己还带头减工资，本来有几百元的月薪，减到后来只有七八十块，比工人工资还低，减掉后就不能再涨上去，所以我父亲这个资本家工资是很低的。“文革”的时候我们家里也被抄了，那个情景很可怕。我在小说《渔童》中写过当时的抄家场面。我父亲被抄家，工资只剩下二十块，只给他生活费，所以家里非常困难。在这个时候，工厂里的工人，当年我父亲商店里的店员，一个个偷偷地来看望父亲。他们以前称我父亲为先生，此时到我家里来，还是叫我父亲先生，他们送钱接济我家，还带来吃的东西。每个月都有工人上门来送钱给我父亲。照理他们应该和我父亲划清界限，不再来往，因为这是敌对的阶级关系，当时提倡分清敌我，大义灭亲，但他们还是像从前一样尊敬父亲，对我们也像一家人一样。所以我当时就不相信这一套，我觉得人和人之间不是这种关系，到了农村以后的感觉也是一样，有很多故事，后来都写在了我的文章里。

中学毕业时我还怀着浪漫的想法，我想要走就走得远一点，那时最远就是到黑龙江支边，我就报名去黑龙江军垦农场。我报名了，但是不被批准。为什么呢？还是因为我家庭出身是资产阶级，黑龙江军垦农场地处中苏边境，是前线。家庭出身不好的人是不被信任的，所以不能去。我非常沮丧，但是不去农村是不行的，如果不去，戴着红袖章的人天天来我家里，批判我的父母：“你们的儿女不去插队落户，就是违抗毛主席的指示，要受批判”。

最后我不得不做了选择。我们家里有三个人到农村插队落户，我的一个姐姐和一个妹妹去了安徽淮北，我选择去我的故乡——崇明岛，叫作“投亲靠友回乡插队”。但是到了农村我才发现，这是一个最没有前途的选择。当时我被告知，要安下心来，一辈子就在这里生活，做一个真正的农民。我是没有这个思想准备的，那时候我才十七八岁，我的人生才刚刚开始，我想读书，想了解世界，然而曾经梦想的世界对我关上了大门，必须一辈子在这里做农民，没有其他出路。崇明岛虽说是上海市郊区，但当时它的荒凉无法想象。我住的是一间草房，没有电，点的是油灯，吃的是杂粮，干的是最苦最累的活儿。后来我跟到黑龙江的同学交流过，他们的生活过得比我好多了。我们在崇明干活，从早干到晚，一年干到头。农忙的时候早上五点钟起床，干到半夜十二点，天天这么干。贫穷、苦累，都是可以忍受的，但是这种孤独、无望对一个十八岁的年轻人是一个致命的打击。当时我几乎不说话，每天晚上写日记的时候，我会自问：今天说过几句话？想一想，说过的那两三句话，我都能记得起来的，一定是农民问我，农民来关心我，然后我用最简单的话回答他们，总是两三个字。收工以后我经常一个人坐在海堤上看日落，看太阳从浩瀚的长江江面上落下去，看着天空从亮到暗，再到什么也看不见，我才回家。那时我在堤岸上会坐一个小时，甚至两个小时。后来农民告诉我，他们当时做了两个判断，在农村一般没有人会在海边坐两个小时的，此外只有两种人，一个是脑子出问题的——精神病，还有一个就是想不开想自杀的，坐在那里犹豫不定。他们对我的判断是第二种。

我的孤寂无望，大概两个月以后就得到改变。原因很简单，一方面是因为那些农民，我开始总以为他们有点木讷，没有文化甚至有点愚昧，我觉得自己跟他们是无法沟通的，我读过那么多书，有那么多追求，他们根本无法理解我，我跟他们说话就是对牛弹琴——我开始是这么想的。农民对我的同情我是能感觉到的，在干活的时候，他们让我干得轻一点，每次收工以后，他们会送点吃的东西给我，但是我觉得这种同情是救不了我的，我需要的东西他们是没有办法给我的。我曾经在日记里这么写："善良的人们，你们救得了我的肉体，可救不了我的灵魂。"我小时候跟我母亲去教堂，经常听到神父布道，所以我会写出这样的话。但是后来我发现，我这个看法完全错了，那些我认为愚昧的农民，他们对我可不仅仅是同情。有个农民后来告诉我："我们一直在观察你，你不知道，你只要拿到一张报纸，一张有字的纸，你的眼睛就会发亮发光，你只要拿到一本书，不管什么书，你就会埋头在书里，忘记周围的一切。"他们由此判断，这个上海来的沉默寡言的知青，他最喜欢的事情是读书。就在我插队的那个生产队里，没有人号召，所有农民家里只要是有书的，都会找出来送给我。"文化大革命"的烈火，居然没有烧到我插队的这个村庄，这里没有烧书，农民家里的每一本书都完好保存着。

农民送给我的有很多好书，如《红楼梦》《儒林外史》《初刻拍案惊奇》《二刻拍案惊奇》《孽海花》《千家诗》《七子八婿大团圆》《卧虎藏龙》（武侠小说，现代作家写的）《福尔摩斯探案全集》《唐诗三百首》……我想不到农民家里还有这么多好书，这些好书足以抚慰这个来自上海的知识青年。我是来者不拒，每一本书都收下来。尽管那时候我才十七八岁，因为读书的年头长了，对书有了自己的评判，哪些书值得好好读，哪些书可读可不读。古人说，"尽信书则不如无书"，有些书是粮食，有些书是垃圾，有些书是良药，有些书是毒药。回过头来看我这曲折来路，大概还是读过粮食和良药的书多一点。那个时代，尽管多灾多难，但如果你喜欢文学的话，还是可以读到很多经典名著。

我已经讲得太多，必须打住了。谢谢大家！

今天无法再跟大家讲我读一些书的体会，这个话题讲两天也讲不完，读每本书都有故事。其实我很想听听你们对于书，对于写作教学，对写作者的看法和要求。你们的任何问题我们都可以交流，也可以继续引发我的回忆和思索。

孙加影（毓秀学校）：赵老师您好，我们真的是非常激动，您这么一位大作家能来这里。昨天我们办公室的几个小伙伴准备了几本您的书，说自己虽然人不能到现场，但是一定请您给他们的书签名。刚刚您提到《学步》这篇文章，我们现在的年纪正好是双重身份，既是父亲又是老师，面对着孩子求知的眼睛，面对着自己小孩刚刚有阅读的兴趣，想请教赵老师，您作为慈父，是怎样引领您的孩子走向文学的？您对艺术的热爱，是如何熏陶和感染他的？

赵丽宏：这个问题我可以讲半天。我的父亲是天下最温和的父亲，走遍天下再也找不到第二个比我父亲更温和的父亲了，这一点也不夸张。在我的记忆中，我的父亲没有打过我一下，也没有责备过我一句，我脑海里的父亲是一个微笑的父亲，他永远在笑，在我们最困苦的时候，哪怕是大祸临头的时候，我父亲看到我时也是微笑的表情。这样温和的慈父真是天下少有。我也是个温和的父亲，但是我和我的父亲不能比。其实我觉得父母对孩子的影响比老师要大，父母的优点和缺点，都会在儿女身上延续甚至放大。

我的儿子今年三十一岁，他现在是华东师范大学的老师，但不是教授文学的，是华师大设计学院的教师，现在也在创业。我从来没有想过要把儿子培养成作家，我比一般的父亲做得多的就是陪伴他长大，尽可能多地和他在一起。在座的有爸爸也有妈妈，我要跟你们说过来人的话，孩子成长的过程，我们必须尽可能多地陪伴他们，这件事情是不可能补课的，等你有一天发现儿女长大了，自己陪伴得太少，想补一下课，已经来不及了。我儿子从小成长到大，没有在我父母家里住过一夜，都是我们自己带的，我是尽可能多地和他在一起，跟他说话。那时候外地来邀请我开文学笔会，我都会有个要求，我要带着儿子，一般都会获得同意，所以我儿子跟着我走遍天下，他的见识比别的孩子多一点。另外，我还会陪他读书，我觉得在一个孩子的成长过程中，要想让孩子成为一个知识分子，最重要的途径不一定是经历，而是阅读。一个人对世界的认知，知识的获取，主要是通过文字，通过读书。读书是捷径，知识分子用一生的经验写成一本书，读者只用一天时间就可以了解一个人一生的经验。我一直说要让一个孩子活几百次、几千次，其实读一本书就可以多活一次，所以我从孩子小时候就带着他一起读书。他不识字的时候，我天天给他念书，我不念自己的文章，我念对孩子有益的各种各样的文章给他听。稍微大点，识了字以后，我则给他读图画书，有两套连环画我是非常喜欢的，那是浙江美术出版社和浙江人民出版社出的两套连环画，一套是《世界名著连环画》，一套是《世界经典童话连环画》。这两套连环画画得好，解说的文字也写得好。等他稍微大一点，我就给他读原著。识字以后，我就推荐他读各种各样的书。这件事我并不强求，只是在他床头柜上，放了两三本书，我说你睡觉之前读一读。

读书成为习惯后，他便会天天读，阅读量就比同龄的孩子大得多。家里这些年一直在搬家，以前住的房子很小，每个上海人都有这样的经历。房子大一点以后，儿子有了单独的房间，我会在里面做两个书柜，放上我认为一个孩子可以读的书。我们家有很长的走廊，走廊里都是书柜。儿子的房间门外有两个大书柜，我把我曾经读过的好书都放在里面。我对儿子说，这些书你每一本都可以读一读。

我儿子小时候不算优秀，功课一般，我对他要求不高，不要求他在功课上花太多时间，但鼓励他多读一点书。我儿子在初中考高中的时候，对我提了个要求，他说："爸爸，我不考高中行不行？我喜欢画画，我考美术学校吧。"他上小学一年级的时候，学校曾为他办过一个画展，我也为儿子的绘画才能高兴，还花过不少时间陪他一起画画。他既然有这个愿望，我尊重他的选择。我说可以，那你就考美术学校。当时很多人都觉得不可思议，赵丽宏的儿子不读高中？将来不上大学？有这样的事情？我觉得孩子这样的选择，没什么不可以！他后来考了美术学校，在美术学校学习，他非常快乐，没有高考的压力，而且上的都是他喜欢的绘画课。大学他是到国外去上的，回来读研究生，最后成了大学老师。所以我觉得条条大路通罗马，孩子最后也很成功。我孩子没有成为文学家，我一点也不感到遗憾，但是他对文学是亲近的。有一年，有个出版社让我给编一本书，是给少年读者读的，这套丛书，每一本书都请一个孩子写序，我说我让我的儿子给我写吧，后来儿子为这本书写了一篇序，题目是“我的朋友赵丽宏”，写得真实生动，写父亲陪伴他成长，写我们父子间朋友般的亲密关系。这篇序文，是儿子留给我的珍贵纪念。

最近，有个出版社要出我写的三个绘本，绘本的故事，都和儿子有关。儿子小时候，我每天去幼儿园接他，回家前先去公园散步。散步时，我们互相讲故事，我讲一个，他讲一个。我说，你可以把你读过的书讲一遍，也可以自己编。我儿子小时候喜欢编故事，非常有想象力，有些想象很惊人。那时候我就把他编的故事记下来，也写在我们父子交流的文章中。最近出版社找我写绘本，我把我们两人互相讲的故事，写成了三个绘本，系列名是《寻找害怕的男孩》，大概年初会出来。在座的老师，都是父亲母亲，希望你们要花时间陪伴孩子长大，让孩子做一个爱读书的人，做一个从小亲近文字的人。

最近我出了一本书，是一本诗集《疼痛》，人民文学出版社出版，在北京搞首发式时，一些记者来采访我，其中有个《新京报》的记者，很年轻，是美国斯坦福大学毕业的文学博士。她说：“我是 1990 年生的，我很感谢你。”我问她为什么，她便说：“我在读中学的时候读了你编的一本书，这本书让我爱上了文学。”她说的那套书，是我在 20 世纪 90 年代中期主编的，当时我觉得中国孩子的读书状况令人担忧，他们读书少，而且太杂。孩子是一张白纸，不知道读什么书对他是有益的，有一句西谚，说读什么书成什么人。我觉得我们中国人也是这样看的，从小对书的选择就是对人生的选择。如果孩子天天玩游戏机，天天看那种乱七八糟的书，他读书的时间本来就不多，读了这本书就不会读那本书。所以那时候我很着急，于是想编一套书，把我小时候、年轻时候读过的那些好的文章汇集在一起，读它们是不会浪费时间的。我花了整整一年时间，把我从小读过的各种各样的好文章，都是古今中外文学名家的文章，汇集在一起，而且分门别类，我还仔细写了导读和点评，编成一套书，由天津教育出版社出版。其中有一本，就是那个《新京报》记者读的那一本。她说，这本书里的每一篇文章都没有浪费她的时间，每一篇文章阅读后她都写了眉批，因为我这本书，她喜欢上了文学。她认识了很多作家，后来报考中文系，到美国读文学，成了斯坦福大学的文学博士。面对这样一个年轻人，我也蛮感动蛮欣慰的，我想当年编这样的书没有白编。

你的问题引起我很多回忆。那套书的书名叫《中华少儿阅读全书》，分成小学卷、中学卷、高中卷，里面的每一篇确实都是好文章。

王继红：我最近在读赵老师的《谈艺录》，赵老师对音乐的想象力非常丰富，读的时候我就想，原来音乐是如此博大精深，原来音乐可以包含这么多东西。最近我在拜读《渔童》的时候，也感受到您作为一位长者，还有那么丰富的想象力，那么引人入胜的儿童情趣，所以我想请教赵老师，您是如何保持这份童心和丰富的想象力的呢？

赵丽宏：我觉得一个人生而为人，面对世界上这么多有趣的事情，这么多风雅的事物，还有前人的创造在那里，我们如果视而不见，是蛮遗憾的。小时候我好奇心特别强，对任何事情都好奇，对所有的艺术我都有兴趣。因此从小我就特别喜欢艺术，跟艺术相关的我都非常有兴趣。这种兴趣一直保持到现在。但是我没有玩物丧志，我就是喜欢。喜欢读书，读书占据我最多的时间；喜欢绘画，喜欢各种各样跟艺术有关的事情。说起音乐，我觉得音乐跟读书一样，你听过的音乐也是你生命的财富，是不可剥夺的美好记忆的一部分。当年去农村插队的时候，我带了一把小提琴去，但是我发现农民们看我拉小提琴的眼光很怪，后来小提琴也就被束之高阁。之后，我还是会用其他方式来延续这种兴趣。在田野里干活，周围没有人的时候，我就唱歌。我小时候参加过童声合唱队，我嗓子不算好，不能成为歌唱家，但是我记得我喜欢的旋律。我还吹口哨，我经常一个人在田野里吹口哨，那时候我的口哨吹得非常好，但是我只是独自沉浸其中，我不吹给别人听，我吹给自己听，我用口哨吹我熟悉的旋律，包括歌曲和古典音乐。另外我还自己即兴编曲，把我心里的忧伤、愁苦用旋律表达出来，我那时可以一个小时不停地吹我自己编的旋律。

我下乡时带着一个半导体收音机，到深夜时分，我就用半导体收音机收听音乐节目。那时候，如果收听《美国之音》，收听苏联广播电台，收听日本电台，那就是在偷听敌台，是犯罪犯法的，如果被人发现是要受惩罚的，这是不能让别人知道的。因此我都是在夜深人静的时候，一个人躲在蚊帐里，在被窝里面，调半导体收音机。我当时不听新闻广播，我经常搜的是日本的 NHK，因为这个台有古典音乐节目。我喜欢肖邦的《第一钢琴协奏曲》，第一次听到这曲子就是在 NHK 的音乐节目中，半夜十二点钟，听到一半没有了，被干扰了，接着就是风雨声，再也听不到钢琴曲的第二乐章和第三乐章。肖邦写《第一钢琴协奏曲》的时候还非常年轻，据说他写的是爱情，但是我听到的是人生的沧桑，是沉思和忧伤，旋律是那么优美、苍凉。现在我有不少肖邦《第一钢琴协奏曲》的唱片，大概有不同的五六个版本，不同的演奏家演奏的，不同的交响乐团协奏的。当时我在半导体收音机里听了很多古典音乐。

巴金也是非常喜欢古典音乐的，我跟巴金有很多交往。今天我没有时间谈巴金，巴金是一个很了不起的作家，我跟他是忘年之交。巴金是很富有的，稿费收入非常多，但他却一直过着非常朴素的生活。在 20 世纪 90 年代，已经有了非常好的放 CD 的机器，但他还是听唱片或者录音带，他生病住院后，他的女儿李小林打电话给我，说："我爸知道你喜欢音乐，你有很多录音带，是不是可以送一点来？"我确实收藏了不少古典音乐录音带，这些录音带有几种来源，一部分是去音乐书店买的，是原版带，还有一部分是我自己录的。就在我上大学的时候，也就是20世纪70年代末80年代初，有一家广播电台开设了立体声节目，放外国音乐，我用一个单喇叭的录音机，一边听一边录，录了很多我喜欢的音乐。后来我送给巴金几十盘古典音乐磁带。巴金在医院里的最后时光，常常用一个普通的录音机听外国音乐，其中不少是我送给他的录音带。

周蜜（白鹤中学）：赵老师您好，您说那些"一课一练"是在浪费学生的时间，可以不做。其实作为语文老师我们都知道"读万卷书，行万里路"对于学生的语文学习是大有裨益的。那么一方面我们希望开阔学生的视野，重视学生的阅读，但另外一方面，我们又面临着学校以及社会普遍对阅读的漠视，大部分人只读有用的功利性的书。我的困惑在于，我们怎么去引导学生和家长去重视阅读呢？

赵丽宏：其实这是整个社会的困惑。有个教育家叫朱永新，也是我一个很好的朋友，他是"新教育""新阅读"的倡导者。2003年在北京开全国政协会的时候，他就拿了一份提案找我，说他要建议搞一个阅读节，希望我支持，为他的提案联署。我觉得这是一个很有意义的提案，这不是简单地增加一个节日，而是要提醒中国人别忘了读书。因为现在中国人读书读得很少。当时做过统计，以色列国民年均读书六十本，英美国家每个人每年读书超过四十本，中国人每年读书才一点几本，这个差距就非常大。我们中国是一个崇尚读书、"唯有读书高"的国家，可遗憾的是现在我们的国民读书却读得这么少！设一个阅读节只是要给国人提一个醒，要大家读书。我在朱永新的提案上署了名，成为他的第一联署人，同时我还约了几位作家一起来联署，其中有张抗抗、梁晓声、王安忆。现在我们都在讲全民阅读，讲得这么多这么频繁，为什么？如果读书已经成为中国人的生活习惯和生活方式，这句话是无须讲的。现在中国人的阅读状况已在不断改善，全民阅读也逐步成为大家的共识。但是阅读的现状，还是令人担忧的。譬如碎片化的阅读，在手机上浏览就是碎片化的阅读，这样的阅读，不可能读到心里去，只是浏览信息而已。不可能安安静静地在手机屏幕上把一部长篇小说读完。还有功利性的阅读，是孩子为了考试，年轻人为了求职，为了完成什么工作而要读的书。读这样的书不是不可以，也是需要的，但是我们读书如果都是出于这样功利的目的，那是很糟糕的。

老师们，我觉得你们责任重大。我小时候遇到很好的语文老师，他不会把课文弄出很多问题来刁难你，而会告诉你这篇文章的好处，还告诉你这个作家还写过别的什么文章。所以我从小就养成一个习惯，读到一篇好文章，读到一本好看的书，我就记住这个作家的名字，然后就去找他的书，这是一个非常好的学习途径，它不会把你引入歧途。我通过这种方式，还认识了很多作家。我的童年阅读，我对书的寻找，对作家的认识，就是从一篇文章开始的。语文老师就应该做这样的事情，不要过度解读课文。我有一个比喻，后来有很多人用我的比喻，我说一篇好文章就像一只灵动的鸟，它有彩色的羽毛，有翅膀，它站在树枝上唱歌，它拍拍翅膀会飞走，我们可以去寻找它在空中飞翔的踪迹。但是我们有些语文老师却硬要把它抓下来，关进笼子，然后把它的毛一根一根拔下来，这是尾巴毛，这是翅膀的毛，然后再解剖，把一只活鸟变成一只死鸟。这样来解读文章，学生怎能不生厌。我们语文老师不要做这样的事情，要让这只鸟站在树枝上唱歌，甚至挥挥手让它飞走，让学生跟着这只鸟去飞，飞到更广阔的世界去，读更多更好的书。我觉得语文课绝对不能仅限于语文课本，应该把孩子引向更宽广的地方去，让他们认识文学的魅力。谢谢。

周世杰（青浦二中）：赵老师您好，非常感谢您今天给我们读书的人以心灵的慰藉和指点。您提到读书要读一些好书，一些经典的书，您一路读来，想必您对先秦诸子百家的一些书也一定会有自己的感悟，我最近在读《论语》，您能不能给我们指点一下，作为教师，我们读《论语》时需要注意些什么，或者有什么好的方式？谢谢！

赵丽宏：现在讲国学的人很多，电视台也有人讲，书出得很多，他们肯定也比我讲得好，无须我赘言。但我要讲的是，我们中国人对自己的传统文化，以前真是不认识她的精深和美妙。大概是在2002年的时候，我随中国文艺代表团访问欧洲。就我一个作家，里面有一个作曲家，现在是中国音乐家协会主席，叫叶小纲，还有个音乐指挥叫滕矢初。在德国不来梅的一次会谈中，一个很有名的德国学者跟我讲了一番话，他说现在这个世界上，美国的文化，就像滔滔洪水，在全世界泛滥，没有人能阻挡，欧洲无法阻挡，只有中国才有可能阻挡这洪水的泛滥。我问他为什么，他说，因为中国有古老博大的文化，中国的古代哲学太伟大了。当时听他这么说话，我又感动又惭愧，感动的是，一个外国人对中国文化难得有这样的认识和评价；而惭愧的是，当时中国崇洋媚外成风，在很多年轻人的心目中，一切都是西方的好，为中国传统文化呼吁的声音非常微弱。

我们这代人对中国的传统文化了解是不深的。因为从五四开始，我们就批判传统，扬弃传统，把大部分传统文化当成糟粕，包括你刚才讲的《论语》，五四以来一直是受批判的。“文化大革命”十年，基本上把这个传统跟我们隔绝了，在我们这代人成长的过程中，传统一直是一个负面的东西。现在情况发生变化，又回过头来学习传统，对传统又有了一个至高无上的评价。但这里面也有个问题，当年五四对传统的批判，有它合理的一部分，我们的传统文化确实有精华和糟粕之分。现在盲目地把糟粕当精华宣扬的现象也是有的。我认为我们的传统文化确实是博大精深的，我第一次出国是1985年，是随中国作家代表团，一下子就走得很远，去了美国和墨西哥。在墨西哥城最大的一个书店里，我想找一本中国的书，结果找了半天只找到一本，是老子的《道德经》，被翻译成西班牙语，印成薄薄的一本诗集。把老子的《道德经》翻译成诗集，我觉得非常好。中国的诸子百家，先秦的哲学家，是人类历史上伟大的智者，他们在那个时代，把所有人类的哲学命题都已经提出来了，而且都是用诗的语言做了非常深刻的诠释。这些年，我们自己却对他们陌生了。不能说孔子是最高明的一位，虽然孔子现在地位很高，但他的才华，他的想象力，他在文学上的造诣，和庄子不能比，庄子、老子、墨子，他们的才华、诗人气质，孔子是没有的。

你说《论语》怎么读，我想现在人人都可以读，诠释《论语》的书，各种各样，有非常多。孔子是儒学的开创者，在中国一直有着至高无上的地位。两千年来，孔子的话在中国人中流传，指导着中国的教育、伦理和日常生活。但对传统文化的理解和阅读不能仅限于《论语》，我觉得年轻的知识分子，对中国古代的传统了解是非常必要的。因为西方现在有一种说法：二百年来，中国没有哲学，没有哲学家，所有的哲学思想都是源自西方。但是，如果让那些哲学家看到中国古典哲学家们的文字，他们肯定都会顶礼膜拜，觉得了不起，也不会再说这样的话了。所以我们绝对不能妄自菲薄，读《论语》，读《庄子》，读《老子》，读所有美好的古代经典诗文，非常有必要。知道你正在读，我非常高兴。我们年轻的老师，对中国的传统文化，最起码要有所了解，要熟悉，要热爱，然后才可能为之自豪，并把这种自豪传达给你们的学生。

王继红：赵老师曾经有一篇文章叫《读书是永远的》，他说一本薄薄的小书，可能是一位睿智的先人以其毕生的心血探求的结晶，而我们可以只用几天甚至几个小时的时间就能读完，可以在一个夜晚游历一个漫长的时代，这是何等快活的享受！读书是人类最最没有尽头的享受。今天，赵老师以他丰富的人生阅历和深厚的学养，和我们分享了有关读书的话题——为什么读书，读哪些书以及怎么做一名腹有诗书的优秀的语文老师，在座的老师和我一样，受益匪浅。让我们为体验别样的人生而阅读，为形成教育智慧而阅读。

再一次感谢赵老师！

第三辑

文学的『静』和『安』

心灵是一个幽邃的花园

——在上海图书馆谈《追忆似水年华》

我是一个作家，是靠文字来表达我的情感和思想的，而我的作品主要是散文和诗，很少写小说。我也曾做过关于文学的讲座，是谈我的创作，如散文、诗歌。可要谈一部小说并做一次专题的讲座，这还是第一次。

我觉得靠一次讲座来谈清楚这么一部丰富又巨大的小说是不可能的。在中国大概还没有哪个作家、学者专门讲过《追忆似水年华》，所以今天我要做的似乎是一件不能胜任的事。今天我和各位一样，只是作为一部伟大作品的读者，谈谈对这部作品的感受。这些感受可能不全面或不很深刻，也可能只是一些片面的点滴感想，只是对小说的某些情节、描述和某个人物的一些看法。不是全部解读这部小说。

我不知各位朋友是不是读完了这部小说。据我所知，在中国，在文学界，大部分作家都没有读完这部小说，很多人只读了半卷、一卷或两三卷，我认识的作家里能把这部小说读完的还没有。小说共七卷，二百多万字，你的阅读速度再快，也不可能在短时间内读完。而且这部小说必须用心读，要花时间慢慢地品读，不可能像读那些以情节取胜的小说那样一口气读完。幼年时代，我是以快速阅读著称的（在我同龄人中），中学时代，我常常能一天读一部长篇，曾经有一个暑假，我读了五十多部长篇，而且我都是从头到尾读完的。但快速阅读《追忆似水年华》却不行。我想现代人读不完这部小说的原因有二：一是没时间，二是没耐心。可能是这几十年来人心比较浮躁，静心读书对很多人来说已经非常困难了。读这样的书必须要静下心来，静静地品读，静静地走进一个人的心灵，去看一个人的心灵怎么繁衍成长为一个巨大而美妙的花园。

我对这本书很有感情。其实，在我阅读的经历中，读的大部分还是小说。我最早知道这本书是在220世纪60年代，那时中国还没有此书的译本。有一次，我在上海书店买到一本外国文学选集——《西窗集》，薄薄一本，是卞之琳先生在1934年翻译的。我非常喜欢这本书，前几年曾写过一篇文章《重读〈西窗集〉》。卞先生翻译那本书的时候只是一个二十出头的青年人，他从自己所能找到的20世纪初的比较新潮、前卫的外国作品中选出一部分作品来翻译，其体裁基本上是散文诗，其作者大多是国外的著名作家，如西班牙的散文家阿索林，是第一流的散文家，他的作品都很短，但都精妙、幽邃，是大部分作家望尘莫及的。中国大部分读者不知道这个作家，在三四十年代有人翻译过他的一部分作品，出过薄薄的一本书，好像在80年代也出过薄薄的一本书，一共两次。诗人戴望舒最早比较系统地翻译了阿索林的作品。(他的文字非常奇妙，你们可以去读读，网上也能搜索到。)《西窗集》里有两部长篇小说的片段，一部是普鲁斯特《追忆似水年华》中的一段，另一部是纪德的小说《浪子归家》。这本书里最吸引我的就是普鲁斯特的那段文字，这是小说的开头，开头就写时间，写梦中似睡非睡、似醒非醒时的一些幻觉。卞之琳先生为这段文字题名为《睡眠和记忆》，很妥帖。这种梦醒时分的幻觉，很多人大概都曾经有过，特别是在早晨醒来的时候，有时只是几分钟的时间，但有可能你一生的经历都会在此时闪现。我就经常如此，早晨好像醒了，但有时又迷迷糊糊地睡过去了，这时，眼前似乎出现了一生的景象，无数事件相叠着在周围发生，但一看表只是过了几分钟而已。这种事情实在奇妙。你们不妨回想一下，或自己试一次。特别是早晨乍醒而未醒的那五分钟、十分钟里，你也许可以看到一生或幻想几辈子的影像。这件事情我觉得科学是无法解释的，要用文字写出来，即使写几十万字都可以，而现实却只是做了几分钟的梦而已。没有一个作家能把这样的梦境完整地表达出来，而普鲁斯特的这段文字使我感到他写清楚了我的全部感受。我曾经感觉到过，也感受到过，但我写不出来，所以我佩服他。当时读《西窗集》中的这段文字时我还不知普鲁斯特是谁。我觉得这不是小说的章节，而是一篇很奇妙的散文。这么长的一段文字，没有人物，没有故事，全是对梦境的描绘，我无法想象小说全文会是什么样的状态，作者将怎样展开他的故事、描绘他的人物。当时，这是我心里的一个谜，二十多年之后，这个谜才解开。刚才主持人说莫罗亚有一段话，他说对于 1900 年到 1950 年这一历史时期而言，没有比《追忆似水年华》更值得纪念的长篇小说。而我觉得也可以这么说，从 1900 年到 2000 年的一百年中，没有一部长篇小说比这一部更伟大、更丰富、更幽邃。我认为这是 20 世纪中最丰富、最奇妙的一部小说。

我手里的这本就是卞之琳先生翻译的《西窗集》，这是一本非常好的书。这本书最初出版于 1936 年。在 1936 年首次印刷以后，可能还重印过几次，受到当时许多文学青年的欢迎，而后来这本书却被国人遗忘了，但在海外的很多学者仍旧非常喜爱这本书，经常以这本书作为他们研究 20 世纪初欧美现代文学的一个范本。在我们这里，直到 1981 年才由江西人民出版社重新再版印发，好像也就只印了一回，那时我与这家出版社经常联系，他们常发表我的文章，他们也就寄赠了一本给我。其实，三十多年前我在旧书店里买到过它，在“文革”抄家时，我亲眼看见它被人扔进火堆焚毁，所以我看见这本书就想起心痛的往事。我重新得到这本书后，翻看过很多遍，去年坐飞机时，我仍带在身边看，下飞机时将它遗忘在前排机座的背袋里了。回家后我打电话给机场，寻求他们帮助寻找，但是没有找到。我想或许由于它已经太旧、太破了，航空小姐发现它时会以为这是一本被乘客丢弃的书，实际上它却是一本令我极为珍惜的书。又一次丢失此书，很可惜。这本书是第一次翻译《追忆似水年华》的片段，到80年代中期（1985年或1986年），译文出版社首次印发了《追忆似水年华》的全译本，使我第一次阅读到完整的七卷《追忆似水年华》。这套书给予我一段非常美妙的时光，我把这种感受说出来，与各位分享。

当时，我把这套书放在我的枕边，每天睡前都要读一小时，读了好几个月，才把它全部读完。这是非常愉快的阅读，睡前的那一小时阅读时间，对我来说真是一种莫大的享受。所以对有些人说的"读不下去"，我感到十分奇怪。小说有各种各样的写法，小说是对世界的一种描绘、对历史生活的一种记录，大部分小说家是先用眼睛看世界，然后用文字把所看到的一切记录下来，这是由内而外的。但普鲁斯特的小说则是由外而内的一种表述。把自己的心灵开掘出来，打开心门，让内心深处最隐秘的情感源源不断地喷出来、流出来、飞出来，呈现出一个丰富而美妙的世界。因此我说它是心灵的一片花园。

当时我读这部小说时，与许多作家、小说家有过交流，问他们读没读过，他们回答读不下去。我问为何读不下去，他们也说不出原因。而我与国外的一些作家也议论过这部小说，有几个作家对它的喜欢程度甚至更甚于我，他们也觉得读这部小说是一种享受。对于中国读者而言，有一件事情很可惜，就是我们目前仅有的这个译本还不够好。很多翻译家参与其事，每一卷有好几个译者，有时一卷有三个译者，每人翻译三分之一。尽管那些翻译家大多有一定的水平，有的甚至是有高水平的，但是他们对文字的理解以及把法文转换成中文的习惯和能力是不一样的。这就造成了这个译本的问题，不同的翻译家有不同的经验、风格，他们本身的中文水平也参差不齐，这就使整个译本的风格不统一。我觉得优秀的翻译家应该是一个很好的作家，他能用自己的母语写优美的文章，如果做不到这一点，便不能胜任翻译。我见过几位曾译过多本书籍的年轻人，读过他们的译文后，我认为他们还没有具备翻译家的资质，没有到这个火候。如果傅雷先生没在“文革”中自杀，我想他能把《追忆似水年华》翻译得很好。以他对法文的理解及汉语写作的水平，他可以把这套书翻译得非常精美。我们上海还有一位法文翻译家，是我的好友，叫周克希，是目前这个译本中《女囚》卷前三分之一的译者。我阅读这部书时，还不认识他，后来因为某种机遇，与他成为朋友，读了他翻译的不少法国小说。周克希原来是个数学家，也是我的校友，是华东师大的数学教授，他曾经以访问学者的身份在法国逗留了一两年，他的法语很好，但他最喜欢的还是文学。我曾仔细阅读他翻译《追忆似水年华》的那一部分文字，觉得他的文字很有功力。有一次我对周克希说，如果我是你，我将用我的余生来做一件事。他问是什么事，我说就是重新翻译《追忆似水年华》。我认为他有这种能力。我这番话对他大概颇有触动。过了一阵，他告诉我，他已决定做这件事。现在他已经译好了首卷，我相信他在五六年里可以翻译出一部风格统一、译文精美的《追忆似水年华》。我觉得中国需要这个译本。一部这么好的小说，直到它问世大半个世纪后，中国人才窥见它的全貌。而我在 20 世纪 60 年代仅读了它的一段文字就被吸引，但对作者和小说全貌的了解几乎是零。虽然我们已经有了一个译本，但在我看来翻译得并不特别成功。而我相信周克希先生，所以我满怀希望期待着他的译本问世，相信中国有很多读者都会有和我一样的期待。

对不起，没有谈小说本身，却讲了那么多题外话。接下来，我想就作者和小说的内容来谈一谈。先谈谈普鲁斯特，向大家介绍一些我知道的情况；另外，对小说的主题和内容，以及那些我印象深刻的章节、场景谈一点个人的看法。

马赛尔·普鲁斯特生于 1871 年，死于 1922 年。他出生在巴黎，寿命很短。因为他从小有哮喘病又体质不好，所以他的童年生活与别人不一样，他自己说：“因为哮喘病，我从小被逐出了童年的伊甸园。"他小时候一直是在病痛中挣扎，从他的小说中我们就能看出他儿时多愁善感的个性，这与他的疾病有关。他的气质是内向的，而他的敏感甚至到了病态的程度。读过小说的人，会注意到其中一个非常有趣的细节——主人公每天临睡前，必须要母亲吻他一下，才能够睡着，如果母亲不来吻他，他就一定无法入睡，整夜都难过、不安。其实这是一种小孩子的敏感。当然他所表达的是对母爱的渴望。这一段是小说中的精彩段落之一。普鲁斯特受到外祖母和母亲的一些熏陶，喜欢塞维涅夫人、乔治·桑和英国维多利亚时代的一些作家。他又受到中学老师的影响，推崇17世纪的法国古典作品，倾心于圣西门、巴尔扎克、波德莱尔和福楼拜，一度还热衷于英国作家约翰·拉斯金论述建筑和艺术的作品。从中学毕业到父母去世的这段时期，大约在1889年至1905年之间，普鲁斯特经常出入上流社会的社交圈。其实他年轻的时候（学生时代）就经常与大人在一起，参与各种各样的上层聚会，并且留心观察。对这样的生活，他后来感到愧疚，觉得这是一种无聊的生活。其实也不尽如此，这些无聊的生活情节后来同样都细致入微地出现在他的小说中，而且我觉得他写得不无聊，反而能借助这样的生活刻画出各种性情的人物，写出了当时丰富的社会情状和人的种种心态以及生活习俗。作为作家，他对生活做了仔细的观察，并且做了大量的记录。他那时也为报刊撰写一些有关贵族沙龙生活的专栏文章，发表评论、小说、随笔，也模仿他喜欢的作家风格去习作。他的母亲对他有极大的影响，她不是作家，只是一位受过高等教育也具备极好修养的文学爱好者。母亲教他翻译，劝他要懂得直译，他翻译过约翰·罗斯金的两部著作《亚眠的圣经》和《芝麻与百合》，是将英文译成法文。当时周围的人都认为小普鲁斯特喜欢舞文弄墨与读书，他可能只是喜欢而已，玩玩罢了，是不会成为作家的。他小时候也没有显露出特别过人的文学才华。其实，我觉得他那时是在做准备，世界上任何一个作家，不论大小，只要你有好作品流传下来，被读者公认为好作家，那么他一定会做这种准备。这种准备是两方面的，一方面是他对生活的观察积累，另一方面是对文学的广泛而深入的了解、研究。这两点，普鲁斯特做得非常好。

普鲁斯特的阅读经历可以说是广博、深入，他写过很多评论文章，他对很多作家有非常独到的见解。有人说，如果他不写小说而写评论的话，会成为世界上屈指可数的大评论家。因为，他的评论文字精美、思想深刻，有独到见地。还好他没有成为评论家，我想他更适合做小说家。从 1896 年到 1900 年（即他二十五岁到三十岁间）他断断续续地写下了一部自传体小说《让・桑特依》，他生前没有发表这部小说，很多人都不知道他写过这部小说，直到 1950 年（他去世二十八年以后），人们在整理他遗留的大堆文件时，无意之中发现了这部小说的手稿，然后在 1952 年将其汇集出版。那时的普鲁斯特已经是名满天下的大作家了，他的《追忆似水年华》已经被公认为 20 世纪的经典巨著，在那个时候才出版他青年时代的习作确实有些晚了。现在也有很多评论家评论他的《让・桑特依》，觉得在这部小说中已经展示出他的创作才华，已经表现出一个小说巨匠的潜质。其实，我觉得非常幸运的是，他的这部小说习作当时没有立即发表。如果立即发表的话将会产生什么后果呢？评论界会认为这部小说写得不错，这个作家很有才华！然后他就可能不会再写《追忆似水年华》。因为这部小说与《追忆似水年华》的生活是重合的，有很多出现在《追忆似水年华》中的场景在这部小说里都写过。这部小说如果发表，的确是一部非常优秀的作品，但与此同时带来的代价，就是一部伟大的作品将不会被创造，一个伟大的作家也无法产生。所以我觉得《让・桑特依》当时没有发表是一件好事。如果发表的话，他就不会再花十五年时间重写这部小说了。《追忆似水年华》是重写了这部小说，但是写出来以后，整个小说结构以及艺术水准已完全不可与当年同日而语了。有很多评论家说：“《让・桑特依》中的观察者已经是一位大师，他对生活场景、人物观察得非常仔细，但只是作为一个观察者可称得上大师。那么作为一个表述者，他还称不上是一个大师。”他年轻时候的观察力就已经非常强了，你可以通过他的描述来感受到他对生活、人物的观察是多么仔细，但如果你看了《追忆似水年华》以后再对比《让・桑特依》，你就会感觉到他在写作《追忆似水年华》时，在表述上也已经是大师了。

《追忆似水年华》是普鲁斯特花了生命的最后十五年写成的，那时他身体非常差。他的房间窗户整天关着，墙壁上贴着一种吸音的软木板，几乎是与世隔绝。看到这样的描述我也会想起自己，但我与他的情况又不一样。我的书房取名为“四步斋”，许多读者都知道，我有在黑暗中写作的习惯，那是因为我的童年和青年时代，一直在一间暗无天日的小黑屋里读书写作。那是上海石库门里一间没有窗户的中厢房，白天和黑夜都要开灯，所以我即使在白天，也习惯开着灯写作。以后搬到有阳光的屋子里，反而觉得不习惯了。这些年我搬家好多次，书房里有明亮的窗户，我就感觉不适应，在写作时非要把窗户关起来不可，还要拉上窗帘，然后再把台灯打开，这样才能进入写作状态。而普鲁斯特与我是不一样的，他是没有办法，他是一个病人，他的哮喘病在当时已经非常严重，他必须要待在一间异常安静的房间。有人说小说家有几种：有人是坐着写作的，比如托尔斯泰就是正襟危坐地思考着人类的命运，把他观察到的生活一幕幕地展现在他的稿纸上；罗曼・罗兰也是如此，非常优雅。而有些作家是走着写作的，比如杰克・伦敦就是到处跑，边走边写，他的小说里具有生命的跃动力与游动性；海明威也是到处旅行，以至于他的小说中有一种旅行家的姿态，他还有一个站着写作的习惯，所以他的文字凝练，没有冗长的描述，因为站着写，就不会有那些繁复啰唆的描述，必须要写得简洁。还有一个人是躺着写作的，他就是普鲁斯特。说他躺着写作，未必是准确地描绘实际状态，其实我相信他在写作时也是坐着的，说他躺着写作，不仅仅是指他的生理状态，喻示他是一个病人。在上海作家中，我有位好朋友——陈村，他有时开玩笑说自己也是躺着写作的，主要是他身体不好，他有类风湿关节炎，腰伸不直，所以他把自己说成“弯人”。而说普鲁斯特躺着写作的原因不仅因为他是病人，同时也是他精神状态的一种表现，他是躺在那里静静地回想自己已经逝去的生命以及经历过的那些生活，躺着，一幕幕细细地回忆。

七卷小说中，那么多的人物与故事有一个共同的主题，我觉得它们就是两个词:“时间”和“回忆”。时间是可以毁灭一切的，而且是无法挽留的，它可以让一切消失。我认为他对时间的看法与我们所有古代哲人的看法是一样的，就像孔子说的“逝者如斯夫”（时间就像流水一样滔滔不绝，过去就过去了，任谁也留不住）。还有一个就是“回忆”，回忆可以拯救一切。时间是一种毁灭，它把所有发生过的都毁于一旦，消失了、死去了，而回忆可以使一切都复活，回忆中的一切都可以重新来过。我认为这部小说的主题主要是回忆，普鲁斯特的伟大之处就在于给回忆一种特殊方式。有种回忆是带有强制性、机械性的，比如一本回忆录被放在那里，而我看后就能把自己的一生翻阅一遍；或许是一本大学毕业证书，我看着它就能记起我的大学生涯；而我翻阅到中学时代的同学照片，就会想起中学的事……这都是一些必须要有特定提示的机械性的回忆。真正美好的回忆是可以使生命复活的回忆，应该是一种不由自主的回忆，而普鲁斯特的回忆正是这种性质的回忆。

我们在读他的小说时，你会感到他对往事的回忆是突然冒出来的，是非常自然的。有时候闻到一片花香，回忆就飘出来了；看到一棵树，回忆就出现了。他最有名的描写就是关于那“一块小饼”的片段，当他吃着小点心的时候，马上就会有一种生活即刻在眼前浮现。其实在阅读时，我对此也有非常多的共鸣，每个人在生活中都有这种情景，只要你进入一种特定的状态，就会有一些记忆浮现在眼前。小时候我经常睡午觉，体质也不太好，我看见阳光从窗户里射进来，灰尘在光束里飘动，一般情况下是看不见灰尘的，只有在阳光照射下，那阳光里的灰尘才能被人看得很清楚，这时候窗外还会传来老上海才有的“修牙刷、修伞”的叫嚷声，这种情景一直定格在我的脑海中，时至今日，只要躺在床上，看见灰尘在阳光照射下飘动，我就会马上想起童年的经历。这种不由自主的回忆是每个人都有的。但是很少有作家能够把它表达完整，而在普鲁斯特的小说里总会经常出现这种不由自主的回忆。

普鲁斯特有位亲戚，叫柏格森，是一位法国作家，得过诺贝尔文学奖，并创造了“生命冲动”和“绵延”这两个哲学术语来解释生命现象，认为生命冲动即绵延，这是真正的实际时间，是唯一的存在。也就是说，只有在生命冲动的时候才是真正的生活着，而你不冲动的时候就是行尸走肉。这是无法靠理性去认识的，只有靠直觉来把握。普鲁斯特接受了柏格森的观点，他认为，“就像空间有几何学一样，时间有心理学，每个人毕生都在与时间抗争。我们本想执着地去眷恋一个爱人、一个朋友，去追求一些信念，遗忘却从冥冥之中升腾而起，遗忘是人的天性。夜幕使心灵升腾出种种美好的记忆，但是我们的自我毕竟不会完全消失，就是看起来好像完全消失、死亡了，其实也并非如此。因为它在同我们的自身融为一体。”这就是普鲁斯特的主导动机，寻找似乎已经失去的，但是被扔在那里随时准备再生的时间，他认为时间其实没有消失过。有一种说法是:“真正的幸福是过去的幸福！真正的美好是消失的美好！”即消失后就代表这件事已结束，但是当你回忆时却能一遍一遍地重复那种美好，它已真正融合在你的生命中，也凝聚在你的肉体里、灵魂里，不会再消失。它在发生时，有可能转瞬即逝，但过去以后，它就永远留在你的心里，在你的灵魂中，成为永恒。

我不懂法文，据周克希说，《追忆似水年华》这个书名的翻译不太准确。英文译本的书名是《Remember Branch of Things Past》，就是《寻找失去的时间》，我想英文对法文的转译应该是比较准确的，那么较为准确的翻译，这本书就该叫《寻找失去的时间》，这也许与普鲁斯特的本意更接近一些，时间已经失去了，但是它还在，在你的心里，在你的灵魂中，你可以通过你的方式把它找回来。所以周克希告诉我，他再翻译的时候不会用《追忆似水年华》这个名字，就用《寻找失去的时间》。其实我觉得《追忆似水年华》这个名称也挺好的，基本上也有了“寻找失去的时间”的意思，而且更有诗意。但是周克希认为《寻找失去的时间》更为准确。我觉得那也无妨。其实不用在乎它的名字，只要读者能静下心来认真地、投入地阅读，就会被它吸引，不管它叫哪个名字。

已经失去、死去的时间，你怎样去寻找呢？1908 年，普鲁斯特在计划写这本书的时候，先写了一篇关于小说的小说——《圣伯大》，我觉得序言中的一段文字非常重要：“对于智力，我越来越觉得没有什么值得重视的。我认为作家只有摆脱智力，才能在我们获得的种种印象中将事物真正抓住。也就是说，真正达到事物的本身、达到艺术的内容，智力以过去时间的名义提供给我们的东西，未必就是那样的东西。我们生命中的每一时刻一经过去，立即寄寓并隐匿在某件物质对象之中，就像民间传说中的‘灵魂脱身’那样，生命的每一刻都囿于某一物质的对象，只要这一对象没被我们发现，就会永远寄寓其中，我们是通过这个对象来认识生命的那一时刻的，它也只有等到我们把它从中召唤出来的时候，方能从这个物质对象中脱颖而出，而它囿于其间的对象（或者不如说感觉，因为对象是通过感觉与我们互相关联的），我们很可能无从与之相通，因此我们一生中有许多时间很可能从此不复再现。”其实，我想人都是一样的，但是像普鲁斯特这样敏感，能够善于把失去的时间追回来的人却是非常少的。我们每个人都能追回来一部分，我相信每个人都有他最难忘的记忆（最痛苦、最幸福或最惶惑的那段记忆）深刻在他的灵魂里，会不时地涌现出来，使他在颓丧的时候振奋，在振奋的时候消沉，在欢乐的时候悲伤，在悲伤的时候走出沉沦。因为这些记忆可以改变我们的生命、改变我们的精神状态。多数人无法追回自己的大部分记忆，他们只会有一小部分深刻的记忆积聚在心中的一处，但是普鲁斯特却可以通过他的方式把生命中所有那些有意思的瞬间和经历，非常艺术地回忆出来。正因如此，他才成为一个伟大的小说家。普鲁斯特的一大贡献，在于他初次给人们一种回忆过去的方式，就是我刚才讲到的那种"不由自主的回忆"。只有不由自主的回忆才能通过当时的感觉与记忆之间偶合，产生无意识的联想，使我们的过去存活于现在我们感受到的事物之中。我读一段普鲁斯特的文字供各位感受一下：

> 我曾在乡间的一处住所度过许多个夏季，我不时在怀念这些夏季，对我来说它们很可能已经一去不复返，永远消失了，就像任何时而浮现的情景一样，它们时而浮现全凭一种偶合。有一日傍晚天在下雪，我从外面回来，进到屋里坐在灯下准备看书，但一时没法暖和过来，这时上了年纪的女佣建议我喝一杯热茶，而我平时是不大喝热茶的。完全出于偶然，她还给我拿来几片烤面包。我把面包片放到茶水里浸了浸放进嘴里，我嘴里感到它软软的。面包浸过茶的味道，使我突然产生一种异样的心情，感到了天竺葵和香橙的芳香，一种无以名状的幸福充满了全身。我动也不敢动，唯恐在我身上发生的不可思议的一切会就此消失，我的思绪集中在这片唤起这一切感觉的浸过茶的面包上。骤然间，记忆中封闭的隔板受到震动，松开了。以前在乡间住所度过的那些夏天，顿时涌现在我的意识之中，连同那些夏天美好的早晨，都一一再现了。我想起来了：原来

> 我那时清晨起来，下楼到外祖父屋里去喝早茶，外祖父总是把面包干先放进他的茶里蘸一蘸，然后拿给我吃。但是这样的夏季清晨早已成了过去，而茶水泡软了面包干的感觉却成了那失去的时间。对智力来说，它已经成为死去的时间、躲藏隐秘的所在。

这确实非常形象地表述出他那种“不由自主的回忆”。不由自主的回忆就是你一点没有准备地遇到一种没有非常特殊意义的情景。一丝气味或是你吃到一个什么东西，或者是我刚才提到过的一道光，甚至是一缕阳光，都会使你想起你生活中的一段经历，就是这种“不由自主的回忆”。这段文字不是《追忆似水年华》中的，而是《圣伯大》中的。其实我觉得这段文字对他记忆的那种方式做了一种极好的诠释。这段文字后来被扩展改写成《追忆似水年华》中一个著名的段落——《马德莱娜小点心》，说他吃到这个小点心的时候就会想起一段往事。普鲁斯特要告诉我们的是：失去的时间就是如此找回来的。而它一旦被找回来，也就被我们战胜了。因为属于过去的实际时间已经换成了心理时间，作家正是在此刻感到自己征服了永恒，任何事物只有以其永恒的面貌（即艺术的面貌）出现，才能被真正地领悟和保存。这就是《追忆似水年华》的写作主旨。

而在普鲁斯特看来，这种偶合是可遇而不可求的。因而一旦那一切是经过有意观察而得到失忆的再现，时间就全部丧失了。他这么说，我有时也不太同意，是不是只有不由自主的回忆才是永恒的回忆？才是美好的回忆？才是有诗意的艺术回忆？对于他来说，一般都是这样的。但对我们常人来说，即使是那种自主的回忆，我认为也有可能是很有诗意的，不可能每个人都像他那样敏感并善于运用生活之中那么多的偶合唤醒自己的记忆。只要这个记忆本身是美好的，它刻在你的灵魂里、埋在你的心灵里，我想它也应该是艺术的、有诗意的。

最近译林出版社把这部七卷本小说重新包装了一番，做成两本书，但是字体很小，所以读者看起来太累。“蚁头”小字，大概是七号字体，在座的老年读者必须要用放大镜才看得见，年轻人还可以细细地看。

这套七卷本小说的内容结构是非常复杂的，故事也很散乱，但是你仔细读、仔细研究就会发现它的结构还是非常严谨的，就像建造一座巨大的石头教堂，要用各种各样不同大小的石块垒起来，垒到最后是一座巍峨而美妙的教堂，每一块石头都被安置在它该处的位置上，而不会被安置错。我想用最简洁的语言向大家描述这部小说的内容。

第一卷《斯万夫人周围》：小说一开场，就出现了马赛尔这位叙述者，我刚才提到过他似醒非醒地躺在床上，还想起了他的童年。对童年的回忆，在贡布尔姨婆家的生活情景非常清晰地重现在他的眼前。然后小说的叙述时间一下倒退了十多年。我们看到了他家的朋友斯万和奥苔特之间的恋情。（其实我觉得这是一部自传体小说，写的基本上是普鲁斯特的生活，但也不能这么武断，只是我在读的时候总觉得是在阅览着作者的经历。所以我才觉得书中的主人公就是作者自己。）后来在巴黎时，马赛尔遇到斯万的女儿吉尔贝特，她是马赛尔成长期单相思的对象。这个故事的发生地是斯万家及其附近。

第二卷《在少女们的身旁》：马赛尔经常去斯万家，可是吉尔贝特对他的态度却是时冷时热，令他捉摸不透。他渐渐地明白，她根本不爱自己，于是他的心也冷却下来。有一天，他在巴尔贝克海滨遇到一群少女，其中有一位名叫阿尔贝蒂娜，实际上也是这部小说中最重要的女主人公。在此卷中着重描写了发生在该少女身边的许多人和事。

第三卷《盖尔芒特家那边》：马赛尔回到巴黎以后，便对盖尔芒特公爵夫人产生了强烈的感情。主人公的感情异常丰富，并在不断转移。当他外婆去世以后，他和阿尔贝蒂娜的关系又开始亲密起来。在对原先蒙着神秘面纱的贵族生活有所了解后，他就觉得有些茫然，进而失望。

第四卷《索多姆和戈摩尔》：马赛尔重返巴尔贝克，意外地发现阿尔贝蒂娜是同性恋者，这可是他以前一直是不知道的。这对他是一种沉重打击，以至于他认为这个世界上到处都是罪孽与不幸。

第五卷《女囚》：阿尔贝蒂娜答应与马赛尔一同回巴黎，开始他们的同居生活。但是那时的马赛尔觉得自己有文学的使命，因为自己有文学的天赋，所以应该坚持写作，同时他又无法摆脱心中被阿尔贝蒂娜引起的那股妒意。阿尔贝蒂娜是一个非常奇特的女子，她与马赛尔成为恋人的同时，也与很多人保持着关系，不管是同性的还是异性的。这使马赛尔非常妒忌。

第六卷《失踪的阿尔贝蒂娜》：马赛尔隐约感觉到阿尔贝蒂娜会离开自己，正在从他身边渐行渐远地背离。果然有一天，她真的失踪了。后来，他才知道她是死了。她是在一次骑马的时候，从马背上摔下来而过世的。她死后，马赛尔一直异常痛苦地思念着她，而且他想从所有自己见到的别的女子身上寻找阿尔贝蒂娜的影子。

第七卷《找回失去的时间》：那时正好已经爆发了第一次世界大战，马赛尔伤感地看到社会的变化，他觉得自己在文学上的使命似乎已经幻灭了。然而在一次社交晚会上，竟然发生了一连串偶然事件，驱使他在骤然间产生了一个意想不到的灵感，即“我可以通过一部作品来重现以前所失去的时间”。于是他又回到了全书的开头，又躺到床上开始回忆他的童年。

因此这部小说就像一个环形一样，从一个地方出发，又回到同一个地方，是一种非常奇特的结构。普鲁斯特曾经把自己的这部小说结构比喻成一座大教堂，就像我前面提到的那座教堂。他写道：“我曾经想过，为我书的每一卷分别选用如下的标题：大门、后殿、彩绘玻璃窗……"（就是用各种各样的教堂部位来做他的书中卷名，但后来他并没有这样做，大概也很困难）这部书最可贵的优点正在于它的整体、它的每个细小的组成部分都很结实，所以它能够成为文学领域中一座举世无双的"大教堂"。

世界上所有杰作的命运都是坎坷的，中国的《红楼梦》就非常典型，而这部《追忆似水年华》其实也是一样的。1912年，普鲁斯特将已经写成的一千多页的手稿——《斯万夫人周围》《盖尔芒特家那边》和《找回失去的时间》，托人送交到著名作家纪德之处（纪德是与他同时代的、风格完全不同的大作家），但纪德拒绝推荐出版这部小说。我相信在纪德拒绝推荐这部小说的时候，并没有仔细地看过这部小说，他不相信一个名不见经传的作者会写出特别优秀的文学作品。我估计他可能只读了一部分，因为风格与他的完全不一样而不屑一顾（纪德是一位现实主义小说家）。后来普鲁斯特又为这部小说找了几家出版社，都没有被获准出版。那时，普鲁斯特就有点灰心。但在两年之后，纪德意识到自己犯了一个严重错误，于是写信给普鲁斯特，诚恳地表示他愿意推荐出版这部小说。虽然我不太清楚这其中的过程，但我相信纪德一定是花时间阅读了这部小说。"这部小说是我见到的最讲究艺术的，艺术这个词如果出自贡布尔兄弟之口，我会觉得非常讨厌，但是一想到普鲁斯特我就对这个词丝毫也不反感了。"他认为只有普鲁斯特的小说才能真正称得上艺术。他是一个非常挑剔的评论家，曾经指出罗曼・罗兰"没有风格"，但对普鲁斯特风格的评价非常高，"我在普鲁斯特的风格中找不到缺点，我寻找在风格中占主导地位的优点，也没有找到。他有的不是这样或那样的优点，而是无所不备的一切优点。"他认为这部小说是完美的，从头看到尾只有优点没有其他。"有的小说家是有优点也有缺点的，你要寻找他的优点。而普鲁斯特小说的优点你不用寻找，他的优点不是先后轮流出现，而是在同时一起出现的。他的风格灵动活泼令人惊叹，任何另一种风格和他的风格相比都显得黯然失色、矫揉造作、缺乏生气。”这是他对普鲁斯特风格的一种描述，有人说也是他的一种偏爱，但我觉得他讲得非常有道理。确实，普鲁斯特的风格自始至终融会在其每一段的描绘之中。普鲁斯特对事物的描述确实是很难模仿的，奇妙的灵感灵光一闪便出现了，然后他就滔滔不绝地娓娓而谈，把他那种感觉写出来。对每一件事物的描绘，对每一个场景的描绘，对每一种风景的描绘或对某人的一个表情、一次心理活动的描绘都是这样精微、奇妙，给人以深刻的印象。

每年到诺贝尔奖评奖的时候，大家都认为20世纪的诺贝尔奖有很多的缺憾，最大的缺憾就是托尔斯泰没有获奖；另外一个和此程度相同的缺憾就是普鲁斯特的《追忆似水年华》没有获奖。这是诺贝尔奖的一个耻辱。大部分获奖的小说都无法和它相提并论，但它最终却没有获奖。当然，还有卡夫卡，也不该遗漏。这其实也是有原因的，其一就是诺贝尔奖那些评委所见是有局限性的；另外也和这部小说坎坷的命运有关系，这部小说一卷卷地出版，等它成为大家公认的经典名著的时候，普鲁斯特已经离开了人间。那时诺贝尔奖也不可能给他了，此奖是发给在世作家的。但不管怎样这总是一个缺憾。

《追忆似水年华》是我读过的所有长篇小说中篇幅最长的一部，我读过很多长篇小说，包括托尔斯泰的《战争与和平》，可和他的一比篇幅就小多了。这也是我读过的所有长篇小说中情节最散漫随意的一部，它没有严谨的故事，除了马赛尔以外没有贯穿始终的人物。有时我很投入并愉快地读了好几万字，但却无法复述故事到底讲了什么。但没有任何一部长篇小说让我如此着迷，我觉得自己面对的是一座规模浩瀚博大、结构精致繁复的宫殿。我推开那扇看似平凡的门，发现里面竟是个非常奇妙的世界，越往里走就越奇妙，真是引人入胜。这样的小说是把精美和博大结合在一起，使这两个被很多人认为是相悖的特点融为一体。它用其精美、精细、精微构造出一种博大的气势。

读普鲁斯特的这部小说，很自然地让你想起雨果的话：“比海洋和天空更为辽阔的，是人的心灵。”其实，我认为世界上最丰富和博大的不是我们可以看见的客观世界，而是人类的心灵。心灵的博大和丰富是无穷无尽的。我们读《追忆似水年华》就有这样的感受：作者的生活不算太曲折，生活阅历也不算太丰富，生活所见也是很有局限性的（只是少年时代的贵族沙龙生活，以及后来与一些女朋友的接触，并没有很多坎坷的经历）；有很多作家，如像高尔基那样的坎坷经历，他根本就没有，若他不成为作家，他的一生会是非常平淡的一生；而就是这样平平无奇的一生，他却把心灵之门打开，用他不由自主的回忆这一方式把这平淡的一生写得那么丰富、奇妙。我觉得心灵的丰富对于每个人都是一样的。心灵的世界是最神秘也是最浩瀚的，当然只有那些才华出众、思想深邃的艺术家才可能为世人破译并展现这个世界，而且也仅是这世界的一小部分。

读《追忆似水年华》这部小说时，我仿佛感觉是在一个风光旖旎的花园里信步漫游。你知道这个花园里的风景是非同一般的，但却无法预知将出现在你面前的是什么样的风景，是什么样的奇花异卉，不知道下面会出现什么样的描述，因为这种回忆是不由自主的灵光一现，就那么来了。你沿着曲折的小路慢慢地走着，眼前突然就出现了色彩斑斓的奇妙景象，这些景象似乎是漫不经心的随意设置，却会使你心弦为之颤动，使你流连忘返，使你惊叹这花园的幽深、奇特和美妙。普鲁斯特小说中的材料似乎并不是为了完成故事的叙述，而是为了表现心灵的活动，为了表现精神在物质中的飞翔。他很明白这样的活动和飞翔绝不可能离开人间，不可能离开他的生存环境，衬托这些心灵活动和精神飞翔的是最日常的生活场景，是优美亲和的大自然，普鲁斯特把它们天衣无缝地融合在一起。西方有评论家这么说：“普鲁斯特和他同时代的几位哲学家一样实现了一场意象的哥白尼似的革命。”在他的具有独创性的小说中，人的精神被安置在广袤的天地中心（这样的说法好像很玄，但也很有道理）。我刚才讲了小说家是由内而外观察世界，然后对客观世界进行描述。但普鲁斯特是由外而内，他感受到生活后再开掘自己的内心，这样展现的世界就更为丰富和博大。

出现过雨果、巴尔扎克的法国，又出现了普鲁斯特，这是法国文学的骄傲。普鲁斯特和前两位相比一点也不逊色，风格完全不同却都是人类历史上第一流的伟大作家。他们产生在不同的时代，留下的是对不同时代的描绘和回忆。普鲁斯特对于文学世界的贡献就像德彪西对于音乐世界的贡献一样。相信在座的各位都很喜欢音乐，那你们也应该了解德彪西。他们都用全新的创造使人们在感觉吃惊的同时，发现对世界、对人、对大自然，心灵和感情原来还可以有这么多新奇而让人共鸣的描绘和解释。以前没有人这么解释、描绘过，突然有一个人用这种方式来描绘，让你吃惊，也让你心生共鸣。这就是所谓“人人心中有，人人笔下无”的境界。我第一次读普鲁斯特的小说时就有这种感觉。他对梦境的描绘——在似睡非睡、似醒非醒的时刻，对自己情绪的流动和思想的闪烁，可以用文字如此准确、丰富地捕捉下来、描绘出来，简直就是不可思议！除了他，没有第二个作家让我有这种感觉。

普鲁斯特是个病人，却花了十五年写这部小说，我觉得他确实是用生命写就了这部小说。他是在平静中激动，在激动中平静。我相信一个躺着的病人有非常平静的状态，但心灵却处于不平静中，因为回忆寻找到那些失去的美妙时光会使他激动，但在激动中又归复平静。就这样，那些美好的回忆才源源不断地从他的心中涌出来。这部小说耗尽了他的心血和生命。在生前，他并没有想到这部小说将给他带来巨大的成功和荣耀。这就像比他更惨的凡·高，在生前连一幅画也没卖出去过，过着非常贫困潦倒的生活，在死后才成为大师。现在凡·高的任何一幅小品都能使他在当时过上一辈子荣华富贵的生活，这是他生前做梦都没有想到过的。普鲁斯特生前尽管没有什么荣华富贵，但也是个知名的作家，家境也一直是不错的。但他真正取得的成就和世人对他的崇高评价，是在他的身后。他去世后人们才认识到这部小说的伟大和不凡。所以读着他的小说，那些心情浮躁、急功近利的小说家们应该会感到脸红心跳。现在有很多小说家一年可以写几部长篇，我在佩服的同时也产生了一些疑惑：这样的小说会成为经典吗？这样的小说是真正的小说吗？普鲁斯特的小说确实是巨著，有七卷，是他花费一辈子的心血写成的。他沉浸在回忆中，也沉浸在创造的激情中。关于回忆，普鲁斯特有非常独特新颖的说法，但其实这也不应该说是他的创造。所有的文学创作都是回忆，回忆曾经在你的视野和脑海中出现过的一些情景、故事、人物，不管你写的是小说、诗歌、散文，都是一种回忆。哪怕你写的是对未来世界的幻想小说，其实也是回忆——是凭借曾经经历的幻想，即在回忆基础上的幻想。普鲁斯特的贡献就在于提供了一种回忆的方式。这种不由自主的回忆其实也不能说是他的创造，在生活中是有的，古已有之。我想古人也会因为进入一个突然的场合、一个突然的瞬间而想起他的过去。但普鲁斯特把它作为一种回忆的方式提供在大家面前，这就是他的贡献。他的回忆就像微风飘拂，我们寻觅不到它的踪迹，而且也无法预知它的风向。但它们却随着一棵树甚至是一阵花香悄然飘到你的身边，有时候是因为一块甜饼、一份小点心或是一杯椴花茶而不期而至。有时候小说还会把大家带入他的梦境里，使人在似真似幻的气氛中体味他童年的感受。

最使我佩服的就是普鲁斯特写睡梦的那一段，我相信你们读后会有和我一样的感受。此刻，我还是想再读几段这样的文字：“一个人睡着的时候，周围萦绕着时间的游丝，岁岁年年，日月星辰，有序地排列在他的身边。醒来时他本能地从中间寻问，须臾间便能得知他在地球上占据了什么地点，醒来前流逝过多长的时间；但是时空的序列也可能发生混乱，甚至断裂，例如他失眠之后天亮前忽然睡意袭来，偏偏那时他正在看书，身体的姿势同平日大相径庭，他一抬手就能让太阳停止运行，甚至后退。那么，待他再醒时，他就会不知道什么钟点，只以为自己刚刚躺下不久。倘若他打瞌睡，例如饭后靠在扶手椅上打盹儿，那姿势同睡眠时的姿势相去甚远，日月星辰的序列便完全乱了套，那把椅子就成了魔椅，带他在时空中飞速地遨游，待他睁开眼睛，会以为自己躺在别处，躺在他几个月前去过的地方……在一秒钟之间，我飞越过人类文明的十几个世纪。”在睡梦中，他常常忘记自己身在何方。然而，记忆就像从天而降的救星，把他从虚空之中解救出来，使他重新回到现实中。

翻开他小说的任何一页，他对事情的描绘都会让你非常意外，让你觉得有一种不可思议的奇妙。我这里并不是引用了这部小说里最好的文字，你们可以读读开始的一段他对记忆和睡眠的描绘。我一边读一边产生共鸣，包括刚才我读的文字。读普鲁斯特的小说时我经常想起巴尔扎克，他同样是法国的文豪，但和普鲁斯特的写作风格却是完全不一样的。有人说巴尔扎克的小说是“干货”，都是非常实在的故事和人物的命运。在他的小说中你甚至看不到一句风景的描写，你们不妨看看他的《人间喜剧》，没有风景的描绘，若一写到风景天气，他就非常节省自己的文字，只写故事和人物。也有很多小说家认为小说不需要写那些对风景的刻画、对情绪的描绘，这是浪费文字、是啰唆。但普鲁斯特完全不一样，他的小说中的“干货”都是隐藏在湿漉漉的文字里面。你读巴尔扎克的小说甚至会忘记这些人物是生活在大自然中的，他们就是生活在人群中，生活在人群的争斗之中，生活在尔虞我诈之中。你会忘记在此之外还有一个美妙的大自然存在于我们生命的周围。但读普鲁斯特的小说就不是这样。

我读书的时候有一个习惯，会一边读一边做一点随记，把我的一些感想写下来。我觉得普鲁斯特像一只飞翔在花木丛中的蜜蜂，他以敏感的视觉、嗅觉、触觉感受着他所认识的大自然，不仅仅有颜色、温度还有味觉，你甚至可以感觉到他所描绘的大自然的气味，这在其他作家的作品里是很少的。他对景物的描写不仅仅是视觉、味觉，还充满了生机盎然的想象力，形象地衬托出人物的精神活动。如他在写马赛尔的朦胧初恋时，用很多笔墨描绘了一棵山楂树，在山楂树林里他第一次朦胧地意识到男女之间的爱。在树林里，他看到那位自己爱慕的女孩，于是那棵开着桃红色花朵的山楂树在他的心目中变成了恋人的象征。"她穿着鲜艳的浅红色盛装，那样的光彩熠熠、笑容可掬。这株信奉天主的娇美可爱的小树啊！我流连在山楂花前，嗅着这无形而固定的芳香，想把它送进我那不知所措的脑海，在飘动中把它重新捉住，让它同山楂树随处散播的花朵、洋溢着青春活力的节奏相协调。这节奏像某些音乐一样起落不定，山楂花以滔滔不绝的芳香给我无穷的美感。"这棵山楂树引起他无穷美妙的遐想，使他度过很多诗意的时光。当他准备随父母离开乡村回到巴黎时，竟然独自跑到山坡上，搂住这棵山楂树，一边流泪一边与它告别。在母亲来喊他的时候，他轻轻地对山楂树说："我可怜的小山楂树啊！不是你使我伤心，逼我走，你从来也不让我痛苦，所以我将永远爱你！"这是一个多愁善感男孩的行为，他的举动好像有点怪诞，但是我们读起来却并不觉得有任何的怪异。这个敏感的孩子直到老年仍然对大自然有万般依恋，在他的岁月中从来没有间断过对大自然的眷恋。我想这是小说主人公的人生状态，也是普鲁斯特的人生状态。

一个伟大的艺术家，如果拒绝大自然的亲近，那是无法想象的。这点引起我强烈的共鸣。我也是一个非常迷恋大自然的人，曾经在农村生活过八年时光。当时"文革"，我插队落户在一个荒凉偏僻的村庄里，同农民在一起过着非常艰苦的生活，也很孤独。那时使我走出困境的是三个原因：第一是那些善良的农民，他们对我的同情与理解使我摆脱了孤独感，重新对人性产生了一点信心。当初我甚至认为人与人之间的那种信任、关爱与理解都消失了，认为有些词汇是可以从我们中国的词典中删除的，比如：爱情、同情、信任，甚至连“理解”都是一种偏离实际的词汇，更不要提什么“人道”！然而那些农民使我看到了人间美好的感情是永远都不会泯灭的。第二是书，在农村时我很幸运，能寻觅到大量好书（从上海带去的，或是朋友送的，还有当地农民提供的，甚至有在一个被废弃的乡村图书馆里找到的），它们陪伴我度过一段孤独却留下无数人生记忆的时光。第三是大自然，我觉得生活虽苦，但我可以天天看到美妙的自然，天天生活在美妙的自然之中。我也是一个非常敏感的人，常常会面对着大自然产生各种各样的遐想。那时的农民甚至会认为我这个城里来的知青是不是变傻变呆了，因为他们经常看见我独自一人坐在海堤上注视着落日，一直到天黑才回家，以至于以为我有自杀的倾向。其实他们不了解我，那恰恰是我陶醉、享受的时光。面对着美妙的大自然，我常常陶醉，所有一切忧伤和忧愁都会在那个时刻烟消云散。所以读普鲁斯特对大自然的那些描绘就特别能引起我的共鸣。有人说写小说时不需要描绘情景，只要把故事写出来，把人物刻画好就足够了。我并不赞同这种说法，或许这种风格也可以达到极致而成为大家，但我更欣赏的风格是在充满自然景象的那种水淋淋的文字中展现人物命运的故事。我也看到有些评论家说，这种描绘是中学生的伎俩，只有中学生才会那样写。这样的看法到底是深刻、成熟，还是浅薄、偏执，我想根本不需要给出答案。只要读一读普鲁斯特的《追忆似水年华》就能看到答案了。

在读这部小说时，我觉得普鲁斯特每时每刻都在对我说：“你好好看，世界上所有的奇妙和秘密都隐藏在这些最简单的事物中（就是都隐藏在大自然中）。因为你愚钝、麻木，所以你才视而不见。”我想现在的生活会使很多人越来越愚钝、越来越麻木，尽管他们自以为越来越聪明。所以我们要静下心来多读读这样的书，那我们的精神世界就会丰富起来，也会改善我们的愚钝和麻木。

一部小说写得再飘忽、再散漫、再偏重内向的心灵和情感的刻画，也不能没有人物和故事。普鲁斯特作为一个小说巨匠，同样不愧为一个塑造人物形象的大师，我没有统计过这部小说中共有多少人物出现，我也没有看见哪个评论家来统计过。而"红学家"对《红楼梦》中的人物是统计得非常精确的，甚至把每个人物家族的序列都整理排列得十分清楚。我没看见哪个评论家把这部小说的人物也排列出一张表格。为什么？首先是这部小说的人物实在太多，其次评论家们大概没有那么多的时间与精力去整理。虽然人物很多又散漫，但是普鲁斯特也是一个刻画人物的大师，只要人物出现在他的笔下，不管是谁，他都能把人物的性格写得非常丰满、生动，使之活灵活现地就出现在你的面前。这部小说很少有贯穿始终的人物，有些人物是随着场景的出现一闪而过，尽管只有三言两语，却也能给人留下深刻的印象，这是为什么呢？原因很简单，因为描绘得生动，刻画得与众不同，在这些人物身上，我们都能看到一些独特的性格。比如在第一卷《斯万夫人周围》中，他写到一个老犹太人——老布洛克。这是一个并不重要的人物，在书中出现的次数也不多，但是我读了有关老布洛克的一段文字之后，这个人物总是围着我的头脑在转动。实际上他是一个非常戏剧化的人物，令人发噱。他的表情、个性、语言引起我很多的联想。老布洛克有一种幻觉式的"自觉很了不起的意识"存在着，这是他的自我陶醉，对他来说哪怕只是远远见过一面的上流社会中的人，其实互相都不认识，他也会大声向别人宣布："噢！我和这个人很熟！"他还会杜撰出许多无中生有的故事加以证实，某某在什么时候和他在一起看过戏或怎么样。对于他那些无法认识的人，他没有见过，甚至是没有机会见到的人，就说自己不愿认识他。他这样一边说着一边就得到了精神上的自我满足，就觉得自己变得高不可攀，认为“我比不愿认识的人还要高”。对于那些伟人，他可以指名道姓，用很不屑的语气谈论他们，虽然他不认识他们，但他可以对他们不屑一顾，认为“我和他们的关系很密切”，“我对他们评头论足，连伟人我也可以藐视，那么我比伟人还伟大”。他认为这些伟人的地位没有他优越，运气也没有他好，是值得可怜的，他在可怜别人的时候自己就得到一种满足。他这样想的时候，他的自尊心就渐渐膨胀。普鲁斯特把这种性格称为“自我中心”，即我想什么都可以实现，连一些虚幻的都能想象成真实的，“自我中心主义”使每个人都把自己看成是国王。在普鲁斯特刻画的众多人物中，老布洛克只是他着墨很少的一个人物，但却使我难忘。这个老布洛克使我产生联想，觉得似曾相识。其实，在我们中国的文学中也有这样的人物，就像鲁迅先生笔下的阿Q。老布洛克的“自我中心主义”和阿Q的“精神胜利法”，我觉得有点相似，这两种性格有异曲同工之妙。普鲁斯特在描绘这个老犹太人时，其实鲁迅还没有开始写他的小说。而鲁迅写《阿Q正传》的时候，《追忆似水年华》还没有被译成中文，鲁迅肯定不知道有“老布洛克”这样的人物，也不会知道普鲁斯特曾经描绘过一种“自我中心”意识。再过半个世纪以后，这部小说的中译本才在中国出现。老布洛克这样的人物在中国大概也会有，因为我觉得这是人类的一种弊病，也是人性的一种弱点，所以这样性格的人在中国有，在法国也有。鲁迅写阿Q时，说阿Q的性格是中国的一种国民性，中国人就是这样的。然而我觉得这种“阿Q精神”（精神胜利法）在全世界都存在。普鲁斯特和鲁迅其实都注意到了人类的这一种弊病，所以他们在不同时期创造出了相似的人物，这是不奇怪的。

我在阅读普鲁斯特的这部小说时，尤其是当我读到第二卷《在少女们的身旁》时，我会自然地联想起中国古典名著——曹雪芹的《红楼梦》，想起贾宝玉被一群女子包围着的那些氛围和场景。在读这部小说时，你会发现普鲁斯特对女性是非常欣赏和热爱的，是发自于内心的一种倾慕。无论是青春少女，还是女孩，甚至是成年女人，或者是一些老妇，在普鲁斯特的笔下，她们都仪态万方、风姿摇曳，令人赞叹。读他描写女性的那些柔情似水的文字，我就会想起《红楼梦》中曹雪芹对女性的欣赏与爱慕的态度，“女人是水做的，男人是泥做的”，如果把这话翻译给普鲁斯特听，他肯定会非常赞赏。我想，如果谁有兴致的话，把普鲁斯特描写女性的话编成一本词典，一定是本很有趣的词典，在座的谁有兴趣就可以去做这件事情。他对女性的描绘，从外形、心情以及和女人在一起时的那种感觉，如果我们放在一起看就非常奇妙。

在普鲁斯特的心目中，最赏心悦目的风景是青春少女的音容笑貌，和姑娘们在一起，马赛尔就像散步在花园里，沐浴在温润的暖风中，如同聆听最动人的音乐，少女们是他的激情和灵感的源泉。和少女们一起交谈时，他会用崇拜的目光欣赏她们，用全部的身心倾听她们，由此产生的遐想自然是非同凡响的。在小说中有一段描写少女们说话时声音的文字，让人拍案叫绝：“我怀着快乐的心情倾听她们的讲话，正如我无比快乐地凝望她们，从她们每个人的声音里发现一幅色彩斑斓的图画一样，我怀着极大的乐趣听着她们叽叽喳喳。”他还认为，“喜欢少女的人会从少女的嗓音中发现比鸟的啼啭还要变化多端的旋律。少女的嗓音所拥有的音符，比表现力最丰富的乐器还多。这些少女用双唇，怀着贝里尼音乐小天使的认真和热情弹奏着这件更为丰富的乐器。这种认真和热情也是青春特有的光彩。这热情自信的音色赋予最简单的事情以动人的魅力。她们的话语铿锵有韵，犹如古代的诗句。”他还能从少女们不同的口音中，发现她们性格中的细微差别和各自拥有的独特个性，“她们的声音就像乐队中不同的乐器奏出的旋律，交织成一阕销魂的交响诗。在少女们的话语中，我的面前出现了一幅又一幅美丽的画，甚至还能听到冥冥之中的故乡山河土地和少女气质之间进行的对话……”这段文字较长，在此我无法一段一段地念完，各位可以自己去阅读，并仔细地品味。

普鲁斯特小说中的那个“我”，即马赛尔，就是他自己，他如果和男人交往就会感觉不一样，与男人海阔天空地闲聊之后，他总感到身心疲惫。而与少女交往以后，他觉得浑身轻松，“自己也变成了天使”。当他静卧在这些少女身边倾听她们谈话的时候，“我丰富的感受无限地超越了我们贫乏而稀少的话语，淹没了我不动的身姿和沉默，溢成幸福的河流。潺潺流水漫过来，消逝在这些初放的玫瑰花的脚下。”这种文字也只有他能完美地表达出来。当你读这些文字的时候，就会想：世界上还有什么音乐，比普鲁斯特笔下这些清纯天真的少女们的声音更迷人呢？也许不少人也有这样的感受，但不会像他这样感受得那么深。他的这些描绘，真实而自然，确实是从他的心灵世界中涌现出来的。

阅读这部小说的时候，我有时感到作者的笔墨极为铺张，一件小事，他会花费很多笔墨来叙述，譬如：有一段文字是描写马赛尔在童年时每天临睡前总要等待母亲来亲吻他，有一次他犯了错误，母亲就不来，那夜他过得非常痛苦，翻来覆去睡不着。这个情节，竟用上万字来描绘，把一个渴望母爱的敏感少年的感情、性格刻画得淋漓尽致。读到这样的文字，尽管感到很繁复，但你绝对不会讨厌它，这是在听一位观察力极其细致的。非常有耐心的人在不厌其烦地向你介绍他所感受到的一切，任何一个细节他都舍不得遗漏。读着这样精细缜密的描绘和联想，你丝毫不会觉得他是在啰唆，总感到这不是废话。这就是纪德所评价的：“这才是艺术。”所有这些都缘于这位不厌其烦地描绘着自我感受的人，有着高雅的品位和情趣，他的叙述犹如精美细致的工笔画。

然而普鲁斯特并不总是这样洋洋洒洒、不厌其烦的，他有时也会惜墨如金。在小说第二卷《在少女们的身旁》中，他写过一个让读者非常难忘的吻（我不知道别的读者是否难忘，但我读后确实印象深刻）。有一天晚上，马赛尔应约到一家宾馆的房间里与阿尔贝蒂娜约会，在这之前已经做了很多铺垫，阿尔贝蒂娜也给过他很多暗示，两人好像已是恋人了。一对少男少女彼此都有好感，并且有过很多微妙的暗示和交流。当马赛尔走进阿尔贝蒂娜的房间时，阿尔贝蒂娜正躺在自己的床上，她解开了自己的长辫，任由金发披散在肩头，她满面微笑地望着他。“这个粉红色的果子闻起来是什么味道、吃起来是什么味道，我马上就会知道。”马赛尔就这么想着，非常冲动地扑上去抱住阿尔贝蒂娜，想吻她。但出乎他的意料，他遭到断然拒绝。就在马赛尔企图拥吻阿尔贝蒂娜的时候，阿尔贝蒂娜竟然使出全身力气拉响了报警的铃。铃一拉响，宾馆里的警卫会马上冲进来。小说写到“铃声一响”就突然中断了，接下来应该是很狼狈的情节，你可以想象，宾馆警卫冲进来，会认为里面发生过什么事呢？那肯定是非礼！接着而来的尴尬、狼狈，我想一般的小说家必定会大肆渲染，这是小说家不愿放过的极富戏剧性的一个情节。但是小说写到此处却戛然而止，接下来发生了什么，普鲁斯特没有再多写一个字。我觉得奇怪，这么重要的情节为何不展开描写呢？这似乎不大符合普鲁斯特那种精微细致的风格，而读者也必定关心着在警铃拉响之后发生的情节和故事，但是他写到这里笔墨却突然变得十分吝啬。读完这一段，我就一直在想：为何会这样？反复回味之后，我觉得他是有道理的，这样写反而会给人留下更加深刻的印象。在这个未遂的一吻之后会出现的场面，你可以自由地展开想象。如此一来，也让阿尔贝蒂娜这一人物平添了几分不可理喻的神秘感。读到后来才知道她是一个同性恋者，但这之前并没有明确的铺垫。其实这也可以算是一笔铺垫吧。

一个滔滔不绝的人有时也会语塞，一条急流汹涌的江河有时也会突然受到峡谷的阻断与阻挡，普鲁斯特这样写自然有他的道理。我觉得写小说是这样的：动和静、铺张和节制是相辅相成的。总是很静，从头静到底，会使你看得想要睡觉；老是动，从始动到尾，就会使你读得躁动不安；一贯铺张，会让你读到厌烦；一直很节制，会使你觉得不过瘾，觉得不细腻。所以在同一部作品中，动和静、铺张和节制是相辅相成的，就如一个风格独特的画家，在一幅作品中会同时运用浓墨写意和淡彩工笔来完成一幅作品。有时候我会想起齐白石的画，一幅浓墨写意的荷花，在用泼墨画出的荷叶上，却停着一只极其精细的小虫子，它身上透明翅膀的经络都描绘得很清晰，像照片拍下来的一样，写意与工笔交织在同一幅作品中，非常和谐。

在富有想象力的艺术家心目中，一切东西都是有血有肉的，它们有感情、会思索，会与你发生各种奇妙的交流。在《追忆似水年华》中，这一点表现得异常强烈。我举一例，在第三卷《盖尔芒特家那边》，普鲁斯特用非常奇妙的方式描述了一家古老的旅馆。一个小旅馆有什么好写的，可是他却把旅馆写成了一个有生命的物体。这段故事说的是马赛尔为排遣因单相思而产生的苦恼，到离巴黎不远的一个小城去看望一位军官朋友——圣卢，这是他在小说中以美好心情来回忆的不多的几个男性人物之一，是个高贵的重情义的年轻人。圣卢介绍他去住一家旅馆，这是一家有古老情调的旅馆。但是马赛尔不喜欢住旅馆，他觉得天下所有旅馆都会让人感觉孤独与忧郁。“这种忧郁的性情好比一种令人窒息的香气，自我出生以来，任何一个新房间都会散发出这种使我透不过气来的香味。”香味并不一定都是美好的，这种旅馆里的香味会使他觉得透不过气来，是郁闷，也是孤独。可是当他一走进这家旅馆时，他却被其中的美妙气氛感染、融化了，在那里，他一分钟也没有单独待着，因为这家旅馆就像一位非常有情趣的人，它时时处处都在和他游戏、交往。对旅馆的走廊，他这样描写：“弯弯曲曲，漫无目的地游来游去。”这条走廊好像是会动的。而客房又是这样被他描述的：“我一到，它们就来和我做伴——它们有点像旧时代的小幽灵，游手好闲，但默不作声，每当我和它们相遇，它们总向我表示默默的关怀。”就连上下楼梯也能激起官能的快乐：“台阶一级挨一级，上下巧妙地排列着，在它们的递进中仿佛释放出一种完美无缺的和谐，就是我们在颜色、芳香和美味中能感觉到的常常会激起我们官能无限快乐的和谐。"即使在房间、客厅和走廊里，对着壁画、窗帘、火炉、椅子、地毯甚至是墙壁，作者都会生出奇妙的遐想。一道坚硬的墙壁会说话，"一堵不开门的墙诚恳地对我说：'现在该往回走了，不过，你看见了，这里就是你的家'"；连柔软的地毯也开口说话了，"如果你夜里不睡觉，完全可以光着脚走出来，在我的身上踩一踩"；而那些窗户更有意思，它们时时准备和你彻夜长谈，准备向你展现美景，绝不会有任何怨言；从窗户里俯视花园，就像俯视一个孤独的美女（这不是他的语言，而是我对他的描绘的再描绘）。一个空荡荡的旅馆，在普鲁斯特的笔下，就这样成为一个像童话一样美妙的世界，成为一个驱逐忧郁、制造快乐的温馨天地，成为一个有生命的朋友。这样的描写不可思议，却又是如此自然。读着这些关于旅馆的描写时，我体会到了作者的好心情。因为这确实与他的心情有关系，这样的好心情是圣卢带给他的，他从圣卢的身上感受到了心灵的高贵和友谊的纯洁。在这种愉快的心情中，旅馆也就变成了一位有趣的朋友。这时，如果他的心情十分压抑，处在一种烦恼不安中，我想他对这家旅馆的描写就会是另外一种景象。写旅馆的美妙环境，其实还是表现小说主人公的心情。在这部小说中，像这样的描绘可以随手拈来，你们可以随便翻开一页，去找一找，看一看。对某一个景物的描写，他的手法肯定与别人不同，你会感到非常意外，但又感觉到他写得绝妙。

有时候，我想象自己就是那位曾经拒绝过这部小说的纪德，我可以想象纪德当时的心情，想象他转变的原因。那一天，他随手打开那部被他搁置已久的小说稿，无意中随手翻开其中的一页，读着读着就被其中绝妙的文字吸引了，然后就情不自禁地一页一页往下阅读，以至于一发而不可收，直到被这些文字征服。纪德最终改变自己原先的想法，这种改变实在很自然。有些人在谈艺术时装腔作势，非常矫情，而普鲁斯特尽管写得如此夸张、如此离奇，但就是会让你觉得很自然，他确实是一个充满幻想、灵感和智慧的人，从他的心里面缓缓流出来的是一种美妙博大的境界。这样一部伟大的小说，一个人用毕生的心血，用整个生命来完成它，而作为一个读者，我觉得我们真是很幸运，大概只要花一个月，甚至更少的十天时间，如果用我少年时代的速度——七天时间就可以读完这部小说。但我觉得用七天时间想完全读懂这部小说是不可能的，我想一个人要是花一年、半年或几个月的时间仔细地阅读这部小说，就会对人生、对世界的看法有一些改变，包括对自身。因为你在读小说时会产生一种共鸣，觉得人的心灵原来是可以这样开放的。我不相信普鲁斯特就是世界上经历最丰富的人，他的恋爱也未必是最曲折美妙的，可以说世界上很多人的经历比他更丰富。但是像他这样把心灵的门打开、把心灵的感受这样深刻地挖掘出来，并用如此美妙的方式展现出来，不说是绝后，那也是空前的。直到目前为止，我还没有看见有另外一位作家能够做到。

最后，我又想起了他小说中的那两个主题，一为“时间”，另一为“回忆”。时间是毁灭一切的，而回忆是拯救那些死亡的一切。我想在这个世界上任何一刻只要发生过的就不会消失，只要你记得它，只要你愿意回想它，只要你珍惜它，只要你是一个热爱生命、珍惜感情、喜爱艺术的人，那么你曾经经历过的生活——美妙的、痛苦的、可怕的、难忘的瞬间，不是说你需要它的时候，而是它可能在你意想不到的时候，当一个特定的情景在你的周围发生的时候，它就会不期而至，把你重新拽回到你曾经经历过的那一段时光中去。这是一种非常美妙的境界，我相信每个人都可以达到这种境界。

以上就是普鲁斯特小说给我最深的感受，谢谢大家！

接下来我们可以随便聊聊，我可以回答大家的任何问题。也不一定是关于这部小说的。

听众：您在初次和我们见面的时候，您不谈自己的作品，而谈《追忆似水年华》这部作品，可想您对这部作品是如何看重。我想问的是，因为这是一个译本，除了法文版，还有没有好的英文版，您可以向我们推荐一下有关它的英文版的具体情况吗？另外您有没有找到也如此欣赏这部作品的知音？谢谢！

赵丽宏：对于第一个问题，我感到非常抱歉。虽然我知道它有很多英文版本，但是具体哪一个最好，我就说不清了。因为我没有读过他的英译版小说，但我相信有好的英译版存在于世界各地，而我也相信英译版比我们中文的译本要好些，更能表达出作者的原意。要想找英译版，我建议你来上海图书馆查一查，我想在他们的外文书目里应该会有这本书的英译版。

另外，我刚才也说过，中国大部分作家都没有读完这部小说，这也是非常遗憾的事。我这么说，可能并不准确，说不定有些小说家也非常认真地读完了这部小说，但我问过很多作家都说读不下去。我总是觉得遗憾。我有一个现在在美国大学教书的朋友，就是小说家戴舫，他用英文向美国人讲述中国的古典文学。他讲唐诗宋词，也讲明清小说。最近他在用英文写一部小说，书名叫《五道皱纹》，是一部篇幅很大的小说，我很关心他的创作。最近他的这部小说就要收尾了，他的英文创作完成以后，他再把这部小说翻译成中文，全篇描写了一个中国家族五代人的历史。前年他回国时，我无意中与他说起我喜欢《追忆似水年华》，他突然跳起来冲着我问："你真的读完了啊？""读完了！"我答。他说太好了，他也读完了这部小说，也喜欢至极。他说与许多中国小说家交往，但几乎没有人喜欢这部小说，他就把我俩说成是"知音"。但我想，不喜欢这部小说，并不能代表那些人就没有品位，而是他们并没有花时间去认真地阅读。只要你静心去读，相信你会喜欢这部书的！

听众：赵老师，您刚才说到您有一本《西窗集》，曾经有一本在

“文化大革命”中被烧毁了，我记得您曾在散文《小鸟，你飞向何方》中，也说有一本《飞鸟集》在“文化大革命”中化成了灰烬。我还记得这篇散文是我们初三下学期的第八册教材的一篇课文，也是在20世纪80年代发表的作品（1980年），时间已经过去很久了。今天，您提到一个回忆的主题，我想问您，有关在“文化大革命”中被烧掉的这些书的经历是不是给您的印象特别深刻？您是不是愿意再向我们说一下这段历史时期的事？谢谢！

赵丽宏：可惜今天的时间不多了，否则我可以专门讲一讲以这个时期为主的话题。在读普鲁斯特的文字时，我的心里不时产生共鸣，而我想起的事件与他小说里所写的是不同的。我想每个人在读这部小说的时候，心情都会与我一样。刚才那位读者问及我在1980年写的散文《小鸟，你飞向何方》，这篇文章也是回忆，是我在“文革”期间追求知识、追求文学、追求理想的一个缩影。其实这个与普鲁斯特的写作有相似的特点，不是说异曲同工，而是性质是相似的。有些回忆不断出现在我的脑际，然后使我产生一种写作的冲动。小时候，我最喜欢去书店，就是去书店里闻闻油墨的香味也觉得很美。因为我小时候家境差，没钱买书，我要从家往学校来回走四五个小时省下几毛钱车费，才能去买下一本书。我更喜欢去旧书店，在那里有时花一毛钱就能买到一本好书。“文革”开始以后，我仍然常去上海旧书店，但是那时的上海旧书店里已经没有卖旧书的了，柜台上都是新书，全是毛主席语录和马列著作。但是有一天，我不可思议地在这家书店里发现了一本《飞鸟集》。我是上初中时开始读泰戈尔的作品的，第一本就是读他的《飞鸟集》。当时我能背诵《飞鸟集》里的很多篇章，我觉得一个作家能以如此简短的文字把人类丰富的感情和对世界的思索描绘得这么生动、深刻，哪怕就只有这一本薄薄的小书存世，他也是一个大作家。当我想拿这本《飞鸟集》的同时，在我的身旁伸出了另一只手。我回头一看，是一个女孩，她也想拿。我不想把这本书给她，我认为她一定不知道这本书是谁写的。我问她：“你知道这本书是谁写的吗？”这个女孩子对我调皮地一笑说：“这是一个印度老头写的。”她边说边做出撸胡子的姿势。她是知道泰戈尔的，说不定也读过这本书，我不好意思再和她抢。正当我要放手把这本书让给她的时候，她先把手放开了，并笑着说：“让给你好了，我家还有一本呢！”说完以后她转身离去。我拿着这本书，望着她的背影，久久没能挪动脚步。那天我记得很清楚，是一个夏末的下午，那个女孩穿的衣服我还记得，是一件印着紫色小花的白色连衣裙，她一蹦一跳飘然而去，两根辫子在她身后晃动。她的背影，她的表情动作很深刻地留在了我的记忆里，我一直忘不掉。当然这不是一种恋爱。后来在我最孤独的时候，最困苦的时候，我会很自然地想起这个女孩，她在我心里是一种象征——一种追寻知识、追求美好的象征。有一次我在马路上走，看到一个和她非常像的女孩子，但穿着非常夸张的服装，口出秽言，像上海人说的“赖三”。这对我的打击之大是你们难以想象的。其实这个人并不是她，肯定不是她，她们只是有点像而已。我写这篇散文是在上大学的时候，因为这个记忆老是挥之不去，《小鸟，你飞向何方》就是写这个女孩的。我相信，在大家的心里，也一样有着难以忘记的东西，而你们也有一支多彩的笔，如果你们愿意写出来，你们也可以写得很好。但话说回来，并不是每个人都可以将记忆完整、生动、细致、与众不同地表达出来的，我们不是普鲁斯特。

听众：听了讲座以后，我很有启发，我想问赵老师，现在不是在提倡“三个代表”吗？其中有一个是“代表先进文化的发展方向”，那么《追忆似水年华》是不是代表先进文化的发展方向？再有，赵老师读过很多很多书，那从 1949 年以后，有没有一部书可以代表先进文化的发展方向？还有，一百年来，自 1900 年以来的那么长的时间里，我们中国有没有一部代表先进文化发展方向的作品？希望您为我们做些介绍。

赵丽宏：你提问题的时候，大家都笑了，大概觉得这些问题我很难回答。我觉得对于“三个代表”我们不要很政治化地去理解，人类用智慧和真情创造的文化，都可以说是先进文化，它们代表着那个时代的先进理念和善良情感，它们凝聚成的作品被流传下来。优秀的文学作品是一个时代的智慧、情感和良心的结晶。这些作品被大家认可，成为经典，世代流传，我认为它们肯定是“先进文化”。就算是千百年前的书，像《红楼梦》是不是先进文化？我认为是的。那么《追忆似水年华》呢？可能你的答案是否定的，但我的答案是肯定的。我觉得这是人类的智慧和情感奇妙的结晶，不同时代、不同国度、不同政治制度下的读者读到这样的作品都会产生共鸣，都会联想起我们的生命、我们的生活。这就是它的先进性。

你的第二个问题，就很难说了，我认为有很多代表先进文化的作品，但肯定不是“文革”期间出现的作品，我想“文革”期间流传一时而后来又消失的作品，都不是先进文化，他们是虚假的、虚伪的。但在“文革”前，我想中国有很多非常好的作品，我很难说是哪一部。因为有些小说当时很喜欢，但后来不怎么喜欢，甚至到后来有点讨厌。有些当时不喜欢，但后来有点喜欢。我很难说哪部作品代表先进文化，但我有一个标准，我想这时期出现的作品中，如果到现在还在被读者读的，现在还被读者喜欢的，它们大概就代表了先进的文化，如果它们红极一时，现在人们都忘了，不愿意再去读它；或者人们忘了，重新读它后也不能引起共鸣，甚至讨厌，那么它们肯定不是先进文化。有些作品，人们忘了，但重新读了，还是会感动，我想这就是先进文化。至于一百年来出现的优秀作品，那就不胜枚举了。对不起，请不要勉强我，我不能逐一举出是哪些作品。谢谢！

2003 年 10 月 25 日于上海图书馆

鸟儿飞去又飞来

——关于散文《小鸟，你飞向何方》

1979年，我还是华东师大中文系二年级的学生。那年年底，在文史楼的教室里，我用几张旧报告纸，断断续续花了几天时间，写出了散文《小鸟，你飞向何方》的草稿。这篇散文，写的是我在“文革”中的生活经历和精神旅程，和一本书有关，和一个萍水相逢却再也没有机会重聚的姑娘有关。那是在幽暗中寻找光明的旅程，是被囚禁的心灵渴望自由的经历。

那本书，是泰戈尔的《飞鸟集》。在读初中的时候，我得到一本由郑振铎翻译的《飞鸟集》。泰戈尔那些简短、优美而又含义深长的诗句，像磁铁一样吸引了我。尽管有些诗句的含义我还不怎么理解，尤其是那些闪烁着神秘之光的叹息，但我还是为之痴迷。我在小本子上抄录自己喜欢的段落，把它们背下来，觉得其乐无穷。我是从《飞鸟集》认识泰戈尔的，后来又陆续读过他的许多作品，然而最喜欢的还是《飞鸟集》。人类对大自然的观察、想象，对生命的思索、憧憬，对爱情的讴歌和哀叹，在这本薄薄的小书中被表达得那么缤纷多彩，那么意味深长。我由此而懂得，在一颗充满爱的心灵中，可以产生出何等美妙的思想。

“文革”初期，破四旧之风席卷中国，几乎所有古今中外的文学名著都成了毒草。上海街头到处有焚书的火和烟。在一次抄家中，我的《飞鸟集》和许多文学书籍一起，被几个造反派投入火堆。我眼睁睁地看着那绿封面的《飞鸟集》被金黄的火舌吞噬，烧成了灰烬。当时的感觉，是一件心爱的宝贝被人毁灭，是一个亲近的朋友被人谋杀。再看看火光中烧书者那几张笑嘻嘻的脸，心里想到的是《飞鸟集》中的句子："当人是兽时，他比兽还坏。"

书可以被烧成灰烬，但那些已经铭刻在我心里的诗句，却是任何人也夺不走的。当狂暴的口号在周围喧嚣时，我经常独自默诵《飞鸟集》中的句子，让心灵从中得到平静和安慰。我常常默诵的句子中有这样一段："人类的历史在很忍耐地等待着被侮辱者的胜利。"这种默诵，是一种旁人无法知晓的快乐。

那个萍水相逢的姑娘，是相遇在上海旧书店的一个小女孩。在失去《飞鸟集》大约一年之后，有一次去旧书店闲逛，我竟然在一批出售的旧书中发现了一本《飞鸟集》。和我同时发现这本书的，还有一个十几岁的小女孩。她没有与我争夺，而是微笑着把这本《飞鸟集》的购买权让给了我。我目送着她轻盈的背影走出书店，目送她消失在人流中。我拿着书去付款时，收钱的营业员吃了一惊，她失声自语道："怎么搞的，谁把这样的书放出来了？"没容这位面孔严肃的中年妇女继续追问，我已经夹着书一溜烟离开了书店，就像一个偷了书的窃贼。那个将《飞鸟集》让给我的小女孩，使我难以忘怀，她的表情既天真又开朗，而且熟悉泰戈尔（20 世纪在 60 年代，泰戈尔在中国的名气远没有现在这么大）。尽管和这小女孩没说几句话，但以后只要读到《飞鸟集》，我就会想起她，想起书店里的那次奇遇，想起她轻盈飘逸的背影。她在我的记忆中似乎成了一种美好和希望的象征。

对失而复得的《飞鸟集》，我当然特别珍惜。当年去插队落户时，我简单的行囊中便有这本书。在农村孤寂而又漫长的岁月中，《飞鸟集》是我百读不厌的书。这真是一本奇妙的书，不管在怎样的环境中，不管以怎样的心情去读，我都能从中领悟到新鲜的意境。烦躁时读它，它使我平静；平静时读它，它又使我心驰神游。少年时代感到神秘深奥的那些段落，此时似乎都能使我产生心灵感应。我也开始在烛光下写一些诗文。我曾经想在茫茫人海中找到那个在书店里遇见的姑娘，但根本不可能。直到“文革”结束我考上大学，我还幻想着在报名入学的人流中发现她，然而这只能是幻想。

《小鸟，你飞向何方》写的就是这段往事。片段的情节，朦胧的情景，跌宕的情绪，再现那个动荡的年代。我以《飞鸟集》中那些飘忽而幽邃的文字作为散文段落之间的连缀，叙事抒情，以追求诗的效果。这样写，在当时也是一种尝试。文章写成后，正好刚创刊的《散文》月刊编辑谢大光来上海组稿，他听说我在写这样一篇散文，非常赞许。我把改定的文章寄给他，谢大光很快将我的稿子编发，发表在1980年6月号《散文》月刊上。我没想到，这样一篇习作，发表后会产生这么大的影响。和我同时代的读者，虽然生活经历不同，但精神旅程相仿，这样的文字，引起他们的共鸣是很自然的。很多读者来信告诉我，他们是读了我的《小鸟，你飞向何方》后，才去找《飞鸟集》来读的。他们和我一样，也喜欢上了这本奇妙的书。

写作《小鸟，你飞向何方》的情景，仿佛就在眼前，而时间已过去了二十六年。重读自己的旧作，引起对青春岁月的回忆，“在黄昏的微光里，有那清晨的鸟儿，飞进了我沉默的鸟巢……”

2005年4月14日于四步斋

送别巴金

2005 年 10 月 17 日下午六点。华东医院。巴金老人的病房。

天色渐暗。巴金安静地躺在病床上，白色灯光下，他的面容安详平静。他身后的墙上，挂着鲜红的中国结和红灯笼，一个“寿”字高悬在病床上方。各种各样的管子、瓶子、电线和仪器，缠绕着他的喉咙、他的身体。呼吸器不停地输送着氧气，他随呼吸器的节奏均匀地呼吸着，这是他在用生命的最后气力在呼吸。

医务人员在他周围忙碌，他们目不转睛地观察着病床边的那些仪器，这位一百零一岁的世纪老人的生命运动，都显示在这些仪器上。

六点半。仪器显示，他的心跳每分钟五十几跳，他的血压在逐渐下降。

医生说，他是在弥留时刻了，生命之灯，已经渐渐幽暗。仪器荧屏上，他的心跳化作缓缓移动的绿色光点，一跳，又一跳……

亲人和朋友们在他的床边坐着、站着。李小林哽咽着一声声呼唤“爸爸”，让人听着心碎。李小棠凝视着父亲，泪光闪烁。端端在妈妈的身后哭着轻声喊“外公”……

热爱巴金的朋友们含泪默默地站着，多么希望奇迹发生，希望病魔再次退却，希望他睁开眼睛……

医生和护士们都含着眼泪，五六年来，他们天天陪伴着巴金，为他的健康费心操劳，此刻，他们正做着最后的努力……

然而谁也无法阻止死神一步步逼近。

七点零六分。荧屏上那个绿色光点突然静止。一颗伟大、博爱的心，终于停止了跳动。

凝视着他沉静的面容，我在心里轻轻地对他说："敬爱的巴老，您是不会离开我们的！您的智慧和情感，您的品格和精神，将永远活着，像不灭的明灯，照亮我们的道路……"

2005 年 10 月 18 日深夜于四步斋

心灵的桥梁

——泰戈尔诞生 150 年祭

泰戈尔曾经深情地说:“相信我的前世一定是个中国人。”

泰戈尔为什么这样说?因为他对中国,对中国人充满了友善的感情。泰戈尔曾经三次来到中国,三次都是乘船从上海入境。1924 年 4 月,泰戈尔第一次访华,他在黄浦江畔的码头上见到欢迎他的中国友人时,情不自禁地说:“不知道是什么缘故,到中国就像回到故乡一样。”而中国也向这位伟大的印度作家敞开了友好的胸怀。上海很多地方都留下了泰戈尔的脚印,他曾去龙华看桃花,曾出席各种欢迎他的集会,也曾发表深情的演讲。五年后他重访上海,住在四明村诗人徐志摩的家里,两人促膝长谈,互赠诗篇,亲如家人。徐志摩和泰戈尔的友谊,在中国和印度两国文学交往的历史中,留下了感人的一页。今天如果去四明村,我们仍能在小区的墙上看到泰戈尔的诗句:“世界用图画同我说话,我的灵魂答之以音乐。”

泰戈尔的诗文,就是他灵魂的音乐。他的音乐曾经感动过无数热爱文学的人,被他感动的人遍布世界各地。

泰戈尔在中国演讲时曾说,他访华,并非是旅行家为欣赏风景而来,也不是当传教士带些什么福音,他是来求道,来对中国文化敬礼的……他说,他的使命是在修补中国与印度两个民族间中断千年的桥梁。泰戈尔的六十四岁寿辰是在中国过的,那天,一批中国文人学者为他祝寿,梁启超给他取了一个中国名字“竺震旦”。“天竺”,是中国人对古印度的称呼,“震旦”,是古代印度对中国的称呼。梁启超说：“我们尊敬的天竺诗人在他所爱的震旦过他六十四岁的生日。我用极诚恳、极喜悦的心情，将两个国名联结起来，赠给他一个新名——竺震旦！”泰戈尔喜欢这个将印度和中国连为一体的名字。

泰戈尔在中国做过很多次演讲，他洪亮的声音，温和而深挚的语言，他孜孜不倦阐述的理想，曾经感动过很多中国听众。他宣传的理想，是爱，是宽容，是和平。这些理想，直到现在，仍是人类的至高理想。泰戈尔回国后，做了很多对中国友好的事情。抗日战争爆发后，他多次写公开信，发表谈话，痛斥日军的侵略行为，并带头慷慨解囊，发起募捐，支援中国人民的抗日斗争。他还在他创办的印度国际大学中特设中国学院，专门培养中国留学生。他是中国人民的伟大朋友。

泰戈尔确实是在中国和印度两国之间架起了一座奇妙的桥梁，建筑这桥梁的材料，不是砖石水泥，不是金钱，也不是权力，而是他的文字，他的文学精神，他的人生理想。从 20 世纪初开始，泰戈尔的作品就连续不断地被翻译成中文，流传在中国的读者中，影响了很多人。一个真正的作家，他的生命不会因肉体的消亡而结束，只要他的作品还在被读者阅读，只要他的思想还在世上流传，那么，他就会继续活着，活在人类的精神世界里。

前不久，我曾访问印度，在加尔各答参观泰戈尔的故居，站在他诞生和辞世的房间里，想象着这位伟大作家生前的活动。泰戈尔一生都过着简朴的生活，但他的精神视野却丰繁阔大，天地宇宙，人间万象，都凝集在他的文字中，迸射出夺目的光芒，在人心中引发出美妙、深邃的回响。他的创作，一直持续到生命的尽头。在生命的最后时刻，泰戈尔心里仍然惦记着中国，惦记着中国的朋友，他想起了自己意味深长的中国名字。他曾在病床上回忆自己在中国的经历，并口授怀念中国的诗篇。在泰戈尔最后住过的房间里，我仿佛听见他在深情地吟哦：

…………

我取了中国名字，穿上中国衣服。
这在我心里是明白的：
我在哪儿找到朋友，便在哪儿获得新生，
朋友带来了我生的奇迹。
异乡开着不知名的花卉，
它们的名字是陌生的，
陌生的土地是它们的祖国，
可是在灵魂的欢乐王国里，
它们的情谊得到了开诚相见的欢迎。

2011年5月8日

谈巴金和他的《随想录》

第一次读懂巴金

在今年上海书展开幕之前，有一个机构请我为读者推荐十部书，他们给我提供了一份有几百个书名的书单，我推荐的第一部作品就是巴金的《随想录》，我觉得这部书对于当代中国以及当代中国的读者都是非常有价值的。也许现在的年轻人对这部书已经有些陌生，甚至觉得离他们有些遥远，但是我认为，当下的年轻人很有必要读一读这部书，要慢慢地去阅读，细细地去感悟。

《随想录》虽然只有薄薄五本，但这是巴金在晚年花了整整八年时间完成的，从 1979 年一直写到 1986 年，凝聚着他一生的情感与思索，他对世界、对人生、对"文革"的深沉思索都凝聚在这部书里了。这是一部真正的讲真话的书，巴金的真诚和真实，在《随想录》中已经达到一种极致。

我想讲讲我跟巴金的交往，从小时候一直到年轻时代我是怎样看巴金的，我和巴金的缘分以及我怎样走近了巴金。

《随想录》中有一篇文章谈到了巴金所翻译的王尔德童话。我的读书生活开始得很早，小时候读过很多书，但我读到巴金的作品时，第一部作品不是《家》《春》《秋》这样的小说，而是他翻译的一篇童话，即爱尔兰作家王尔德的《快乐王子》，这篇童话深深地打动了我。直到现在我都认为，王尔德的《快乐王子》是人类童话中写得最好的、最动人的作品之一。它把对人的爱、同情以及忘我的牺牲，表达得如此深刻。我读《快乐王子》的时候，大概只上小学二年级，但直到现在，我都还清晰地记得《快乐王子》所讲述的故事：

一个少年时代夭折的王子被做成一尊雕像，站在城市的中间，那是城市最美的风景。他的身上贴满了金箔，他的眼睛是两颗明亮的蓝宝石，他手握的剑柄上还嵌着一颗硕大的红宝石。有一只燕子在秋天的时候要躲避北方的寒冷飞向南方，来到了这座城市。它在这座雕像下休息的时候，突然有一滴水滴到了它的头上，那是王子在流泪，燕子问："你为什么流泪？"王子说："我看见这座城市里到处都是穷苦的人，到处都是受难的人，所以我很难过。我想帮助他们，你是不是可以帮帮我的忙？"燕子也很善良，于是便放弃了自己飞向南方的计划，不停地帮助王子援助这些穷人。王子让燕子衔下他剑柄上的那颗红宝石，送给了一位天天为皇宫绣衣服但生活很贫苦的绣娘；后来王子又让燕子啄下他眼睛中的两颗蓝宝石，一颗送给一位又冷又饿的年轻作家，这位作家天天在一间屋顶有洞的屋子里写作，燕子把这颗蓝宝石衔到他的书桌上；另一颗送给了一位卖火柴的小女孩，女孩在担心卖不出火柴的时候得到了这颗蓝宝石，她的父亲就不会揍她了；另外，王子还让燕子把身上的金箔一片一片地衔下来，送给这座城市各个角落中受难受苦的小孩。最后，王子的雕像变成一尊光秃秃的、非常难看的雕像。王子非常感谢燕子，并祝福燕子顺利飞到南方，但是燕子非常疲倦，最终倒在了王子脚下。燕子死去的时候，王子雕像发出一声碎裂的声音，那是王子的心碎了。这时上帝对他的使者说："请你把这座城市里两件最珍贵的东西给我找来。"天使就找来了两件东西，一件是王子碎裂的心，另外一件就是善良的燕子的尸体。上帝说："你选得很好，以后可以让王子永远陪着我赞美我，燕子永远在我的花园里为我唱歌。"王尔德对上帝也是讽刺的——上帝高高在上，不去援助那些穷苦受难的人。

直到现在，我对《快乐王子》的印象仍然是我小时候阅读这篇童话的记忆，我读完以后才知道这篇童话的翻译者叫巴金，我记住了这个名字。等我再长大一点后才开始读巴金的小说，读巴金的“激流三部曲”“爱情三部曲”，读他写在20世纪20年代至60年代的散文。但是说心里话，在当时一个少年读者的心里，巴金的书并不是我最喜欢的书。为什么？不是说他写得不好，而是因为他的小说都是写黑暗时代知识分子努力追求幸福，寻找真理，最后却总是失败的悲剧，读了让我心情很压抑。巴金的《家》《春》《秋》是反封建主义的，很多人读后都离开封建家庭，去寻找革命，追寻真理。但是对于那时的我来说，读这样的书还是有点沉重。不过，我有这样一个感觉，写这些小说的作家一定是一个善良的人，是一个好人。

“随想”中的人性与自省

我上中学的时候，曾经到作家协会去等了半个小时，以为在那里可以遇到巴金，但是我没有遇到。我第一次看到巴金是在“文革”中，是电视里播放的一场对巴金的批判大会，我看到的是一个忧伤的巴金，一个愁苦的巴金，一个无奈的巴金。你们如果读了巴金的《随想录》，就可以看到巴金自己对那场批判会的回忆，他在《随想录》里是这样写的:“如果不是萧珊，我这次是过不去了。”士可杀不可辱，在那个时代，不少知识分子以死来抗议，譬如老舍和傅雷。在这场批斗会之后，巴金就好像从人间消失一般，我们读不到他的文章，看不到他的形象，听不见关于他的任何信息。我们不知道在那十年里究竟发生了什么，不知道巴金去了哪里。

在那十年里，我中学毕业就下乡插队落户，到我的家乡崇明岛当农民，也很艰苦。我在乡下开始写作，开始时并不是为了当作家，只是用文字来排遣自己的孤独。到“文革”结束的时候，我已经发表了一些文章。“文革”结束的第二年，也就是1977年的春天，上海召开了一次文艺座谈会，我是被邀请参会的最年轻的作者。在会场门口，遇到《文汇报》的老编辑徐开垒先生，他是巴金的好朋友，他很激动地告诉我：“今天巴金来了。今天《文汇报》上有他的文章，你一定要看一下。”我听后也很激动，因为我没想到可以看到巴金。开座谈会的时候，我是在诗歌组，巴金是在小说组，我在诗歌组里坐不住，一直想着去看看巴金。于是我就跑到小说组门口探头探脑地往里看，终于看到了巴金。巴金正坐在小说组里听别人说话，他的头发已经像雪一样白，但他的脸上带着微笑。座谈会开完以后，我站在面向南京路的广场上等巴金出来。我等到他了，巴金站在广场上，跟他的朋友们说着话，其中有剧作家于伶、散文家柯灵、小说家王西彦、戏剧家王佐临、翻译家草婴，还有黄裳等人。我远远地看着巴金，巴金不太说话，多半是在听别人说，他偶尔也会说上几句，说话的时候还会附上手的动作，可以看出，他心里很高兴，脸上也一直带有微笑。就在这天，我读到了巴金在“文革”后发表的第一篇文章《一封信》，这篇文章是经过徐开垒之手发在《文汇报》上的。巴金又开始写作了！这篇文章没有收到《随想录》里，它写在《随想录》之前，标题很奇怪，就是巴金写给读者的一封信，信中有对“文革”的控诉，更多是对未来生活的期待，他觉得新时代开始了，他又可以写作，又可以拿起笔写他心里想说的话了。

那时，我不可能有机会和巴金单独交往，但是我可以寻找巴金的文字，巴金发表的每一篇文章我都仔细地看。1979年以后，巴金开始写《随想录》，先是在香港发，再在国内的报刊转载，一篇一篇慢慢地写。巴金写得不是很快的，五本《随想录》文字不是很多，但他花了八年时间。巴金说：“写真话是那么难！”他有时候一天只写几十个字，多的时候写几百个字，这部书就是这样一天几十个字、几百个字写出来的。读巴金的《随想录》的前十几篇，我心里有种震撼的感觉，特别是看他写怀念萧珊的文字。为什么震撼？一个作家面对历史，面对自己的经历，能够那么真实地解剖自己，并且不断反思，这是很了不起的。小时候读法国作家卢梭写的《忏悔录》，也曾受到类似的震撼。一个作家可以如此真实地把自己想过的或做过的那些见不得人的念头和无法公之于世的丑事写出来，这个人一定是个勇敢的人，是个诚实的人，是个了不起的人。而作为读者，你不会因为他有过见不得人的念头或做过某种丑事，就会觉得他是一个肮脏的人，反而会觉得他是一个诚实的人，一个纯洁的人。

1984 春天，因为被《随想录》深深打动，我忍不住给巴金写了一封信。我想写信总归需要有点由头，于是便把我出版的第一本散文集《生命草》随信寄给了巴金。在这封信里面，我表达了对巴金的仰慕，谈了读《随想录》受到的震撼，我在信中提了一个请求，很希望得到他一本最新出版的书，并希望为我题一句话。信寄出去以后，我有点后悔，我觉得巴金是不会理会我的，他不会知道这个写信的人是谁。巴金那年正好八十岁，他是 1904 年生的。我在《随想录》中读到《把心交给读者》，文中说道，他年轻的时候对每一个读者的来信都会回复的，但是“文革”结束后，不断有很多读者给他写信，他已经没有精力回复每一封信。我真没想到，不到一个星期，我就得到了回应。直到现在，当时的情景我都还记忆犹新。我住在浦东，住在五楼，如果有挂号信或者是稿费单，邮递员在下面叫我的名字，我就会从五楼下去盖章取件。那天我下楼接到一个挂号邮件，是一个牛皮纸大信封，我一眼就看到信封落款上有巴金的签名。收签以后，我在楼下就迫不及待地把信撕开，信封里是巴金寄我的一本他刚刚出版的《巴金序跋集》，我赶紧打开第一页，看到扉页上巴金给我题的字：“写自己最熟悉的，写自己感受最深的。”这句话是那么朴素，但凝聚了巴金一生的写作经验，他有过很多体验之后才会有这样的对写作的感悟。在《随想录》里，我们到处可以看到他对这句话的非常形象的诠释。巴金说："解放以后一直到1960年之前，我写了那么多文字，那么多豪言壮语，我唱了那么多赞歌，好像是采了那么多鲜花，现在回过头来一看，全是假话。"那段时间的文字不是他发自内心的，不是他感受最深的，不是他熟悉的，所以巴金后来一直说，如果你写你不熟悉的东西，而不是写你自己心里真正在想的东西，那么写出来的文字是不会打动人的，它们是没有价值的。

在青少年时代，对于我来说，"巴金"这一名字就像天上的星星一样，星光闪烁，但是遥不可及。但是我收到他的这本书、看到他的题字以后，我觉得巴金离我很近。后来我和他开始有了交往，并且有机会到他家去拜访他。我现在还记得第一次去看巴金的情景。他在家里很亲切地接待我，我看到了他写《随想录》的小桌子，很小，也很简陋。他一般在两个地方写作，一个是在阳台的一台缝纫机上，一个就是在客厅一角的这张小桌子上。巴金是个不太爱说话的人，但喜欢听别人讲。当时我有点紧张，所以不记得当时说了些什么，只记得巴金那温和亲切的表情。我走的时候巴金一直送我到门口，我走出门后他还站在门口对我挥手。我现在都还非常清晰地记得。

实事求是的风度

我写过一首长诗《沧桑之城》，其中有一章题为《生生不息的文化风骨》，上海这座城市的文化风骨是由那些有着铮铮铁骨的文化人支撑起来的。我写了三个人，一个是鲁迅，一个是梅兰芳，另外一个就是巴金。巴金是个很有风骨的人，但是我们读了《随想录》后，才知道，巴金的灵魂曾受过多大的折磨。关于《随想录》的价值，我想我们怎样评价也是不过分的。巴金一生著述无数，很多人认为他的最高成就一定是小说。我觉得巴金的作品对我们这个时代、我们这个民族贡献最大的，也许就是这部《随想录》。我们经常说巴金是这个时代的良心，有这样的评价就是因为这部书，这是一个伟大作家的心灵史，是一部真到极致的书，是一本真正说真话的书。

“文革”结束以后，巴金一直在倡导说真话，在《随想录》这部书里有六篇文章专门在讲“说真话”。这六篇文章分在不同的集子中，分别是《说真话》《再论说真话》《写真话》《三论讲真话》《说真话之四》《未来——说真话之五》。“说真话”这三个字虽看似简单，但这是做人的一个最起码的要求，为什么巴金反反复复地讲，而且他知道说真话是多么困难，因为在当时的中国，一个知识分子或者一个作家要说真话，是一件非常不容易的事情。巴金说：“人只有讲真话才能够认真地活下去，现在我的座右铭是尽可能地多说真话，尽可能少做违心事。”他还说：“我想讲真话，也想听别人讲真话，可是拿起笔或者张开口才知道说真话是多么不容易，我边写边想边思索，越写下去越认真也越感到痛苦。”

说真话为什么难？“文革”中，很多人说假话，我觉得有几种假话，有一种假话是精心编制的，说假话的人确实是在用假话骗人，他也许知道自己是在说假话，但却振振有词，习以为常，说假话可以求得他想追求的目标，说假话可以取悦他想讨好的人。还有一种假话，一些人非常真诚地在说假话，觉得这是时代的需要，是一种必须服从的信仰，尽管讲出来的不是灵魂深处的话，也许他晚上睡觉跟妻子说的是另外一番话，但他不认为自己在说假话。我在年轻的时候也说过这样的假话。还有一种假话是被强迫说的。巴金从来没有精心地编制过假话，他一生中也没有说过这样的假话。第二类假话巴金说他说过的，他说他是言不由衷，但是他觉得当时不得不这样说。你们可以听听巴金是怎么讲的：“那些时候那些年，我就是在谎言中过日子，我回头看背后的路，还能够分辨那些年我是怎样走过来的，我的脚下是那么多的谎言，用鲜花装饰的谎言。”今天我无法具体讲，建议大家回去仔细读一读《随想录》，巴金对自己说过的那些不该说的话，坦荡地承认，无情地解剖，真诚地忏悔。几乎每一篇文章都有这样的心声，很值得我们仔细地去读。

《随想录》这部书，从首版到现在已经三十多年了，在这三十多年里，人民文学出版社在不断地重版。当年巴金送我的签名本还只是薄薄的五本书，而现在则变得非常厚重。一方面是这本书装帧很精致，另外还在于增加了很多图片，包括巴金的手稿。书中的那些图片是非常珍贵的，有一张图片是巴金的妻子萧珊去世以后，巴金站在她的遗体旁，露出痛苦的表情，我想这是人类历史上最悲伤的表情，大家在新版的《随想录》中都可以看到这张照片。《随想录》这部书可以一版一版不断印下去，让中国的读者能够世世代代读到这部书，了解这个时代的良心究竟是什么，知道什么才是真正的“讲真话”。

（本文是作者于 2014 年 8 月在上海书展上的演讲，有删节）

莎士比亚的遗产

莎士比亚留给人类的遗产是什么？

莎士比亚离开这个世界已经四百年，但他似乎还是我们的同时代人，人人都知道他的名字，他在戏剧中讲述的人间悲喜，他塑造的众多性格不同的人物，四百年来一直在人间流传，从英国一直传遍了全世界。这是莎士比亚的光荣，也是文学的光荣。莎士比亚的戏剧和诗歌，展现的是文学的魅力，是文字的魅力，是人类的情感、智慧和理想的魅力。他用自己的作品告诉后来者，什么样的文学精神，才真正不朽，拥有永恒的生命。

前几年，我访问英国，参观了莎士比亚故居。那是斯特拉特福小镇上一栋普通的小楼。在那栋小楼中，参观者可以想象童年的莎士比亚在这里的生活：他和孩子们在楼梯上嬉闹，在楼下看他父亲干活，在厨房里向大人要点心充饥……生活在这栋小楼中的莎士比亚，就是一个普通的孩子。然而这栋小楼，四百多年来竟有超过一亿的参观者。人们从地球各个角落赶到这里，拜谒这位伟大的文学家。每个参观者心里，都会回想着他构造的故事和塑造的人物，都会默诵着他的名言。在莎士比亚故居的签名册上，我看到了四百年来数以百计的伟大作家的签名，那是世界文学群星璀璨的天空。从这栋小楼中走出来的莎士比亚，成为影响人类历史的伟大文学家。和莎士比亚同时代的帝王贵族，早已被人们遗忘，尽管他们当时远比莎士比亚地位显赫。但是莎士比亚却一直活着，活在他的丰富多彩的戏剧中，活在他那些隐藏着深爱和秘密的诗歌中。莎士比亚的命运和他的文学影响，使我想起了李白的两句诗："屈平辞赋悬日月，楚王台榭空山丘。"诗人屈原的辞赋，千百年来如日月映照着大地，而当年曾经不可一世的楚王，早已被人遗忘，唯剩下坟头荒草。莎士比亚的命运，不正如李白诗中的屈原吗？

年轻时代，我曾模仿莎士比亚，写过几首十四行诗，以向莎士比亚致敬。今天，不妨在这里念其中的一首，以表达我对莎翁的敬仰。

不要说，"未来的时代谁会相信我的话"，
既然你那颗聪慧的高尚的心曾经相信，
既然你曾经真诚地倾吐了曲折的衷情。
是的，悠悠岁月熏黄了你古老的诗册，
抚摸它们，我却要轻轻地告诉你：我相信。
我相信你的爱、你的欢乐、你的苦闷、你的恨，
我相信你华丽夸张的辞藻中包裹着朴素的真，
我相信，而且不需要你的后裔为你做证。
这世上永不消逝的绝不是王宫也不是坟墓，
绝色的美容和显赫的权势也只是匆匆流星。
你深知这其中的奥秘才不辞辛劳，
用青春和生命把心中的七弦琴弹个不停……
"献出你自己，依然保存你自己"，
"只要这世界上还有人类，只要人还有眼睛"。

（2016 年 8 月在上海国际文学周的演讲）

从炼狱走向天堂

今年3月，在北京和老朋友冯骥才聚会，得到他的两本赠书，一本是他的画册，另一本是人民文学出版社去年出版的《炼狱·天堂》。

朋友们都很亲切地称冯骥才为“大冯”，一是因为他长得人高马大，二是因为他从文半个多世纪表现出的气度和格局。这些年，大冯一直在为研究保护中华民族文化奔走呼号，影响遍及海内外。然而，作为一个作家，他从没放下过手中的笔，读者不时能读到他撼动人心的新作。读他的新著《炼狱·天堂》，又一次被他的真诚和深邃打动。这本书的体例很特别，是非虚构，是口述史，是人物传记，是对历史的回溯反思，也是艺术和美学的思辨。

《炼狱·天堂》有一个副标题，即“韩美林口述史”，全书是一个作家和一个画家的对话。冯骥才提问，韩美林回答。然而绝不是简单的问答，是两个坦诚灵魂的对话，是两个艺术家对人生意义的思考和对艺术本源的探寻。全书分上下两卷，上卷《炼狱》是画家韩美林的人生经历，下卷《天堂》是对艺术家的心灵解析，探讨韩美林艺术世界的独特性。

这本书中最让读者心灵震撼的内容，是对历史的回顾和反思，也就是全书的上卷《炼狱》。此卷的扉页上，冯骥才引用了俄罗斯作家阿·托尔斯泰的话:“在清水里泡三次，在血水里浴三次，在碱水里煮三次，我们就会纯净得不能再纯净了。”阿·托尔斯泰，又被称为“小托尔斯泰”，是一个几乎被中国读者忘记的作家，我们这一代写作者，年轻时都读过他的《苦难的历程》。

大冯在一个被遗忘的作家的文字中，居然寻得这样的妙语，“这是人类因苦难而获得的智慧和醒悟”。韩美林也是我的朋友，他年轻时遭受的苦难，我听他亲口说过多次。但是，读冯骥才的新著，让我又一次受到强烈的震撼。

韩美林的回忆，并不是呼天抢地的控诉和悲泣，而是平静的叙说。一问一答之中，灾祸和苦难显现出它们的起因和源头。那些无妄之灾，那些飞来横祸，在今天看来，就像夸张的漫画和讽刺剧，但它们确确实实在我们的土地上发生过。而且，当时很多人不以为怪，不以为耻，群起而哄之。书中的很多细节，惨烈得无法复述，不少地方让人读之迸泪。在两个灵魂坦诚的对话过程中，历史的画面那么真切而立体地凸现在读者面前。然而在惨痛之中，有人性的暖流和光明存在。大冯的提问，不时将韩美林的回忆引向这些暖流和光明。

读者很难忘记那个心地善良的看守所女所长，“待人也像个普通的农村妇女，不凶。我们吃的饭她还要拿个勺儿尝一尝。她还允许犯人的家属送点钱和日用品，还可以看‘革命书’”。“她看我的眼神好像还有点尊重，没有仇视和鄙视”。在被欺负凌辱的氛围中，有时一个眼神、一个微小的动作，也会让韩美林感受到人间的温暖和希望。他在一个文工团接受批判后，“一个女演员给我拿来一碗面，里边还放了一些肉。等我回到拘留所，觉得口袋里有东西，掏出来一看，居然是十块钱和二十斤粮票，肯定是那个女演员偷偷塞在我的口袋里的。”更感人的故事，是那条不离不弃的小狗。冯骥才曾经以这个故事为原型，写成著名的中篇小说《感谢生活》。

那些遥远的往事，并没有因岁月的流逝而被稀释、被淡化。重新反思这些往事，对当事者也许是一种苦痛，但对年轻的一代，这样的反思会有振聋发聩的效果。他们的反应，绝非简单的惊讶、震惊，而是深长的思索，是对历史真相的认知。

冯骥才这本新著的笔触和思绪没有仅止于此，上卷《炼狱》，只是下卷《天堂》的序引和铺垫。反思历史是为了什么？不是沉湎在岁月的辛酸中，凝滞在以往的苦痛和阴影中，而是为了汲取历史的教训，摆脱历史的桎梏，走出阴影，更好地往前走，走向辽阔，走向光明，走向有希望的明天。《炼狱·天堂》正是体现了这样的思维。作者自言，"全书的主题是寻找他究竟怎样一步步从黑暗的炼狱到达通明的艺术天堂"。下卷《天堂》，揭示了一个艺术家成功的秘诀，也展现了中国改革开放的伟大时代对艺术家的意义。

"真正的艺术家，都是用生命来祭奠美的圣徒"。大冯一直在思索、探究韩美林人生和艺术中的一些奇特现象，他说："韩美林曾经遭遇过闻所未闻、几近极致的屈辱和折磨。""可是我不明白，为什么在他的画里，却找不到这些历史的阴影。没有愤怒、嫉恨、愁苦与伤感，没有这种心理的表达、宣泄乃至流露。在他的艺术中，从题材、形象，到境界、情感、色彩，全是阳刚、明澈、真纯、浩荡，全是阳光。就像大海，经历过惊涛骇浪，却决不留下一丝阴影。""他是有意将那些不堪回首的往事拒绝于画外，是躲闪或回避，还是那些命运中阴影从来就没有进入他的心中？他的艺术与人生是怎样的一种非同寻常的关系，我捉摸不透。"

冯骥才认为绘画史上有两种画家：一种像中国的八大山人朱耷和挪威的蒙克，把个人心灵的苦痛全都深刻、淋漓地表现在笔墨画意中；还有一种像凡·高和韩美林，虽历尽人生坎坷，背负着命运的黑暗，却用自己的艺术追求光明，创造美。

下卷《天堂》中，两位艺术家探讨了艺术创作的种种境界，绘画、书法、雕塑、设计，从艺术的理想、美学的趣味、创作的态度，灵感的来源、对传统文化和民间艺术的态度，以及不同艺术样式之间的差异，进行了一场天马行空式的艺术对话。发问者是作家，是朋友，是学者，也是画家，所提问题循循善诱，很是专业和内行。答问者是一个历尽苦难后奋力攀登艺术高峰的天才画家，他的兴趣几乎囊括了艺术的全部，他的回答质朴无华，多是大实话，有时还带着童真。就是在这样的交谈中，韩美林作为一个特立独行的艺术家形象跃然纸上，他的艺术个性、文化襟怀、社会抱负，非常自然地展现在两个人的对话中。这样的展现，绝非韩美林的自说自话，而是在提问者的引导启发下，两颗同样热爱艺术的心灵碰撞出的璀璨的火花。

韩美林的成功，在于他对生命和艺术始终不渝的热爱，在于他不屈不挠的坚韧和执着。即便是在厄运困顿之中，他也没有放弃对美的追求，没有熄灭心中的梦想之火。在囚禁中，他可以用筷子在自己的裤子上作画，可以在放风时仰望天空、倾听雨声。当众人远离他的时候，他可以“跟大自然、跟动物，也跟我画的动物说话”。“偶尔我还会在洞山里做噩梦。但是我到了艺术中就不一样了，艺术家要生活在美里，内心要超脱，不能给人丑恶的东西，应给人以美好与希望。只要发现一种美，就要充分表达出来献给人们”。

韩美林对老朋友感叹：“我虽然快八十了，还觉得自己像小孩，总会在什么问题上开窍，顿悟一个接着一个。”保持着赤子之心，对于一个艺术家，犹如灵魂之于躯体。在这一点上，冯骥才和韩美林不谋而合，整本书的对话，就是两个怀着赤子之心的艺术家的倾心抒怀。

《天堂·炼狱》体现了冯骥才数十年来对历史的态度。对历史中的苦痛和灾难，决不选择遗忘和回避，而是采取正视和反思的态度。这是每一个有良知、有责任感的知识分子应有的态度。三十年前，冯骥才曾用《一百个人的十年》，为十年浩劫的惨痛岁月留下了真实的历史记录，他采访了一百个人，用他们真实的命运、遭遇刻画出历史的真相。

《天堂·炼狱》也是一次采访，不过，采访的是一个熟悉的朋友，而且不是简单的采访，是两个朋友之间有深度的交流，是友情的互动、思想的碰撞。这本体例独特的书，为读者提供了一个生动而有深度的读本，展示的是两位中国艺术家走向光明和辽阔的心路历程。

2017 年 9 月 3 日于四步斋

祭告鲁迅先生

鲁迅先生，在这安息之地，我们向你致敬！

在大夜弥天的时代，你是勇敢的斗士，清醒的思想者。你用犀利的笔，挑开沉重的夜幕，让人看见希望的曙光；你用瘦弱的肩膀，扛住黑暗的闸门，让人们走向宽阔和光明。

你亮出灵魂的颜色，让世人见识真诚。你浩茫的心事，紧贴苦难深重的大地，连接古老中国的过去、现在和未来。

在混沌中沉思，在沉默中呐喊，你用炽热的赤子情怀，用前无古人的创造，构筑成文学的高峰，巍然耸立在历史的长河之畔。

你甘为野草，等待着地火燃烧；你是参天大树，铁骨铮铮，不为风雨折腰。“横眉冷对千夫指，俯首甘为孺子牛”，你吃的是草，挤出的是奶。

鲁迅先生，民族之魂，昭示着中国的未来。

你提醒国人：未来的道路，除了再想法子来改革之外，再没有别的路。什么是路？就是从没有路的地方践踏出来的，从只有荆棘的地方开辟出来的。

此时此刻，我们可以告慰先生：中国，已经走出一条可以通向美好未来的伟大道路。

你曾经哀其不幸、怒其不争的国人，如今已经有了自信的勇气，有了团结的力量，我们正在追求真理和幸福的道路上阔步前行。

中华民族的奋然崛起，已成为当今世界耀眼的风景。

这一切，正是你的预言，更是你的希望。

鲁迅先生，请你安息！

2019 年 10 月 9 日于四步斋

人为什么高贵

今年，人类遭遇了一个无法躲避的突袭者：新冠病毒。疫情搅乱了世界，改变了人类的生活。

在陌生的病毒突然袭来时，人类显得有些脆弱。看不见的病毒，竟然使全世界都产生了惊恐和慌乱。然而在和病毒的抗争中，在抢救、治疗、护理病人的过程中，在防范病毒传播的行动中，人类又表现出坚强和勇敢。疫情汹汹而来时，人间弥漫着的并非都是惊慌的喊叫和痛苦的呻吟，从世界的每个角落都传来歌声，传来诗人发自肺腑的歌吟。因此，我们早早地决定，上海国际诗歌节还要继续举办，今年的诗歌节以“天涯同心”为主题。3 月 20 日，我向世界各地的诗人发出邀约，希望读到他们在这非常时期的诗作。我在约稿信中这样写道：

新冠病毒疫情在全球蔓延，给人类带来极大的伤害和挑战。病毒，是人类共同的敌人。病毒无形又无国界，我们看不见它，它阴险狡猾，隐匿在空气中，所有生命都是它侵袭的对象。人类正在奋力抗击疫情，保护生命，保卫自己的家园。此刻，我们需要团结，需要智慧和勇气，需要用发自心灵的声音，激励所有面临病毒威胁的人们。我们坚信，只要天涯同心，联合抗疫，人类一定能克服困难、战胜病毒，迎来生命的春天。

面对疫情，诗歌虽是无力的，无法治愈疾病，无法挽救生命。但是，我们发自灵魂的祈愿，我们真挚沉静的思考，我们对现实的谛察、对未来的期望，会在人们的心灵中引发回声，会激发起生命面对危难时的勇气和力量。相信我们对此会有共同的认识。正如贝多芬《欢乐颂》中所唱："我们心中充满热情，来到你的圣殿里，你的力量能消除一切分歧。在你的光辉照耀下，人们团结成兄弟！"

约稿信发出后，世界各地的诗人陆续发来了他们的新作，令人欣慰。他们的诗作，使中国的读者听到了人类的共同心声，而诗人的个性，使这样的心声有了各种不同的表达。

塞尔维亚诗人德拉甘·德拉戈洛维奇的组诗题为《关于新冠的思考》，面对疫情中出现的种种诡异和苦痛，诗人得出结论："这场新冠疫情/也揭示了我们早就应该明白的一个道理/无论我们有多么不同/人类是一个共同体/我们的命运都连在一起。"

阿多尼斯的《天地之问》，面对把整个世界关进了"通用监狱"的一场"小小流感"，发出一系列令人深思的诘问："谁能使人类走上正确的道路/谁能使人类具备更伟大的能力/谁能告诉我们，为什么/那些自认为最完美的制度和政策/一次又一次破坏了人类杰出的创造？"

英国诗人大卫·哈森的《休止符》，为读者描绘了疫情带来的令人心惊的寂静："你想离开，但你迈出第一步就已失败/你想大喊，那声音却被舌尖困缚/那寂静是骸骨的静，夜开花的静，被遗忘已久的/事物的缺席，石头失去的言语……"

然而，世界并非一派死寂，阿根廷诗人恩里克·索利纳斯和墨西哥诗人马加里托·奎亚尔的诗中发出了美妙的声音："那是永不消失的鸟儿的歌唱，是飞翔在不同语言之上的诗人心声。"

爱尔兰诗人托马斯·麦卡锡在诗中深情宣示："让我告诉你，这场新冠肺炎疫情/将在爱逝去之前结束。"

张如凌从巴黎发来的诗，是一种姿态淡雅的思索——"走出烟尘，走出浮华/以更坦然、更淡泊的姿态"，"琥珀色的残阳下，有暗香浮动”。

两位韩国诗人对现实和未来的描述与瞻望，展示的是希望之光：“黑暗和光明的鸿沟模糊不清 / 因为光明从至暗的深渊中渗透出来 / 不幸和幸福的鸿沟被填平 / 因为在最深的不幸中幸福逆势而生。”（金具丝）“在驱除瘟疫的那一刻 / 我们又会奇迹般地回归正常 / 人类就是在克服重重危机和灾难中延续至今 / 未来的人们会洗净灵魂的伤口 / 在灵性的宽阔大道上找寻希望。”（崔东镐）

因为疫情，今年的上海国际诗歌节也不同以往，我们无法把世界各地的诗人请到黄浦江畔聚会，但是诗歌节并没有因为疫情而中断。被邀参加诗歌节的中国诗人带着他们的诗作，来到了上海。在这期特刊中，每位诗人都发表了组诗，其中有不少是写于疫情防控期间的新作。

在中国诗人们的文字中，强烈地感受到人类面对灾难时的同情和爱，感受到对生命和未来的信心。即便是困惑和忧虑，也是一种引导，把读者从幽暗处引向光明，把在迷茫混沌中的挣扎化为明澈的诗情。病毒在暗中肆虐时，太阳照常升起，黎明依然每天降临人间，正如叶延滨诗中所言：“谢谢黎明，谢谢老朋友的忠诚 / 让我每一天的生命是与你相约开始 / 也许再长的生命也长不过黑夜 / 也许最短的生命也应有个黎明。”即便在暗夜中，诗人心中也有温暖的故乡：“看不见你们的脸 / 只看见星光一样的眼睛里 / 说不尽的词语，让所有接近的人 / 想到用炊烟命名的故乡。”（孙思）

在疫情弥天时，很多诗人没有沉默以对，真诚的诗歌，给人以力量。梁平在诗中这样表达：“这个春天为什么不可以写诗 / 身在其中，被一千种情绪包裹 / 任何一种情绪的表达都是释放 / 多声部音色可以不完美，但它是 / 这个春天的证词，白纸黑字。”而安谅的表达更为坦率：“我愿我此刻的诗行 / 是给所有鏖战者的一种助阵 / 也是献给英雄们的一片掌声。”徐芳的诗，和爱尔兰诗人托马斯的诗意不谋而合：

"如果有悲伤，我们的悲伤里 / 已有坚定留下：那就是爱必赢！"

诗人都是凡人，面对疫情，安静地过着平常人的生活："蜗居一室。听不到虫鸣 / 看不见车水马龙。阅读，或写作 / 赏乐，或观影，也是抗疫的一种方式"。（龚璇）肖水那些抒写山水和日常生活的诗，也使人在疫情中更向往自然平静的生活。然而诗人也都是思想者，在不安的日子里默默思索，有所发现："有些发现，不断找到新的开端 / 而另有一些，等来今生的必有一醒。"（冬青）这场持续长久的疫情，引起世界的动荡不安，杨志学的诗，着眼于反思，是难能可贵的警醒之音："反思的意义在于 / 虽不求把所有的迷雾驱散 / 但求问心无愧，不为愚蠢和丑陋埋单。"

人类的历史，是和灾难连在一起的。不同的时代，有不同的灾难，而瘟疫，却是所有时代都难以逃避的灾难。作家爱伦坡在一百多年前曾经这样说，"无论人们怎么防范，终将会被瘟疫所击溃"，看来他是低估了人类的力量，最起码直到今天，瘟疫并没有将人类击溃。我相信，新冠疫情一定会过去，当我们回过头来反观这场抗击病毒的战争时，最令人心动的恐怕不是科学战胜疫病的过程，而是人类在疫情发生时表现出来的勇敢和爱心。面对灾难，人类如果失去了镇定自若，失去了信心，失去了责任感和献身精神，失去了相互间的关心、帮助和鼓励，那么，小小的病毒就真的会蔓延泛滥而成灭顶之灾。人类进步的过程，正是不断战胜、克服灾难的过程。

我们生活在一个遍布细菌的世界上，消灭它们绝无可能，最重要的是了解它们，从而找到一条共生之路。这是人类的必经之路。一位哲学家这样说："我们是怎样谈论人的？会不会像天文学家看到的那样只是一点尘埃，无依无靠地在一颗不重要的行星上蠕动？或像化学家所说的是巧妙地摆弄在一起的一堆化学品？或者像在哈姆雷特眼里看到的那样，人在理智上是高贵的，在才能上是无限的？或者兼有以上的一切？"

我想，人之所以成为“宇宙的精华，万物的灵长”，是因为人具有其他生物所没有的智慧，也因为人有着其他生命没有的丰富感情，在这感情中，最珍贵的是爱，是同情，是悲天悯人的胸怀。这就是人为什么高贵的答案。而诗人的声音，正在以动人的声音诠释着这样的答案。

2020 年初秋于四步斋

复活的堂吉诃德精神

——读《托尔斯泰读书随笔》

多年前，我曾经写过一篇文章，题为《躲进书里》，写读书带给我的愉悦和忘情。今年因为疫情，出门活动少了，在家读书的时间多了。一个人安静地在灯下读书时，有时感觉时空会失去距离，想起五十年前在乡村插队落户的岁月，在一盏火光摇曳的油灯下，读一本自己喜欢的书，会暂时忘却面临的困境。

读书，听音乐，走路，是我在这些日子中花时间最多的。躲进书里，仍是我留恋的境界。在任何时候，一本好书都可能为我打开一片新的天地。

在最近读过的书中，有《托尔斯泰读书随笔》。这本书使我对托尔斯泰有了不少新的认识。中国读者熟悉托尔斯泰，大多是因为他的三部长篇小说《战争与和平》《安娜·卡列尼娜》和《复活》。这三部伟大的长篇小说，确立了托翁作为小说家的崇高地位。《托尔斯泰读书随笔》为读者展现了托翁作为一个文学批评家、一个读书人、一个哲学和宗教研究者的精神世界。

托尔斯泰是一位见解独特的文艺评论家。托翁在多篇文章中，阐述了自己的创作信条，这也是他衡量文学艺术作品的准则。他认为对任何艺术作品都应该从三个方面去评判：一是作品的内容，必须真实地揭示生活的本质，作者要有"对待事物正确的、合乎道德的态度"；二是作品表现形式的独特和优美的程度，以及与内容的相符程度，要有"叙述的晓畅或形式美"；三是真诚，艺术家对他所描写的事物要有“爱憎分明的真挚情感”。

他认为，作家是否有真诚的态度，是决定作品成败的关键。他用这三个标准指导自己的创作，也用这三个标准判评他人的作品。

屠格涅夫向托尔斯泰推荐莫泊桑的一本短篇小说集，他仔细读了，承认莫泊桑有才华，但认为他不具备三个条件中的第一条，“他对描写对象没有正确的、合乎道德的态度”，他在有的小说中以蔑视的态度把农民描写得像牲畜一样，“这种分辨善恶的无知令人惊诧”。“读了屠格涅夫送给我的这本小册子，我对这位年轻作家反应十分冷淡”。但是，当他读到莫泊桑的长篇小说《一生》之后，便对莫泊桑刮目相看，对《一生》给予极高的评价：“或许是在雨果《悲惨世界》之后的最佳法国长篇小说。”他认为他的那三个创作信条，“几乎同等程度地统一在这部小说之中”。

后来又读到莫泊桑的《漂亮朋友》，托尔斯泰虽然有不少不满意的地方，但还是给予肯定。而接下来读到的几部长篇《温泉》《胜过死亡》和《我们的心》，托尔斯泰又以批判的态度，“作者对孰是孰非的内在评价开始混乱起来”，“又出现了他早期作品中那种缺少对生活的正确而合乎道德的态度”。

莫泊桑文集在俄国出版时，托尔斯泰写了一篇很长的序文，很细致地分析评论了莫泊桑的小说，在序文中既有尖锐的批评，也有诚恳的褒扬。对莫泊桑那些优秀的短篇小说，托尔斯泰不吝溢美之词。而这一切，都是建立在他对文本细致解读的基础上。

书中的长篇评论《论莎士比亚和戏剧》，是一篇让我震惊的文章。托尔斯泰花了五十年时间，“一遍一遍以尽我所能的方式去读莎士比亚的俄文本、英文本和席勒的德译本等；我把他的悲剧、喜剧、历史剧读了好几遍，体会到的感受却别无二致：厌恶、无聊和困惑”。对这位被定位在人类文艺峰巅的大作家，托尔斯泰没有人云亦云，而是得出几乎是全盘否定的结论。

托尔斯泰对莎士比亚的批评，绝非标新立异，更非哗众取宠，他的批评也是建立在详细解读、分析文本的基础上的。他在文章中如解剖一般仔细分析解读了《李尔王》，他认为莎士比亚戏剧的人物大多没有个性，说着相同的语言，而且常常不知所云，行为也夸张怪诞，脱离生活。"莎士比亚的所有人物都不是用自己的语言说话，而一直是用着同一种莎士比亚式的、过分雕琢的、不自然的语言，这种语言不仅被塑造的剧中人物不应说出来，就是生活中的任何人无论何时何地也说不出来。"对《哈姆雷特》中被世人引为经典反复解读的那些格言，托尔斯泰评价为"不知所云"。

莎士比亚的剧本都改编自旧剧、民间传说和历史故事，托尔斯泰将莎翁的剧本和被改编前的原作做比较，认为莎士比亚改编的每一个剧本，都不如原作那么自然，不如原作合乎情理。他对莎士比亚的赞美者们说："请打开莎士比亚的书，任你们选，或者随手翻开一页，你们就会发现，无论怎样也找不到连续十行的话是可以理解、自然顺畅、与说话者身份相符而又能产生艺术印象的。"

托尔斯泰用他指导创作的三个原则分析莎士比亚的作品，认为他没有一条是及格的。就内容而言，表现的是"极为低劣和庸俗的世界观"；就形式而言，是"没有自然的处境，没有剧中人物的语言，没有分寸感"；至于真诚的态度，"在莎士比亚的所有文字中全然不见"，"看到的是他在玩弄文字游戏"，不加节制地插科打诨。托尔斯泰在他的文章中驳斥、嘲笑了那些把莎士比亚捧上神坛的评论家，他认为那些盲目的崇拜，那些虚假的不切实际的赞美，不过是谎言而已。

如果以托尔斯泰的结论，莎士比亚只能是一个拙劣的三流剧作家。这样的看法当然只是一家之言，莎士比亚在神坛的地位，并未因托尔斯泰的否定而改变。然而托尔斯泰这篇评论的意义，是不可否定的，他为文学评论家做出了一个表率，被捧上神坛的大师也可以被批评。

说心里话，读托尔斯泰这篇评论时，很多地方我是心有共鸣的，他很有力量地回答了我心中的一些困惑。在托尔斯泰身上，能看到复活了的堂吉诃德精神，在任何时代这样的精神都是难能可贵的。

不要以为托尔斯泰是一位严肃、严厉的批评家，他也有一颗澄澈的童心。他爱孩子，尊重孩子，由衷地欣赏孩子身上散发的聪颖和天真，并用他的方式给予鼓励。

这本书中，有一篇谈孩子的文章，并非读书随笔，而是他在写作实践中和孩子交流、合作的纪实。这篇文章有一个很长的标题，即《谁向谁学习写作？是农民的孩子向我们，还是我们向他们学习？》整篇文章，托翁都是在回答这个问题，答案非常肯定，是作家应该向孩子学习，向农民的孩子学习。

农民的孩子，以他们的淳朴，以他们对事物单纯的看法和生动的描述，让托尔斯泰不断产生惊喜。他发现，“孩子比成年人距离真善美的和谐理想更近”。

托尔斯泰从小就喜欢读书，一直到生命的最后一刻，仍然手不释卷。有一位名叫列捷尔列的儿童文学家，写信给托尔斯泰，请他为读者列出一百本他喜欢的书。那是在1891年秋天，那年托尔斯泰六十三岁。

在给列捷尔列的回信中，托尔斯泰以“给我留下印象的作品”为题，详细地开列了一张长长的书单，而且加注了很有意思的说明。这份书单以不同的年龄阶段为序，从童年、少年、青年、中年一直到老年，每个年龄段都有他喜欢的书，在每本书的后面有不同的评价，或者“强烈”，或者“深刻”，或者“非常深刻”。

从这份书单中，可以窥见托尔斯泰的阅读和思想的轨迹。

在他的书单中，关于中国的有孔子、孟子和老子的书，而且都是他晚年读的书，他给这些书的评价是“强烈”。若在今日，有哪位大作家会不厌其烦地为一位同行开列这样的书单呢？托尔斯泰不愧是一位真正的读书人。

托尔斯泰的读书随笔中，不时有出人意料的见解，让人一边读，一边情不自禁地想：以前很多对文学和历史的定见，是否应该重新审视，并且做一些修正。这就是一本哲人之书给读者的启迪。

2020 年 12 月 14 日于四步斋

文学的“静”和“安”

上海静安区成立了作家协会，很高兴，由衷地祝贺。

静和安，这两个字的组合，让人产生和文学有关的奇妙联想。

静，是文学创作需要的一种状态，安静，清静，沉静，静思，静悟，静心……即便是写激情洋溢的文字，也需要凝神静气，安静地思考，沉静地表达。

安，是文学创作需要的一种环境和氛围，平安，福安，康安，安宁，安定，安心……文学创作，需要安定、安宁的和谐氛围，需要在喧嚣中保持安静的心态。安，也是一个指代疑问的字：怎么？为什么？如“燕雀安知鸿鹄之志”“安得广厦千万间，大庇天下寒士俱欢颜，风雨不动安如山”等。文学创作，要面对生活，面对时代，面对历史，也要面对自己的内心，不断地问为什么，不断地思考该怎么办，这是一个寻求真谛的过程。

静安区地处上海的市中心，上海这座城市的很多重要历史，历史上的很多风云人物，其中包括一代又一代文学家，都曾在这里居住，在这里活动，在这里留下他们的心迹和屐痕。张爱玲居住的常德公寓，现在有很多年轻人去参观，但他们也许不知道，在静安区生活、写作过的作家，不止张爱玲一个，还有很多更重要的作家。茅盾在静安区有三处故居，他的经典长篇《子夜》就是住在愚园路树德里时写的。郁达夫住在静安寺路时，曾和鲁迅一起办《奔流》杂志。胡适、林语堂曾经住在离静安寺不远的万航渡路上。徐志摩住在四明村，泰戈尔访问上海时，曾经住在他家，两人朝夕相处好几天。徐志摩还曾陪史沫特莱去看望住在静安寺的茅盾，留下很多佳话。今天的静安区，也聚集着很多在这里工作、生活的作家和文学爱好者。

静安区有丰富多彩的历史故事，也有日新月异的城市生活。每条街巷、每幢楼房、每扇门窗中，都在繁衍着人间的喜乐与悲欢，这是文学创作取之不竭的素材。成立作家协会，可以团结聚合志同道合的文学爱好者，让静安区的作家们有一个以文会友、互相交流的平台。也可以推动和促进静安区的文学创作和全民阅读，给美丽的静安区带来更多优雅的书卷气息和诗意。

2021 年初夏于四步斋

第四辑

大地之恩

在母校的凝视下走向辽阔人生

同学们，年轻的校友们，我亲爱的学弟、学妹们：

今天，是你们人生旅程中一个重要的时刻。你们完成了大学的学业，成为学士、硕士和博士。在华东师大度过的大学生活，已经是历史，但是我相信，这段历史将永远伴随你们的人生。二十三年前，我也在这里毕业，在举行毕业典礼的前一夜我写过一首诗，里面有这样的句子："哪怕所有的记忆都消失，母校的目光依然会追随我的人生/哪怕当所有的星光都暗淡，丽娃河的波光依然会映照我的灵魂……"我相信，此刻，你们一定也涌动着同样的心绪，你们会写出更为激情动人的诗句。

我们都是华东师范大学的毕业生，我们不能忘记母校对我们的恩典。母校对我们意味着什么？意味着对知识的寻觅，对真理的求索，对理想的建树。我想，不忘母校的恩典，绝不是为了怀旧，也不是为了在我们的人生履历中多一份值得炫耀的资本。不忘母校的恩典，就应该在离开母校之后，仍然铭记着母校对我们的要求和期望，时时想到如何以自己不懈的奋斗，持续的追寻，以自己对社会对国家对民族的贡献，为母校争气，为母校争光。

有人说，现在是知识经济时代，拥有知识，就可以走遍天下。母校给了我们知识，给了我们立足社会的基础。但是，作为一个有知识的人，汲取知识的过程是没有穷尽的，社会在发展，科技日新月异，大学毕业绝不是学业的终结，而是继续学习的新的开始。高学历并不等同于高水平，如果停止学习，成功的目标便遥不可及。此刻，我还想再提醒一句：高学历也不等同于高品行。“读好书做好人”，是华东师大的优良传统，母校不仅为我们传授知识，更教我们怎样做人，做一个有道德有良心有感情有社会责任感的人，这是一个真正有知识的人所必须具备的品格，也是华东师大对每一个毕业生的要求。我一直记着二十三年前我大学毕业时一位老师送我的话，是一句古人的格言：“德者，本也；财者，末也。”不管社会的发展出现多少波折，不管人们的价值观发生多少变化，我想这道理一定是不会改变的，如果本末倒置，那将是社会的悲哀。这也许值得我们思考一辈子，追求一辈子。在与时俱进的同时，需要坚守，需要传承，这是母校对我们的叮嘱。

同学们，请记住母校的叮嘱，请记住母校的期待。母校的目光，将凝视着你们走出校门，走向辽阔而有为的人生。

衷心地祝贺你们毕业！预祝大家成功！

2005 年 6 月

（本文是作者于 2005 年 6 月在华东师范大学毕业生典礼上的致辞）

恩 师

——怀念徐开垒先生

2012年1月20日上午，我的手机铃响，屏幕上的来电显示出你的名字：徐开垒。我打开手机，像往常一样，准备和你聊天。但手机里传来的却是你女儿抽泣的声音。她告诉我，你昨天晚上因不适送医，昏迷后却再也没有醒来。

我放下电话，脑子里空空一片。前一天，我还坐在你的书房里，看着你慈祥温和的微笑，听你谈过去的事情。你怎么突然就走了呢？开垒师！

此刻，独自在家，面对着你几十年来送给我的一大堆书，记忆里的门帘缓缓打开，一时难以合拢。远去的岁月，又倒退回来，将很多难忘的情景一一重现在我的眼前。

我和你的交往，起始于20世纪70年代初。那时，我还是崇明岛上的一个插队知青，在艰困孤独的生活中，读书和写作成为我生命的动力。最初向《文汇报》投稿时，我并没有多少信心，《文汇报》的副刊，是明星荟萃之地，会容纳我这样默默无闻的投稿者吗？出乎意料的是，我的一篇短文，竟然很快被发表了。发表之前我并没有收到通知，以为稿件已石沉大海，或许已经被扔进了哪个废纸篓。

样报寄来时，附着一封简短的信，我至今还清楚地记着信的内容：“大作今日已见报，寄上样报，请查收。欢迎你以后经常来稿，可以直接寄给我。期待读到你的新作。”信后的落款是徐开垒。读着这封短信，我当时的激动是难以言喻的。虽然只是寥寥几十个字，但对于一个初学写作的年轻人来说，是多么大的鼓舞呀。

你的名字，我并不陌生，我早就读过你不少散文，你是我心中敬重的散文家之一。你的《雕塑家传奇》《竞赛》和《垦区随笔》都曾打动过我年少的心。在此之前，我并不知道是你在主编《文汇报》的副刊。对我这样一个还没有步入文坛的初学者，你不摆一点架子。此后，只要有稿子寄给你，你每次都很快给我回信，信里没有空洞的客套话，有的是热情真诚的鼓励。如果对我的新作有什么看法，你在信中会一二三四谈好几点意见，密密麻麻的蝇头小字，写满了几张信笺。即便退稿，也退得我心悦诚服。

你曾经这样对我说："因为我觉得你起点不低，可以在文学创作这条路上走下去，所以对你要求高一点。如果批评你，你不要介意。"我怎么会介意呢？我知道这是一位前辈对我的殷切期望。那时，《文汇报》的副刊常常以醒目的篇幅发表我稚嫩的散文和诗，我心里对你充满感激。

你是一个忠厚善良的人，对朋友、对同事、对作者，对所有认识和不认识的读者，都一样诚恳。记得有一年的春节前，我去看你，手里提着一篓苹果。那时食品供应紧张，这一篓黄香蕉苹果，是我排很长时间的队，花三元钱买的。我觉得第一次去拜望老师，不能空着手去。到你家里，你开始执意不收这篓苹果，后来见我忐忑、尴尬的狼狈相，就收下了。你说："以后不要送东西，我们之间，不需要这个，你又没有工资。我希望的是能不断读到你的好文章。"这样一句朴素实在的话，说得我眼睛发热。

春节过后，你突然到我家来，走进我那间没有窗户的小房间。你说，你知道我在一间没有阳光的屋子里写作，你想来看看。你的来访，让我感动得不知说什么才好。走的时候，你从包里拿出一大袋咖啡粉，放在我的书桌上。那时，还看不到雀巢之类的进口咖啡，这来自海南的咖啡粉也是稀罕物。以后，你多次来访，在我的"小黑屋"

里和我谈文章的修改，有时还送书给我。你不是一个健谈的人，我也不善言辞，面对着自己尊敬的前辈，我总是说不出几句话。有时，我们两个人在一盏台灯昏暗的光芒中对坐着，相视而笑，在你的微笑中，我能感受到你对后辈深挚的关切。你是黑暗中的访客，给我送来人间的光明和温暖。遇到你，我是多么幸运！

“文革”结束后，万象更新。那时见到你，觉得你发生了很大变化，以前常常显得愁苦的脸上笑容多了，说话也变得兴致勃勃。1977年5月，上海召开“文革”后的第一次文艺座谈会，一大批失踪很久的老作家又出现在人们面前。那天去开会，我在上海展览馆门口遇到你，你兴奋地对我说：“巴金来了！”你还告诉我，《文汇报》这两天要发表巴金的《一封信》，是巴金复出后第一次亮相，是很重要的文章，叫我仔细读。

在那次座谈会上，我第一次看见了巴金和很多著名的老作家。座谈会结束的那天下午，在上海展览馆门前的广场上，我看到巴金和几位老作家一起站着说话，其中有柯灵、吴强、黄佐临、王西彦，他们都显得很兴奋，谈笑风生。我也看见了你，你站在巴金的身边，脸上是欣慰的笑，在默默地听他们说话。

我读了巴金的《一封信》，这是一篇震撼人心的文章，其中有对黑暗年代的控诉，也有对未来的憧憬，是一颗历尽磨难却没有放弃理想的心灵在真情表白，泣血含泪，让人感动。你约巴金写的这篇文章发表在《文汇报》，是当年文坛的一件大事，可以说是举国瞩目。《文汇报》的文艺副刊在你的主持下，从此就开始了一段辉煌的时期。很多作家复出后的第一篇文章，都是发在《文汇报》副刊上。副刊恢复了“笔会”的名字，这里名家荟萃，新人辈出，成为中国文学界的一块高地。

那年恢复高考，我曾犹豫是不是要报考大学，觉得自己走文学创作的路，不上大学也没关系。我找你商量，你说，有机会上大学，不应该放弃这机会。你说你当年考入暨南大学中文系，是在抗战时期，大学生活开阔了你的眼界。你还对我说，大学毕业后，可以到《文汇报》来编副刊。你的意见促使我决定报考大学。不久后，我成为华东师大中文系的学生。进大学后，我常常寄新作给你，你还是一如既往地鼓励我。有一天去报社，到你的办公室看你，你正在看一份很长的小样。你告诉我，副刊上要发一篇小说，题为《伤痕》，是复旦大学的一个学生写的，突破了“文革”的禁区。小说能不能发，当时是有争议的，在那个年代，发这样的作品需要勇气和魄力，你的态度鲜明，竭力主张发表。

卢新华的《伤痕》问世后，举国震动，开启了“伤痕文学”的先河，成为那一时期又一个重要的文学事件。之后，你又力主发表了表现红卫兵悲剧的短篇小说《枫》，还有很多突破禁区的作品。作为一位跨越几个时代的资深报人，你的作为和功绩，在新中国的报纸副刊史上将留下浓重的一笔。

1982 年初我大学毕业时，你曾力荐我到《文汇报》工作，最后我还是去了作家协会。虽然有点遗憾，你还是为我高兴，你说：“也好，这样你的时间多一些，可以多写一点作品。”1983 年我要出版第一本散文集时，你比自己出书还要高兴。你说：“第一本散文集对一个写散文的作家来说，是一件大事情，你要认真编好。”我请你为我作序，你慨然允诺，非常用心地为我写了一篇情文并茂的序文，你在序文中很细致地分析我的作品，谈生活和散文创作的关系，还特别提到了我的“小黑屋”。

此刻，我翻开我的第一本散文集《生命草》，读序文中那些真挚深沉的文字，仿佛你就坐在我的对面，在一盏白炽灯的微光中，你娓娓道来，我默默倾听，推心置腹之语，如醍醐灌顶。

1998 年，文汇出版社要出版你的散文自选集，这是总结你散文创作成就的一本大书，你要我写序。我说，我是学生，怎么能给老师写序呢？应该请巴金写，请柯灵写，这是你最尊敬的两位前辈。你说：“我想好了，一定要你来写，这也是为我们的友情留一个纪念。”恩师的要求，我无法推辞。

为你的文集作序，使我有机会比较系统地读了你的散文，从 20 世纪 30 年代开始，一直到八九十年代，岁月跨度大半个世纪，你的人生屐痕，你的心路历程，你在黑暗年代的憧憬和抗争，你对朋友的真挚，对生活的热爱，对理想的追求，都浸透在朴实的文字中。在不同的时期，你都写过脍炙人口的散文名篇，如《第一株树》《山城雾》《幽林里的琴声》《忆念中的欢聚》《庐山风景》等。对喜欢散文的读者们来说，徐开垒是一个最熟悉、最亲切的名字。你的文章从不虚张声势，也不故作高深或激烈，你总是用你的诚恳、真切走近读者。读你的散文，仿佛是面对一个心地善良的长者，面对一个善解人意的朋友。你以平和朴素的态度、温文尔雅的语调，为读者描绘世态万象，也剖露自己的灵魂。你的文字，如流淌在起伏山间的一道溪流，蜿蜒曲折，晶莹清澈，在不经意中把人引入阔大的天地，使人感叹世界的美好和人心的辽阔。

读你的文章时，联想到你的人品。在生活中，你是一个忠厚长者，你对朋友的真挚和厚道，在文学圈内有口皆碑。你一辈子诚挚处世，认真做事，低调做人，从来不炫耀自己。只有在自己的文章中，你才会敞开心扉，袒露灵魂，有时也发出激愤的呐喊。你在写“文革”中受难的知识分子时，我就常常听见你激动的心声。你的行文，和你的为人一样认真，文品如人品，在你身上高度统一。在人心浮躁的时候，你的沉稳和执着，和文坛上那些急功近利、朝秦暮楚的现象形成极鲜明的对照。你后来撰写的影响巨大的《巴金传》，是你一生创作的高峰，你用朴素的语言、深挚的感情，叙写了巴金漫长曲折的一生，表达了对这位文学大师的爱戴和敬重，也将自己对文学的理想、对真理的追求熔铸其中。

人生的机缘，蕴含着很多神秘的元素，言语说不清。你曾经告诉我，如果没有叶圣陶、王统照先生对你在写作上的指引，如果没有柯灵先生的提携和栽培，如果没有巴金和冰心等文学大师对你的关心和影响，你也许不会有这一生的作为。对我，其实也是一样，如果没有你当初对我的鼓励和帮助，我肯定不会有今天。“笔会”对我，并非发表作品的唯一园地，而你，开垒师，你在黑暗中对我的引领，在艰困中对我的帮助，却是谁也不能替代之唯一。

回想起来，你对我的关心，这数十年来从没有中断过。对我的创作，你一直关注着，我每出一本新书，你都会祝贺我，会对新书做一番评价。在报刊上读到我的新作，你也会打电话来，谈你的看法。我主持《上海文学》后，你对这本刊物就有了更多更细致的关心，在鼓励的同时，也经常给我提醒和建议。我的儿子出生后，最早收到的礼物，是你让女儿送到产院病房里的一个大蛋糕，是你亲自去“凯司令”预订的一个鲜奶油蛋糕，蛋糕上裱着一个大红喜字。我每次搬家，你都会来看我，每次都带着给我儿子的礼物。

2002 年 11 月，我和你一起访问香港，我们一起登太平山，一起游维多利亚港，一起拜访曾敏之和刘以鬯等老朋友，一起出席金庸的宴请。这一次出访，是我们相处时间最长的一次。我们在海边散步时，你对我说：“能和你一起出来访问，我心里说不出有多高兴。”你那时已经耳背，听人说话很费力。有时因为听不清对方的话而答非所问。我提出要为你配一副助听器，我的理由是，这样以后我们说话方便，你笑着答应了。我们找到了一家耳科诊所，请医生检查了你的耳朵，根据你的听力配了助听器。

从香港回来后，你打电话给我，希望我为你写一幅字。我说写什么，你说随便我写，你喜欢我的字。我书写了一张条幅送给你，写的是：“君心如朗月，健笔生风华。”你有不少书画艺术界的朋友，你的藏品中有很多大家的作品，我的书法，怎么也轮不到挂在你的房间里。不久后我去看你时，你专门引我到卧室，我看到我的字已经被装裱成轴，挂在你卧室正面的墙上。我知道，不是我的字写得好，是你珍惜我们之间的友情，是器重我这个学生。

去年我出版了五卷本文集，我到你家里给你送书。几天后，你打电话来，说这几天一直在读这几本书，很想写一篇书评，但是写不动了，手不能写字，电脑也不会打了。心里有很多念头，想写出来，但是无能为力，自己真的老了。听你这么说，我很伤感，心想要多来看你。但是事情一多，总是顾不上，有几次你生病住院，我竟然事后才知道，心里不知有多愧疚。

去年 12 月巴金故居开放，你打电话给我，说很想去看看。我说你什么时候想去，我陪你去。12 月 23 日，我去你家接你一起去参观巴金故居。那天下午，你显得非常激动。巴金的家，是你熟悉的地方，你曾经很多次来这里看望巴金，采访巴金。这里的每个房间，每扇窗户，每条过道，每个书柜，你都熟悉。在巴金的客厅里，你站在沙发边，面对着那张朴素的旧木桌，泪流满面，久久无语。巴金就是在这张小木桌上写了《随想录》中的大部分文章。你告诉我，很多次，很多次，你就坐在这张书桌旁，听巴金讲他的人生经历，谈他的创作体会。我站在你身边，默默地陪着你，我理解你的激动。在这里，你怎能不怀念这位与你心灵相通、休戚与共的老朋友。你的《巴金传》，凝聚了你晚年的几乎全部心血，也是你和巴金之间友情的最珍贵的纪念。

今年 1 月 18 日下午，我去看望你。我到花店里买了四盆花卉，一盆大红的仙客来，一盆金黄的波斯菊，还有两盆绿叶植物。到你家里，我把仙客来放在你的书桌上，波斯菊放在你卧室的床头，两盆小的绿叶盆景，放在书房的窗台上，你一抬头就能看见。我说："春节快到了，给你送一点春天的气息。"你拉着我的手，高兴地笑，像个孩子……我走的时候，你送我到门口，脸上是惆怅的表情。我下楼了，回头看你，门还开着，你站在门口看着我。想不到，这就是你我的永别，亲爱的开垒师！

人的生死，是自然规律，谁也无法逃避。活到九十岁，也算是高寿了，但你离开这个世界，一定会使很多人悲伤，曾经得到你提携帮助的人，何止我一个。好在有你的文字在，有你的真情在，你留在人间的智慧和爱，永远不会被岁月的风沙湮没！

壬辰春节于四步斋

十八岁的祝福

——在浦东新区成人仪式上的致辞

亲爱的同学们，今天，你们十八岁了，这是你们生命中一个重要的时刻。你们的头上是晴朗的天空，你们的前方有宽广的大道。你们是幸运的一代，你们是幸福的一代，因为，你们生逢其时！

我祖父十八岁，是公元1884年，那时，中国还是清王朝，祖父是崇明岛上一个贫苦的农民。我父亲十八岁，是1930年，那时，中国正在黑暗势力的统治下，父亲是一个饥寒交迫的学徒工。我十八岁，是1970年，那时，中国正在搞荒唐的“文化大革命”，我失去了高考升学的机会，孤身一人下乡插队落户。我儿子十八岁，是2003年，那时，他正在准备出国留学考试。此刻，我回忆我们家族四代人十八岁时的境况，是想说明一个事实：这一百多年来，我们的祖国在经历多灾多难后，已经走进了光明和希望的时代！

我儿子十八岁时，我曾给他写过一封祝福的信，题为《十八岁的祝福》。此刻，我把这封信献给你们，也是对大家的祝福和希望。

亲爱的孩子：

一转眼，你来到这个世界已经十八年了。祝贺你的十八岁生日！

过了十八岁，你就告别少年时代，步入了青年的行列。迎接你的，是辽阔的世界，是宽广的人生，是五彩缤纷的生活。

不过，你的人生之路，还只是刚刚开了个头。十八岁以后的路怎么走，至关重要。如果浑浑噩噩，糊涂度日，时光会像无情的流水，很快从你的身边消逝得无影无踪。“少壮不努力，老大徒伤悲”，古人的感叹，来自无数凄楚的教训。此刻，我想送给你的，只有以下几句话：不要放弃理想，不要虚度时光，要诚实地做人，踏实地做事，要不遗余力汲取知识，使自己成为一个有道德情操、真才实学的人。只有这样，才能报效父母，报效师长，报效家乡，才能报效我们伟大的祖国。记住：地上不会无端生金玉，天上不会凭空掉馅饼。千里之行，始于足下。美好的未来，要靠艰苦的奋斗和不懈的努力去迎接，去创造！

亲爱的孩子，祝你快乐，祝你健康，祝你成功！

2014 年 10 月

对母亲河的回报和反哺

没有江海，就没有港口，没有河流，就没有城市。人们聚集在江河畔，靠水为生，以水为路。水的流淌，犹如生命的繁衍和律动，水的波光，映照着人间哀乐疾苦。江河，犹如母亲哺养了城市。

上海有两条母亲河，一条是黄浦江，另一条是苏州河。黄浦江雄浑宽阔，穿过城市，流向长江，汇入海洋，这是上海的象征。而苏州河，只是黄浦江的一条支流，但她和上海这座城市的关系，却似乎更为密切。她曲折蜿蜒地流过来，流过月光铺地的沉睡原野，流过炊烟缭绕的宁静乡村，流过兵荒马乱，流过饥馑贫困，流过晚霞和晨雾，流过渔灯和萤火，从荒凉缓缓流向繁华，从远古悠悠流到今天。她流过上海的腹地，流过人口密集的城区，流出了上海人酸甜苦辣的生活……

一百多年前，人们就在苏州河畔聚集、居住、谋生，大大小小的工厂作坊犹如蘑菇，在河畔争先恐后滋生。苏州河就像流动的乳汁，滋润着两岸殷勤的市民。在我童年的记忆中，苏州河是一条变幻不定的河。她时而清澈，河水黄中泛青，看得见河里的水草，数得清浪中的游鱼。江南的柔美，江北的旷达，都在她沉着的涛声里交汇融合。这样的苏州河，犹如一匹绿色锦缎，飘拂缠绕在城市的胸脯。

我无法忘记苏州河给我的童年带来的快乐，我曾在苏州河里游泳，站在高高的桥头跳水，跳出了我的大胆无畏，投入无声的急流中游泳，游出了我的自信沉着。我还记得船上的樯桅和桨橹，船娘摇橹的动作仪态万方，把艰辛的生计美化成舞蹈和歌。我还记得离我家不远的苏州河桥头的“天后宫”，那时它是一家棺材铺，一扇圆形的洞门里，隐藏着神秘，隐藏着往日的刀光剑影。据说那里曾是“小刀会”的指挥部，草莽英雄的故事，淹没了妖魔鬼怪的传说。我还记得河边码头的堆货场，那是孩子们的迷宫和堡垒，热闹紧张的“官兵捉强盗”，将历史风云浓缩成了孩子的游戏。

少年时，我常常在苏州河畔散步。我曾经幻想自己变成了那些曾在这里名扬天下的海派画家，如任伯年、虚谷、吴昌硕，和他们一样，踩着青草覆盖的小路，在鸟语花香中寻找诗情画意，用流动的河水洗笔，蘸涟涟清波砚墨，绘树绘花，绘自由自在的鱼鸟；画山画河，画依山傍水的人物……然而幻想过去，眼帘中的现实，却是浊流汹涌，河上传来小火轮的喧哗，还有弥漫在空气里的腥浊……

苏州河哺养了上海人，而上海人却将大量污浊之物排入河道。我记忆中的苏州河，更多的是混浊。她的清澈，渐渐离人们远去，涨潮时偶尔的清澈，犹如昙花一现，越来越难得。苏州河退潮时，浑黄的河水便渐渐变色，最后竟变成了墨汁一般的黑色，而且散发着腥臭，污染了城市的空气。这条被污染的母亲河，成为上海的耻辱，也成为上海人眼帘中的窝囊和心里的痛。她就像一条不堪入目的黑腰带，束缚着上海，使这座东方大都市为之失色。江河无辜，有错的是污染了她的人类。面对苏州河滚滚的浊流，应该羞愧的是靠这条河生活的人。上海人无休无止地吸吮她，没完没了地奴役她，却没有想到如何爱护她。苏州河，以母性的温柔与博大，承接了城市无穷的索取，容纳了人类无尽脏物的排泄。河畔的城市繁衍成长，而母亲河却疲惫不堪。她的黑色浊浪，是上海脸上的污点。

我曾经以为，苏州河的清澈，将永难恢复。三十年前，我在一首诗中为母亲河哀叹，并一厢情愿地以苏州河的口吻，无奈地呐喊：“把我填没吧，把我填没 / 我不愿意用甩不脱的污浊 / 破坏上海的容

颜 / 我不愿意用扑不灭的腥臭 / 污染上海的天廓 / 哪怕，为我装上盖子 / 让我成为一条地下之河。”

二十多年过去，再来看我的这首诗，我发现，我的呐喊，可笑至极；我的悲观，幼稚而浅薄。苏州河没有被填没，也没有成为地下河。这些年，我一直在各种传媒报道中看到关于苏州河改造的各种消息。我怀疑过，认为这可能是虚张声势，要使一条混浊的河流变清，谈何容易。然而毋庸置疑的是，苏州河以她的累累伤痕，以她的疲惫和衰老，唤醒了人们：必须拯救我们的母亲河！为使被污染的苏州河重返清澈，上海人想尽了一切办法，疏通河道，切断污染源，改造两岸的环境。轻诺寡信的时代早已过去，无数人在默默地为此行动。这些年，常常经过苏州河，看到河岸的变化很明显，破旧的棚屋大部分已拆除，河畔的垃圾码头和杂乱的吊车也已绝迹，河道曲曲折折在闹市中蜿蜒穿行，河畔那些不知何时造起来的楼房，高高低低，形形色色，在绿荫中争奇斗艳，这里成了上海人向往的住宅区，部分河岸已经被改建成花园，绿荫夹道，草坪青翠，绿荫缝隙中水光斑斓。我甚至不知道，这些变化发生在什么时候。一条污浊的河流重新恢复清澈，是一个梦想、一个童话，然而这确实是发生在我故乡之城的最真实的故事。一个能把梦想变成现实的时代，是令人神往的时代。

苏州河清污改造工程，可以说已经初见成效。那条黑臭的苏州河，已经流淌在历史中，流淌在我们的记忆里。今天我们要议论的，是有关苏州河沿岸的文化创意建设。这是一个非常有意义的话题，我们的母亲河由浊返清，有了洁净的身体，我们如何来打扮她，为她穿上美丽的衣裳，让她在新的时代展现自己的清新曼妙形象。这个话题，关系着我们的母亲河在当今时代的形象，也关系着她未来的命运。我今天到这里发言，只是作为一个在上海居住了五十多年、对苏州河有着非同一般感情的上海市民，来谈谈对这件事情的一些看法。

我们对苏州河沿岸设施的规划，必须遵循一个原则，就是要展现江河的自然魅力，展现城市生活的美好。要完全、彻底恢复苏州河的自然美景，很难，两岸密集的楼房建筑使河畔的可用之地变得很有限。如何规划并科学扩展河岸的可用空间，需要所有相关人士花心力、财力和智力去做。希望苏州河畔出现更多的自然风光，更多的天籁。苏州河沿岸已经有了不少开放式的绿地，这很好，但还不够，要让绿色在苏州河两岸延续扩展，让蜿蜒的苏州河有两条有宽度、有深度、有观赏度的绿色花边。要把欣赏苏州河美景的权利还归于市民。河滨的绿化、步行道，应该全面向市民开放，不要有围墙，不要有路障，不要雁过拔毛。要让每一个行人都能漫步在河边，欣赏花香鸟语，体会曲径通幽的美妙。

上海的历史，是江河水流造就的历史。苏州河沿岸的历史文化景观应该和上海的历史紧密相关。无论是革命遗址、工业旧址、风俗文化还是历代名人的屐痕，只要出现在这里，都要能让人感受到一个历史和文化的渊源关系。人们身临苏州河畔，会回溯上海的历史，倾听苏州河昔日的涛声。我参观过已经有的几个博物馆，如造币厂的博物馆、火花博物馆，都非常有特色，它们和苏州河沿岸的历史有关联，非常值得一看。与上海和苏州河历史无关的历史内容，不应该在这里喧宾夺主。

我们现在改造美化苏州河的所有构想和实践，都应该是对这条曾经为这个城市，为世世代代上海居民含辛茹苦、呕心沥血的母亲河所做的回报和反哺。苏州河沿岸的文化创意建设，应该少一些功利的色彩，多一些真诚的情感；少一些商业的气味，多一些文化的内涵；少一些追求政绩、华而不实的形象工程，多一些惠及民生、恩泽后代的实事工程。总之，一句话，少一点假大空，多一点真善美。所谓真，就是真心实意地去做，苏州河是上海的母亲河，是一个比所有上海人年纪都要大很多倍的长者，一个对我们功德无量的前辈，我们要尊敬她、爱她，以真诚的态度对待她；所谓善，就是做符合科学规律、有文化内涵的事；所谓美，就是做真正能美化苏州河、美化苏州河两岸人民生活的事。

让我们一起努力，用真诚和智慧，用创造性的创意和劳动，美化苏州河，回报、反哺属于我们大家的这条曾经历尽艰辛和苦难的母亲河！

（本文是作者于 2014 年深秋在上海市政府参事室举办的研讨会上的演讲）

乡土、乡亲和乡贤

乡贤是什么？以前认为乡贤就是乡村中的贤达之士，他们有仁有义，有才有德，是为家乡的民生和文化做出奉献的人。这些看法，仍有道理。而当下的乡贤文化又出现了多少新的内涵，这是值得探讨的一个话题。我今天以《乡土、乡亲和乡贤》作为演讲的标题，并非标新立异，而是想就这个话题说一点发自我内心的真实感受。

乡土和乡亲、乡贤有什么关系？我认为，这是一个基础，是一个源头，如果没有乡土和乡亲，乡贤就是无本之木，就是空中楼阁。一个人，如果不爱自己的故乡，便和乡贤毫无关系。

故乡是什么，故乡就是乡土和乡亲。

人类最深沉的感情，是对土地的感情。这种感情绝不是虚无缥缈的，是很具体的，每个人对土地的感情都会有不同的体验和表达方式。很多年前，当日寇的铁蹄践踏我们的大好河山时，诗人艾青写过这样两句诗："为什么我的眼里常含泪水？因为我对这土地爱得深沉……"当时读这样的诗句，曾使很多心怀忧戚的中国人泪珠盈眶，热血沸腾。大半个世纪过去，时过境迁，我们今天读这两句诗，依然怦然心动。为什么呢？因为，人们对土地的感情依旧。尽管土地的色彩已经有了很多变化，但是中国人对历史、对民族、对祖国、对自己故乡的感情并没有变。说到土地，就使人很自然地联想起与之关联的这一切。古人说"故土难离"，这是发自肺腑的心声。三十年前，我第一次出国访问，去了美国。在旧金山，我访问过一位老华侨，在他家客厅的最显眼处，摆着一个中国青花瓷坛，每天他都要摸一摸这个瓷坛，他说，“摸一摸它，我的心里就踏实”。我感到奇怪。老华侨打开瓷坛的盖子，只见里面装着一捧黄色的泥土。“这是我家乡的泥土，五十年前，漂洋过海，我怀揣着它一起来到美国。看到它，我就想起故乡，想起家乡的田野、家乡的河流、家乡的人，想起我是一个中国人。夜里做梦时，我就会回到家乡去，看到我熟悉的房子和树，听鸡飞狗咬的声音，喜鹊在屋顶上叫个不停……”老人说这些话时，双手轻轻地抚摸着这个装着故乡泥土的瓷坛，眼里含着晶莹的泪水。那情景，使我感动，我理解老人的那份恋土情结。怀揣着故乡的泥土，即便浪迹天涯，故乡也不会在记忆中变得暗淡失色。看着这位动情的老华侨，我又想起了艾青的诗句：“为什么我的眼里常含泪水？因为我对这土地爱得深沉……”

艾青是金华人，在他的故乡，他当然就是让家乡人引为骄傲的乡贤。我在美国见到的那位华侨，后来倾其所有，投资家乡的建设，他当然也是乡人心目中的乡贤。他们对家乡的贡献，源于对土地的感情。我想，天下所有被称为“乡贤”的人，都是源于这样的感情。

最近，我在读俄罗斯女诗人茨维塔耶娃的诗，她流亡法国时，对俄罗斯的土地日思夜想，她曾用这样的诗句来表达她的思念：“你啊！我就是断了这只手臂，哪怕一双！我也要用嘴唇着墨，写在断头台上：令我肝肠寸断的土地——我的骄傲啊，我的祖国！”这样震撼人心的诗句，饱含着对乡土、对祖国何等深挚的情感。

对土地的感情，其实就是对故乡的感情，也是对祖国的感情。这种感情，每个人或许都会有不同的经历和体会。我的祖籍是崇明，但我出生在上海市区，在城市里度过了童年和少年。如果没有后来下乡的经历，故乡在我的记忆中也许是模糊的。

很多年前，作为一个下乡知青，我在崇明岛种过田。那时，天天和泥土打交道，虽劳动繁重、生活艰苦，但没有什么能封锁我憧憬和想象的思绪。面对脚下的土地，我经常沉思默想，任由想象的翅膀翱翔。崇明岛在长江入海口，面东海之浩瀚辽阔，率大江之曲折悠长。崇明岛的形成，来源于长江沿岸的千山万壑，来源于神州大地上的五色泥土，虽是一片沙洲，却是神州的一个缩影。就凭这一点，便为我的遐想提供了奇妙的基础。

看着脚下这些黄褐色的泥土，闻着这泥土湿润清新的气息，我的眼前便会出现长江曲折蜿蜒、波涛汹涌的景象，我的心里便会凸现出一幅起伏绵延的中国地图，长江在这幅地图上左冲右突、急浪滚滚地奔流着，它滋润着两岸的土地，哺育着土地上众多的生命。它也把沿途带来的泥沙，留在了长江口，堆积成了我脚下的这座岛。可以说，崇明岛是长江的儿子，崇明岛上的土地，集聚了我们祖国辽阔大地上各种各样的泥土。我在田野里干活时，凝视着脚下的土壤，会情不自禁地想：这一撮泥土，是从哪里来的呢？是来自唐古拉山，还是来自昆仑山？是来自天府之国的奇峰峻岭，还是来自神农架的深山老林？抑或是来自险峻的三峡、雄奇的赤壁、秀丽的采石矶、苍凉的金陵古都……

有时，和农民一起用锄头和铁锹翻弄泥土时，我会忽发奇想：在千千万万年前，我们的祖先会不会用这些泥土砌过房子，制作过壶罐？会不会用这些泥土种植过五谷杂粮，栽培过兰草花树？有时，我的幻想甚至更具体也更荒诞。我想，我正在耕耘的这些泥土，会不会被行吟泽畔的屈原踩过？会不会被隐居山林的陶渊明种过菊花？这些泥土，曾被流水冲下山岭，又被风吹到空中，在它们循环游历的过程中，会不会曾落到云游天下的李白的肩头？会不会曾飘落在颠沛流离的杜甫的脚边？会不会曾拂过把酒问青天的苏东坡的须髯？……

荒诞的幻想，却不无可能。因为，我脚下的这片土地，集合了长江沿岸无数高山平川上的土和沙，这是经过千秋万代的积累和沉淀而形成的土地，这是历史。历史中的所有辉煌和暗淡，都积淀在这片土地上，历史中所有人物的音容足迹，都融化在这片土地中——他们的悲欢和喜怒，他们的歌唱，他们的叹息，他们的追寻和跋涉，他们对未来的憧憬……

土地，乡土，这是蕴含着多少色彩和诗意的形象！崇明岛的土地，在我的人生和情感的记忆中，和无数美好的事物联系在一起，在这片土地上生长的都是美好的。春天金黄的油菜花、红色的紫云英，夏天的滚滚麦浪，秋天的无边稻海，就连田边地头那些无名野花，也美得让人心颤。

这片土地上的植物，最让我感觉亲切的是芦苇。崇明岛上，到处可以看到芦苇的倩影，在每一条河道沟渠边上，在辽阔的江畔滩涂，在逶迤的长堤上，芦苇蓬蓬勃勃地生长着。春天，芦芽冲破冰雪的封锁，展现着生命的顽强；夏天，芦叶摇曳着一片悦目的翠绿；秋天，芦花开放时，天地间一片银白，那是生命辉煌而悲壮的色彩。芦苇曾经为崇明人的生活做出很多奉献，芦叶可以包粽子，芦花可以扎扫帚，芦苇秆可以编芦席，编各种生活器皿，可以盖房子，甚至可以用来做引出地下沼气的管道。我曾经用自己的文字赞美过芦苇，写过诗，也写过散文。我当年写的《芦苇的咏叹》，曾以芦苇为寄托，写出了我对故乡、对人生的深沉情感。我的朋友焦晃先生，曾在全国各地的各种场合朗诵这首诗，在焦晃声情并茂的朗诵中，人们可以感受到一个崇明人对乡土的深情。

一棵小小的芦苇，可以凝聚所有故乡的信息和情思。无论走到什么地方，哪怕天涯海角、异国他乡，只要看到芦苇的身影，我都会情不自禁地想起家乡的土地，想起故乡的亲人。这是很神奇的事情，也是很自然的事情。俄罗斯诗人茨维塔耶娃对家乡的花楸果树情有独钟，她流亡在国外时曾经万念俱灰，她在诗中这样写道：“一切家园我都感到陌生 / 一切神殿对我都无足轻重 / 一切我都无所谓 / 一切我

都不在乎 / 然而，在路上如果出现树丛 / 特别是那花楸果树……”一棵花楸果树，可以把相隔万里的故乡一下子拽到她的面前。她的花楸果树，正如同我的芦苇。

不仅于此，从乡土中生长出来的，还有乡音。崇明人的祖先，来自四面八方，东西南北的方言，在这里融合交会，酝酿繁衍，形成了别具一格的交响声。崇明岛的语言，有着极为独特的风格。崇明话中，有苏浙沪乃至华东及中国南北方言中的各种声韵和语法，还保留了很多在别处已消失的古语和古音。很多戏曲演员在舞台上模仿崇明话，但我没有听到一个演员能把崇明话真正说得惟妙惟肖的，说一两句可以，多说几句，便露出了马脚。能把崇明话说得字正腔圆的，似乎只有在这片土地上生于此、长于此的崇明人。

我的父亲年轻时就离开故乡到上海创业，但一口乡音至死不改。我在崇明插队落户时，乡音对我有了更为温暖、深刻的熏陶和浸润。对崇明话叙事状物抒情的生动活泼，我一直为之感慨甚至惊叹。尤其是那些乡间谚语，凝集着故乡人的智慧和幽默。譬如对那些不可能发生的稀罕事，崇明人说“千年碰着海瞌春”；描绘冬天的寒冷，崇明人说“四九腊中心，冻断鼻梁筋”。而那些歇后语，更是表现了崇明人的机智和幽默，譬如“驼子跌在埂岸上——两头落空”“毛豆子烧豆腐——一路货”。

乡音衍生于乡土，对故乡的情感记忆，离不开乡音。游子远走他乡时，如果耳畔突然想起熟悉的乡音，那种亲切和激动是语言难以描述的，这种感觉和我在他乡异国看到芦苇时的感觉差不多。要不要保护方言？前一阵社会上曾起过争论。其实这是无须争论的。方言，就是乡音。如果消灭了方言，消灭了乡音，那么，中国人的乡情、乡思、乡愁，便无以存身，无以寄托。

现在来说说乡亲。乡亲，就是故乡的亲人，他们未必是你的亲戚，只是在同一片土地上生活，说着同样的乡音，吃着同样的粮食，面对着同样的山水和天空，心怀着同样的悲欢和忧愁。此刻在这里聚会的，大多是我的乡亲。我们在这里谈乡贤文化，必须谈谈对乡亲的认识。如果没有对乡亲的情感，乡贤便是一句空话，或者是假话。

当年，我从上海市区到崇明岛插队落户，在崇明岛工作生活的时间前前后后长达八年。故乡在我的记忆中，印象最为深刻的是我的乡亲。我写过一本记录下乡岁月的散文《在岁月的荒滩上》，在书的序言中，我是这样开头的："如果有人问我，到了弥留之际，你的脑海中必须出现几张让你难以忘怀的脸，他们会是谁？我将毫不犹豫地回答：我会想起年轻时代，想起我插队落户时遇到的那些乡亲。在我写这些文字的时候，他们的脸一张一张地出现在我的眼前，那些被阳光晒得又红又黑的脸膛，那些仿佛刀刻出来的皱纹，那些充满善意的目光……在我失落迷惘的时候，他们注视着我，向我伸出仁慈的手，使我摆脱孤独，使我明白，即便是在泥泞狭窄的道路上，你也可以走向辽阔，走向遥远。"

这些话，是我的肺腑之言。今天站在这里，我的眼前又出现了那些善良的面孔，出现了那些仁慈的目光，我的耳畔又响起了他们的声音，那是人间最温暖的声音。四十五年前，我十八岁，背着简单行囊到故乡插队落户。当时情绪低落，觉得自己前途灰暗，所有的理想和憧憬都变成了遥不可及的虚幻梦想，甚至连梦想都不再有。那时，住的是草房，点的是油灯，吃的是杂粮，生活的艰苦我能忍受，而难以忍受的，是我精神上的孤独。我每天只是埋头干活，在旁人眼里，我是一个沉默寡言的人，一天到晚说不了几句话。乡亲们在默默地注视我。我觉得和他们没有什么话可以谈，我认为他们不了解我、不理解我。我能感受到他们对我的同情，出工时他们让我干轻松的活儿，收工后他们会送一点吃的给我。但是我想，我最需要的东西，他们不可能给我，也给不了我。我想读书，我想上大学，他们是帮不了我的。然而时隔不久，我就发现自己的看法是错的，那些看起来木讷甚至愚钝的乡亲，是天底下最聪明、最善解人意的人。他们虽然不怎么和我交谈，但他们发现了我最喜欢什么，最需要什么。

后来有乡亲告诉我，他们发现，这个从城里来的知青，虽然看上去忧郁，也不说话，但只要拿到一本书，甚至只是一片有文字的纸，他的眼睛就会发亮，他就会沉迷其中。知道我渴望读书之后，没有人号召，我所在的那个生产队里的所有农民，只要家里有书，全都翻箱倒柜地找出来，送给我。我记得他们给了我几十本书，其中有《红楼梦》《儒林外史》《初刻拍案惊奇》《二刻拍案惊奇》《孽海花》《千家诗》《福尔摩斯探案全集》《官场现形记》等。农民认为只要是书，只要是印刷品，都可以给那个城里来的知青。我是来者不拒，照单全收。这些书，有的价值不菲，比如一个退休的小学校长送给我一套《昭明文选》，乾隆年的刻本，装在一个非常精致的箱子里，现在十万块钱也买不来。有的虽然没什么用，但却让我看到了乡亲们金子般的善心。一个秋天的月夜，一个连自己的名字都不会写的八十岁的老太太，走很远的路，给我送来一本 1936 年的日历，让我感动得落泪。那个月夜，那个老太太，我永远不会忘记。

那时，我经常在收工后一个人坐在高高的江堤上看风景，看芦苇荡，看长江的浩瀚流水，看缤纷绚烂的日落。我的这种举动，在乡亲们眼里有点奇怪，他们觉得有点不正常。在这个村子里，不会有一个人在江堤上一动不动地坐一两个小时。他们认为只有两种人会这样，一种是精神病人，一种是万念俱灰、想自杀的人。一个在江堤上看守灯塔的老人，一直在暗中观察我，想保护我、拯救我。他是个驼子，满面皱纹嵌着一对小眼睛，形象极其丑陋，我发现他老是在我身边转悠，有点讨厌他，甚至想驱赶他。一天下午，一场雷雨即将降临，乡亲们都奔回家抢收晾晒的粮食，我一个人跑到江堤上看风景，我想看看大雷雨降临之前天地间的景象。就在我沿着高高的堤岸往下走时，从芦苇丛中冲出一个人，把我紧紧地抱住……我曾经在散文《永远的守灯人》中写过这位善良的老人。

是那些善良智慧的乡亲，用他们的关心和爱，帮助了我，教育了我，让我懂得，人间的美好感情，是任何力量也无法消灭的。

我离开插队的村庄时，村里的男女老少都出来送我。在村口，他们拉着我的手，喊着我的小名，让我无法举步。这样的情景，我永远也不会忘记。我想，无论我走到哪里，哪怕身在天涯海角，我的心和故乡亲人之间，会有一根无形的线，永远连系着，没有人能把它割断。这种感情，就像儿女和父母的感情。在中国人的传统中，父母在哪里，故乡就在哪里，父母的形象犹如故乡的形象。游子对故乡的思念，犹如儿女对母亲的思念。

在崇明岛上，乡亲之间，虽然没有血缘关系，却对年长者称寄爷、寄娘、伯伯、妈妈，这样的称呼，把人与人之间的关系拉得很近。乡亲之间，很是亲密，亲如家人。我相信，这样的称呼，将天长日久地延续下去，因为，人间需要这样的感情。

对土地的感情，对乡亲的感情，对故乡的感情，是人间最深挚的感情。如果要用一个词来描绘这种感情，我想用“永恒”这个词。人间这种美好的感情，是永恒的，她绝不会因时过境迁而改变而失色。我想，所谓乡贤，必定心存着这样的感情。不管时代如何发展，世事如何变迁，我们的生活需要这样的乡贤之情。

在当代，我们要弘扬先贤的精神，其实就是要弘扬对家乡的爱，人人都应该热爱自己的家乡，并且把这种爱落实为具体的行动，为家乡的发展和建设、为乡亲的幸福和安康，奉献自己的才智。

最使我深感欣慰的是，每次回到故乡，我都会听到一些好消息，家乡的年轻一代茁壮成长起来，他们在各种领域展现才华、创造奇迹，为家乡带来荣誉，也为家乡的变化用心出力、添砖加瓦。他们中间，有的一直生活在家乡，有的在全国乃至世界各地闯荡，不管身处何方，他们都没有忘记乡土和乡亲，尽自己所能反哺桑梓、回报故乡，这就是新时代的乡贤。

我深信，在新时代，这种乡贤队伍会越来越壮大，这种乡贤精神会一代一代地延续下去。

（本文是作者于 2015 年 6 月在故乡崇明岛的演讲）

陈伯吹先生给了我原动力

陈伯吹先生是我尊敬的文坛前辈。儿时曾读过他的不少作品，他的童话《一只想飞的猫》是我童年阅读中印象深刻的作品之一。上中学时，喜欢诗歌散文，那是20世纪60年代，曾经读过几本当时很有影响的散文特写选，其中就收入陈伯吹先生和孩子交流的散文。我是通过他的作品认识了他的，感觉他是一位有学问、有童心的大作家，他的文字中充溢着对孩子的满腔挚爱。20世纪70年代末，在作家协会我见到了陈伯吹先生，这是一个慈眉善目、亲切温和的老人，他的形象，似乎和他的作品极为吻合。虽然还没有机会和他交流，但他在我的心里已经有了一种很亲近的感觉。1981年，陈伯吹先生捐出自己的稿费，设立了“陈伯吹儿童文学奖”，成为国内文坛一件引人注目的大事。

1985年春天，我应《儿童时代》编辑之约，去一个小学采访了一群孩子，有感而发，写了报告文学《胜者和败者》。发表后，很意外地获得了当年的“陈伯吹儿童文学奖”。获奖后，在作家协会见到陈伯吹先生，他拉着我的手，笑着对我说:“你写得很好，欢迎加入儿童文学的队伍，以后多为孩子写点文章吧！”听陈先生这么说，我很惭愧。虽然写作很多年，但专心为孩子写作实在很少。我记住了陈先生的这句话，以后陆陆续续写了一些和儿童生活有关的作品。有一次，我走过瑞金二路，在路上迎面遇到了陈伯吹先生。他的家就在临街的一栋小楼中。我俩站在路边说话，陈先生竟然关注到我发表在《儿童时代》上的一篇新作，那是我访问墨西哥时听到的发生在大地震中的故事，回来后写成了小说《佩雷斯和他的皮夫》，在几期的《儿童时代》连载了。他微笑着鼓励我，又重复了几年前在作协对我说过的话，鼓励我多为孩子写点文章。

陈伯吹先生给我打过几次电话，不是为写作的事，而是推荐两个儿童文学作者申请参加作家协会。他在电话里很仔细地向我介绍这两个业余作者的情况，不仅介绍他们的作品，还肯定他们的为人，希望我能帮助他们。一个有声望的老作家，如此热情地关心提掖后辈新人，让我很感动。在陈伯吹先生身上，真正体现了一个文学家的德艺双馨。

最近几年，我连续写了儿童长篇小说《童年河》和《渔童》，也因此与小读者有了更多的接触交流，感受到作为一个儿童文学写作者的快乐。在写这两部小说的时候，我经常想起陈伯吹先生，想起他曾经对我的鼓励和期望。如果说，我的儿童文学写作有一个起源的话，那陈伯吹先生就是给了我原动力的前辈。我的这两部小说，也是向陈伯吹先生的致谢和致敬！

2016 年 9 月 17 日于四步斋

明月清风，不劳寻觅

上海市赵朴初研究会的成立，是受到赵朴老的精神感召，是一批志同道合之士的组合。研究会的宗旨，是整理研究赵朴老留下的精神和文化遗产，弘扬赵朴老的道德风范，让更多的中国人了解他、学习他。

承蒙诸位会员和理事的信任，选举我继续担任研究会会长。我这个会长，其实只是研究会中普通的一分子，和大家一样，是赵朴初先生的崇敬者，是赵朴老崇高精神的追随者。既然大家信任我，我当为研究会的事业尽心竭力，向顾问们请教，向大家学习，依靠全体会员的智慧和能量，并更广泛地联系社会各界，把学习、研究和弘扬赵朴初先生的工作做出实效和影响，为社会的精神文明建设做出我们的贡献。

作为一个晚辈，我曾有幸和赵朴老有过一点交往，曾亲聆他的教诲，瞻仰他的风采。赵朴老的正直、睿智、优雅、亲切、谦和，真可谓“一代师表，高山仰止”。赵朴老虽已去世多年，但他的影响并没有随时光的流逝而消失，读他的诗文，观他的墨宝，研究他的思想，回忆他的事迹，依然能感受到他高尚的人格、博大的胸怀和神采飞扬的才华。岁月没有湮没他的足迹，反而愈来愈显示出他对我们民族的贡献，显示出他为这个时代留下的巨大精神财富。我们要研究、传承、宣传赵朴老为我们创造的精神财富，让更多心灵被国宝的光芒照亮。

赵朴老生前常说的一句话是:“盛世来之不易，我们要倍加珍惜。”他的爱国情怀，他孜孜不倦追求真理的精神，他豁达大度、清正廉洁的高尚品德，永远值得后人学习。

赵朴老一生安安静静做人，踏踏实实做事，对国家、对人民、对自己都无愧无憾。赵朴老的遗言是一首诗，这是他写的最后一首诗，他志高意远、宁静淡泊的性情和人格，从这首诗中得到了深刻的体现。此时此刻，且让我们一起重温赵朴老留给世人最后的心声：

生固欣然，死亦无憾，
花落还开，水流不断，
我兮何有，谁欤安息?
明月清风，不劳寻觅……

（本文是作者于 2017 年 3 月在赵朴初研究会会员大会上的讲话）

大地之恩

广袤葱茏的大地，哺育了世间所有的生灵。我在大地上行走，在大地上成长，在大地上留下生命的脚印。一个在大地上行走探索的跋涉者，怎能不铭记大地的恩情！

写出这样一段抒情的话，心里想着的是《人民日报》的“大地”副刊。在我心里，“大地”副刊是我的母刊，如果没有“大地”，就没有“大地”对我的关爱和培养，也许就没有我的今天。记忆中，有很多和“大地”有关的难忘记忆，虽然过去很多年，现仍依然历历在目。

四十多年前，我还是崇明岛上的一个下乡知青，因为热爱文学，向往大地，多次给《人民日报》副刊投稿，引起了副刊主编袁鹰先生的关注。他发表我的习作，经常写信鼓励我。袁鹰先生是散文大家，我少年时代就喜欢读他的文章。那时，做梦也不敢想，我这样一个生活在最底层的下乡知青，会有机会认识袁鹰，我那些在油灯的微光下、在粗糙的稿纸上写成的稚嫩文字，哪会引起他的关注？第一次收到袁鹰先生的信时，我几乎不敢相信自己的眼睛。他在信中告诫我：“要多读书，多体验生活，不要急着写。要多看多想，然后慢慢写。”这样的鼓励和指点，犹如温暖的灯光，在灰暗中照亮了我眼前的路。记得是在1975年春天，袁鹰先生来上海组稿，他专程来崇明岛看我。那年，我才二十三岁，还是个未出茅庐的文学青年。面对我敬仰的文学前辈，既紧张，又忐忑。袁鹰先生拉着我的手，笑着说：“哦，你就是丽宏，这么年轻啊！”他的真诚、随和，消除了我的紧张不安。袁鹰先生离开崇明岛时，我陪他一起乘渡轮去上海，在船上，我们站在甲板的船舷边，面对着浩瀚的长江入海口，说了很多话。他询问我在乡下插队落户的生活，问我读过一些什么书，也谈到了他年轻时追求文学、参加革命的往事。他说话时亲切的态度，就像是面对一个老朋友，没有一点架子。那时，我觉得自己前途暗淡，情绪有点低沉。袁鹰先生或许发现了，微笑着安慰我说：“你的人生才刚刚开始呢，要看得远一点。”我们说话时，江面上有海鸥盘旋，可以听见它们欢悦的呼叫，还有翅膀拍击波涛的声音。袁鹰先生看着在水天间翔舞的海鸥，意味深长地对我说：“你看，天高水阔，可以自由地飞。”

和袁鹰先生在长江口倾心交谈的情景，仿佛就在昨天，但时光已经过去了近半个世纪。这四十多年来，袁鹰先生一直关心着我，他主编的“大地”副刊，曾发过我无数散文和诗歌，每篇作品的发表，都有让我难忘的故事。1976 年 10 月，粉碎“四人帮”后的第一时间，袁鹰先生约我和刘征泰写报告文学，采访上海各界人士当时激奋欣喜的心情，写成报告文学《旌旗十万斩阎罗》，在《人民日报》副刊以整版篇幅发表。1977 年恢复高考，我考入华东师大中文系，袁鹰先生来信祝贺我，并希望我上了大学不要放弃文学创作。在校期间，《人民日报》“大地”副刊的编辑解波来学校向我约稿，她带来了袁鹰先生的问候，她告诉我，“大地”副刊要新设一个短散文栏目，反映社会新风尚。我在大学的教室里写了一篇题为《雨中》的散文，写生活中的一件小事，表现人性的善美。解波把这篇散文带回北京后，作为“大地”副刊新设栏目“晨光短笛”的开篇，发表之后，被广为转载，还获得《人民日报》优秀作品奖。《雨中》后来被收入语文教材，三十多年来，曾被收入国内十多种中小学语文课本中，这也体现出了

“大地”副刊巨大的影响力。

我不知怎样才能表达我对“大地”副刊的感恩之情，这种感情蕴藏于内心深处，是我人生的珍贵财富。我敬仰的前辈袁鹰先生从四十多年前相识起，便成为我终身的师友。在我心里，他的名字，就是“大地”的化身，我的人生之路和创作之路，都得到了他的指点与引领。他的真诚和正直，他为人为文的态度，都是我的楷模。他是我的恩师。而和他的名字连在一起的“大地”副刊，是我写作生涯的起步之地，也是我的福地，她接纳了我，哺养了我，使我在风云变幻的时世中成长。

很多年来，已经有了这样的习惯，每当写出新作时，总是会自问：能不能先给“大地”副刊看看？近几年，我又开始写诗，我想用一本不同于年轻时代风格的诗集，反思我的人生，也反思我所经历的时代。我陆续把新写的诗作寄给“大地”副刊，心里有点担心，这些带有实验性的诗作，会不会被“大地”接受？“大地”副刊又一次以她宽广仁厚的怀抱接纳了我，在一年时间内，三次都以很大的篇幅发表了我的组诗《光和预感》《大地上的脚印》《记忆的潜游》，引起很多读者的关注。这些诗，成为我 2016 年年底在人民文学出版社出版的诗集《疼痛》的骨干。《疼痛》出版一年多，已经有七种外文译本在国外出版，这在从前是难以想象的事情，而这样的文学传播，也是源于“大地”。改革开放使中国的经济发展强大，也使中国的文学真正地走向了世界。最近，上海静安图书馆为诗集《疼痛》举办了一场多语种诗歌朗诵会，请了很多在中国生活的外国青年，用英文、法文、西班牙文、保加利亚文和塞尔维亚文朗诵。如果时光往前推四十年，这只能是天方夜谭。

此刻，心里对“大地”满怀着由衷的感恩，这种感恩是一条绵延不断的温暖清流。袁鹰先生那种真诚负责和勇于担当的品格，在“大地”副刊代代相传，一直到今天。作为“大地”副刊的作者，四十多年来，我和副刊的几代编辑交往，我会永远铭记着那些美好而亲切的名字：姜德明，徐刚，解波，刘梦岚、蓝翎，刘虔，蒋元明，袁茂余，李辉，董宏君，罗雪村……

2018 年 5 月 1 日于四步斋

江南的柔和刚

我曾经写过长篇散文《江南片段》，其中有一段，题为《江南的柔和刚》，对江南的地理、风俗和文化有一些感性的思考。

还是在很年轻的时候，有一年，和几位朋友在杭州春游。坐在西子湖边，面对着桃红柳绿、湖光山影，聆听着莺语燕歌、风叹浪吟，喝着清芬沁人的龙井茶，大家都有些醺醺然。江南的明丽和秀美，使人沉醉。这种沉醉，似乎能让人昏然欲睡，让人在温柔和妩媚的拥抱中飘然成仙。这样的感觉，应了古人的诗：暖风熏得游人醉。朋友中有人下结论道：江南景色之妙，在于一个“柔”字。当时我并没有想到反驳这样的结论，很多年过去，回想起来，这样的结论显然站不住脚。

离杭州不远，还有一个很典型的江南古城——绍兴。如果说江南的城市都给人一种柔美的印象，那绍兴则完全不同。说起绍兴，我的心里会很自然地涌起一种刚劲豪迈的气概。那里，是我们的一位坚毅勇敢的先祖——大禹的故乡，是卧薪尝胆的越王勾践的故乡，也是现代女杰秋瑾和文豪鲁迅的故乡，这些在中国历史上最有风骨的人物，都裹挟着勃勃英气，无法和一个“柔”字连在一起。然而绍兴的阳刚之气，并不是全由这些历史人物带来的，走在这个新旧交织的城市里，能处处感到雄健的阳刚之气。

绍兴是一个由石头构筑的城市。古老的城墙是石砖砌成的，老城的路是石板铺成的，运河里的古纤道是石头架成的，而更多的是大大小小的石桥，千姿百态地架在密如蛛网的河道上。在这些铺路架桥造房子的石头上，用钢凿刻画出的无数粗犷有力的线条，岁月的流水和风沙无法磨平它们。这些石头，以及石头上的线条，使我感觉到一种厚重的力量，这种力量和江南的柔风细雨完全是两回事。我曾经想，这么多石头，从什么地方来？后来游览了绍兴城外的东湖和柯岩，方才知道其中的秘密。东湖在峻岭绝壁之下，湖水波平如镜。坐船在湖中仰望，但见千仞危崖从天上压下来，那情景真是惊心动魄。这湖畔绝壁陡直险峻，犹如刀劈斧削，而临壁的东湖虽不宽阔，却深不可测。这山，这湖，似有威力巨大的鬼斧神工劈掘而成。

后来我才知道，这里原来是古代的采石场，是石工的斧凿劈出了东湖畔的万丈绝壁，挖出了绝壁畔这一泓幽深的湖。人的劳动竟能造成如此壮观的景象，这是何等伟大的力量。柯岩也是绍兴的采石场，石工们削平了高山，又向地下挖掘。我见过石工们在深坑中采石，斧凿清脆的叮当之声和石工们高亢的吆喝之声交织在一起，从地底下盘旋而上，直冲云霄。这是我听见过的最激动人心的声音，这声音似乎是积蓄了千百年的痛苦和忧愤，埋藏了无数个春秋的憧憬和向往，猛然从人的内心深处迸发出来，挟带着金属和岩石的撞击，高飞远走，震撼天地。在柯岩听到这样的声音，印象中柔弱的江南就完全改变了形象。在柯岩，有一块名为“云骨”的巨大石柱，如同从平地上旋起的一缕云烟，被凝固成岩石，孤独地兀立在天地之间。这块奇石，并非天外来客，也不是自然造化，更不是神力所为，而是石工们的杰作。在劈山采石时，他们挖走了整座山峰，却留下了这一根使人浮想联翩的石柱。这像一座纪念碑，一座雕塑，纪念并塑造着在江南创造了惊天动地业绩的采石工，他们是一个坚忍顽强的群体，是祖辈相传的无数代人。造就了绍兴城和其他江南城镇的石头，就是通过他们的手开采出来的。

江南的方言，被人称为“吴侬软语”，全无北方话的铿锵；江南的戏曲，也大多缠绵悱恻，唱得是软绵绵的腔调。唯独绍剧是例外。绍剧又叫“绍兴大板”，唱腔粗犷豪放，洋溢着阳刚之气。听绍剧时，我会很自然地联想起在柯岩听到的石工们的采石号子，同样的激昂，同样的高亢。我曾想，绍剧的唱腔，会不会脱胎于石工的号子？

如果要说江南的刚强和英雄之气，绍兴并不是一个孤例，在我们上海的历史中，也有很多这样的例子。松江曾经是中国文化在江南的一个中心，那里不仅出文人，也出画家，云间诗派、云间画派，曾经引领中国的文艺潮流。清兵进攻江南，夏允彝父子和陈子龙奋起抵抗，至死不屈，兵败后夏允彝投水殉节，夏允彝的儿子夏完淳被捕，至死不屈，就义时才十七岁。夏完淳是一个才华横溢的诗人，更是一位英勇刚烈的英雄，他是中国历史上最有骨气的刚烈形象之一。他写的《狱中上母书》正气凛然，激情回荡。他的绝命诗《别云间》，曾经收在小学语文课本中，夏完淳在诗中这样道出自己的壮士襟怀：“三年羁旅客，今日又南冠。无限河山泪，谁言天地宽。已知泉路近，欲别故乡难。毅魄归来日，灵旗空际看。”

在不少文人的笔下，现代上海是一座女性气质的阴柔的城市，似乎缺乏阳刚之气，这其实是对上海的一种误解。回顾近代历史，上海也留下不少激荡着英雄气概的篇章。“八一三”抗战、淞沪抗战，面对侵略者，军民团结，万众一心，苏州河畔的四行仓库至今还留着八百壮士的血迹。多年前我曾经写过一首有关上海的长诗——《沧桑之城》，其中有一章写了一位在抗战时期以身殉国的勇士，1937 年 12 月 3 日，日本侵略军攻占上海，在上海市区武装游行，庆祝胜利，炫耀武力。游行的日本军队经过大世界时，有一个上海市民高喊着“中国万岁”，从大世界顶上跳下来，以壮烈牺牲抗议侵略者的暴行。日本军队的游行队伍大乱，日军队伍行至南京路广西路口，又有一青年向日军投掷手榴弹，炸伤日军三人，自己英勇牺牲。抗战期间，上海孤岛中曾发出很多谴责侵略者、唤起民众抗日救国的慷慨激昂声音。

我认识的一位老诗人任钧，就是其中一位。他激情澎湃的诗歌，在抗战时期曾激励了很多中国人。我认识他是在20世纪70年代末，这是一位文质彬彬的大学教授，我曾惊讶，这样一位温文尔雅的读书人，当年怎么会写出如此有力量的诗篇！这样的人物诗篇，也可以印证上海，印证江南的性格。这些往事，已经被很多人遗忘，但这样的历史，这样的人物，这样的行为，给人的印记不是柔，而是刚，是刚正、刚强、刚烈。

江南的人文风尚和文化特质，应该是刚柔相济的。

（本文是作者于2020年5月27日在上海博物馆的演讲）

孩子的成长，需要诗的陪伴

近几年，天天出版社出版了不少我为孩子们写的新书，其中有童心三部曲，这是三本长篇小说《童年河》《渔童》和《黑木头》。今年，又出版了两本“给孩子讲古诗词”的书，还有一本儿童诗集《天空》。这些都是我送给孩子们的礼物。

孩子的成长，需要诗歌的滋润和陪伴。让孩子从小就亲近诗歌，了解诗歌，吟诵诗歌，对他们的成长是一件意义深远的好事。中国的孩子，在他们的成长过程中，应该受到中华古典诗词的熏陶和影响，这是为将来成为一个有修养、有学问、有优雅情趣的人打下的重要基础。我从小喜欢读书，读各种各样的文学作品，其中就有中国的古典诗词，小时候也背诵过很多古诗，直到今天仍然深刻地留在记忆中。我想，能成为一个作家，成为一个能不断探索、表达、书写、讲述的写作者，和我从小对古典诗词的热爱有很大的关系。

最近出版的这两本讲古诗词的书，其实很多内容是对童年和青少年时期阅读吟诵古诗的回忆，是我对中国古典诗词发自内心的热爱。我常常告诉读者，告诉外国的同行，作为一个中国作家，我感到骄傲，也感到幸运，因为我们的母语、我们的汉字，是人类语言文字中表现力最丰富最美妙的，能用汉语写作，我由衷地引以为豪。我在这两本讲古诗词的书中，其实也在表达我作为一个中国人的骄傲。中国的古典诗词，为什么能历经数千年仍然有强大的生命力？因为这些美妙的诗篇，展现的是中国文化的绚烂多姿，是中国人丰富的情感和深邃的思想，是中国语言文字生动美妙的表现力。我写的这两本书，并不是学术性的论文，而是带有感情色彩的散文，这些散文有一个共同的主题，那就是对中国古典诗词由衷的赞美，以及其对我的人生、对我的精神成长产生的影响。我想把这些感想写出来，和今天的孩子们分享，希望他们能和我一样，为我们的历史和文化，为璀璨瑰丽的中国文学骄傲。这样的自豪感，是在阅读和吟诵我们先人创造的美妙诗篇的过程中，逐渐积累形成的。出版这两本书，对我个人来说是一种情感的表达，对小读者而言，希望能够成为一种引导，把他们引入一个美妙的殿堂，让他们认识中国古诗词，进而认识中国文化的无穷魅力。

中国是一个有着悠久诗歌传统的古国，中国的历史也是诗歌的历史。中国的诗歌起始于何时，也许没有人能说出一个具体的年代。应该是在四五千年前，中国人就开始吟诗写诗，用诗歌来表达人间的喜怒哀乐，抒发对美好生活的憧憬和向往。中国最早的诗歌典籍是《诗经》，这本诗歌大典汇集了三百多首三千多年前的民间诗歌。《诗经》的集大成者是孔子。孔子曾经花很多精力收集整理古代的民间诗歌，编成一部流传于世的《诗经》。据说从前流传在民间的诗有三千多首，但最终收入《诗经》的只有三百一十一首。孔子根据不同的题材和风格，将《诗经》的内容分为风、雅、颂，并且竭尽全力传播推广《诗经》，使之成为一部地位崇高的文学经典。

其实，《诗经》最初的名字，就是《诗》。孔子当时称之为“诗三百篇”。随着这三百多篇诗歌的影响越来越大，到了汉代，它才开始被尊称为《诗经》。千百年来，《诗经》一直在中国的大地上流传，岁月流逝，时代变迁，都没有湮没它的价值，没有中断它美好顽强的生命力。很多人也许没有读过《诗经》，以为诞生于三千多年前的《诗经》和我们隔膜生疏，离我们遥远，其实《诗经》从来没有离开过中国人的生活，它已经融入我们的文化，渗透进我们的日常生活，我们常常情不自禁地在吟咏、在传播，却并不知道自己脱口而出的妙语，是来自三千多年前的《诗经》。很多成语的源头和出处，就是《诗经》。譬如：寿比南山、小心翼翼、衣冠楚楚、逃之夭夭、天作之合等。这些成语，至今我们仍在用，而且成了当代中国人生活中的日常用语。《诗经》中流传至今仍在用的成语非常多，我可以随口报出长长一串，如杨柳依依、高山仰止、毕恭毕敬、爱莫能助、求之不得、绰绰有余、惩前毖后、大发雷霆、风雨如晦、兢兢业业、进退维谷、信誓旦旦、忧心如焚、战战兢兢、如履薄冰、优哉游哉、呜呼哀哉……

这些成语，中国人都很熟悉，现在还经常在文字和口语中运用。简单凝练的四个字，却能将人间复杂的情感和态势表达得生动而传神，这正是中国文字和诗词的绝妙之处。中国人在用这些成语时，其实正在吟咏三千多年前的《诗经》。这样如水乳交融般的千年文化传承，可以让中国人引以为傲，也是人类文明的奇观。

这些关于《诗经》和成语的话题，是我这两本书中的内容，这只是书中很多话题中的一个。有人说，诗歌是文学中的文学，是文学宝库中的钻石。因为，诗歌是文字的艺术，诗歌对文字有特别高的要求，需要独特的个性，需要与众不同的想象力，需要深邃的思想和卓越的见识。这些话，都不错，但不要因为对诗歌的这些评价，让人产生一种距离感，感觉这样的阳春白雪太高、太深、太遥远，和平常人的生活没有关系，离天真幼稚的孩子距离更远。其实，这是一种莫大的误解。在我们的日常生活中，到处可以感受诗意。诗歌的魅力和影响，在我们的生活中处处可以感觉到。阅读、吟诵中国的古典诗词，可以让孩子们从小亲近文字，亲近诗歌，亲近文学，亲近最值得中国人自豪的灿烂文化。我想，我的这两本书，也是为实现这目标的一种努力吧！

我在天天出版社出版的另一本新书，是儿童诗集《天空》。我写诗的历史已经有五十多年，出版过很多诗集，但是这本新的诗集对我来说是一件新鲜的事情，因为，这是我出版的第一本儿童诗集，是我第一次专门为孩子们写的一本诗集。两年前，天天出版社总编辑张昀韬来上海约稿，我送给她一本我新出版的诗集《疼痛》，昀韬说：“你就为孩子们写一本诗集吧”。她的话，使我心里一动，我觉得我可以写这样一本诗集。因为，儿时的很多奇幻的念头和梦想，至今仍然在我的记忆中，我常常回想起儿时的那些想象。这几年，我写了几部儿童小说，很大原因也是源于儿时的这些梦想。我为什么不能为孩子们写一本诗集，为什么不可以借这个机会把储存在我记忆中的那些美妙的童年幻想写出来呢？

我答应了张昀韬，在我的创作计划中增加了一本儿童诗集。我用电脑写作已经将近三十年，但是只要是写诗，我还是用纸和笔。我的诗歌草稿，都是在笔记本上。我为这本儿童诗集的写作准备了一个笔记本，走到哪里都随身带着，只要有了想法，就随时拿出笔记本来写，这样就断断续续写了一年多时间。这本儿童诗集的写作，在我的写作生涯中是一次美妙的经历，我构思写作这些诗歌时，感觉自己返老还童，变成了一个孩子，面对辽阔的天空，自由自在地遐想，无拘无束地展开想象的翅膀，飞翔在一个无比辽阔的世界中。

这本诗集的书名是《天空》，写的是一个孩子对天空的幻想和遐思。天上所有的一切，在孩子的心目中都是美妙而富有诗意的，宇宙、夜空、太阳、月亮、星星、银河、云彩、闪电、风……和所有在天上飞翔飘动的生命和事物，飞鸟、昆虫、风筝、落叶、飞机……还有和天空有关的幻想，譬如外星人，譬如神话中的空中生灵。在孩子的眼里，天空是多么神奇，隐藏着多少秘密，我们怎么想象，都不足以揭示天空的浩瀚和神奇。写这些诗歌时，我很自然地想起很多童年时代的情景。小时候，夏夜乘凉时，我常常一个人躺在屋顶上，仰望深邃的夜空，寻找银河，寻找北斗星，等待流星从头顶上划过……写这本诗集时，我感觉自己又变回那个躺在屋顶上男孩，童年时的种种幻想，回到了我的笔下。

很感谢张昀韬，感谢天天出版社，建议、鼓励、触动我写出了这本儿童诗集，使我保存酝酿了半个多世纪的童心有了一次绽放的机会。这本诗集出版后，我收到一些读者来信。写信的是孩子的家长，他们和孩子一起读《天空》，一起朗读，一起讨论，孩子读了诗集中的诗，引起共鸣，也开始尝试学着自己写诗。在网上的读者留言中，我也看到了类似信息，这使我深感欣慰。

孩子的成长，需要诗歌的陪伴。有人说，孩子是天生的诗人，在他们的眼里，世界上到处都存在着诗意，他们的想象和表达，常常就是绝妙的诗。孩子的天真、好奇和无拘无束的幻想，都蕴含着纯美的诗意，我们当应倍加珍惜与呵护这样的童心和诗意。如果能通过文字的阅读，来培养、滋长孩子心中的美好诗意，让诗歌陪伴孩子们的成长，这是一件着眼未来的功德无量的事情。

2020 年 8 月 1 日于四步斋

一部书稿的前世今生

2017 年 5 月某日，收到寄自河南安阳的书信，来信者是与我素昧平生的张平治先生。他在信中告诉我，多年来，他一直在关注研读我的诗歌，并正在构思撰写一本评论我的诗歌创作的书。张平治先生年逾八旬，二十世纪五十年代毕业于北京师范大学中文系，是一位著述丰富的文艺评论家。他随信寄来他的很多著作，其中有几本谈美学的书，如《美学趣谈》《美学有什么用》《情诗与审美》等。他在信中告诉我，他曾为台湾诗人席慕蓉写过一本《席慕蓉评传》，深得席慕蓉赞赏。他希望我像席慕蓉一样，也会欣赏他写的书。

我和张治平先生通电话，但他听力不佳，交流不畅。我们通了几封信，我寄了几本书给他。我在信中感谢他的心意，也谈了我的一些看法。他开始准备以“大陆的余光中”为命题写这本书，我不同意。他虽然感觉遗憾，但还是撤回了最初的想法。

我和张平治先生之间的几次通信，都是通过平治先生的女婿赵艳民先生的电邮往来传达，我把给平治先生的回信发到赵艳民先生的邮箱，赵艳民先生将我的信打印出来给他岳父看，平治先生再给我写回信。我没有用笺纸手写书信给平治先生，觉得很对不起他，便写了一首诗用毛笔抄在宣纸上快递给他，既是向他致意，也是表达自己的心情。和张平治先生最后一次通话，是在 2017 年 8 月间，他在电话中曾这样对我说：“这本书，我一定会写出来，会写好的，请你等着！”

此后，我们之间便没有再联系。我想，一位八十多岁的老人，写这样的书，太累，实在让人过意不去。如果他放弃不写，我会感觉释怀。我曾打过一次电话去他家问候他，得知他身体欠佳，住进了医院。我想，写书的事，应该是作罢了。

去年初秋的一天，赵艳民先生来电话，报告我一个不幸的消息：他的岳父前几天去世了。他告诉我，平治先生生命的最后两年，一直在写评论我诗歌的书。他去世前告诉家属，书已基本完稿，但来不及示人了。赵艳民先生说，他会把张平治先生的遗稿快递给我，由我处置，如不能出版，就送给我留一个纪念。几天后，我收到一个快递来的大纸包，里面装着厚厚一沓手写的书稿。

展读平治先生的书稿，看着那些写在方格稿纸上的端正的字迹，不禁感慨万千。这部书稿，凝集着老先生生命最后两年的心血，是非常珍贵的文字。平治先生对我的诗歌，有很多细致精到的研读，这部书稿，从审美的视角，评论了我早期的诗歌创作，并生发出对诗歌美学的很多见解。我知道，这样一部在体弱病痛中写成的书稿，也许并未充分展现作者的才思，并未全部完成作者最初的构想。这是一个学者留给世界的一份遗产。对我而言，这本书稿更有着非同寻常的意义，这是一位素未谋面的朋友留给我的珍贵友情。

我把平治先生的书稿交给静安区图书馆濮麟红馆长，希望他们收藏这部珍贵的手稿，并作为一个课题，整理这部书稿，可以考虑编印成册，作为文学研究的一份资料。濮麟红馆长收到书稿后，很快给我答复，她认为这本书稿很有价值，应该出版。图书馆安排姚晓昕负责整理编辑书稿，并联系上海文艺出版社，申报了出版选题。经过精心的编辑整理，这本书稿终于通过了出版社的审读，正式列入出版计划。这样，张平治先生的这部书稿，终于有了和读者见面的机会。

为此书写这篇序言时，我找到了写给平治先生的两封信，信中的内容，是我和平治先生对这本书的构想的交流。将两封信附录在此，可以让读者对此书的缘起和我们之间的交往有一点了解。

致张平治书信之一：

平治先生：

您好！

您快递来的书信都收到了，谢谢！

读您的信，让我感动感慨。现在已经很少有人用笔书写这么长的信了，20世纪80年代，或者更早的时候，朋友之间有时会书写长信，也有不少读者给我写过长信，现在几乎没有了，电子邮件有时可以写得很长，但那和用笔写在信笺和稿纸上的感觉是不一样的，少了亲切的气息。我现在写信基本都用电邮，也大多写得简短。本想和您在电话中交谈，但却无法畅谈。只能写信，本应至少对等地在信笺上给您回信，但还是在电脑上写了，乞望谅解。

我们虽尚未谋面，但您的信却如老朋友谈心，热情、诚挚、恳切，直袒胸臆，肺腑相见。您有那么多曲折坎坷的人生经历，对文学理想的追求却始终未放弃，而且有那么多著述，让人敬佩。对我而言，您是长辈，所以知道您为了解研究我的创作花费了那么多时间和精力，很感动。确如您所说，这或许也是缘分。这数十年中，评论研究我的创作的文字不计其数了，有些评论家和我认识，有些因为写评论而成为朋友，有不少评论者我不认识，也没有机会见面。像您这样写长信坦诚自荐，像老朋友一样谈心的评论家，我还是第一次遇到，而且您还是一位经历坎坷的长者。从您的信中，我可以感知您的品格学识和襟怀。谢谢您给我这样的关注和信任。

关于您构思中的评传，一切尊重您的想法。我曾担心您这样的高龄，写这类工作量很大的理论书稿，是否太累，很过意不去，希望您量力而行，不必勉强。从来信中得知您身体很好，对自己的写作计划很有信心，我当然很高兴。希望写作也能为您的生活带来愉悦。

对书稿的提纲，我不想提具体的意见，您完全可以根据您对我的文字和人生经历的了解和分析，表达您的看法。您的论述，一定是独特而对人有启迪的。这是您的著作，虽是写我，但是您的独立见解，是您的自由思想。就像当年您写席慕蓉，和她本人没有一点交集，出书后给了她一个惊喜。您以“审美五题”为书名甚好，您构思中的书稿上半部中，以我和余光中做对比，这我没有意见，这样的比较也会很有意思。但希望不要把题目做成“大陆的余光中”，我和余光中，还是有很多不同。您如此标题，也许会有一些人不认同，对岸余先生也未必喜欢。当然，怎样表达，是您的自由，旁人怎么说都无所谓。

我昨天也用快递寄了一些我的书给您，书目如下：

《赵丽宏和他的文学世界》，是一本研究我的文学生涯的合集。由华东师大中文系教授杨扬和他的一位研究生联合主编，其中有关于我的人生经历、文学活动和各种评论。此书2006年出版，所以书中的资料都是此前的。

《我在哪里，我是谁》，是前两年出版的一本诗歌选集。其中的诗歌，也许您大多都读过。

《谁能留住时光》，这本书您已有，不说了。

《疼痛》，这是我近年的新作，新近由人民文学出版社出版的诗集。此书出版后有较大反响，已有十几篇评论发在全国各地报刊上。去年10月出书后，已有英文译本在美国出版，塞尔维亚语译本在塞尔维亚出版，保加利亚语译本也即将出版，西班牙语和法语的译本正在翻译中。

《赵丽宏散文》，这是人民文学出版社出版的一本散文选集，印得精美，其中有我的手稿书画。

《赵丽宏书房》，这是上海静安区图书馆今年4月为我开设书房而印的一本小册子，其中有我比较完整的著作目录，可供您了解。

另外，附上我近日为《诗探索》关于我的研究专题写的《诗歌是我的生命史》，还有杨炼、褚水敖和杨志学对《疼痛》的评论以及另外两篇评论。供您参考。

对您即将要面对的这本书稿的写作，我还是心存担忧，担心这件事会给您带来的辛苦和劳累。一开始那种担心和过意不去，依然存在，毕竟这是一个工作量很大的计划。所以，还是恳请您量力而行，请您多多保重！

用电脑打字回复您的手写书信，再次乞望见谅。过一天我会用毛笔写一幅字快递给您，以弥补我的懒惰和不敬。

暂此并颂夏安！

赵丽宏

2017 年 6 月 3 日于四步斋

致张平治书信之二：

平治先生：

您好！

两次来信并致余光中的诗收到了，谢谢。

您书稿的标题中，我希望不要出现余光中的名字，您若改成“赵丽宏是余光中型的诗人”，那和原先的标题大同小异，甚至不如原题。还是希望不要出现余光中的名字。余先生我认识，虽未谋面，但有过书信交往。台湾作家中，有我更熟悉、更敬重的人，如黄春明、洛夫、痖弦，都是我非常好的朋友，人品和诗艺都不在余之下。当然，如您坚持自己的判断和构想，我也尊重您，因为此书是您的独立创作，怎么写都是可以的。谢谢您费心写了致余光中的诗，这是您的创作，我当然不能冒名移用。我也不想以诗谬托知己。谢谢您，也请您理解。

关于您准备写的这本评传，一切由您定，这是您的思索和创作，我不会再多说什么，只是期待看到您作为一个美学家对我的批评和指点。希望如当年席慕蓉看到您对她评论时一样产生惊喜。

您已经有了我的诗选和文集中的两本诗集，加上我去年新出版的《疼痛》，这样基本上可以了解我的诗歌创作的全貌。这四十多年一共写了多少诗，我自己也无法计算了，因为每次编诗集，都是从当时发表的诗中遴选一部分，未入集的，大多手稿和剪报都没有保留。以后再编选集，也只是从曾经入集过的诗作中选，所以遗漏是大量的。我现在还常常会在网上发现那些80年代发表的诗被贴出来，而我自己并无保存。不过看选集中的诗作，每个时期的代表作都在其中，对我的创作可以有较全面的了解了。“文革”中也写过一些应时的诗，不堪卒读，但也不是什么耻辱，那个时代，人人都这样认识，这样写，少有人逆反潮流超越时代。那时我还年少，对诗歌和文学是真心热爱，这种热爱是我的“救命稻草”。那时，我更多是在日记中写着对自己倾诉的诗，那是我早期诗作的主题，也是真正写得挚切动情的文字，诗选中的早年作品，便是这类。以后我或许也会像邵燕祥先生一样编一本《人生败笔》，将没有入集的少时应景文字编成一本，让人了解那个让写作者人格分裂的时代，也让文人记住教训而引起警诫。

关于爱情诗，我写过不少，但没有为此出过专集。不过您在我的每本诗选中都可以找到。

我再寄几本书给您：

五本诗集:《珊瑚》《沉默的冬青》《抒情诗151首》《挑战罗布泊》《沧桑之城》(其中《挑战罗布泊》已是孤本，可能的话，读后还我吧)。

《赵丽宏散文诗选》，我的著作目录中的几本散文诗中的作品，大多在其中。

《月光和古玉》，是我谈古典诗词的散文集。

另外，寄上我昨天写的一幅字，是我临案口占的一首诗，由您信中的真率语辞而生出的感慨，也是赠您的诗：

半世求索目眍瞜，人海渺茫一飞鸥。
诗坛喧哗如集市，文苑繁华实荒丘。
闹中取静情独立，浊里求清心自由。
生不用封万户侯，但愿一识韩荆州。

此诗如标题，应为《读张治平先生书简有感》。未能手写信笺回复，就用宣纸笔墨补偿吧。聊供一笑。

敬颂夏安！

赵丽宏

2017 年 6 月 19 日

斯人已逝，遗文长存。张平治先生这部遗稿的出版，会成为文坛的一个让人感动的故事。平治先生在天有灵，也会因此而感到欣慰吧。

2020 年 9 月 15 日于四步斋

我和黄浦江的缘分

各位朋友：大家好！

今天本来我没有准备讲话。前几天洪崇恩先生来找我，告诉我有这样一个活动，是为黄浦江而聚会，我很有兴趣。上海有两条母亲河，一条是黄浦江，另外一条是苏州河。上海这个城市的诞生形成和发展的历史，所有上海人的生活，我们的辛酸、耻辱、痛苦，我们的快乐、骄傲和憧憬，都和这两条伟大的母亲河联系在一起。

黄浦江是一条非常特别的河流。以前人们，只知道这是上海境内的一条河流，它的源头是青浦的淀山湖，长一百多公里，流域都在上海境内。我以前也非常惊讶，黄浦江是一条名副其实的大江，我走遍世界，见过很多著名的河流，我们的黄浦江放到任何地方，都算得上是一条浩瀚的大江。它是长江的最后一条支流，它汇入长江的河口，气象阔大，无法想象它只是一条只有一百多公里、只是在上海境内流淌的河流。现在，我们对黄浦江的认知有了变化，地理学家们经过考察已经确定，整个黄浦江水系的源头，不仅仅是淀山湖，而是汇集了江南的千万条河流，其中有源自浙江安吉的溪流山泉，以及浩渺的太湖水。黄浦江，由江南的千万条大大小小的河流溪涧水，汇合成一条流向长江、通向大海的浩瀚大江。

对于江河的地理水系和流域，我不是专家，没有更多深入的研究。今天我想讲讲我个人和黄浦江的关系，也就是一个上海人和这条母亲河的缘分。

我出生在上海，小时候，我的家就住在苏州河边，离外滩非常近。少年时代，我曾在苏州河和黄浦江里游泳。可以说，这两条母亲河，陪伴了我的童年，留给我很多美好的回忆。我曾经在小说《童年河》中写过那时的生活，写过我对母亲河的感情。小时候并不清楚黄浦江的历史，后来才知道，黄浦江是长江的最后一条支流。古代的黄浦江曾经是苏州河的支流，后来黄浦江的水流越来越浩瀚，江面也越来越宽，苏州河最后成了黄浦江的支流。

我的故乡在崇明岛，如果去崇明岛，一定要经过黄浦江。我曾经无数次从十六铺坐船经过黄浦江进入长江入海口。黄浦江两岸的景色，外滩那些让人眼花缭乱的美妙建筑，十里海港繁忙的景象都曾经让我百看不厌。站在船舷上看黄浦江，每一次都会浮想联翩：如果没有黄浦江，或许就不会有上海这座城市，中国的近现代历史也许就要改写。20 世纪 80 年代初，我曾在浦东住过几年，来往于浦东浦西，经常在黄浦江上乘摆渡船，在摆渡船上看黄浦江，又是另一番景象。作为上海人，我在黄浦江上看到了上海这座城市的沧桑巨变。我写过不少诗歌和散文，讴歌上海的母亲河，讴歌黄浦江。我的一本散文集，书名就是《我亲爱的母亲河》，我的长诗《沧桑之城》其中有两章写了黄浦江的外滩和苏州河。我曾经和音乐家合作，创作过一部音乐交响诗，题目就是《黄浦江》。交响诗的序曲，是一段青浦的田歌，一个农民的独唱，在苍凉的音调中虽带着忧伤，但又是优美辽远的。当时认为淀山湖是黄浦江的源头，所以用青浦的田歌作为交响诗的序曲。现在看来，当时对黄浦江历史的认知还是不完整的。

黄浦江两岸，最著名的景观是浦西的外滩。外滩的建筑，曾经是上海的地标，全世界都认识。小时候，我经常去外滩，熟悉那里的每一栋建筑。那些建于 20 世纪二三十年代的大楼，每一栋都有不同的造型和风格，几乎汇集了当时所有的建筑风格。它们排列在黄浦江畔，高低错落，却又是那么和谐，形成了美妙的天际线。外滩那些大楼，每一栋都有曲折的故事，它们就是一部部卷帙浩繁的历史长篇小说。将近一个世纪以来，虽然历经战争和动乱，但外滩的几十栋建筑，都完整无恙地保存了下来，这是一个奇迹。2003年，我作为全国政协委员列席上海政协大会时，提交了一份提案，建议将外滩建筑群向联合国申报世界文化遗产。上海这么重要的一个国际大都市，却没有一处世界文化遗产，这说不过去。那时我认为，上海如果申请世界文化遗产的话，外滩的建筑群是一个非常合适的项目，而且完全符合联合国对人类文化遗产的要求。我提这个建议，并不是拍脑袋灵机一动，也绝非哗众取宠。这个想法，是基于我对外滩的了解，也源自我对家乡、对母亲河的特殊感情。外滩的建筑，是人类智慧的结晶，是中西文化交融的产物。这些大楼，设计者来自全世界，但每一栋建筑，都是由中国的工匠建造完成。外滩的建筑，属于上海，属于中国，也属于世界。我也曾和国外的一些专家交流，他们认为上海外滩完全符合世界文化遗产的各项要求和标准，它的历史价值、人文价值和在建筑艺术上达到的成就，以及人类的建筑和自然环境所达成的和谐，在世界范围中也是独一无二的。如果要投票的话，外滩一定会是全票通过。

这个提案提交后，引起广泛的关注。开始的时候，大家都非常支持，认为外滩申报世界文化遗产，可以更好地保护这些历史建筑。可是，这个建议后来却引发争议，北京一家媒体上刊登署名“一刀”的文章，嘲讽上海外滩申遗是“为殖民文化张目”，理由是，外滩当年是外国租界，是殖民地，外滩的建筑，大多是外国人设计的，外国人设计的建筑造在中国的土地上，就是“殖民文化”。现代中国人将外滩申报世界文化遗产，就是为殖民文化张目。这种观点，当时也引起不少呼应。但是，嘲笑和反对外滩申遗的人，大多对外滩的建筑根本不了解，有些人甚至没有来过上海，没有到过外滩。两种对立的意见相持不下，没有结论。这个提案，也就被搁置至今。虽然后来不断有人重提，有机构呼吁，但一直没有下文。

今天大家在这里为黄浦江聚会，我还是要重申二十年前的观点。外滩的建筑，尽管没有向联合国申报，但它们是当之无愧的世界文化遗产，是人类在黄浦江畔创造的奇迹。以现代人的眼光来看，外滩这些风格多样的大楼，仍然是划时代的成功建筑。当然，在外滩的对面，浦东陆家嘴出现了很多更高大更瑰丽的摩天大楼，这也是中国人在改革开放时代创造的世界奇迹。外滩和陆家嘴的建筑，是不同时代留下来的标志性文化。这就是我们常说的“建筑是凝固的历史”，是时代的纪念碑。外滩和陆家嘴的建筑，是两个不同时代的纪念碑，纪念的是不同时代的政治、文化、经济和艺术，是不同时代人类的精神追求和审美情趣。这一切，都发生在我们的母亲河——黄浦江的身边。作为被黄浦江水哺养长大的上海人，我为之欣慰，也为之骄傲。这次来这里参加聚会，听说正在筹划“江南水上丝路”和“黄浦江线性文化遗产”申遗，这是很有意义的想法，希望能获得更多人的共识。

今天我没有准备，只能讲这些。洪崇恩先生带来了我送他的书，原想请我朗诵我写的关于黄浦江的诗文，但我不擅长朗诵，还是随意向大家谈谈对母亲河的印象，以及我和黄浦江的缘分。上海有了以黄浦江命名的节日“黄浦江节”，非常好。希望我们能把母亲河的这个节日打造成一个真正的节日，让所有的上海人都知道黄浦江节，就像泰晤士河节、塞纳河节一样，到这一天，就是整个城市的狂欢节，为我们的生活，为我们的历史和文化，一起欢聚、庆祝、弘扬、传播、歌唱。作为一个文人，我会继续为母亲河做我应该做的事情。

谢谢大家！让我们一起努力，一起期待。

（本文是作者于 2021 年 6 月 11 日在“黄浦江节”开幕式上的发言）

病毒无法隔离人心

今年，新冠病毒突然来袭，改变了人类的生活。我们每个人都非常强烈、真切地感受到了这种改变。我们戴上了口罩，我们不停地洗手，我们躲在家里，远离人群，甚至曾经一度再也看不见人群。“居家隔离”“保持社交距离”这些陌生的词汇，成为生活中的新常态。从今年年初开始，我有大半年时间没有出境，没有离开上海，大多数时间都待在家里。在这几十年里，这也是第一次。我不喜欢戴口罩，但这大半年中，很多时间都戴着口罩，这也是第一次。

尽管遇到很多变化，但生活还是要继续，在变化的环境中，仍然有很多不变的元素。我是一个作家，我一直要求自己保持“以不变应万变”的心态，不管这个世界发生多大变化，心中的理想不变，对真理和真情的追求不变，对文学之美的追求不变。因为“居家隔离”，因为少了社交，属于自己的时间增加了很多，这大半年中，我比以前读了更多的书，也多写了一些文章和诗。我相信，这是很多写作者和文化人共同的体会和收获。

其实，这个世界已经不可能被封闭、被隔离。疫情防控期间，无形的电信和网络比先前更活跃、更繁忙，我们可以在家里通过电信网络纵览天下，联系远在天涯的朋友。海峡两岸之间，尽管杂音很多，但朋友之间的联系，依然通畅，这是不会改变的。

我给台北的老朋友黄春明先生打电话，问候他，告诉他每期都收到他主编的《九弯十八拐》，我们回忆在台北、在新加坡、在珠海共同参与的文学活动，往事历历在目。两岸人民之间的情感不会因为疫情而变质，两岸之间的经济和文化的交流合作，也不会因为各种喧嚣的杂音而中断。前几天在厦门举办的两岸论坛，今天在这里举办的远见文化高峰会，就是非常有说服力的证明。两岸之间，也有“以不变应万变”的情境。今天在这里举行的盛会，就是这样的情境。

今年的远见文化高峰会，已经是第三届，并没有因为疫情蔓延而停办。远见天下文化事业群创办人高希均先生，是我非常钦佩的教育家、出版家和文化学者，《远见》《天下》杂志办了几十年，一直坚守正道，追求理想，弘扬中华文化，在两岸之间搭建起一座心灵相通的桥梁。今天借此机会，我要向高希均先生致敬。

今天出席者的名单中，我看到了张毅和杨惠珊的名字，这两位是我的好朋友，也是沟通两岸的传奇人物。他们几十年如一日，用灿烂的智慧，用锲而不舍的毅力，用激情创造的火焰，把深邃、奇美的艺术精神熔铸在晶莹剔透的琉璃中，向全世界展示着中华文化的魅力，也展现出两岸之间生生不息的合作和情谊。这个世界瞬息万变，但这个世界有坚定守恒的人，这样的坚守和创造，使我们看到了希望和未来。

新冠病毒疫情是一场灾难，两岸之间也因为疫情增添了很多障碍。好在维系我们情感的历史和文化不会被病毒感染，两岸之间的交流不会因此被永远隔离。面对灾难，海峡两岸的中国人会有很多共同的思考，这不仅能使我们共克时艰，也能对未来增添信心。人类的历史，是和灾难连在一起的。不同的时代，有不同的灾难，而瘟疫却是所有时代都难以逃避的灾难。作家爱伦坡在一百多年前曾经这样说，“无论人们怎么防范，终将会被瘟疫所击溃”，看来他是低估了人类的力量，最起码直到今天，瘟疫并没有将人类击溃。

我相信，新冠疫情一定会过去，当我们回过头来反观这场抗击病毒的战争时，最令人心动的恐怕不是科学战胜疫病的过程，而是人类在疫情发生时表现出来的勇敢和爱心。

面对灾难，人类如果失去了镇定自若，失去了信心，失去了责任感和献身精神，失去了相互间的关心、帮助和鼓励，那么，小小病毒就真的会蔓延、泛滥成灭顶之灾。人类进步的过程，正是不断地战胜、克服灾难的过程。两岸走向和平统一的过程，也应该是战胜、克服灾难的过程。

在疫情期间，我写了一首长诗，题为《在天堂门口》，其中有这样的句子：

人类正无奈地和病毒
共生
在喧闹中保持静穆吧
在幽暗中追寻光亮吧
在隔绝时打开门窗吧
请记住：那些弄不死我们的
会使我们变得更加强大

谢谢大家！

（本文是作者 2021 年在上海远见文化高峰会上的演讲）

第五辑

为《上海文学》写卷首

川无停流

林无静树，川无停流。岁月在世变纷纭中流逝，送旧迎新时，心里总是难免感慨，有遗憾，有欣慰，也有希冀。

过日子如同读刊物，一页一页翻过去，不知不觉，那些热闹喧哗和酸甜苦辣，都已悄悄成为历史。一卷读罢，心里便在想，明天，该怎样过。

去年 10 月，上海举行了纪念巴金老人逝世一周年的文学晚会，那是一个难忘的夜晚。我坐在观众席上，听人们朗诵巴金写于不同时期的文字，心灵不时被他朴素真诚的言语撼动，眼前仿佛出现他亲切的面容，又想起面聆他教诲的情景。一个真正的文学家，他的精神是不会消亡的。巴金不仅留下了他的小说和《随想录》，也留下了他开创的文学事业。他亲手创办的《上海文学》，已经历了五十四个春秋，幼苗长成大树，多少人为之呕心沥血。中国的无数作家曾受益于这本刊物，本人也是其中一叶。如何让这棵文学的大树继续展现生命的魅力，作为现任编者，深感肩头责任的沉重。

在新的一年到来时，读者对《上海文学》有新期待。有不少人问：你们有什么新打算、新举措？你们如何把刊物办得更上层楼？我们的回答其实非常简单：《上海文学》将坚持一贯的追求，继续保持高雅严肃的姿态，不浮躁，不媚俗，发表更多佳作力作，推出更多文学新人。

前不久，王蒙来上海，为上海的文学爱好者谈他读《红楼梦》的体会，他对这部小说名著的解读以及由此引发的思索，凝集着他所特有的智慧和才学。我们在今年1月号的“作家讲坛”发表他的演讲，希望由此引起读者阅读文学名著的兴趣。中国的作家，永远不能淡漠了我们自己博大深厚的传统。2月号的“作家讲坛”，我们将发表冯骥才的《文化遗产日的意义》。冯骥才这些年对中国传统民族文化的现状做了大量实地调查，并在各种场合发出保护文化遗产的呼吁，引起很大的社会反响，表达了一个文学家对历史和文化的真切责任感。

细心的读者应该会发现,《上海文学》的栏目编排有一些变化。听取了很多读者的意见，我们力求做到面目清晰，让读者一看目录，就明白刊物的内容。1月号的小说中，于怀岸的中篇小说《一粒子弹有多重》值得一读，虽是旧事故人，小说中迸射出的沉重和悲壮，可以让读者更珍惜我们身边的和平与宽容。如此凝重沉厚的小说，在当下尤显得难得和珍贵。须一瓜的短篇小说《一次精心策划的邂逅》虽是写时尚男女的生活，但却可以留给读者深长的思索。开放的现代人，究竟该如何面对爱情？短篇小说中，有残雪的新作，读者可以看看这位个性独立的小说家最近的写作状态。《上海文学》的理论栏目，历来引人瞩目，南帆的最新力作《无厘头：喜剧美学与后现代》为今年的理论栏目响亮开锣，他对《大话西游》的分析以及由此引出的深邃思考，给人很多启示。希望这是一个良好开端，请国内外的文学理论家继续支持我们，这里保留着一片理性思考的自由苑圃。“陈村聊斋”已经第三次在本刊出现，和陈村聊天的对象，有过史铁生和阿城，在新年开篇中他请来了年轻的安妮宝贝。这些随意生动的对话，是很有意味的思想撞击和精神漫游，读者可以真切地从中了解文学家的生活和心态。在今年的刊物中，新推出一个带有纪实风格的栏目“视野”，以后我们将陆续在这个栏目中发表以个性文字叙述的真实故事。这是一个贴近现实生活的栏目，请读者予以关注。1月号“视野”刊发的《至爱如吾》，讲述的是一个昔日的爱情故事，读来让人心颤。人间真爱，留在心灵中是永不褪去的印痕。1月号的“专栏”中，推出了肖复兴和苏炜的新作，一个是北京的古城旧事，一个是西域的洋场新腔，两者相映成趣。吴亮对20世纪90年代往事的回忆和思索，也有其独特趣味。“新诗界”在《上海文学》并不是装门面的栏目，我们从来没有忽略过诗歌，相信中国的诗人都会看重在这里的展示。我至今仍记得当年《上海文学》的“百家诗会”曾经怎样激动过中国诗坛。中国诗人对文学梦想的追寻，我们会一直支持下去。散文栏目“人间走笔”中，薛尔康《高晓声最后的快乐日子》也颇值一看，作者以饱蘸情感的文字，回溯了高晓声生命中的最后一段日子。作家的快乐，是凡人的快乐，热爱生命，是文学创作的永恒动力，尽管生命有限。

今年1月号《上海文学》出版后，得到很多读者的好评，这使我们编辑部全体同仁深感欣慰。

即将出版的2月号，也有值得一读的作品。孙颙的短篇小说《门卫之死》，直面现实生活中严峻的问题，通过一个医院门卫突发疾病未及时手术而死亡的故事，拷问着很多人的灵魂，其篇幅虽短，却震撼人心。阿成的纪实小说《乡下纪事》，以白描手法展现了当下的北方乡村风情，淡淡写来，其中的人物却给人深刻印象。王铁仙的新作《相通相契的心灵档案》，以全新的视角和思路，探索分析鲁迅和瞿秋白之间为何会有如此深挚的友谊，解开了现代文学史上一段感人的谜团。这期刊物中，几位评论家以《物质裹挟下的精神蜕变》为题，对商品经济时代的文学和文化现象发表了有见地的看法，可引发讨论和思索。

在新的一年中，我们将在继续重视短篇小说的同时，着力推动中篇小说的创作。去年开始启动的“中环杯”《上海文学》中篇小说大赛，已经引起广泛关注，很多作家寄来了他们的新作，读者可以陆续在刊物上看到其中的佳作。这些年，中国小说家创作的心态是放松的，文学不再是社会聚光灯下战战兢兢的演出，而是文学家真诚的流露和个性的展现，瞬息万变的生活为小说家提供了新鲜的素材。有才华的作家，尽可以随心所欲地用自己喜欢的方式叙述故事。创作题材和风格的多样化，正是时代进步社会和谐的写照。我们期望本刊举办的中篇小说大赛能推出佳作，提携新人。

我们提倡抒写真性情，提倡以真诚的态度进行创作，拒绝虚假和无病呻吟。我们欢迎贴近现实生活的力作，也欢迎在艺术上的大胆创新，《上海文学》可以为文学家提供炫技的舞台。我们力求兼容并蓄，海纳百川，让朴素和华丽、简洁和繁复、现实和浪漫、虚构和纪实、古典和现代，在我们的版面上互为补充、交相辉映。

不薄名家，厚待新人，是《上海文学》一贯坚持的方针。

编刊物，有“三喜”。一喜：发现好文章；二喜：发现有才华的新作者；三喜：刊物受到读者欢迎。这三喜，不会从天上掉下来，需要我们去追求寻觅，用公正执着的态度，用真诚热情的心。

文学杂志，难免一个“杂”字。要做到杂而不浑，杂而不俗，杂而不失其高雅品位，需要我们下功夫。我想，无须空洞的口号和承诺，下功夫把刊物编得更好看，才是硬道理。

2006 年末送旧迎新之时于四步斋

（本文为 2007 年《上海文学》卷首）

在故乡的大地寻觅

岁月从指缝里悄悄流过，不知不觉。一年十二期刊物，日历般一页页翻过去，似乎转瞬之间，却留下了万千气象。感谢作家和读者的厚爱，《上海文学》过去的这一年，值得回味。

去年本刊举办“中环杯”中篇小说大奖赛，得到全国各地作家的支持，参赛来稿数百篇，发表的一些作品在读者中引起良好反响。大奖赛的获奖篇目已在本期刊物上揭晓，编辑部的同人由衷祝贺获奖的作家们，相信读者的看法会和评委的观点产生共鸣。文学评论家贺绍俊在本期发表的文章很值得一读，他仔细阅读了《上海文学》去年一年发表的中篇小说，以独特而公允的眼光，对小说做了精辟的分析。贺绍俊写这篇评论时，大奖赛结果尚未揭晓，他的很多看法，和评委们的意见不谋而合。本刊去年发表的一些引起反响的优秀中篇，贺绍俊都在他的文章中做了中肯的评论，如葛水平的《比风来得更早》、曹征路的《豆选事件》、乔叶的《指甲花开》、北北的《我对麦子的感情》、于怀岸的《一粒子弹有多重》，等等。贺绍俊对本刊去年在加强对现实生活的关注、对艺术多样化的追求以及在推崇新人方面的努力做了肯定，这些也正是我们尽力在做的。

在大赛的来稿中，发现有几位80后的新人，这是特别令我们欣慰的事情。北京的李晁和上海的张怡微，都是第一次发表小说，对他们的获奖，更要多一份寄希望于未来的祝愿。这次中篇小说大赛，可以说是一场当代小说的生动展览，丰富的题材，生动的故事，形形色色的人物，多彩多姿的叙述风格，更值得称道的，是作家们对生活的挚爱和对文学的真诚态度。

短篇小说一直是《上海文学》的主角，去年我们并没有因为举办中篇小说大奖赛而忽略了对短篇小说的关照。去年本刊发表的将近四十篇短篇小说中，有很多篇引起广泛注目，如王安忆的短篇两题《公共浴室·厨房》、孙颙的《门卫之死》、须一瓜的《一次用心筹备的邂逅》、残雪的《月光之舞》、阿来的《马车夫·喇叭》、陈世旭的《机密》、王周生的《云想衣裳》、戴舫的《手感》、戴冰的《斜视》、石方能的《独木桥》、许青安的《江南之鼠》、赵长天的《西昌梦月》等，都是耐人寻味的佳作。

本刊去年发表的其他体裁的文学作品，也有不少引起读者的兴趣，如舒婷的《大美者无言》、薛尔康的《高晓声最后的快乐日子》，两篇散文以不同的风格，写活了两位不应该被人遗忘的优秀文化人。“视野”的作品，以纪实的风格作品吸引读者，其中有几篇有撼动人心的力量，如《至爱如吾》《最后的詹庆良》等。去年的“专栏”中，展示了六位作家的新作，肖复兴对北京历史风俗的追溯和描绘，刘绪源对现代文学的钩沉和思索，李元洛对古典诗词的探幽，吴亮对往事的回想，苏炜和李肖慧从美国发过来的知性和感性兼具的篇目，相信口味不同的读者自会各取所需，被这些文字吸引。我们的“新诗界”每期都发表诗人的新作，值得一提的是去年7月号推出的北岛《诗八首》，这是多年来北岛第一次在国内的文学刊物发表他的新作，引起很多读者的关注。

“陈村聊斋”，在去年的刊物上连续出现了七期，陈村在他的“聊斋”中和文坛各路人马聚会，他们机智风趣的对话，可以让读者了解当代作家的各种心境和生存状态。陈村会将他的“聊斋”结集出书，也是当代文坛一组意蕴丰繁的话语和心迹的记录。

我们的刊物，一如既往得到了国内名家的支持，他们登上“作家讲坛”，用充满个性的声音，向读者讲述他们对文学的见解，这成为读者的期待。在此特别要感谢我的老师钱谷融先生，他的《文学漫谈》，深入浅出，微言大义，仿佛又使我回到三十年前的课堂听先生睿智而坦诚的讲课。

理论与批评一直是我们的重点，去年本刊的文学评论，也是有收获的一年，南帆的《无厘头：喜剧美学与后现代》、孔见的《文学的隐痛和烛照》、林非的《二十一世纪散文前景》、王光明的《文学与社会关系的重建》、李云雷的《如何生产中国的形象》、程德培的《当叙事遭遇诗》等作品，涉及当代文学的各个领域以及很多大家都在关注思索的问题，引起各方关注。对《上海文学》这样一个以发表原创作品的纯文学杂志，有卓见、有分量的理论犹如神经和骨骼，不可或缺。

这一年来，审稿读刊成为我的日常生活，全年过目的文稿数百万字，也许是我阅读当代作家的作品最丰的一年。我曾担心读得多了会感觉疲惫和麻木厌倦，但实际上却不是这样。来稿中不同题材不同风格的作品，不时令我感动，使我感觉新鲜。前些时候，有自以为高深的评论者扬言，中国的文学正在走向没落，甚至已经死亡，我想，出此惊人之谈者，一定是很少读甚至不读当代作家的优秀作品。所谓无知者无畏，这也可算一例。对文学的前途，我从未悲观过，只要人性还在，只要文字还在被使用，只要人们对真善美的向往还在，文学的魅力便不会消失。不必焦虑浮躁，江山代有才人出，我们可以静心期待。

新年的1月号，希望能给读者一点惊喜。须一瓜奉献了她的中篇新作《二百四十个月的一生》，小说情节似乎很戏剧化，却令人心惊地反映了现实生活中的真实，贫和富、纯朴和狡诈在小说中形成强烈反差，让人窥见了人性的扭曲和复苏。须弥的短篇《沾露花粉》，是青春的赞歌，一点点忧伤，无法掩盖蓬勃美丽的生命之光。本期出现了两个新的栏目。“旷野心路”，是女作家李兰妮的纪实散文，她勇敢地面对癌症和抑郁症，在真实描述自己作为一个病人感受的同时，表现出一个作家的智慧和勇气；“彩墨情缘”，是老作家鲁光的艺术散文，记叙他和一些画坛大师交往过程，并透露一个作家如何变成画家的秘密，很值一读。今年本刊还新开了“当代诗人肖像”，将对活跃在诗坛的优秀诗人给予更多关注。本期的“新诗界”，推出张沁茹的诗作，这是一位年轻的文学新人，此前还从未正式发表过作品，她的诗作令我欣喜，希望这次亮相能成为她走上诗坛的一个有高度的开端。理论部分，黄发有、何言宏和邵燕君三位评论家的对话——《没有大师的时代》，对近三十年中国文学的状况做了很有意思的反思，评论家对当代作家的创作有严厉而中肯的批评，有高的要求和期盼，这是负责的态度，作家们也可随之反思。

去年夏天，我曾访问保加利亚，在和当地作家的一次交流中，一位看上去似乎落拓的保加利亚诗人，用低沉的声音朗诵了他的诗，其中有几句，引起我强烈的共鸣：

抬起你高贵的头颅，诗人，
只要你心里还怀着爱，
爱亲人，爱土地，
爱阳光和空气
爱世界上值得你爱的所有一切
只要你还在故乡的大地上行走，
只要你的行囊中还有准备和真理干杯的酒

我想，对中国的作家来说，这些诗句可以引起共鸣。

中国的作家，抬起高贵的头颅，在故乡的大地上寻觅，只要心里还怀着爱，只要文学的理想之火还在我们的精神中燃烧。

2007 年 12 月 16 日

（本文为 2008 年《上海文学》卷首）

天堂的中心

过去一年，是中国人永难忘怀的一年，人间的悲喜剧，在大地上连续不断。雪灾，地震，火炬传送，北京奥运会，金融风暴……当灾难降临时，中国人表现出来的坚韧和团结，向世界展现了中华民族生机勃勃的精神面貌和伟大力量。人类的渺小和人性的伟大，同时呈现在世人的眼前。

在这个多事之年，文学没有缺席。汶川大地震发生后，文学界和全社会一起，向灾区奉献出炽热的爱心，网上爆发的诗歌热潮，成为让人惊叹与感动的文学奇观。我参与主编的《惊天地，动鬼神——汶川大地震诗抄》，在地震之后不到一个月就由华东师范大学出版社出版，本以为将是第一本抗震诗选，没想到全国各地几乎同时出版了多种诗选。因为灾难而激发的同情和爱心，以各种方式呈现，文学在这样的时刻展现了她非同寻常的力量。

去年，《上海文学》值得提一下的事件，除了在第一时间及时发表反映抗震救灾的诗歌、小说和纪实文学，还有几件大事。

“中环杯”《上海文学》中篇小说大奖揭晓颁奖当属一件大事。《指甲花开》《比风来得更早》《豆选事件》等十篇小说获奖。颁奖前，我在北京见到这次大奖赛的评委、中国作协主席铁凝，她对我说，“我仔细读了你们的参赛小说，水平很高”。

去年本刊还有一个重要活动。在中国改革开放迎来三十周年之际，文学界也在总结这三十年来的成就与得失，我们邀请国内数十位作家和评论家，一起回顾新时期中国文学创作，大家在会上畅所欲言，有反思，有交锋，提出了很多颇有见地的看法。与会者的发言，被编成我们刊物的一期特辑。最近常听到这样的议论，说当下的中国文学缺少有深度的思考，文学作品缺乏思想的筋骨。我想很多作家也许未必认同这样的看法，没有思想也就没有了文学创作。写作者如果自命思想家，老是想着发议论显摆自己高屋建瓴，往往会失之空泛，使读者对这类文字敬而远之。文学创作，还是要通过真切、独特、细腻、富有想象力的情景，通过灵动个性的文字，来吸引人、感动人，来体现作家的真知灼见。不过，对写作者而言，这不失为一种提醒。老作家袁鹰去年为本刊开设专栏“风华远去”，回忆了一批已经离开人间的文坛前辈，这类文章值得现在的年轻作家仔细一读，这不仅是为了了解历史，了解中国当代文学走过的曲折崎岖之路，也是为了了解和学习文坛前辈们正直的品格和真诚的态度。他回忆巴金的那一篇，题目是《讲真话——巴金留给我们的箴言》，文学前辈真诚的态度和执着的精神，永远是后人的楷模。

过去已是翻过去的一页，且让后人去评说，让我们把目光投向未来。读者一定在关心，2009 年的《上海文学》会有一些什么新的气象。

今年第一期，我们在小说栏目中发表了一组篇幅极短的短篇小说，每篇字数都在三千左右。这些小说，尽管篇幅短小，但大多意蕴曲折，余韵悠长。短篇小说，在小说中其实最不易写，篇幅不长，却要结构和故事，要营造氛围、塑造人物，对文字有极高的要求，任何多余的枝蔓和铺陈都会破坏作品境界。现在的小说家大多不愿意写短篇，觉得费力不讨好。很多年轻作者，动辄长篇，而且写得飞快，似乎非长篇难显创作水准和功力。那些速成长篇，有多少能长留在读者记忆中呢？优秀的短篇小说，好比小说中的钻石，短小中凝聚着博大丰繁，人生的无穷悲欢和万端感慨，浓缩于晶莹一闪，让读者回味不尽。那种洋洋洒洒、信马由缰的写法，是创作短篇的大忌。现在，很多短篇小说的篇幅越来越长，不加节制，长得和中篇小说失去了分界。作为刊物的编者，觉得这是个问题，读者也会因此产生疑惑和厌烦。我们发表这一组短篇小说，也是一种提倡，真希望小说家们能为读者多写一些精粹而有意味的短篇，短些、短些、再短些。我们在此诚恳相约，虚席以待。

姚鄂梅的中篇小说《少年之家》，可以令读者情绪随之波动。一个退休的老人和一群乡村“留守儿童”之间发生的故事，既让人感动，也令人心酸。真和假，善和恶，人性的高尚和猥琐，转换得猝不及防，在遗憾的同时让人产生沉重的联想。

现在中国文学期刊众多，每月有大量小说新作问世，向读者推荐其中值得关注的佳作是一件有意义的事。国内已有的几家小说选刊，在这方面所做工作影响深远，可谓功德无量。这些年，我们一直想在上海办一家文学选刊，但因为各种条件限制未能如愿。今年本刊新设“短篇精荐”，请程德培和洪治纲两位评论家轮流推荐并评介国内新近出现的优秀短篇佳作。我们腾出篇幅，转载被他们推荐评介的小说，这个栏目也意涵着对我们文学选刊的一种呼唤。

刘心武是《上海文学》的老朋友，前不久，我在报上读到他的一篇回忆和巴金交往的文章，其中一些不为人知的情景让人感慨不已。我写信给心武先生，希望他在《上海文学》开专栏，谈谈他记忆中的文学往事，对现在的文学青年一定会有珍贵的启示。承蒙他答应，很快寄来了第一篇《兰畦之路》，并配有他的水彩画。淡雅的兰花，引出的却是出人意料的故事。文章的主人公，是一个曾经以自己的文字震惊国际文坛的中国女作家，曾经被高尔基称为“一个真正的人”，并在高尔基逝世后由斯大林钦点，和他一起为高尔基抬棺执绋的女子，她的名字叫胡兰畦。在中国，现在有谁还知道这名字？历史的风涛，曾经无情地湮没过多少应该被人们记住的名字？刘心武在少年时代就认识她，却在五十多年后写出这篇他所认识的“胡孃孃”的文章。作为读者，我有心惊魄动之感。心武先生为他的专栏取名“十二幅画”，读者将期待着他的画和由此引出的故事。

“作家论坛”是本刊持续多年的栏目，是作家回顾、思考和展望的讲台，很多文学爱好者对这个栏目感兴趣。本期刊发熊召政的《说说张居正》，谈他对历史人物张居正的看法，其中也蕴含着他创作长篇小说《张居正》时所经历的心路历程，很可一读。

韩小蕙主持的“惊鸿留痕”中，将出现一些不为文坛熟悉的名字，他们的文字，也许会使读者感觉到新鲜甚至新奇。本期推荐陈善壎的《幻肢》，是一篇介于散文和小说之间的文字，荒诞年代的荒诞故事，笼中之翔舞，惨烈而浪漫。作者是一位科学家，他的饱蕴智慧的激情和独特的表述方式，相信会给读者留下震撼的印象。

“理论与批评”刊发贺桂梅《十九世纪的幽灵》，回溯了20世纪80年代的人道主义思潮，可以让人重温改革开放给文学界带来的思想解放和百花齐放的景象。当今的文学创作和文学批评，应该是当年那种景象的延续。

本期还将推出杨显惠反映藏区风情的小说专栏“甘南纪事”，刘绪源评说现代文学散文传统的“今文渊源”。去年开出的“当代诗人肖像”栏目，受到读者好评，今年仍将继续。新开出的“海上回眸”，将请不同的作家描绘昔日上海的风情万象，诗人王小龙以《河水拍醒少年梦》为此栏开头，他用活泼灵动的文字回溯苏州河畔的少年时代，引起我很多共鸣。

前几天，我刚从爱尔兰访问回来。都柏林被人称为“文学之都”，那里是斯威夫特、王尔德、乔伊斯、萧伯纳和贝克特的故乡。在都柏林，我曾寻访作家乔伊斯的足迹，参观他的故居，到海边寻找他写作《尤利西斯》的“乔伊斯塔”，也曾在都柏林市区寻访“布卢姆之路”。在乔伊斯的小说中，都柏林那些普普通通的街道，被展现得曲折幽深，变幻多姿，这是文学的魅力。乔伊斯曾把都柏林称为“天堂的中心”，这是作家对故乡的一腔深情。这样的“天堂的中心”，其实存在于世界的任何角落，每个作家的故乡和生活之地，都是他的“天堂的中心”。即便在异乡写作，故乡的土地和人，仍是作家心里的“天堂的中心”。

文学作品，是作家的心灵之画。但愿我们的刊物能成为一个自由包容的展厅，源源不断地展示斑斓心画，展现无数风景迥异的“天堂的中心”。

2008 年 12 月 9 日于四步斋

（本文为 2009 年《上海文学》卷首）

春在溪头

环顾当今中国文学生机勃发的景象，想起两句古诗："满眼不堪三月暮，举头已觉千山绿。"

这是辛弃疾《满江红》中的诗句，把春天的景象写得气韵十足。举头满眼春色，千峰万岭皆绿。以这样阔大的气势表现春色，体现了这位豪放派词人的风格。用这两句诗来描绘当今中国文学创作的盛景，或许不算牵强。不过，我更喜欢辛弃疾另一阕写春光的《鹧鸪天》："陌上柔桑破嫩芽，东邻蚕种已生些。平冈细草鸣黄犊，斜日寒林点暮鸦。山远近，路横斜，青旗沽酒有人家。城中桃李愁风雨，春在溪头荠菜花。"这是一幅描绘春景的工笔画，有远景，有近景，有天籁声色，也有人间烟火。最让人读而难忘的，是最末一句"春在溪头荠菜花"。春天的脚步，就落在溪边那些不起眼的小小荠菜花上。在乡间，我见过河畔路边的荠菜花，那是米粒大小的白色野花，星星点点，可亲可近，这使我在感受春色降临的同时，很自然地想起辛弃疾的这句诗。古人写春天的诗词中，"春到溪头荠菜花"是最动人的诗句之一，如此朴素平淡，却道出了春天铺天盖地而来的魅力。

回顾去年的《上海文学》，让我想起辛弃疾的"春在溪头荠菜花"。《上海文学》只是中国当代文学创作的一个窗口，但在阅读来稿、编辑新作的过程中，时时有惊喜、有感动。人间的喜怒悲欢和憧憬梦想，伴随着作家的才情和思索，从不同的稿笺中扑面而来。去年，《上海文学》从海内外大量来稿中选发了二十余部中篇小说、七十余部短篇小说、八十余篇散文随笔、一百余首诗歌、三十余篇文学评论，还有四篇外国作家的译作。这些数字，对浩瀚文坛来说，也许只是沧海一粟，但对《上海文学》编辑部，却是全体编辑人员一年辛勤工作的丰硕成果。编辑的工作，是云中追月、沙里淘金，是去芜存真、去粗求精，也是播种、培植和收获，其中的辛苦和快乐，一言难尽。对所有支持《上海文学》的作者和读者，我们心存感激。去年我们发表的小说中，最年长作者是罗洪女士，她在百岁高龄创作的短篇小说《磨砺》，可以说是文坛奇迹；而短篇小说《韭菜为她而长》作者王卞，才二十岁刚出头，是去年本刊最年轻的作者。这一老一少，年龄相差七十多岁，其间相隔几代，他们的作品同在《上海文学》发表，可视为文学理想薪火相传，文坛后继有人的一种象征。

去年本刊发表的作品中，可圈可点者很多，有不少在读者中引起反响。中篇小说中，姚鄂梅的《少年之家》、滕肖澜的《我的宝贝儿》、卢一萍的《酒徒传奇》、杨少衡的《合水渡》、薛舒的《板凳上的疑似白癜风患者》、王小鹰的《青玉案》、烈娃的《渡江》、陈家桥的《大象》、江一桥的《好要得很》等，都是很可一读的佳作。这些作品，大多以当下现实生活为题材，小说塑造的人物，读者可以在现实生活中找到影子，而小说中涉及的矛盾和问题，也都发人深思。如《合水渡》是一篇反映当下农村现实生活的力作，写得波澜迭起，引人入胜。小说塑造了极有个性的常务副县长刘克服，面对村民间尖锐的矛盾，他敢于担当，表现出大智大勇，甚至不惜为此丢掉乌纱帽。情势危急时，他亲临现场，化解险情，当个人仕途和村民利益发生冲突时，他以百姓情怀为重。这样的人物，出现在小说中也并非完美的英雄，他有苦恼、有委屈、有犹疑，然而他有为民解难的真心，有真诚恳切的态度，所以能得到村民的信任。刚以长篇小说《长街行》广受好评的王小鹰，又写出中篇新作《青玉案》。这是城乡之间一出爱恨交织的人生悲剧，小说情节一波三折，情节的发展让人难以预想。

城市商业社会的侵袭，颠覆了纯朴的乡土观念，对金钱的追求导致人性的迷失。然而在悲剧的背后，读者可以感受作者对真、善、美的挚切呼唤。烈娃的《渡江》，时间跨度长达大半个世纪，写了老一代人在不同时代的遭遇和命运，其中有人性善恶真伪的纠葛，有爱情和理想的冲突，这样的纠葛和冲突，在时空交错中延展成一部情节跌宕、意味深长的小说。

去年本刊的短篇小说，也有不少佳作。短篇佳作中，值得一提的，有缪克构的《暗器》、残雪的《紫晶月季花》、须一瓜的《黑领椋鸟》、储福金的《莲舞》、鬼金的《金色的麦子》、叶弥的《黑夜黑夜跑起来》、裘山山的《戛然而止的幸福生活》、张学东的《放烟》、金仁顺的《在敦煌》、刘庆邦的《逃荒》等。年初刊发的精短小说，字数都在两三千字，篇幅简短而意味深长，这是我们的一种提倡，既受到读者欢迎，也得到很多作者的响应。程德培和洪治纲主持的“小说精荐”，为读者推荐了十二篇优秀的短篇新作，这些来自全国各地文学期刊的佳作，是对中国当今短篇小说创作的一个精粹展览。去年，我们举办了“中环杯”短篇小说新人大奖赛，约请王蒙、铁凝、贾平凹、韩少功、陈村、迟子建等著名作家担任评委。这次评奖，吸引了大量年轻的文学新人参与，收到大量作品，新一代小说家显露出来的才华让人欣喜。评奖结果，将在下月刊物上揭晓。

去年本刊的几个专栏，很受读者欢迎。刘心武的“十二幅画”，最受大家关注，这是十二篇写人记事的散文，心武先生以真诚的态度、深挚的情感、朴素的文风，娓娓书写人间真情，忆师友，怀亲人，回望历史，思索人生，感动了无数读者。曾有年轻作家在报上发表文章，说是因为读“十二幅画”而爱上《上海文学》。此栏目成为去年被转载最多的文字。杨显惠的“甘南纪事”，是一个短篇小说专栏，作者保持了他一贯质朴、冷静、深沉的风格，为读者生动地展示了甘南地区藏民纯朴的民风和生活状态。张辛欣从万里之外发来了新作，她的“漫描美国”，以一个中国作家敏锐的眼光，审视美国社会的世相百态，也是颇受读者关注的专栏。刘绪源的“今文渊源”，对现代文学中的散文部分做了独有见地的分析，对历史上的一些文学现象和作家提出不同于前人的看法，也引起很多同行的兴趣。韩小蕙主持的“惊鸿留痕”，是一个散文栏目，选文作者大多不为读者熟悉，职业也非关文学，但他们的文字别开生面，给人惊喜。“海上回眸”，是反映城市历史和人文生态的专栏，也有很多读者喜欢的内容。“当代诗人肖像”持续了两年，推介了一批被读者关注的诗人，这在中国的文学期刊中或许也是绝无仅有。有人说诗歌在文坛已被“边缘化”，但本刊一直给诗歌以应有的空间，以后也会坚持如此。

倡导文学评论，是《上海文学》的传统，这是文学创作不可忽视的一种推力。去年发表的《十九世纪的幽灵》《文学与土语》《“再解读”思潮与历史转型》《魂系彼岸的此岸叙事》《鲁迅风的妙处》等文章，都引起广泛的回响。

去年本刊的小说和部分专栏，将由两家出版社以“《上海文学》创作丛书”分别出版，在此先做个预告。

今年第一期，但愿能给读者一点新的惊喜。

本期刊登了两个中篇、三个短篇。常芳的中篇小说《纸环》叙述当代城市人的情感经历，波澜曲折，细腻深刻，很可一读。另一个中篇《隐疾》，是写关于梦游和人性蜕变的故事，看似荒诞，却引人深思。三个短篇也都耐人寻味。《黎明之刃》是几个在屠宰场工作的年轻人的故事，底层生活的艰辛以及两个男人之间的生死情感，让人叹息。另一篇《山豹》，篇幅很短，写越战故事，读到结尾处，出人意料，有惊心动魄之感。

今年本刊的专栏有新的气象。刘心武为中央电视台《百家讲坛》讲解《红楼梦》，曾轰动海内外。一个当代小说家，对这部古典名著有如此深刻而独到的理解，也是文坛一道风景。他提供给我们的“红楼探佚”文字，是他解读《红楼梦》的最近心得，相信读者会非常期待。老作家袁鹰的“笔梦依稀”，是他对自己的文学和编辑生涯的回忆，会把读者带入遥远的过去，认识很多文坛前辈。台湾女作家陈若曦，今年也在本刊开设专栏，“若曦自述”会把读者带到台湾，带到美国，带到风云变幻的时代，这些文字也将剖露一个文坛老将的赤子情怀。理论部分，哲学家郑湧先生新开专栏“哲思与文心”，本期有分析解读翻译家傅雷的新篇。

我的一个朋友，是一位外科医生，是《上海文学》的忠实读者，他告诉我，他很认真地阅读每期刊物上的每一篇文章，他喜欢这本刊物。但是他提了一个意见，他说，刊物刊登的小说，乡村题材多，荒凉边地的故事多，都市题材的作品少，这是一个遗憾。《上海文学》，顾名思义，应该多一点城市生活的题材。他的意见，或许代表了不少人的看法。我想，文学作品的优劣，其实无关乡野还是城市，只要生动描绘生活，真实袒露心灵，深刻展示人性，都是好作品。但是，读者对《上海文学》有这样的要求，也很合乎情理。今年，我们将会更关注和都市生活有关的作品。再过几个月，世博会将在上海开幕，这届世博会以“城市让生活更美好”为主题，我们也想在刊物上发表更多城市题材的文学作品。什么样的城市能让生活变得美好，文学应该有自己的回答。

2009 年 12 月 15 日于四步斋

（本文为 2010 年《上海文学》卷首）

芦苇之叹

最近回故乡崇明岛，在萧瑟秋风中，踏上我曾经参与围垦的土地。又看到了芦苇！起伏的芦荡一望无际，从我的脚下一直延伸到遥远的天边。秋风中芦花盛开，这些绵延在江滩上的银色花朵，是极为壮观的景象，它们在夕照中变成了一片金红色，犹如波涛汹涌的火海，在天地间轰轰烈烈地燃烧。

芦苇，曾经被人认为是荒凉的象征。然而在我的心目中，这些在岛上随处可见的植物，却代表着美丽自由的生命，它们伴随我度过了艰辛的青春岁月。我曾经在油灯下为芦苇写诗，曾经自比芦苇，憧憬未来的生活。

物是人非。当年的下乡知青，如今人过中年，我们的鬓发，已如秋风的芦花。然而在天地间盛开的芦花，却一如当年模样，在秋风中默默吟唱着一曲悲壮苍凉的生命之歌。我对芦苇有感情，不仅因为它曾是我青春岁月的伴侣，更因为它给我的启示。等寒冬降临，芦花会凋谢，芦叶会枯萎，江滩上会弥漫荒凉。可是芦苇还活着，它不会死，在冰封的土下有冻不僵的芦根，有割不断的芦笋。冬天的尾巴还在大地上扫动，芦笋却倔强地顶破被严霜覆盖的土地，在凛冽寒风中骄傲地伸展开柔嫩的肢体，宣告冬天已经过去，也宣告生命又一次战胜自然强加于它的严酷。只要春风一吹，它就会以一片蓬蓬勃勃的新绿为人类报告春天的消息。生命的歌唱，将替代荒芜和寂寞，这是大自然永恒的规律。

自然界这种生命的轮回和永难被扼杀、被消灭的勃勃生机，使我联想到文学的状态。20世纪末经济大潮汹涌而起的时候，很多人曾哀叹文学的没落，甚至担心文学会死亡，然而实际情况并没有那么可怕。只要人性不变，只要人类还有梦想，还有对美和理想的追求，那么，文学就不会被消灭。就像崇明岛上的芦苇，荣衰交替，生生不息，生命的轮回常演常新。中国文学创作的现状，正在证明着这一点。《上海文学》作为一个老牌的纯文学杂志，也是中国文学的一个窗口。窗口虽小，但一年四季风景纷繁。去年本刊发表的很多小说受到读者的好评，中篇小说如孙颙的《拍卖师阿独》、肖复兴的《乌夜啼》、北北的《息肉》、范小青的《嫁入豪门》、滕肖澜的《小么事》，短篇小说如铁凝的《1957年的债务》、赵本夫的《洛女》、王祥夫的《发愁》、盛可以的《一张巴尔扎克的驴皮》以及苗炜的《警察与外星人》《你知道的太多了》等，小说家们以各种不同的视角和叙述方式，展现并揭示了当今社会的各种生态和心态，也展示了小说的艺术魅力。本刊的专栏，这两年受到读者欢迎。去年的专栏中，刘心武对《红楼梦》的解读，袁鹰对文学生涯的回溯，陈若曦对自己曲折而独特的文学人生的追述，无不引人入胜。诗歌、散文和文学评论，也不断有佳作问世。

这两年来，我们评了两个奖。一个是短篇小说新人奖，征稿不到一年，参赛来稿数百篇，作者来自全国各地，还有港台和海外的作者。这样的情景，令人欣慰。现在的小说家，大多热衷长篇和中篇，短篇小说似乎成了“烫手山芋”。其中缘由，不必细究，大家都明白。写好短篇，其实很不容易，中国当代几位擅写短篇小说的大家，沈从文、汪曾祺、林斤澜，至今仍被读者推崇。新人的短篇小说，不可能炉火纯青，但也是雏凤争鸣，很热闹，也很耐听。年轻一代对生活的态度，对文学的憧憬，对小说艺术的追求，都表现在他们的文字中。《上海文学》历来重视对短篇小说创作的提倡和鼓励，这次短篇小说新人大赛，也是出于这个目的。王蒙、铁凝、贾平凹、韩少功、陈村、迟子建等诸位评委，用心审读了编辑部初选出的来稿，评选出了这次大赛的获奖作品。获奖作品陆续在刊物上发表，读者也因此发现了很多陌生的年轻人的名字。记得几年前我曾就刊物的编辑方针请教李子云大姐，她曾主持《上海文学》多年，是一位慧眼卓识的前辈，她对我说："《上海文学》要在提倡短篇小说方面多做点事情。这是一个不应该放弃的好传统。"我们的几次新人小说创作大赛，她都是我们的评委，这届短篇小说新人奖，本来也要请李子云当评委。2009年6月子云大姐突然病逝，实在令人悲痛。我们的短篇小说新人大赛，其实也是在接续践行李子云生前竭力提倡的主张。近日华东师大出版社已将获奖作品结集出版，书名为《鱼吻》。我想，这本由年轻人唱主角的短篇小说选集，也是对李子云的纪念。

2010年年末，我们还评出了第九届《上海文学》奖。《上海文学》奖虽是一个刊物的评奖，但一直被文学界和文学爱好者看重，以往的八届《上海文学》奖，曾经评出很多产生很大影响的佳作。第八届《上海文学》奖距今已有七年，重新恢复这一奖项，也是对多年来支持我们刊物的作者们的一个回报。这届《上海文学》奖，对各种文学体裁的作品都没有忽略，中篇小说、短篇小说、专栏、散文、诗歌和理论，共评出四十位作家的作品。获奖作家中，既有名作家，也有年轻的新人，可以说是几代作家的集会，名家和新人各领风骚，交相辉映。

写这篇短文时，我刚读过本刊2011年1月号的清样。读者对我们的刊物有所期待，但愿新年的刊物不会让关心《上海文学》的读者失望。本期刊物中，有迟子建的短篇新作《七十年代的四季歌》，小说取材自作者的亲历，深情描述了一个小姑娘和几位亲人的交往，人间的亲情展现在最朴素的场景中，真让读者心灵颤动。在迟子建的小说中，这是很特别的一篇。作家的真诚，永远是感动读者的最重要的原因。刘心武的专栏，在本刊已经是第三个年头，读者喜欢他的文字，也是因为他真诚的态度。今年他为自己的专栏题名“人生有信”，首篇写他和冰心老人的交往，两代作家之间的心心相印和惺惺相惜，正是珍贵的文学精神世代传承的写照。今年新开专栏中，“我的伪造生涯”是张辛欣别具一格的文字；“学海辨踪”是李泽厚对自己的思想和人生旅途的回顾与思考，值得读者关注。张抗抗对文学的思考、南帆理论新作《文学、大概念和日常纹理》，也很可一读。

本刊从去年 12 月号开始，大幅提高稿费，引起文坛和社会的热议。这是政府对文学的尊重，也是社会对文学的支援。改革开放三十多年，经济大发展，中国人的收入增长几十倍，物价也大幅度上升，然而文学刊物的稿酬，却十多年来没有变化，这种现象不正常，也不合理。作为编辑，这些年来我们其实一直为此困惑，并非我们无心无为，实在是无奈无力。在目前社会状态下，中国的纯文学刊物是具有社会公益性质的出版物，担负着展示文学成就、扶助文学新人、促进文学创作的责任。中国需要勇于和善于担负责任的文学名片。这些年，我们苦心经营着刊物，坚守纯文学的阵地，坚持追求文学的理想，虽然清贫，但心安理得。很多人曾建议我们改变方向，以适应或迎合市场，这样的建议对我们并无诱惑力。因为我们深知：媚俗，对我们这样的纯文学刊物无异于自杀。我相信我们的行动不是堂吉诃德战风车。我们的作者很少有人为稿酬斤斤计较的，大家为什么很看重《上海文学》，是以在这里发表新作为荣，这也是我们的荣耀。作者可以不计较，编者却不能不计较。提高稿费，绝非媚俗，而是关乎文学的尊严，也是对作家创造性劳动的尊重和体现。我相信，很多年无法改变的文学期刊的稿酬现状，应该会有一些变化。

又想起了芦苇，想起了那些在秋风中飘动的银色花朵。当年在崇明岛插队落户时，住芦苇棚，在油灯的微光下读书写作，那时做梦也没有想到还会有稿费。写作对于一个真爱文学的人来说，是追梦，追理想，即便永远没有稿费，大概也会一直写下去。帕斯卡说“人是一棵会思想的芦苇”，这比喻使我感到亲切。以芦苇比人，喻示人的渺小和脆弱，其实，可以另义理解，人性中的忍耐和坚毅，正恰如芦苇。在生生不息的人世间，文学和江畔的芦苇一样，永远会向世界展示它的顽强和美丽。每一个热爱文学的人，都是一棵会思想的芦苇，在大自然的清风中，自由地发芽、长叶、开花、歌唱……

2010 年 12 月 14 日于四步斋

（本文为 2011 年《上海文学》卷首）

雪山的沉静

出席中国作家协会第八次代表大会开幕式，坐在我前面一排的是九十六岁的徐中玉先生。开会听报告，徐先生腰板挺得笔直，没有一点疲态。我在后面凝视他的背影，凝视他一头白发，他始终端坐，沉静如雪山。这次作代会有一个话题，那就是，文艺工作者要坚守、要追求，我想，前面的这位前辈不就是榜样吗？徐中玉先生在文学道路上坚守了一辈子、追求了一辈子，淡定坚忍，百折不回。对文学的追求，使他保持了年轻的精神状态。如此高龄，他还在做学问，写文章，主编杂志，审读教材，思路和年轻人一样清晰活跃。徐先生是我大学时代的老师，学校的师生都敬重他，虽然历经岁月的磨难，但他的信念和意志从未被摧毁。在艰困危难之时，也保持着一个正直知识分子的良心和傲骨。我们上大学时，徐先生是华东师大中文系主任，他不仅教大家读书做学问，也支持学生在课余从事文学创作，鼓励大家抒真情、说真话，用文学作品讴歌人性，表达对理想的追求。在他的倡导下，中文系学生创作成风，很多同学由此走上文学创作之路。我毕业的时候，毕业论文是一本诗集，这在大学里或许也是空前绝后的事情，这是徐先生坚持倡导的结果。

记得二十八年前，参加第四次作代会，我这样年龄的代表是最年轻的一辈。那次开会，致开幕词的是巴金。会场内外能见到很多名满天下的前辈，周扬、夏衍、曹禺、冰心、丁玲、胡风、叶圣陶、张光年、艾青、臧克家、秦牧……徐中玉先生和钱谷融先生也是那届作代会的代表。当时他们不算最年长者，但也是老一辈文学家。这么多年过去，两位老先生竟然还像当年一样精神矍铄，兴致勃勃地和年轻人一起参加各种文学的聚会，这真是一个奇迹。和这两位鹤发童颜的老师在一起，我总是会想起当学生时的情景，一时仿佛又回到了年轻时代，忘记了自己的年龄。到北京后，徐先生说，他来参加作代会，就是想来看看年轻人。在全国作代会上，最引人瞩目的风景，是年轻作家的参与。这次作代会的代表中，最年轻者出生于1987年，和徐中玉先生相差七十多岁，这中间也相隔了好几代人。年轻的一代，虽然在会场上占的比例不大，但他们的出场是一种令人欣慰的象征。文学事业新老交替，后继有人，如江河奔流，后浪推前浪，永远汹涌不竭。

我们的刊物，其实也一直是几代人同堂的场所。《上海文学》的作者，有老作家，也有年轻人，在编辑刊物时我们时时能感受到文坛的新老交替，前辈宝刀不老，新人青出于蓝。去年本刊发表了四十多篇短篇小说、三十多篇中篇小说，小说作者中有文坛老将，也有很多年轻人。去年发表的小说中，有不少作品得到读者的好评。短篇小说中，有迟子建的《七十年代的四季歌》、宗璞的《琥珀手链》、蒋一谈的《说服·刀宴》、朱山坡的《回头客》、叶兆言的《写字桌的1971年》、范小青的《天气预报》等；中篇小说中，有方方的《民的1911》、肖复兴的《丽人行》、常芳的《请让我高兴》、卢一萍的《索狼荒原》、滕肖澜的《拈花一剑》、杨少衡的《雁过留声》、赵玫的《流动的青楼》、薛舒的《隐声街》等。国内各种选刊，转载了本刊的很多小说。《上海文学》的作品被转载，我们感到欣慰，一是乐见自己编发的作品被选家认可，二是欣喜可以借助这些选刊，让更多的人读到本刊发表的优秀小说。

本刊的专栏，这几年受到读者的欢迎。非虚构类的文字，以其真实的叙述和作者真诚的态度，以及在文字中透射出的智慧学养，获得读者的青睐。刘心武先生的专栏在本刊已经开了三年，去年他的“人生有信”一直被读者关注着，他所追忆的文坛故人和往事，情深意挚，引人入胜。张辛欣的“我的伪造生涯”和张承志的“你的微笑”都是读者喜欢的专栏。“海上回眸”，是写上海生活的专栏，不是简单的怀旧，而是对历史的回味，对一个世纪以来上海人心态和生态的研讨，不同年龄、不同风格的作家，以不同的方式评说这座城市的历史沧桑和岁月风情，其中蕴含的复杂情感，交织于一声喟叹。专栏文章，已成为本刊的一个特色，以后将延续扩展。

去年，文坛痛失史铁生，本刊同人感到特别悲痛。史铁生是《上海文学》的老朋友，他的不少作品，曾在这里发表，其中有他的散文名作《我与地坛》。我们编发了纪念史铁生的特刊，重新发表了《我与地坛》，是对这位杰出作家的追怀和纪念。他的作品和人格，是难得的精神财富，将会被人们传诵和铭记。

创作和评论，是文学的两翼，文学评论仍然是本刊的重要内容。去年的理论栏目，1 月号以南帆的《文学、大概念与日常纹理》开篇，12 月号以郜元宝的《当代文学和批评的七个话题》收尾。这两篇文章，都以独到的见解和有深度的思考，引发了文学界的议论和思考。一年中，本刊发表了不少产生影响的理论文章。李泽厚和刘绪源关于哲学和美学的对话，去年分三期刊出后受到学术界的高度关注。“批评家俱乐部”邀集了全国各地的文学评论家，就文学界关心的很多问题各抒已见，也希望借此呈现一点百家争鸣的气象。

去年，本刊编发了一期增刊，内容是新疆作家作品专辑，这是上海作协和新疆作协文学结对活动的一个成果。新疆各民族作家的作品，在《上海文学》以如此规模集中展示，前所未有，引起广泛关注。专辑中的中篇小说《玛穆提》，以其独特的叙述方式和奇妙的构思而被很多读者关注，《中篇小说选刊》选载了这个中篇。《玛穆提》的作者阿拉提·阿斯木是维吾尔族作家，20 世纪 80 年代初，我第一次访问新疆，在伊犁也曾去他家做客。那时，他还是一个刚走出校门的文学青年，我和他聊天时谈的一些对文学创作的看法，他竟然一直记在心里。三十年来，阿拉提·阿斯木曾从事各种职业，但他对文学的热爱却始终如一。他用汉语写维吾尔族的生活，写得风生水起，斑斓多姿，对人性的探索也颇有深度。他在本刊去年10月号发表的两个短篇《最后的男人》《永远和永远》，也是很有特色的佳作。能在我们的刊物上推出优秀的少数民族作家，我们感到荣幸。

今年1月号和读者见面，希望能带给读者一点新气象。新气象是什么？不可能表演变脸，也不可能改弦更张，对我们这样的老牌刊物来说，所谓“新”，就只有一条，那就是发表有质量的新作。

本期我们以从维熙先生的新作《芦花魂》开篇。这是一位老作家回溯历史的心灵诗篇。几个月前，维熙先生将这篇新作发给我，我在电脑前读得满眼泪水。在摧残人性的时代，人性却在泥沼和黑暗中如钻石般闪亮，没有什么力量能消灭它纯洁的光芒。作品中的两个人物，让人肃然起敬，蒙难的翻译家吕荧，还有那个在危难中照顾吕荧的年轻科学家，他俩的曲折人生，是动乱时代的一个传奇。作品中还有一个让人难忘的人物，就是作者自己。他在落难时心存同情和理想，在灾难过去后保持清醒和反思，这都让人油生敬意。维熙先生在给我的信中说：“梳理这一段血色历史时，内心十分沉重。但历史不能掩盖，假凤虚凰者误国，卧薪尝胆者兴邦。”读这样的文字，又使我想起了文学家应有的坚守和追求。当年曾以《大墙下的红玉兰》感动无数读者的从维熙，仍然保持着那份赤子情怀。读者将会在本刊今年的版面上陆续看到他梳理历史的成果。

本期的小说，中篇《李北的憧憬》和《身源》，短篇《夭折的鹤唳》《试听室》和《芝兰桥轶事》，大多是对当下生活的映照，也不乏对理想的憧憬。

今年的专栏，也是新老交替。刘心武和张承志将继续为本刊写专栏。心武先生为自己的新专栏起名“空间感”，仍是他挚切深沉的风格。张承志的“你的微笑”惜墨如金，文字中潜藏着睿智和力量。今年又有两位作家在本刊开出专栏，陈丹晨的“惘然拾忆”，吴亮的“不可重复”，追溯过去的岁月，却不是简单的回忆。两位都是有影响的文艺批评家，且看他们如何以情理辉映的文字追回逝去的时光。

本期的“文学访谈”“人间走笔”和“新诗界”，都有很可一读的作品。理论栏目刊发陈仲义的《为“性诗”一辩》，对几首曾引起争议的所谓“性诗”，做了独具见地的分析和评价。“陈村网语”，是陈村对网络生活的记录，片段式的网上帖子，可以让人窥见一个文学家如何通过网络融入了社会。

这样介绍我们的刊物，似有卖瓜自夸之嫌，但这确是一个编者的由衷心得。

行文至此，又想到了刚谢幕的作代会。按惯例，文代会和作代会的尾声，总是在人民大会堂宴会厅举行的一场盛大热闹的联欢会，这一次仍然如此。舞台上歌舞花灯，光影汹涌，乐声轰鸣，喻示着文坛的热闹喧哗。和我同桌的徐中玉先生三个小时都保持着端坐的姿态，脸上含着安然的微笑，默默地观赏台上的演出。这雪山般的沉静，让我感觉到的是文学的生命和力量。

我们所处的时代，潮流汹涌，风云变幻。在文化发展和繁荣的呼唤中，读者对文学必定会有新的期盼，文学家需要责任和热情，在喧嚣中更需要保持一份沉静。不媚俗，不跟风，不势利，不追时髦，这是我们编辑刊物的方针。我们将一如既往，为作家提供一个值得信任的、能吸引读者的发表平台，为读者奉献更多更好的作品。

2011 年 12 月 18 日于四步斋

（本文为 2012 年《上海文学》卷首）

自由的翅膀

前不久，有机会访问丹麦。丹麦是北欧小国，人口才五百多万。然而世界上人人都熟悉丹麦，因为，丹麦出了一个伟大的作家安徒生。在安徒生的家乡欧登塞，我徜徉在安徒生曾经走过的小街上，街巷曲折，两边的小楼五彩缤纷，犹如童话中的情境。两百年前，这里是穷人集聚之地，破街陋巷中，蔓延着愁苦困窘，却也滋生着人间的爱，萌动着美妙的幻想。穷鞋匠的儿子安徒生，就是从这里走向文学，走向世界。安徒生的童话，以朴素的形式、独特的想象力，吸引了无数读者，孩子爱读他的童话，成年人也在他的童话中得到启迪。安徒生的童话，表现了爱的温柔和巨大力量，也表达了人类对真理的追寻，对幸福和爱情的向往。想象的翅膀，在安徒生的世界中自由翱翔，飞抵人间的每一个角落。《丑小鸭》《卖火柴的小女孩》《皇帝的新衣》《海的女儿》《野天鹅》《坚定的锡兵》……这些童话名篇，如同璀璨的星星，照亮了夜空，照亮了人类的心灵。在安徒生故居博物馆中，我看到了两个世纪以来被翻译成各种文字的安徒生童话，不计其数的译本，以人类的所有语言和文字，汇集成一片童话的海洋。安徒生和他的童话，是丹麦的骄傲，也是文学的骄傲。

在哥本哈根，和丹麦作家交流时，有一位丹麦诗人讲了一段往事。安徒生在创作出他最初的童话时，既受到读者的欢迎，也遭到过严厉的批评。和安徒生同时代的丹麦哲学家齐克果，比安徒生成名早，安徒生未出茅庐时，齐克果已经名声很大。齐克果看到安徒生的童话，不以为然，便写了一篇评论批评安徒生，认为他的创作没有前途。安徒生读到齐克果的评论，沮丧至极，大哭了一场。安徒生从小就因长得丑而自卑，他也曾从事过多种职业，自从开始创作童话后，他觉得自己找到了人生和事业的天地。然而齐克果的批评，兜头泼来一盆冷水，这对安徒生是一个沉重的打击。当时，可能出现两种后果：后果之一，沮丧的安徒生从此搁笔，转投他业，那么，丹麦和世界的文学史就将重写；后果之二，被批评的安徒生不为所动，继续走自己的路。值得庆幸的是，第一种后果没有出现。安徒生大哭一场之后，并没有放弃他对童话的喜爱，还是忍不住把心里酝酿的故事一篇接一篇写出来，而且越写越好，终于得到世人的注视。一只自卑的“丑小鸭”，最后长成美丽的天鹅，伸展开自由的翅膀，高翔蓝天。

安徒生的故事，使我联想到世界文学和中国当代文学的关系。

五四新文化运动以来，伴随着对“孔家店”的讨伐和批判，中国对外国文学的开放、接纳和推广之热烈，在人类历史上没有先例。自打林琴南先生以古文翻译欧美经典小说开始，中国投身翻译工作的知识分子浩浩荡荡，前赴后继，不遗余力地翻译、推介世界名著，在最近一个世纪中，几乎将所有西方的文学经典都翻译成了中文，很多并非经典的西方文学新作也很快会在中国翻译出版。有不少名著，在中国有多种译本，天南海北地重复出版。中国有不少以翻译出版外国文学作品为主业的出版社，如北京的世界文学出版社、上海的译文出版社、江苏的译林出版社等，还有很多专门介绍发表外国文学的期刊，如《世界文学》《世界文艺》《译林》等。一些重要的外国作家，甚至能在中国出版他们的中译本全集，如莎士比亚全集、托尔斯泰全集、海明威全集、泰戈尔全集等。安徒生的童话，在中国曾有多少译本，恐怕无人能够统计。而西方，从来没有这样推介过中国的文学，不管是古代的，还是现当代的。西方世界对中国的文学视若无睹，或者说是不屑一顾。有很长一段时间，他们很少翻译介绍中国的现当代文学。而中国在如此热情地推广外国文学的同时，却没有能力将自己的文学向世界推广。即便有一些翻译成外文的中国当代文学作品，在国外也没有多少人注意。

最近二十多年中，我曾很多次以中国作家的身份去国外访问，也曾在中国接待来自世界各国的作家，在和外国作家的交流中，总感觉到有一种极为严重的不对等，或者说是不公平。中国作家对欧美文学非常熟悉，可说如数家珍，而外国作家对中国文学，几乎是一无所知，尤其是对中国的现当代文学，至多只是听说过几个名字，如鲁迅、巴金。有一位外国学者这样说：什么叫世界文学，世界文学就是翻译。中国的文学，如果不翻译成其他文字，不在国门外传播，就无法真正成为世界文学的一部分。

中国的当代文学，曾经被一些外国人轻视。一位欧洲的所谓汉学家，曾经断言：1949年之后，中国没有伟大的作家。他曾经批评中国的当代文学大多是垃圾。他视之为垃圾的中国当代小说中，包括莫言的作品。敢于对丰富多姿的中国当代文学做如此评判，需要勇气。这位汉学家，也许是一个率性之人，读了出现在他面前的少量作品，草草浏览，感觉不佳，便对整个中国当代文学做出不屑状，并以垃圾作比，脱口而出。听到这样的酷评，我想起中国的一句当代谚语“无知者无畏”。这样的批评，也许会使一些中国作家感到沮丧，也会使一些人感到愤怒。中国也有一些崇洋媚外者，凡是外国人的批评，都奉为圣旨，即便是羞辱之词，也会照单全收。如果认同这位汉学家的观点，那么，很多中国当代小说家就应该搁笔放弃，转投他行，停止制造垃圾。我们这样的老牌纯文学杂志，也应该关门大吉，停止展示垃圾。好在中国当代文学的价值，不是由某个人妄言评判而决定的。中国所有真正的作家，听到这样的评论，不会像安徒生当年听到齐克果的批评之后号啕大哭，也不会退怯搁笔，至多是付之一笑，如风过耳，也可作为警示，然后继续自己的文学旅程。

2012年的诺贝尔文学奖揭晓，莫言荣获桂冠。这是莫言的幸运和荣耀，也是中国当代文学的光荣。莫言的创作，是中国当代文学的一部分。诺贝尔文学奖的评委们对中国当代文学的看法，和那位以“垃圾”之评在中国出名的汉学家大相径庭。莫言获诺贝尔文学奖之后，中国掀起了“莫言热”，莫言的小说在书店里独占鳌头，城镇乡村、街头巷尾人人都在说莫言，中国人对文学的兴趣也陡然提升。因为莫言的获奖，西方世界第一次对中国的当代文学有如此高度的关注和重视。在去丹麦之前，我访问了荷兰，有机会去了一趟画家维米尔的故乡代尔夫特。这是一个古老的欧洲小城，在那里我走进一家书店，本以为在那儿很难看到中国的文学作品，没有想到，在书店入口处最显眼的地方，陈列着刚刚出版的英文版莫言的小说《生死疲劳》。大红的封面，层层叠叠，堆得像小山。很多荷兰人站在这座小山边，静静地翻阅着。也许在几天前，莫言对他们来说还是一个完全陌生的名字。

还是那位欧洲的汉学家，在莫言获奖之后，对中国当代文学的评价也有了变化，记者采访他时他说他为莫言感到高兴，为中国感到高兴，为中国文学感到高兴。他说对莫言的评价，他要重新考虑。

莫言的获奖，使中国的文学界由衷地欣慰。莫言从故乡高密东北乡走向世界的旅程中，也有留在《上海文学》的脚印。莫言获奖之后，我主持的《上海文学》在今年11月号出了一期莫言专辑《莫言：被记忆缠绕的文学世界》，回溯了莫言与《上海文学》二十余年的渊源。专辑中，重发了莫言2005年首发于本刊的《小说九段》，这组奇特深邃的短小说，曾受到诺奖评委马悦然的激赏，马悦然曾创作同题小说在本刊发表，成为文坛佳话。专辑选录了莫言发表于本刊的创作谈《〈透明的红萝卜〉创作前后》及多次文学演讲、谈话的精彩片段，还全文重发了程德培写于1986年的长篇评论《被记忆缠绕的世界——莫言创作中的童年视角》，这是对莫言早期作品的一篇有分量的重要评论。我们编莫言专辑，并非为评功摆好，只是以此形式表达对莫言的祝贺和我们的欣喜，并与读者共享这段让人回味不尽的文学历史。

就在我写这篇短文的夜晚，网上颁布了莫言在斯德哥尔摩大学的演讲实况，他坐在台上朗读自己的作品《狼》，他的视线落在手中展开的一本刊物上，这正是刊有莫言专辑的2012年11月号《上海文学》,《狼》是《小说九段》中的一段。这使我意外，也使我感动。莫言在瑞典手持《上海文学》朗诵的形象，已经通过网络传遍了世界。这是《上海文学》的荣幸，也是莫言对我们编辑部全体同人的褒奖和鼓励。

此情此景，会永久地珍藏在我们的记忆中，成为我们走向未来的美好动力。

2012年12月10日凌晨于四步斋

（本文为2013年《上海文学》卷首）

文学之美

《上海文学》从创刊到现在，已经整整六十年。巴金先生在 1953 年创办了这个刊物，最初的刊名是《文艺月报》。创刊以来，她伴随着新中国的曲折脚步，一路探索，一路坎坷，一路激情挥洒，一路悲欢离合。回顾《上海文学》走过的道路，感受她的辉煌和荣耀，体味她的艰辛和甘苦，是一件令人感慨也让人深思的事情。

《上海文学》犹如一个舞台。六十年来，中国的几代作家在这个舞台上纷纷登场，他们发表在《上海文学》上的作品，在新中国的文学史上留下了深刻的印记。他们的喜怒哀乐，他们的憧憬梦幻，他们的惆怅和困惑，他们的才情与创造，都留在了已经泛黄的书页之中。展读这些保留着不同时代屐痕的文字，可以追溯流逝的时光，反思过去的历史，也可以重新燃起对文学的热爱和激情。优秀的文学作品，是人对时代所产生的情感与人的智慧和良心的结晶。发表在《上海文学》上的作品，很大一部分对此可谓当之无愧。

六十年来，《上海文学》的命运和我们国家的风雨历程密切相连，她的辉煌，她的黯淡，她的跌宕沉浮，都和时代的变迁息息相关。《上海文学》创刊之初，新中国刚刚成立不久。我们可以在当时的刊物中看到作家们对新生活的向往和渴望，当时引人瞩目的作家，都在这里发表过新作。不少年轻的作家在这里发表了他们的成名作。《上海文学》上的一些短篇小说和诗歌散文成为那个时代的经典之作。在很多人心目中，《上海文学》是一个其他园地难以取代的文学花园，是文学爱好者的精神家园。即便是在中断和沉寂的时候,《上海文学》一直没有被热爱文学的中国人淡忘。“文革”结束后，一度停刊的《上海文学》重新开张，成为新时期中国文学的一个重要阵地。她以海纳百川的胸怀，向各种流派和风格的文学作品敞开了大门。中国的老、中、青三代作家在《上海文学》亮相，展示了他们曾经被压抑了的才华。新一代年轻的作家又从这里起步，走向更广阔的文坛。纵观《上海文学》的六十年历史，我们可以清晰地感受到社会的进步和人性的回归，高尚的文学理想在我们这片土地上永远不会消亡。

在我的办公室里，有几件东西值得一说。

一把旧椅子。它的年龄比我老，估计已近百年。这是一把有扶手的西式靠背椅，做工很考究，可以把它看作一件艺术品。从《上海文学》创刊以来，这把椅子就一直是编辑部的一部分。很多前辈在这把椅子上坐过，巴金、靳以、魏金枝、钟望阳、茹志鹃、李子云、周介人……有多少人曾经坐在这把椅子读稿说话，已经无法考证。20世纪70年代末，我还在大学读书，有一次收到编辑部的信，约我来《上海文学》谈稿子，是赵自先生坐在这把椅子上，他的亲切和威严，和这把椅子融合在一起，成为《上海文学》在我脑海中的一个征象。六十年来，一批又一批作家和编辑为《上海文学》呕心沥血，是他们用心血和智慧，铸造了这本刊物的品格。《上海文学》能在这大半个世纪中坚持文学理想，不断地创造辉煌的业绩，能在新中国的文学期刊中占据重要一席，和他们无私奉献和创造性的编辑工作密不可分。这把椅子，现在端放在我办公室的窗前，是一件历史的纪念品，一座让人追溯远去时光的雕塑。几代《上海文学》编辑前赴后继的身影，迭现在这把椅子上，让后人肃然起敬。

一幅题字。这是钱谷融先生用毛笔题写的“文学是人学”五个字。十年前，本刊五十周年社庆时，我请钱先生为我们题词，他说自己不擅用毛笔。我说，请你写“文学是人学”五个字，这几个字，你怎么写都是最好的。钱先生年轻时代写的《文学是人学》，道出了文学的真谛，他因此被批判了很久，历经人间沧桑。也正是这篇文章，如同灯塔，暴风骤雨和冰雪雷电，都未能熄灭它的光焰。文学是人学，这已是公认的文学创作之至真原理，所有的文学作品都是对人性的探索，对人间万象的展示。钱先生答应了我，并寄来了这幅题字。他用毛笔在宣纸上写了五个两寸见方的字，写得工整端庄，很有派头，题字下面签了名字，却没有钤印。我后来请一位篆刻家为钱先生刻了一方印，在题字上补钤之后，将印章送给了钱先生。在我的办公桌前，抬头就能看到钱先生题的“文学是人学”，这是前辈真诚的引领，也是一个永久的提醒。

一幅书法作品。这是著名女书法家周慧珺的作品，写的是四个大字“海纳百川”。周慧珺先生是我的老朋友，也是《上海文学》的热心支持者。现在的《上海文学》封面，是她十年前为我们书写的刊名，已经成为我们刊物的标志。“海纳百川”，是《上海文学》追求的一种胸怀和品格，我们接纳各种风格不同的作品，不管是奇花异卉还是杂树野草，只要是独特自由的美妙生灵，都可以在我们的园地中生长绽放。在庆祝刊物六十岁生日的时候，我们编选了一本《上海文学》插图画册，举办了一次插图画展，我又请周慧珺为画册和画展题写了“文学之美”。这十多年来，《上海文学》每一期都约请画家画插图。国内的很多美术名家加入文学插图的阵营，其中有国画家、油画家，也有水彩画家。为文学作品画插图，不是一件简单的事情，画家们事先必须仔细阅读需要插图的文字，对作品做出自己的解读，然后再以自己的风格创作插图，虽只是小幅作品，却都是精心构思，将文学作品描绘的情境生动地展现在画面之中。他们以绘画的魅力，展示了文学之美。这些插图，对一本纯文学刊物，既是雪中送炭，也是锦上添花。文学和绘画的结合，成为我们刊物的一种风格。也可以把周慧珺题写的“海纳百川”和“文学之美”看作是朋友们对《上海文学》的勉励。

在《上海文学》创刊六十周年的时候，我和编辑部的全体同人都心怀感恩。感恩我们的前辈，几代《上海文学》的编辑，是他们前赴后继，铸造了这本刊物的精神和品格；感恩我们的作者，六十年来，是全国乃至世界各地的作家，以优秀的作品支援我们，使我们的刊物保持着清新和活力，始终站在文学的前沿，向世人展示中国文学的新貌；感恩社会各界对我们的帮助和支援，我们和所有纯文学刊物一样，在这些年中经历过世态炎凉，然而不管是热还是冷，总是有人向我们伸出援手，让我们在最困难的时候也不感觉孤独，始终保持着文学的尊严。当然，也感恩我们的读者，六十年来不离不弃，来自读者的赞许是对我们最大的鼓励，并让我们看到了我们坚持和坚守的价值。如果没有大家对《上海文学》的贡献、支援和帮助，这里只能是一片荒芜和寂寥。

前几天，我在编辑部说，我们的刊物年过花甲了。年轻的编辑对我的话很不以为然，他们说花甲之年，在人们的印象中是对老人的称呼，《上海文学》不老迈，我们还很年轻。年轻人这样以主人姿态看待我们这本刊物，让我深感欣慰。对一本文学刊物来说，六十年的历史不算太短，然而文学的理想和精神是不会随时光老去的。六十岁的《上海文学》仍然是一本拥有年轻心态的杂志。面对着前人的业绩，我们会经常思考，在未来的岁月中，如何继续发扬《上海文学》的优良传统，不媚俗，不随波逐流，如何锐意进取，探索创新，使她保持着勃勃生机，保持着年轻活力，从而无愧于前人，也无愧于我们所处的时代。这是一个义无反顾的崇高目标，我们当为此竭尽全力。

这一期刊物，是新一年的开张。读者可以看到我们公布的《上海文学》获奖名单。这些获奖作品，是从前三年本刊发表作品中评选出来的佳作。《上海文学》奖从 80 年代开始，已经评了十届，作家和读者看重这个奖，是因为这个奖是和很多优秀的作家和作品连在一起的，在此衷心祝贺获奖者。这期刊物开头，我们发表了十位作家的短文，这是他们为祝贺本刊六十周年社庆而作，老、中、青三代作家，真情叙写了他们和《上海文学》的交往以及对本刊的期冀，让人感动。这期刊物中，有很多值得一读的新作，在此不一一列举。王蒙先生今年在这里开设专栏“王蒙说”，定会成为读者期待的专栏。王蒙先生是《上海文学》的老朋友，他以《说给青年同行》作为栏目的开篇，这是他和青年作家一次推心置腹的长谈，他以自己的真挚和智慧，对文学的历史和现状做了独到的分析，对年轻一代是难得的启迪。文章结尾处，王蒙先生以他独有的幽默挑战年轻人：“我还要与你们在文学的劳作上，在作品的质与量上，展开友好比赛！”希望年轻的作家们响应前辈的呼唤，《上海文学》将为这种“友好比赛”提供自由开放的舞台。

2013 年 12 月 15 日于四步斋

（本文为 2014 年《上海文学》卷首）

天涯咫尺

春来冬去，白驹过隙。匆匆又翻完了十二个月的日历，迎来了新的一年。

过去一年中，有机会出国参加了几次国际书展。3月去法国，参加巴黎国际书展，上海是主宾城市。10月去塞尔维亚，参加贝尔格莱德国际书展，中国是主宾国。书展很热闹，人群如潮水汹涌而来，冲着书，也冲着写书的人。在书展上，可以感受到人们对文学家的尊重。我们这些被邀请的中国作家的照片，被印在广告的彩旗上，在书展的大道广场上迎风飘扬，远远地就可以看见。在国外看到这样的景象，尽管感觉有点奇怪，但也让人高兴。外国人其实并不认识这些陌生的面孔，把我们的照片印在彩旗上，飘扬在天空中，是因为我们来自中国，因我你们被请来参加书展，因为书展里陈列着我们的书。在作为主宾国的中国展台中，摆满了中国作家被翻译成塞尔维亚语的作品，仅莫言的小说，就有七种，赫然醒目。阿来的《尘埃落定》、余华的《活着》、王安忆的《长恨歌》和一些新译的中国当代文学作品，在书架上比肩而立。中国的当代文学，正在以前所未有的气派走向世界。

我是第二次走进贝尔格莱德国际书展的大厅。前一次是在2013年10月，我去参加塞尔维亚国际诗歌节，顺便去正在举办的书展看看。在这个大厅里，经历了让我无法忘怀的一幕。那天下午，我被人簇拥着漫步在争奇斗艳的书柜之间，有点惶然失措，新书如斑斓秋叶，在眼帘中缤纷闪烁。那些用我不认识的文字印成的书籍，对我来说好比天书，看不懂。而这届国际书展上，也有我的一本小书要首发，这是一本被翻译成塞尔维亚语的诗集——《天上的船》。我跟着这本诗集的译者——塞尔维亚诗人德拉根先生，穿行在书海和人流中。要在茫茫书海中找到为我举办首发式的场地，不是一件容易的事。

走过一排书柜时，我听到一个奇怪的声音从地下传来，这声音细微而清晰，仿佛是来自很深的地底下，这是一个女人的声音，似乎在呼叫我的名字。难道是谁在和我打招呼？周围并没有熟悉的人。那女声不停地从地下传来，确实是在喊我的名字。

我循声低头看去，不禁吃了一惊。在一个书柜下面，有一位佝偻成一团的女士，坐在一辆贴地而行的扁平轮椅上，正仰面向我打招呼。

这是一个高位截肢的残疾妇女，她没有双腿，小小的躯干举着一颗大大的脑袋，还有一双挥动的手。她费力地抬头看着我，瘦削的脸上，两只深陷的眼睛里闪烁着清亮的光芒，这目光使她的表情显得快乐而开朗。无法从这样的长相判断她的年龄。她看到我注意她，咧开嘴笑了笑，随后吐出一连串我听不懂的语言。看她激动兴奋的样子，我感到莫名其妙。她在对我说些什么呢？

站在我身边的德拉根先生却跟着这位女士一起激动起来。他告诉我："这是一位诗歌爱好者，她从国家电视台的新闻节目中看到你，她祝贺你在斯梅德雷沃获得金钥匙国际诗歌奖。她说，她听到你用中文朗诵诗歌了，很动人。她很高兴是一个中国诗人获得这个奖，她全家人都为此高兴。"

德拉根为我翻译时，她还在继续说着。德拉根俯身问了她几句，抬头对我说："她说，她这几天正在读你的诗呢。"

我低头凝视这位没有双腿的女士，看着她真挚的微笑和兴致勃勃的表情，她的声音如同从地下涌出的喷泉，在我的耳畔溅起晶莹的水花。我无法用言语描述我的惊奇和感动。这位活得如此艰辛的残疾女士，居然还有兴致关心诗歌，居然还能从人群中认出我这个外国人，并喊出我的名字，实在不可思议。只见她从轮椅边挂着的一个小包中拿出一本书，蓝色的封面上，海浪汹涌，白云飞扬，这正是我在这里刚刚出版的塞语诗集。

她请我为她签名。我俯下身子，在诗集的扉页上写下“宁静致远”四个字。她看着这些她并不认识的汉字，脸上露出满足的微笑。

我们离开时，她的声音继续从后面的地面传过来。我不忍回头看她。德拉根叹了口气，感慨道：“她在为你祝福呢。”

我在人海中往前走着，去寻找举办诗集首发式的场地。我的心情突然变得有点沉重。她的模样，不停在我眼前晃动，她的声音，一直在我耳边萦绕……我不知道她是什么人，不知道她是什么原因致残，不知道她的生活状况，不知道她如何面对残酷的现实。她的生存，也许是一个传奇，也许是一个辛酸的人间悲剧。然而毫无疑问，她热爱文学，她在为诗而迷醉的时候，生命在她的眸子里燃烧出年轻的光芒。

诗集的首发式，来了不少人。我站在人群前面，目光情不自禁地投向地面，但是没有看到她。首发式很热闹，有人朗诵，有人提问，也有人索要签名……而我的眼前，依然晃动着她残缺的身体，还有那双闪烁着清亮光芒的眼睛。我的耳畔，久久回旋着她来自地面的声音，这样的声音，和很多不同的声音混合，交织着人间的悲喜忧乐。这是人间的声音。诗人可以坐上飞翔的船，去逐云追月，自由翱翔于奇思妙想的天空，然而不可能飞离人间。和心灵联系的，应该是脚下的大地，是生活着的人间。来自人间的声音，才是文学的灵魂和根。这是当时在我心里生发的念头。

文学在当代人的生活中，到底处于怎样的地位？也许不同的人会有不同的看法，有些人对文学根本不屑，读不读文学作品，和他们的生活没有什么关系。文学对于他们，犹如路畔闲草，天边浮云，不值得一顾，或者如同他们没有兴趣去登临的远山，永远相隔千里万里。

有些人，视文学为玩物，得闲时把玩片刻，也许一无所得，也许读出了些名堂，从文字中悟出了道理，心生共鸣，生发出了比游戏和赚钱更有意思的心境，因而成为文学的票友。当然，也有真正喜欢文学的人，他们读诗品文，从文学中看到了比现实更辽阔丰繁的世界，发现了人生原来有形形色色的状态。他们也会以文学比照自己的人生，比照的结果发现人可以有很多种活法，读一本书就可以走进一个陌生的生命中，追随着他们活一次。从这个意义上说，爱读书的人，可以在阅读的体验过程中活很多次。因为亲近文学，周围的灰暗和闭塞，人生的挫折和失意，变得可以通融应对，犹如在冬天里发现春暖，在黑暗中看见光亮，在孤独和饥馑中听见人声喧哗，看到麦浪翻滚。在塞尔维亚遇见的那个坐在轮椅上读诗的女子，便属于第三种人吧。

在新年第一期刊物的卷首写这些，似乎有点不着边际。还是回来说说我们的刊物。在巴黎国际书展上，曾和几位法国的刊物编辑有过一次交流。本以为法国的文学刊物也和中国的文学期刊一样，发原创作品。但他们告诉我，在法国，这样的刊物已经看不到。他们的刊物是纯粹的文学评论，是对文学的讨论，对书籍的评介。对于中国仍在出版纯文学的期刊，他们表示惊讶。这样的信息，对我来说，既惊奇，也欣慰。惊奇的是，法兰西这样一个文学大国，竟然没有发表原创文学的期刊（也许这是错误的信息）；欣慰的是，中国的文学期刊，尽管历尽艰困，还是像坚韧的灌木，扎根在大地，顽强生长，生机勃发。文学期刊的后盾和基础，是中国当代作家的辛勤探索和耕耘，是热爱文学的读者们的关注和支援。

纯文学期刊是中国当代文学的舞台和橱窗，中国的作家在想什么，关注什么，在写什么，在以怎样的方式写，读者可以从我们的文学期刊中略知一二。去年本刊发表的作品中，有很多中短篇小说佳作被读者称道。我们的专栏，依然受到读者的欢迎。王蒙先生是《上海文学》的老朋友，去年他在本刊开设的“王蒙说”，成为读者翘首期待的专栏。王蒙充满智慧和才情的文字，是真正的厚积薄发，让读者看到那一代作家令人钦佩的才华和风范。陈文芬的“斯德哥尔摩笔记”，也是读者喜欢的，来自异域的文学信息和文化观察，给中国读者很多启迪。去年 11 月号，为纪念巴金先生诞辰一百一十周年，我们推出了一期年轻作者的新作专号，巴金先生生前一直以发现和培养青年作家为己任，我们的青年作者专号就是对这位《上海文学》的创办者最好的纪念。去年本刊发表的诗歌、散文和文学评论，也有很多可圈可点的佳作。

新年第一期刊物，希望能给读者带来一些欣喜。本期的小说，有刘心武的短篇《土茉莉》，大半个世纪的岁月和人生，沉浮跌宕，生死哀乐，浓缩在一篇不到万字的小说中，让人读之长叹。刘心武先生的专栏曾在本刊延续三年，是深受读者欢迎的文字。能发表他的小说新作，我们深以为幸。陈九的中篇小说《常德道大胖》，写的是过往岁月，但文中溢出的浓郁生活气息和曲折的人物命运，颇值得玩味，也发人深思。陈文芬的专栏今年还将继续，读者会发现这一期的目录上，和陈文芬名字并列的，是她的丈夫马悦然。马悦然是瑞典著名的汉学家，他的加入，一定会使这个专栏增加很多新的看点。梁鸿的专栏“云下吴镇”今年仍将继续，作者关注着中国当下城乡间底层人们的生活状态，这也是很多读者期待的文字。本期刊发了诗人杨炼从海外发来的新作。杨炼也是《上海文学》的老朋友，自 80 年代在本刊发表长诗《诺日朗》之后，他还是第一次在《上海文学》露面，相信读者会在他的诗中获得惊喜。我和杨炼结识于 20 世纪 80 年代初，一晃过去了三十多年，人生的流浪和岁月的沧桑，在诗人的文字中相遇时，天涯成咫尺。

2014 年年末于四步斋

（本文为 2015 年《上海文学》卷首）

在沉静中绽放

过去的一年，编辑部在平静中有热闹。金宇澄的长篇小说《繁花》获茅盾文学奖，这也是《上海文学》的一件喜事。前几日，坐出租车，车上开着电台的广播，节目中一个主持人在无法回答观众的提问时，谈到了《繁花》，他在广播中调侃道：我很难回答你，你就让我变成金宇澄《繁花》中的人物吧，“不响”，一百个“不响”。你知道吧，《繁花》中，“不响”这两个字，出现了一千五百多次。

一部新近问世的小说，能这样进入人们的日常生活，在今天的时代也算是奇迹。我和金宇澄认识三十年，第一次接触是80年代一起到北京开青创会，感觉他沉默寡言，是个安静低调的人。他和我同龄，也一样是知青，曾在北大荒生活过多年。他早期的短篇小说，大多是写那个时代的知青生活，曾给人深刻印象。后来他到《上海文学》当小说编辑，似乎写得越来越少。十二年前，我到《上海文学》，和他成为同事。《繁花》问世之前，很少见他发表作品。他是个好编辑，有一双慧眼，不会漏过进入他眼帘的每一篇佳作。对小说的评判，常常是一语中的，有时也动笔修改，改得让编辑和作者心悦诚服。对年轻编辑，他言传身教，是个好老师，年轻编辑亲热地称他“老金”或者“金老师”。我曾经想，金宇澄或许在心里已将写作者的身份放置一边，打算从此就一门心思做个好编辑吧。这对刊物，当然是幸事。要负责刊物的编务，每日面对大量来稿，能练出一个优秀编辑的火眼金睛，但长此以往，若想自己再写，也许会逐渐眼高手低。

这样的情形，见得太多。

金宇澄的《繁花》，是在不声不响中写出来的。这些年，他在兢兢业业做着小说编辑的同时，其实仍在继续着一个写作者的追求。他以沉静面对周围的喧嚣，以沉静回溯过往的岁月，他沉迷于方言，沉迷于文字，沉迷于上海市井的烟火气息，沉迷于身边人物的悲欢离合。他不满足于传统的叙说，沉迷于用自己的方式讲述故事。他在生活中独来独往，却将自己的文字一段一段贴到网上，引起网上的层层涟漪。网民在电脑屏幕上读他的文字，指手画脚评点他的故事，甚至提建议改变他笔下人物的命运……他的长篇小说尚未定稿时，曾将其中的两章发给我，征求我的意见。他的文字使我感觉新鲜，我给他提了一点建议：沪语的运用要适度，不能让上海和江浙以外的读者面对这些文字产生阅读理解的障碍。他赞同我的意见，花大量时间将小说几十万字仔细梳理修改了几遍。《繁花》问世，中国人都读得懂。

在沉静中灿然绽放的《繁花》，让我很自然地想起两个大家熟悉的成语：厚积薄发，宁静致远。繁花盛开，金宇澄被一片赞美声包围，但他没有多少变化。此刻，他仍坐在面对阳台的桌前，一声不响，读着来稿。

编刊物，和创作的道理其实也有相同之处。编辑部安安静静，但每天都能收到来自四面八方的稿件，每得到佳作，都会在编辑部引起欣悦的回声。回顾去年，本刊有不少佳作可圈可点。中篇小说中，特别要提一下的是王蒙的新作《奇葩奇葩处处哀》。这部小说让人拍案称绝，也让人掩卷沉思。人性的曲折，人生的百味，时代的变幻，在一个男人和六个女性的交往中展现得绵密而幽深。这是当代中篇小说创作的重要收获。王蒙先生能在年过八十之后创作出如此精湛美妙的小说，其意义之重大，我以为不亚于他获得茅盾文学奖。张辛欣的《IT84》，是一部颇具探索精神的小说，让人联想奥威尔的《1984》，神似，却又不同。这是一个中国作家对社会和人生形态的全新思索和幻想，关乎历史，关乎当下，也关乎未来。中篇小说中，还有不少作品给人留下深刻印象，如陈九的《常德道大胖》、肖复兴的《丁香结》、从维熙的《雪娃之歌》、邱华栋的《墨脱》等。短篇小说一直是《上海文学》的主打文体，去年本刊发表了近五十篇短篇小说，可谓百花斗艳，其中不乏佳作。作者中有刘心武、张炜、刘庆邦、残雪和邓一光等名家，也有不少名字陌生的新人。尤其要提一下的是本刊的“新人场”专号，推出了众多新人新作。相信这些年轻人的名字，会因为他们富有个性的文字而被读者记住。

我们的专栏文章一直是读者喜欢读的。陈文芬和马悦然夫妇的《斯德哥尔摩笔记》，域外人文风情中，流泻着优雅的智慧；罗达成的《煮字风云》，写的是80年代编辑和作家的故事，让读者重温文学理想在那个时代碰撞出的激情火花；梁鸿的《云下吴镇》，写的是乡镇的变迁，小人物的悲欢，却让人读到当代中国人最真实的生活情状；李辉的专栏虽然出现频率不高，但出手不凡，写云南两位抗日志士的《腾冲硝烟处，名士风流时》，洋溢在文字中的慷慨和悲壮，曾读得我泪流不止。

去年本刊的散文、诗歌和理论，都有佳作推出。我的两位诗人老朋友北岛和杨炼，先后为本刊提供了力作，也是诗坛佳话。小说家池莉的组诗，成为引人瞩目的文坛新景。程德培的《迟子建的地平线》，戴舫的《一个人的大师》，都是特立独行、识见不俗的文学评论。

在此无法一一详列去年的文章锦绣，只能一笔带过。接着要说的，是呈现给读者的本刊2016年1月号。

又要说到王蒙先生。感谢他一如既往支持《上海文学》，让我们有机会继续向读者展现他的智慧和才华。今年，王蒙将推出新的专栏“凝视文学与人”，这是他和日本思想家池田大作的对话录，两位文化背景不同的大家对话，谈历史，谈文学，谈人性，谈天地宇宙，会撞击出怎样的火花，让我们一起拭目以待。

本期发表了东西的话剧剧本《瘟疫来了》，值得一读。这是个有点滑稽的故事，无中生有，荒诞不经，昔日的面孔，当下的语辞，历史的长衫下，遮藏着今人的身心。那些针砭时弊的台词，也许能引得读者会心一笑。读东西的剧本，也勾起我的阅读记忆。在我们这一代人的文学阅读中，有戏剧这一块。莎士比亚、莫里哀、果戈理、契诃夫、萧伯纳，这些名字，都是和戏剧连在一起，和文字连在一起的，我们认识他们，不是在剧场里，是在书中，是读他们的剧本。我读过莎士比亚的所有剧本，但少有机会在剧场看他的戏。但这并没有降低他在我心目中的地位，因为他的剧本是如此美妙，即便是经过了翻译，他的文字依然光彩夺目，直入人心。现在的文学刊物，大多不发表剧本，在很多人眼里，剧本只能坐在剧场里欣赏，文学刊物中少有剧本的席位。《上海文学》也发表话剧剧本，前几年，我们发了沙叶新写蔡元培的剧本《幸遇先生蔡》，轰动一时。我们为剧本提供园地，并非企图与众不同，而是想提醒读者，戏剧也是文学的一支，不应该被忽视。

本期小说，我们推出了白先勇的新作《Silent Night》(平安夜)。白先勇先生是短篇小说大家，很多年不见他写小说，他的新作能在《上海文学》首发，是我们的荣幸。这篇小说，写人性的复杂，写人间的怜悯和情爱，入骨三分，感人至深。白先生宝刀不老，让我钦佩。张惠雯的中篇《场景》和周李立的短篇也各有特色，很可一读。

今年本刊的专栏，会延续受读者欢迎的栏目，如“海上回眸”“心香之瓣”“域外来鸿”“译文”等。作家的个人的栏目，仍是本刊的亮点，王蒙的专栏、陈文芬和马悦然夫妇的专栏、李辉的专栏，读者可以继续期待。北大教授张颐武今年以“浮世侧影”开出新专栏，他在开场白中说，“这个专栏是对当下纷纭的大众文化现象和日常生活做侧面的解读”，本期推出首篇《中产三态，从三部电影看当下》，由当红电影窥探当下的世相人情，给人不一般的启迪。

“心香一瓣”刊发了阎晶明的《一段情谊引发的歧义纷呈》，重读鲁迅的《藤野先生》，引出很多遥远的往事。鲁迅笔下的老师，和日本人眼里的鲁迅，以及两者之间的种种重合和分歧，让人感觉扑朔迷离。阎晶明以他的睿智，在历史的迷宫中为读者指出一条通幽之径。

诗歌和散文本期也有佳作。鲍尔吉·原野的新作《东北物候》，捕捉北方大自然的神奇气息，细腻的文字融合在气象万千的天籁之中。“新诗界”发表了李娟的散文诗《火车快开》，这篇作品写得灵动飘逸，天马行空，其中的意象和激情让读者的思绪随之舞蹈。我曾参加过李娟的散文研讨会，我说她的散文是用一种平视的目光观察世界，真实地写出了在新疆感受到的天地自然。如果离开她熟悉的阿勒泰，她还能写什么？李娟用她面目全新的文字，回答了我的疑问。

理论栏目是本刊的特色，今年我们仍然会用可观的篇幅发表文学评论和各种形式的文艺理论。本期有范小青和舒晋瑜的访谈《写作慢慢地走向自然王国》，呈现的是优秀小说家的心迹披露。何平和丁路的《一朵发光的云下兀自生长的“吴镇”》，对梁鸿近年的作品作了有深度的分析和评判。

写到这里，发现自己有点饶舌了，还是收声“不响”吧。

所谓“不响”，并非失声失语，更非失去思想和精神的追求，而是一种以沉静的姿态，面对人世喧嚷，静静地观察，静静地思索，所有的悲喜和憧憬都酝酿于静静的沉思。沉静之中，自有繁花灿然绽放。

2015 年 12 月 7 日于四步斋

（本文为 2016 年《上海文学》卷首）

乡音的魅力

第七届作代会闭幕联欢会上，获得掌声最多的是贾平凹。他用陕西方言念《创业史》中的对话时，人民大会堂的厅堂里一次又一次爆发出掌声。这是由衷的掌声，是为文学鼓掌，也是为大家喜欢的作家鼓掌，为柳青，也为贾平凹。贾平凹的朗诵很率性，带着泥土气的质朴方言，一如他平时说话。平凹是深受读者喜爱的作家，他的文学成就，在中国当代作家中是杰出的，他的文学道路历经了曲折和坎坷，但他从没有停下追寻求索的脚步，他是一个接地气的作家，也是一个在艺术上不断超越自己的作家。不管这个时代如何喧嚣，读者在他的文字中能感受他的真诚，感受到一颗沉静多思的心，感受到他对家乡大地的热爱。把掌声献给这样的作家，很自然，也很美好。这是乡音的魅力，也是文学的魅力。

到北京开会的第一天，在会场上遇到平凹，他拉着我的手，轻轻地对我说了一句“我们是一生的朋友”。说得我心头发热。我和平凹相识三十多年，年轻时代就是好朋友，那时我们都不到三十岁，虽然很少有机会见面，但一直在文字中神交，经常通信，互寄新作，惺惺相惜。我书柜中有几本平凹年轻时赠我的书，有时拿出来看看，亲切如昨，感觉岁月还没有远去。1985 年 2 月，上海文艺出版社出版了平凹的散文集《爱的踪迹》，平凹从西安寄书给我，扉页上密密麻麻写满了字：“赵兄，我的好友，您在长江头，离大海最近，弟在商州山，守着涧中泉，于外界茫然。多年思念，甲子岁末，乙丑岁始得见，英姿从此长留。收您《珊瑚》，读您《生命草》，知天地间之人，非年年有出……小弟作文，无超人才干，却皆胸中恩恩怨怨。前年出版《月迹》，今夏再有《爱之踪迹》，书虽小，企兄闲暇之时翻翻。长安静虚村贾平凹呈。时乙丑三月二十八日，雨后，窗外桐叶如洗，青嫩可爱。”平凹为此书写的自序，题为《天·地》，在序文的题目边上，他用钢笔为我画了一幅画。画上方为天，有椭圆形流云，云下一群飞鸟；画下方为地，有和流云对称的一池涟漪，水边三条游鱼；天地之间，是一弯新月。朋友间的赠书，留下这样的文字和画，是多么珍贵的纪念。

平凹曾在《上海文学》发表过很多作品，但是已多年未写了。我约他的新作，他答应了我，相信老朋友不会食言。

过去的一年，是本刊平静的一年。说平静，是没有惊涛骇浪，是编辑部内外的和谐。一年来，在这里工作的每一位编辑都在努力工作，已编发的作品，不少在读者中产生了影响。张抗抗是《上海文学》的老朋友，最近十年，她一直在创作修改一部新的长篇小说，这种“十年磨一剑”的功夫和耐心，在中国作家中少见。她在“磨剑”之余，为《上海文学》写了中篇小说《前面有灯光》。张抗抗“十年磨剑”，并非将自己关在书房里，她一直关注着当下生活，给本刊的中篇新作，写的是她这些年倾心关注的实体书店的生存危机，写书者爱书，也爱书店，在一日百变的网络时代，实体书店如何生存？张抗抗的小说并没有拿出答案，但小说中的人物在和她一起思考行动，从幽暗中把读者引向亮灯之处。孙颙的中篇小说《哲学的瞌睡》，写的是高校的生活，小说中似乎并没有展开哲学思辨，但读者却能从中读到庸俗世态中知识分子被扭曲的灵魂。小说中有睿智的思想者，在喧嚣纷扰的嘈杂声中，看似闭目养神，保持的却是清醒的姿态，引人思索。本刊去年刊发的中篇小说中，小白的《封锁》，张慧雯的《场景》，姚鄂梅的《一辣解千愁》，陈希我的《良夜》，张学东的《给张杨富贵深鞠一躬》等作品，都留给读者深刻的印象。短篇小说依然是《上海文学》的主打文体，去年本刊发表四十余篇短篇小说，也是佳作迭出。作者中有文坛名将，也有年轻的新人。白先勇先生多年不写短篇，去年1月号发表了他的短篇新作《Silent Night》，因题材的独特和对人性刻画的深刻，被广为传诵。这些年，小说家们大多忙于写作长篇，小说的话题也总是围绕着长篇。短篇小说不是一个热门，但也绝非冷门，也不应成为冷门。短篇小说，写好不易，一个好短篇的价值和意义，也许远超过那些平庸的长篇。优秀的小说家，理应以短篇小说展现自己的艺术功力。去年本刊的短篇中，残雪的《与人为邻》，王祥夫的《地下眼》，范小青的《美兰回家》，刘庆邦的《门面房·市井小品》，第代着冬的《没有偏旁的生活》，王凯的《燕雀之志》，唐颖的《套裁》，储福金的《棋语·扑》，杨遥的《匠人》，祁媛的《黄眼珠》，都是值得一读的佳作。

本刊的专栏，一直被读者青睐，这是因为专栏中的文字，都是作家的真性情之流露，是岁月沧桑在文人心中真实的映照，也是作家以不同的方式阐述自己的文学理想。王蒙和池田大作的对话，两位睿智的文人远隔山海遥相呼应，却千丝万缕地连接起历史文学和世代人情的种种话题，也将成为国际文学对话交流的一段佳话。陈文芬、马悦然夫妇的“月光街”，以优雅温和细腻的文字让读者欣赏到文学的光芒。李辉、肖复兴和张辛欣的专栏，也不时为读者带来惊喜。

去年，本刊有几个举措值得一说。从去年7月号开始，我们和《收获》杂志一起，又一次大幅度提高稿费。这样做，是我们多年努力的结果，我们尽力而为，把稿费提高到一个新的水准，这是刊物对原创文学的尊重，也是我们编辑部对作者一份真诚的谢意。在这个新媒体风起云涌的时代，纸质媒体如何适应？是逐渐萎缩甚至走到尽头，还是迎接挑战浴火重生，这需要思考，更需要行动。《上海文学》开出微信公众号以来，得到越来越多的读者关注，最近我们开始在微信公众号上发表年轻作者的原创作品，并支付稿酬。这不算什么大事情，但在年轻写作者中引起的热烈反响，令人欣慰。网络和微信这样的现代传播方式，也许能为传统的纸质期刊插上翅膀。我们希望和作者、读者一起，在新的天地中比翼齐飞。

新年的1月号，希望能给读者展现一些新的气象。《上海文学》曾发过很多短篇名作，马原的《冈底斯的诱惑》当年就曾一鸣惊人。很多年未见马原的短篇了，本期读者可以看到他的短篇新作《小心踩到蛇》，这是作家从当下生活中得到的灵感，在远离都市的山寨中，繁衍着生活的色彩和温情，小说结尾的情景有让人意外的感动。须一瓜的中篇新作《有人来了》，是动物眼中的世界，对人世的观察，有不同寻常的视角。人间的喜怒哀乐，看在动物的眼里，是怎样的感觉。其中有作家的想象，更有对生活的深思。

鲁敏的短篇新作《火烧云》，于是的中篇《夜泳馆》，也都是很可一读的力作。三十年前，杨炼在《上海文学》发表长诗《诺日朗》，曾引起一片惊叹。三十年来，杨炼依然保持着一颗诗人的初心，在国际诗坛上为华语诗歌赢得了很多荣誉。他的专栏中，有童年往事，有对故乡和亲人的思念，也有缥缈的文坛烟尘。曲折的个人经历和时代风云奇妙地混合成独特的叙述，穿插其中的诗行，使这些文字灵光闪烁，这也是乡音的魅力，值得读者期待。张辛欣的新作《罪与罚》，是一篇非常生动的美国法庭特写，她的文字，像小说，像电影，也像情节跌宕的舞台剧。读者不仅能从中窥见美国司法的种种奥秘，也能认识出现在法庭上的各色人物。张辛欣用文字描写美国的法庭，也用她的画笔在法庭上画速写，这样的图文并茂，在作家的专栏中绝无仅有。“人间走笔”中，推出小说家刘醒龙和诗人于坚的散文新作，两位都是文章大家，信笔写来，气象万千。“理论与批判”栏目中，发表南帆先生的新作《文学批评：视角与问题》，这是一篇有分量的文学理论力作，对当今世界文学批判中存在的复杂思潮、习俗和种种问题有独立的思考分析，并提出与众不同的深刻见解。这样的见解，文学评论家和创作者都可以仔细一读，相信能从中得到启发和领悟。“心香之瓣”栏目中发表欧阳燕星的《走出三家巷》，作家欧阳山父子之间的恩怨纠葛，折射着一个复杂的时代。这样的文字，展现的是真实的情感和历史，尽管这历史中交织着酸涩与苦痛，但确实是不应该被遗忘的。中国的文人，不能以虚无主义的态度对待任何一段历史。

行文至此，耳畔又响起了老友贾平凹的声音，他说的陕西话，人人都能听懂，也许这是人间最平常的声音。但为什么大家会为他鼓掌？我想，这是应和了读者的期盼，期盼文学家的真诚，期盼在喧嚣的时代听到发自灵魂的声音。

2016 年 12 月 13 日深夜于四步斋

（本文为 2017 年《上海文学》卷首）

上海，诗的聚合

“上海，聚会开始，却没有离散的时候。”阿多尼斯在他的文章中这样说。这是他对往事的回忆，也是对未来的预言。上海国际诗歌节，也许正应和着他的预言。

秋日的上海，又一次迎来了来自世界各地的诗人。

因为诗歌，世界变得很小，天涯海角的距离，无法阻隔诗人的相聚。诗人们相聚在上海，是诗的召唤，是友谊的邀约，是飞越了千山万水的真心，为着一个美妙的目标而聚集。这个目标，便是诗。

也是因为诗歌，世界变得很大，大到无穷的浩瀚和深邃。每一位诗人的诗作，都为我们展示了一个与众不同的天地，宇宙和人间的万千气象，心灵中隐藏萌动的无数秘密，被诗人们用不同的文字构筑成变幻无穷的奇妙诗句，在上海的天空飞扬。

诗歌是什么？诗歌之于世界，之于人生，之于生命，到底有什么意义？是有用，还是无用？诗人们也各自在做不同的回答。

阿多尼斯在《诗之初》中说：“你最美的事，是动摇天地。”“你最美的事，是成为辩词/被光明和黑暗引以为据。”“你最美的事，是成为目标/成为分水岭/区分沉默和话语。”，诗中的玄机，让人在一唱三叹中沉思不已。

斯洛文尼亚诗人阿莱士·施蒂格在他的诗中抒写了他对诗的思考：“他写作，置入符号，逐渐变得热情/一种看来完全无用的活动，他在浪费生命/无人关心他正在做的/孩子们四处奔跑，不曾留意他们抹掉了他的努力/尽管如此，他确定，宇宙的命运/在他手中，取决于他的坚持。”一个诗人，就是一个不同的世界，一个不同的宇宙，这个世界和宇宙的命运，无关他人，只是“取决于他的坚持”。每个真正的诗人，都在做自己的坚持，并且天下的优秀诗人都在坚持着，所以诗的天空中星光闪耀。

诗人旅行在世界上，旅行在漫长的历史中，旅途曲折幽邃，源头古老得看不到头，未来的目标也缥缈遥远得没有穷尽，因为有诗，诗人可以寻找自己的血脉。高桥睦郎《旅行的血》中有这样的诗句：“我们的来由古老/古老得看不到源头/我们紧紧相抱/悄声地，在时光的皮肤下/接连不断地流自幽暗的河床/我们时时刻刻都在旅途中/在旅途凉爽的树荫下。”

吉狄马加的诗也许是道出了诗人心中的一种永恒：“在我们这个喧嚣的时代/每天的日出和日落都如同从前/只是日落的辉煌，比日出的绚丽/更令人悲伤和叹息/遥远的星群仍在向我们示意/大海上的帆影失而复得。”

舒婷的《致橡树》，是中国当代诗歌中流传很广的名篇之一，我曾在很多城市，很多不同的场合，听很多年龄不等、身份各异的人朗诵这首诗，那些动情的场景令人难忘。这绝不是诗人对一棵树的简单的感怀，诗中蕴含的情致，是对人生、对人性、对诗、对故乡、对一个时代的深思和表白。正如此诗的尾声所述：“不仅爱你伟岸的身躯/也爱你坚持的位置，脚下的土地。”

世界各地的诗人，用不同的文字、不同的语法、不同的构思、不同的声音、不同的意象，创造出形态迥然相异的诗歌，而诗中潜藏的秘密、蕴含的情感、散发的气息，是如此丰富而神秘。世界和人心的多姿，辐射在诗的氤氲之间。

大卫·哈森在诗中揭示着人生的秘密：“秘密人生里仅名字相同/那儿对的房子在错的街上/那儿咖啡馆挤满和他们貌似不同的人/那

儿声音含混断裂 / 在像素化的世界里，他们触摸着走。”

郑愁予在花开的瞬间听见了人间的惊喜，也听见宇宙的叹息：“此际我是盲者 / 聆听妻女描叙一朵昙花的细细开放 / 我乃向听觉中回索 / 曾录下的花瓣开启的声音 / 且察得星殒的声音 / 虹逝的声音 /……我又反复听见 / 月升月没。”

颜艾琳用她的诗把春花烂漫的大千世界揽入读者的视野：“樱花梅花桃花李花杏花都是灿烂的春花 / 天空跳得更高，撷取更清澈的蓝 / 野草往地平线跑向更远，让绿色辽阔如海……”

张如凌用自己的诗探索着灵魂的守候：“崇高不在天地间繁衍 / 在人的灵魂中游走 / 一种精神追逐 / 孤寂中守候千帆过尽。”

张烨也有铭心刻骨的诗句：“为了你的愿望我将继续活下去 / 我就是你。”这是恋人间的呓语，也是诗人对诗的倾诉和期许。

田原的诗中有树，树长成了他的诗，不管是枯枝还是绿荫，都是诗的奇妙意象，“枯枝是世界的关节 / 在寒流中冻得咯吱作响”“没有树 / 我只能回忆鸟鸣留下的浓绿 / 没有树 / 我只能祈祷树在远方结出果实”。树也许不在身边，不在诗人的眼帘中，然而它在诗中成长。我们在诗人文字中感受到的，是诗歌蓊郁的浓荫。

姜涛是这次诗歌节受邀诗人中最年轻的一位，一个大学教授，他的诗心并没有耽留在校园中，我在他的诗行中读到了当下中国年轻人的生活。他的诗中，有现代生活的种种道具——电脑、冰箱、电视、电话、汽车、火车，也有生离死别，有现实中的欲望和焦虑，有岁月流逝的感伤，有熟悉而惆怅的枕边人。

诗人都是飘零的游子，天地宇宙，历史现实，都是诗人流浪寻觅的场所，然而不管游历在何方，不管走得多么遥远，诗人的心里都藏着一个珍贵之地，诗人的感情永远也不会背叛她。这个珍贵之地，是和母亲相连的故土，是灵魂的血肉故乡。杨炼在《和我一起长大的山》中写道：“天边重叠就像折叠进这里 / 嶙峋的内涵，每一步都埋在

山中 / 和我一起长大的是这道碧涛 / 从未停止拍打海上的眺望 / 我无须还乡，因为我从未离开 / 小小的命注定第一场雪下到了最后 / 不多不少裸出这个海拔，火石一敲 / 心里的洁白——再造我的亲人。”读这样的诗句，让人流泪。千百年前，人们读李白的“床前明月光”，读杜甫的“感时花溅泪，恨别鸟惊心”时，应该也会是这样的感动。无须还乡，绝非对故乡的背离，而是因为“从未离开”。杨炼的诗中，有这样一句“诗的名字里噙满远眺”，可以忽略这句诗的前引后缀，但仅这一句诗，就可以引出无尽的联想。

二十多年前，我曾参加一场关于网络的讨论，有一个大学教授在会上断言，网络将使文学发生革命，传统的写作思维和手段，都会被抛弃，会被虚拟的世界取而代之。诗歌也是如此。就像机器人战胜了围棋高手，将来可以用电脑代替人脑生出诗句，传统的诗人将会失业。我认为这是危言耸听。二十年过去了，这样的革命并没有发生，人们对文学的评判和期待，其实无关网络，而是取决于文字的魅力，取决于文中蕴藏的真情和智慧。这期诗歌特刊中，加拿大诗人凯喆安展示了他用电脑生成的文字，这是很前卫的实验，是否能引起共识，读者可自辨。但在逻辑无序的排列中，也有耐人寻味的文字，“日常生活所呈现出来的特质：他们一会儿欣赏自己充满权威，一会儿又优柔寡断，依赖别人……”

来自荷兰的巴斯先生在他的文章中罗列了诗歌的种种无用和无奈：诗歌不能果腹，不能挡雨水，不能让人大发横财，不能改变世界……然而文章的结尾处却忽发奇响，令人会心一笑，也心生共鸣：“诗歌的意境远高于每个单一的词汇表达。就像汇集于这本诗集中的诗歌一样，它不仅仅是一场无声的演讲，更是所有无法安睡的辞藻的呐喊。它凝聚了所有词汇的力量，生产出真正具有原创性的思想，优雅而狡黠，生机勃勃地穿越在梦想的灌木丛中。所到之处，那里便是一场色彩的盛宴，尖叫声中跌落一条彩虹；如此美丽无助，值得好生护在两颊之间。它潜力无限，既能模仿迁徙的鸟儿的叫声，又能凝聚起树叶上的阳光，还能和天上的云建立起关系。冰雪消融处，万物复苏，让我们突然想起那已经被遗忘了的真理。”

曾经有人说，上海不是一座产生诗歌的城市，上海是小说，是散文，是舞台戏剧，上海和诗格格不入。这样的谬论，早已被诗人们的实践否定。新诗在中国一百年的历史，也是新诗在上海一百年的历史。一百年来，无数诗人在这里生活、观察、体验，在这里寻找到诗意，并把它们凝固成文字，成为中国新诗发展的缩影。上海国际诗歌节，正是在继续证明着诗歌和这座城市水乳交融的渊源。

上海是一个古老的城市，也是一个年轻的城市，她的历史可以上溯到数千年前，但她被世界关注，也就是近代以来的事情。上海是中国和世界交汇交融的一个自由的港口，一个大舞台，一个让人产生无穷联想的现代化大都市。上海的大街小巷，犹如图书馆藏书库中幽长曲折的走道，路边的建筑，恰似典籍琳琅的书柜，书柜里那些闭锁的书本，正在被诗人们一本一本打开，用自己的诗歌大声阅读，世界听见了从黄浦江畔飞扬起的美妙诗情。

结束这篇短文时，想起阿多尼斯在上海发出的感叹：“薄暮时分，黄浦江畔，水泥变成了一条丝带，连接着沥青与云彩，连接着东方的肚脐与西方的双唇。”

2017 年秋日于上海

（本文为《2017 年上海国际诗歌节特刊》序言）

文学是人学

抬头，便看到那五个苍劲的大字：“文学是人学”。这是钱谷融先生为《上海文学》题写的一个条幅，十多年来一直挂在我的办公室。

2017 年 9 月 27 日晚上，刚过了一百岁生日的钱谷融先生在华山医院去世。他走得安静，没有一点痛苦，就像平时一样安然睡去。我接到杨扬的电话，和他从城市的两端同时赶到医院，钱先生还在病床上躺着。我握他的手，他的手柔软、温暖，和我平时和他握手一样。但他已经永远离去。

上一个星期，我们几个学生和朋友还在饭店和他一起聚会，庆贺他的生日。钱先生满面春风、兴致勃勃，笑着约我们过几日再聚。想不到几天后就住进了医院。我去医院看望他，他一个人躺在病床上，面色红润，气色很好。他的两只手上都插着管子，但还是和我握手。才讲了几句话，他就笑着说：“我很好，放心，没事。你很忙，来看看就好了，就待两分钟吧！”

才过了一天，他突然就走了，让人意外，让人悲痛。

钱谷融这个名字，是上海文学界的荣耀，也是中国知识分子的骄傲。他漫长的一生历经沧桑，饱受苦难，却从不悲观，始终保持乐观，保持着一颗赤子之心。他从不说违心的话，从不写不愿意写的文章。20 世纪 50 年代，他提出“文学是人学”，用最简洁明了的语言，道出了文学的本质。他的观点，曾经遭到粗暴激烈的批判，但他从来没有放弃自己的观点。经过岁月的冲洗，他的观点如金子一般越磨越亮。钱先生的著作不算多，但他的文章含金量高，他的文章见识不凡，没有废话，都是发自肺腑的睿智之言。我曾在一次研讨会上说，钱先生的著作，是以一当十，以一当百。他的名声，不是因为著述的数量，而是因为文章的质量，是因为深刻睿智的见识。

当钱谷融先生的学生，是莫大的幸运。在华东师大，钱先生是很受学生爱戴的教授，大家尊敬他，不仅因为他的学问，也是因为他的品格，是因为他那种虚怀若谷的态度。我是“文革”后恢复高考的第一届大学生，华东师大中文系对我有吸引力，就是因为那里有一批德高望重的教授：许杰、施蛰存、徐中玉、钱谷融等。能在课堂里听他们上课，真是令人神往。我们刚进学校时，钱先生的职称还是讲师，但他的名气比很多教授还大。我们上大学三年级时，钱先生才直接从讲师晋升教授。但是那时我们都不在乎站在讲台上的是讲师还是教授，而是在乎他们讲什么，在乎他们的水平。钱谷融先生上的是现代文学选修课，他的课大家很爱听，教室里总是座无虚席，还有同学从别的教室搬了椅子挤进来坐在后面。钱先生谈现代文学总是深入浅出，讲得很生动。他对话剧《雷雨》的分析，对鲁迅先生的《野草》的解读，让人耳目一新。在课堂上，他有时会突然停止讲课，有点不好意思地摇头微笑着说：“这些话，我已经讲过好几遍，重复自己的话，很没有意思。”听课的同学们以热烈的掌声来回报他。

我们这一批学生中，不少人热爱写作，钱先生很支持我们。孙颙在大学二年级时写了长篇小说《冬》，要去人民文学出版社改稿，钱先生知道了，很高兴，为他说情让他请假去北京。我在报刊上发表了新作，钱先生也曾赞许地对我说，不要放弃，好好写。1980 年年初，《文汇报》发表了我的一首诗《春天啊，请在中国落户》，表达了我当时的心情，那是历尽冬寒迎来春天后的喜悦，也是对未来的憧憬。诗歌发表的几天后，钱先生在文史楼前遇到我，笑着对我说：“在报上读你写春天的诗，很有意思。”我自知浅陋，是老师在鼓励我。大学毕业后，我和钱先生还时有交往，每次见面，他总是微笑着问：“丽宏，你最近在写什么啊？”他的亲切态度，一如当年在学校里对我的鼓励，使我感到温暖。

2003 年,《上海文学》五十周年社庆，我请钱先生为杂志社题字，他笑着说：“我的字写得很差，写得多更要露马脚。”我说：“您就写‘文学是人学’这几个字吧！”钱先生用毛笔写了“文学是人学”五个大字，字字端庄有力，这幅字一直挂在我的办公室，这是老师的嘱咐，也是前辈的提醒。

钱先生为人宽容，生性豁达散淡，对世间的一切都看得透彻。他是一个热爱生活的人，爱读书，善下棋，喜美食，也喜欢和年轻人聊天。在长风公园，他每天拄着拐杖散步。我们经常一起聚会，在佘山脚下喝茶，在农家小院晒太阳，在湖畔下棋……一个活到一百岁的老先生，给世界留下的是他的智慧，是他年轻而有活力的精神，而更为可贵的是他对真理的坚守！钱先生的文学理想和生活态度，也正是文学刊物应有的追求。

过去的一年，对《上海文学》也许是寻常的一年，回溯一下，也有不少可以圈点的亮色。去年刊发的短篇和中篇小说，有名家力作，也有新人佳作。蒋子龙、马原、何立伟、刘庆邦、裘山山、林那北、须一瓜、王祥夫、荆歌等名家的小说，都引起读者的关注和好评。蒋子龙是《上海文学》的老朋友，夏日在安徽相遇，我向他约稿，他爽快答应。蒋子龙的《乔厂长上任》，曾风靡一个时代，是中国当代文学中的重要坐标之一。最近这些年，未见子龙先生发表新的短篇小说，其实我在约稿时心里并无得到他小说新作的奢望。想不到子龙先生很快发来了他的短篇小说新作《暗夜》，真让我有意外的惊喜，也为老朋友的一诺千金而感动。读《暗夜》，感觉惊心动魄，远在万里之外的一次沉船事故，牵动着无数人的神经。有读者评论，读这篇小说，仿佛看到了雨果长篇小说《九三年》中的那条沉船。可以不沉的巨轮，慢慢沉没在夜海之中，沉船引起的漩涡，反照出世态的诡异和人心的曲折。蒋子龙宝刀不老，让人击节叹赏。

本刊的专栏，继续受到读者的欢迎。去年，杨炼的专栏“诺日朗”，吸引了很多读者的眼球。诗人对往事的回忆，率性而真诚，也有对我们共同经历的这个时代的反思。张辛欣的专栏也是独具个性的，她的文字，不断地为读者展现了一个生活在海外的中国作家的深入观察和多维思考。去年夏天，我去北京参加国际书展，有机会和一批外国汉学家交流。莫言和数十位来自世界各地汉学家的一场对话，是这次国际书展最引人瞩目的活动，一个中国作家被这么多外国汉学家围绕着，这也许是中国文学史上的第一次。我旁听了这场交流，汉学家们对莫言的钦敬，莫言应答时的睿智大气，给人留下深刻的印象。本刊以《故事沟通世界》为题，刊发了莫言和汉学家交流的全场对话实录。这样的对话，让人深刻地体会到：中国文学走向世界，已不是一句空话。

去年，本刊也发表了很多年轻新人的作品，《上海文学》的微信公众号上定期推出新人新作，年末出了增刊专号。在手机上阅读本刊的新人新作，阅读短小的经典名作，已聚集起为数可观的年轻读者，这也是新时代令人欣喜的文学风景。

读者手中的《上海文学》2018 年 1 月号，和去年稍有变化。刊物的开本，比以前小了一些，这是很多读者的建议。但文字的容量，和以前一样。1 月号有不少值得推荐的佳作：宗璞先生的短篇《你是谁？》，以极短的篇幅，表达了博大的悲悯和怜爱；陈村的短篇《第一个苹果》，有出人意料的遐思。本期的短篇小说，篇幅精短，是我们的一种提倡。何立伟的中篇新作，也很可一读。专栏有了新的内容，陈丹晨的“钱寓琐闻”回忆钱钟书先生生前往事，殷健灵的“访问童年”展现不同时代人物的童年记忆，都是值得期待的文字。吉狄马加的诗歌新作，刘再复对《红楼梦》的思考，章念驰和周晓枫的散文，展现的是完全不同的心灵风景。

新的刊物就在你手上，请读者检阅，无须我赘言。

钱谷融先生去世后，钱先生的很多学生写文章怀念他。格非的文章题目是《逆来顺受，随遇而安》，读者看到这样的题目，都会想看一看，文章里究竟写了什么。我读了格非的文章，很感动，也引发深思。“逆来顺受，随遇而安”这八个字，是格非离开上海前向老师辞行时，钱先生送给他的。这是钱先生的风格，平淡的话，甚至是听起来带贬义的词语，在他的表达中却有了深邃、新颖的意思。此时此刻，我想着钱先生送给格非的这八个字，我觉得这也是送给我、送给《上海文学》的，我可以这样理解这八个字：“逆来顺受”，并非委屈逃避，不管是顺境还是逆境，都要坚持着往前走，尤其是在逆流中，也不能倒退，不能改变方向，而是要“顺受”，迎面而对；“随遇而安”，并非随波逐流，而是不管潮流和风向如何转换变化，都要以一颗恒常之心，保持着安静和操守，坚守理想和追求，用一句时髦的话来说，就是保持初心。做人、写作、办刊，都应该如此吧！钱先生曾经对我谈及他对巴金的看法，他说，“巴老的最可贵之处，在于他的真”。巴老创办的《上海文学》，就必须坚持这样的真。此刻，看着钱先生为《上海文学》题写的“文学是人学”，感觉到先生的气息是如此浓郁地向四周弥漫。他留下的精神财富，也是激励《上海文学》走向未来的一种动力。

2017 年 12 月 13 日于四步斋

（本文为 2018 年《上海文学》卷首）

海风和地气

在地球的任何一处岸边看海，眼前的景象都是差不多的，海总是那么蓝，蓝得深沉、发黑，和大海交界的天空则显得浅淡。水天一色的时候其实并不多。海面翻卷的浪花，如积雪溃散，永无休止。鸥鸟在海天间鸣叫，风中掠过的身影连接着海水和陆地。

两个月前，我和莫言一起，站在阿尔及利亚的海岸上，遥望着深蓝色的地中海。海上的景象不陌生，脚下的土地却是不熟悉的。我们寻访的地点，是一座名为提帕萨的古罗马城池，虽然只是一片废墟遗址，但可以从残壁断垣和兀立的廊柱间想见当年的繁华。

莫言站在海岸金黄色的岩石上，默默地看着蓝色的海，看着海潮在崖壁上飞溅起满天雪浪，想着自己的心事。我用手机拍下了莫言在海边沉思的镜头，却不知他在想什么。

阿尔及利亚总统给莫言颁发了一个荣誉奖，颁奖会嘉宾云集，场面很隆重。莫言在颁奖仪式上的讲话很有意思，他说，阿尔及利亚盛产椰枣，这里的椰枣有一千多个品种。小时候，在他的故乡高密，他也吃到过椰枣，他喜欢椰枣的甜蜜，并萌生一个念头，想自己种椰枣。他把椰枣核埋在家园的泥土里，期望椰枣核发芽长叶、开花结果。然而高密的水土无法哺养阿尔及利亚的椰枣，椰枣在高密种不活。不同的水土，培育出不同的植物长着不同的花树，这是自然规律。他由此谈到文学，谈到阿尔及利亚和中国不同的历史文化和文学传统，话题的转换风趣而自然。阿尔及利亚文化部长在随后的致辞中说，莫言的讲话，是文学家的表达，也是一个伟大作家的心声。由吃椰枣种椰枣而谈及文学的渊源，莫言的睿智让人佩服。

在阿尔及尔的海岸散步时，我向莫言约稿，希望他能为 2019 年 1 月号的《上海文学》写点什么。他想了想，对我说："我回去找找看吧！"

莫言言而有信，回国后不久，我的邮箱里收到了他发来的短篇新作《一斗阁笔记》。读这些新作，让人拍案称绝。里面包含十二篇短小说，短的才两百多字，长的不过四百来字，写的是家乡高密的故事，有古代的传说，有童年的记忆，也有形形色色的乡间人物故事。这些小说，让人联想起《聊斋志异》和《阅微草堂笔记》，却又完全不同于古人，这是一个当代作家对家乡、对土地、对生命和对世俗人性的描画与思考。这些短小说为读者呈现的故事，亦真亦幻，亦古亦今，庄谐相融，悲喜交加，精短的文字中蕴含着智慧，是含泪的笑，让人回味和叹息。《上海文学》的读者可以在新年第一期刊物上读到莫言的新作，自然会高兴的。

2012 年莫言去瑞典接受诺贝尔文学奖时，曾在斯德哥尔摩大学朗诵他发表在《上海文学》的短小说《小说九段》。莫言手捧《上海文学》朗诵的照片，曾在全世界流传，也使我们引以为荣。在阿尔及利亚时，我曾和莫言开玩笑，我问他："你在瑞典手持刊物朗诵，是不是在表达对《上海文学》的特殊友情？"他笑着告诉我，很多外国读者只读过他的长篇小说，有些人以为他不会写短篇。《上海文学》当年发表他的《小说九段》，很快就被翻译成英文和瑞典文，让一些国外的研究者因此改变了对他的看法。诺奖评委马悦然在接受记者采访时曾说："2004 年，《上海文学》刊登了莫言的短篇小说《小说九段》，我看完后立刻就翻译成瑞典文，还开始尝试自己写微型小说。从这篇文章开始，我就觉得莫言对文字的掌握能力非常好。"优秀的作家，能写长篇巨作，也能写好精微短篇。

2018 年 1 月号《上海文学》以短小说开头。短篇小说如何写得精短耐读，以极简的篇幅叙述故事塑造人物，并给读者深远的联想和启迪，以小见大，这既是短篇小说的魅力，也是对小说家们的一个挑战。对“微型小说”这样的提法，我的心里一直不太赞同，我认为短篇小说应该包括这类篇幅极短的作品，不必另外分为一类。所以我们以“短小说特辑”作为栏目的名字，“短小说”并非小说新类，还是短篇小说，只是强调其短。莫言的“一斗阁笔记”专栏，为读者提供了短小说的独特范例。本期的短篇小说新作中，几代作家联袂登场，给人琳琅满目的感觉。年过八旬的王蒙先生宝刀不老，不断有新的创造，本期刊登的新作《地中海幻想曲》洋溢着生机勃勃的气息，他在两篇短小说中剖示的人物心境，既有世道沧桑，更有强烈的生命活力。王蒙先生是《上海文学》的老朋友，这几年不断用新作支持我们，为刊物添辉增色。他用严谨的创作态度，用独具性格的生动文字，为后辈作家树立了典范。小白发在本刊的中篇小说《封锁》，今年刚获鲁迅文学奖，本期刊发了他的短篇新作《透明》，篇幅虽短，却延续着他特有的风格，本篇以扑朔迷离的情节和出乎意料的人物关系，对当代年轻人婚姻情感生活的曲折情状，进行了一种独到的表现和解析。班宇、艾玛和张怡微等人的短小说，也各有不同的气象，值得一读。

姚鄂梅曾是《上海文学》的小说编辑，当了专业作家以后，很安静地躲在城市一隅写她的小说。本期发表她的中篇新作《基因的秘密》，这是作家以缜密的心思对现实生活的洞察思考，“时世喧嚣多变，人性看似扭曲，其实仍有恒定因素存在，基因是科学名词”，这也是文学的意象和表达。小说中众多人物如劳蛛织网，诠释着基因之谜，让读者深思。

本刊的专栏，这些年来一直备受读者关注。张辛欣的专栏已延续多年，她从海外发来的文字，总是散发着锐利的光彩，是很多读者的期待。本期有她的《邪恶的孤独》，从很多看似琐屑的情景和数字中，让人窥见当今美国的世态和人心。“心香之瓣”专栏发了谢大光的《要走的路不会平坦》。这是一位资深老编辑对故人旧事的回忆，编辑对书和作者的深情，不会被岁月的风尘掩埋。“海上回眸”刊发裘小龙的《敏姨》，也是极为感人的文字，一个长辈生前死后的种种际遇，折射的是漫长时代的曲折跌宕，是人性的诡谲幽邃。裘小龙是我四十年前的诗友，这些年以英语写作风靡海外，读他这篇用母语写的新作，我在感动的同时也为老朋友高兴。在国外生活写作，或许永远无法使一个中国作家在精神上背离故乡。“万象有痕”是梁鸿鹰去年新开的专栏，真挚的文字，袒露的是一个文艺批评家的心迹和情思。

新年新刊，《上海文学》的很多老朋友都发来了新作，张抗抗、肖复兴、叶兆言、程光炜，读者可以在他们的文字中感受名家的风采。我们的“新诗界”，也将继续向读者展现中国当代新诗创作繁花盛开的景象。

前不久，我们刚刚为《上海文学》过了六十五岁生日。巴金先生在六十五年前创办这个刊物时，把追求文学理想作为办刊宗旨。三十年前，在巴金的客厅里，我曾经多次聆听他追忆往事。不管世风如何变化，讲真话，不媚俗，坚持文学应有的品格，这是巴金先生对我们的要求，也是能让这个老牌文学刊物保持旺盛活力的根本。我们一天也不敢怠慢和松懈！

2018 年 12 月 18 日于四步斋

（本文为 2019 年《上海文学》卷首）

青春啊青春

去年 9 月初，上海东方电视台的一位年轻导演将一段视频发到我的手机。看这段视频，让我心生波澜。视频拍摄于二十五年前，地点是在上海作家协会二楼的一个阳台上。画面中，八个作家聚集在阳台上一起唱歌，我是其中一个。我们唱的那首歌的名字是《青春啊青春》，20 世纪 80 年代初这支歌在中国大地广为传播，我们这代人都曾经哼唱过。“青春啊青春，美丽的时光，比那彩霞还要鲜艳，比那玫瑰更加芬芳。若问青春，在什么地方？她带着爱情，也带着幸福，更带着力量，在你的心上……”这样的歌词，现在看起来并不算美妙，但歌的旋律却深情动人。那是导演滕俊杰拍摄的音乐历史纪实片中的一个片段。那天，滕俊杰带着他的拍摄团队来作家协会，把上海作家协会的八个专业作家请到阳台上，让我们合唱这支歌。他说，你们随便唱就是。八个人，有赵长天、陆星儿、宗福先、王小鹰、叶辛、竹林、毛时安，还有我。我们有的坐着，有的站着，或放声或轻声地唱起来：“青春啊青春……”

视频中，我们看起来都是那么年轻。二十五年过去，青年时代经历的一切都已经成为遥远的往事，生命如流水，去而不返。更让人伤感的是，我们这辈人中已经有人离开这个世界。当年一起的歌唱者中，陆星儿和赵长天已经先后辞世，在视频中再看他们意气风发歌唱的样子，让人唏嘘。

电视台导演把这段视频发给我，是希望在七十周年国庆时录制一个节目，还是在这个阳台上，还是当年唱歌的这些人，一起来回顾往事，谈谈文学对于这个时代的意义。当年的八个人，现只剩下六个。和当年相比，额头上多了皱纹，两鬓添了白发，然而谈起青春往事，谈起我们一生钟爱的文学，大家的目光依然清亮、炯炯有神，青春仿佛又回到了身边。年轻的电视导演议论道：和文学打交道的人，青春会延长。

这个结论，也许让人怀疑。二十五年前一起唱歌的八个人，现只剩下了六个，先我们而去的两位就没有印证这样的结论。然而，谁能忘记那洋溢着青春活力的歌声呢！1990年，我去看望冰心，和她谈文学、谈人生，也议论社会问题，展望未来的中国。和她谈话，使我忘记了她是一个九十岁的老人，因为，她的感情真挚、思想犀利，她的精神状态中没有一点儿陈腐和老朽。从冰心的家里回来，我曾写过这样的诗句：“只要心灵不老，只要思想年轻，青春就不会离你远去”。

以上这些感慨，和《上海文学》似乎没有关系，但为今年的新刊写卷首时，我却想起了这些往事。岁月无情流逝，生命新老更替，人间无穷无尽的秘密都隐藏在其中，千百年来文学其实一直在描述这些秘密。让人欣慰的是，因为文学，世界是常新的，生命也可能因文字的流传而永恒。

前几日，收到莫言发来的短篇小说新作，他的短篇专栏“一斗阁笔记”在本期刊物上又和读者见面。莫言去年两次在本刊发表他的笔记小说，在国内外引起关注。本期刊发的十二篇小说，每篇都值得细细玩味，无论写人、记事、抒情，都生动独特，让人读而难忘。他去年答应我继续为《上海文学》写“一斗阁笔记”专栏，但稿子迟迟未来，我多次询问，他只是说“在写，正努力”。这半年中，他多次出国访问，还来回奔波照看卧床的父亲，我担心他没有时间写小说。在本期集稿的最后时刻，莫言还是及时发来了这十二篇短篇新作。发稿后，他又多次来信修改，对其中一些篇章字斟句酌，让我看到一个大作家内心世界的细致、真挚和坦荡。

《东瀛长歌行》，是莫言笔记新作中体例独特的一篇。几个月前，莫言曾经在微信中发我一幅书法长卷，书写的就是《东瀛长歌行》，洋洋洒洒写了一幅长达七米的行书手卷。他将此篇归入“一斗阁笔记”，我有些诧异。这是一首七言古风长诗，内容非常丰富，上天入地，溯古追今，记东瀛之行，谈书法艺术，忆文学人生，抒赤子情怀。当代小说家中难得有人写这样的文字。网上已流传其中的诗句：“竖子嘲我不爱国，吾爱国时句句火！”莫言前几日在发给我定稿后，随信关照：“长歌行请细读一下。”我对照他的书法长卷，细读了他新发来的长歌行，发现不少修改和添加的地方，都是让我怦然心动的文字，譬如：“自谦自嘲不自恋，自怨自艾不自贱。君子从来不好战，狗血唾面任自干。人生难得一次狂，嬉笑怒骂皆文章。挺我僵直病脊梁，反手举瓢舀天浆。后生切莫欺我老，踏山割云挥破刀。割来千丈七彩绸，裁成万件状元袍。”如此的坦诚和气魄，道出莫言的真率性情。

写到此处，又生出一些怀旧之想。大约是1985年夏日的某一天，在上海作家协会的花园里，遇到老朋友陈村，他劈头就问：“读过新出的《中国作家》吗？”我回答还没读过。陈村说：“去读一下，有一个叫莫言的，写了一篇好小说。”当天晚上，我读到了《透明的红萝卜》，从此莫言这个名字，再也无法忘记。那年莫言三十岁。

大约是在1995年夏天，《江南》杂志举办散文大赛，请我和老作家柯灵先生一起当评委，去浙江南浔读稿。为持公正，评委读到的参赛文章都被隐去了作者姓名。在来稿中，我发现一篇题为《仰望星空》的文章，眼睛一亮，文章从木星和彗星相撞引发感想，作者的文字在天文、地理、历史、人文和现实人生中自由驰骋，行文中的奇思妙想令读者惊愕。

我把这篇文章推荐给柯灵，柯灵读后说：“这个人文字特别，思路特别，想象不俗，是个很有才华的作家。”我们两人一致认为，这篇文章应该获大奖。评奖揭晓时才知道，此文的作者，是莫言。那年莫言四十岁。转眼过去了二十五年，莫言已在诗中自称“老夫”。然而在莫言的新作中，哪里有一丝半点儿的老态和暮气。本期刊发的作品，和去年第一期一样，还是以短小说打头，这是我们坚持的一种提倡。篇幅精微的短篇小说，以小见大，方寸间展现人性的幽邃和世间万千气象，写好不易。莫言的“一斗阁笔记”，为短小说写作树立了典范。

本期发表王尧的评论，对莫言的这些笔记小说做了深刻、精辟的解读分析，诚如王尧所言：“这些笔记小说用非常‘经济’的笔墨传达出一种蓬勃自然的自由状态。”“一斗阁笔记”在本刊已累计发表了三十五篇。莫言告诉我，他打算写一百篇。我已和他约定，余下的篇章，将在《上海文学》陆续刊发，请读者耐心等待。

文学的宗旨并非怀旧，而是创造和创新。这样的创造和创新，其实与年龄无关，只关乎心态、性情和才华。冯骥才的访谈，陈世旭的小说，南帆的散文，都是很生动的证明。本期刊发的诗歌中，有杨炼和宋琳的新作，两位都是诗坛骁将，也都是《上海文学》的老朋友。我和杨炼相识于20世纪70年代末，四十多年来尽管难得见几次面，但我一直关注他如喷泉一般不断喷发的诗情，这几年他在《上海文学》发表不少新作，广受好评。宋琳是我的校友，我在华东师大读书时，年轻的宋琳比我低两届，刚开始写诗，至今还记得他初见我时腼腆紧张的样子。老校友仍在以诗明志，真让人高兴。

又想起了好友赵长天，他在世时常来我的办公室，那时他是《萌芽》杂志的主编，经常交往年轻的文学爱好者。在我的堆满书刊信件的书桌茶几间，我们曾经很多次推心置腹地交谈。有一次，我问长天：“现在的年轻人，不成熟，似乎有些心浮气躁。对文学的未来，你担心吗？”长天这样回答：“我一点也不担心，我们当年不都是这样过来的吗？他们总有一天会取代我们，成为文坛的中流砥柱。其他的领域，也都一样。”

写这篇文章，想说明文学能永葆青春，但似乎通篇都是怀旧。常怀旧者，老之将至也。所以，今天我们唱《青春啊青春》，除了怀念青春，更应该相信青年，相信未来，相信青春的生命和力量会一直无穷地延续。

己亥冬月于四步斋

（本文为2020年《上海文学》卷首）

天涯同心

过去的这一年，悲欣交集，在人类的历史中将留下特殊的记忆。新冠病毒的突然袭击，搅乱了世界，改变了人类的生活。

我们戴上了口罩，处处保持着社交距离。阳光和以前一样明媚，天空也一样蔚蓝，但空气中弥漫着诡异的气息，风中飘散着令人不安的危险。在陌生的病毒突然袭来时，人类显得有些脆弱。无形的病毒，竟然使全世界都产生了惊恐和慌乱。然而生活还是要持续，日子还是要过下去。在这人心焦虑不安的非常时期，我们能做的是保证刊物能和以前一样保质保量准时出版，向读者展示文学创作的最新成果。病毒无法阻挡文学的传播。编辑部曾经有一段时间居家办公，但我们的编辑工作没有中断，刊物的印行和出版也没有受到影响。这是网络时代的奇迹，人与人不见面，却可以时时刻刻保持联系沟通。如果时光倒退三十年，这样的情景只能是幻想。

面对疫情，人类需要团结，需要互相鼓励，互相支援。然而随着疫情的扩散，刺耳的杂音也在泛滥。这样的时刻，文学是否能起到凝聚人心、沟通情感、寻求共识的作用？疫情之初，出现了不少“抗疫诗歌”，其中有真情之作，表达了人们面对病疫的真实心情。也有不少故作慷慨激昂的文字，让人产生反感，与其看这些不真实的豪言壮语，不如安安静静听着音乐思考。这几年，《上海文学》杂志社一直承担着上海国际诗歌节的组织工作，有人问：疫情之年，无法再把国外诗人请到中国，上海国际诗歌节还要不要举办？对这个问题的回答是明确的，上海国际诗歌节还是要继续办，这正是文学在这非常时期发挥作用的机会。我们为2020年的上海国际诗歌节定下了：“天涯同心”的主题，希望能汇集来自世界各地的诗人心声，能体现人类面对灾难时的团结和同心协力。2020年3月20日，我们向世界各地的诗人发出邀约，希望读到他们在这非常时期的诗作。

我写了一封约稿信。约稿信发出后，世界各地的诗人陆续发来了新作，发来他们为上海国际诗歌节录制的视频。他们的文字和声音，使中国的读者听到了人类的共同心声，而诗人的个性，使这样的心声有了各种不同方式的表达。

在第一批给我回音的诗人中，有来自巴黎的叙利亚诗人阿多尼斯，他为上海国际诗歌节发来了最新的诗作《天地之问》。阿多尼斯是名满天下的大诗人，今年九十岁了，收到他的新作，我很感动，也很自然地想起我和他交往中很多难忘的情景。阿多尼斯热爱中国，来过中国很多次，他的诗歌，在中国有众多读者。在上海，他参与的诗歌活动，总是有很多人闻讯赶来，聆听他睿智的演讲和深情的朗诵。他的两本汉译诗集《我的孤独是一座花园》和《我的焦虑是一束火花》，一版再版，在中国广为流传。前年秋天，我曾经作为嘉宾去南京先锋书店参加《我的焦虑是一束火花》的首发式，现场见证了中国读者对他的热爱。那次首发式结束后，他又去了黄山。他告诉我，他要写一首关于中国的长诗，题为《桂花》。我把我曾经写过的关于桂花的散文和诗交给翻译家薛庆国，请他翻译成阿拉伯语后转给阿多尼斯。在黄山，阿多尼斯多次发来他在山上拍的照片，他围着一条鲜红的围巾，陶醉在奇丽的山色树影和流云霞彩中，山风吹动他一头卷曲的白发。从黄山下来不久，他就写出了长诗《桂花》。去年的上海国际诗歌节，阿多尼斯又来了，在开幕式上朗诵了他长诗中关于黄山的篇章《请告诉我，黄山》，激情飞扬的诗情震撼人心，成为诗歌节的亮点。阿多尼斯多次对我说“我把灵魂留在了中国”。我从他源源不断的诗作中感受到了他的诚挚，并被他炽热的真情感动。

前年春天，我的诗集《疼痛》法译本在巴黎首发，阿多尼斯为诗集写了序，并多次赶来参加我的活动。在巴黎剧院的一场朗诵会上，他把我的一首题为《重叠》的诗翻译成阿拉伯语，并亲自上台朗诵。朗诵会当晚的聚会中，阿多尼斯提出一个让我意想不到的建议。他听说《疼痛》正在被翻译成阿拉伯语，即将在埃及出版，便说："我读过你这本诗集的法译版，熟悉其中的每一首诗。如果你同意，我可以为这本诗集的阿拉伯语译本做校对和润色工作。"看到我惊讶的表情，他又说："我不需要报酬。如果译者觉得我的参与有损他的自尊心，我可以不署名。"他用他惯有的亲切优雅的微笑，回应我的惊愕和感激。我不敢想象，一位年近九十的大诗人，会以这种慷慨无私的方式帮助一个中国同行，这是诗人间最纯真的友情。

阿多尼斯这次发来的新作《天地之间》，是一首寓意深刻的长诗。他在诗中写道："新冠病毒袭来时 / 蒙蔽或掩盖世相鸿沟的阴云已经散去 / 明天的世界将会是何种模样 / 谁也无法以一己之力号令人类 / 哪怕你自以为是世界的霸主 / 你自以为是地球的核心和肚脐 / 留在史书中只有狂妄自大的笑话……"他在诗中对疫情防控期间世界出现的怪相发出一连串的诘问，伴随着他刀锋一般犀利的思考。诗的结尾，含义深长："一场'小小的'流感 / 把整个世界关进了'通用'监狱 / 我们都在这个普通事件的现场 / 从数不清的栅栏和窗洞中 / 窥见神的冷漠和人的慌乱 / 我们听到从四面八方传来的诘问 / 这真的是人类吗？/ 他真的是那个人吗？"

我们在《上海文学》上为"天涯同心"开辟了专栏，连续三期刊发来自世界各地的诗人们的新作。这在本刊史无前例，但相信会在读者记忆中留下深刻的印象。专栏中，还有很多让人难忘的诗篇，如塞尔维亚诗人德拉甘·德拉戈洛维奇的组诗《关于新冠的思考》，面对疫情中出现的种种诡异和苦痛，诗人得出的结论让人共鸣："这场新

冠疫情 / 也揭示了我们早就应该明白的一个道理 / 无论我们有多么不同 / 人类是一个共同体 / 我们的命运都连在一起。”英国诗人大卫·哈森的《休止符》，为读者描绘了疫情带来的令人心惊的寂静：“你想离开：但你迈出第一步就已失败 / 你想大喊：那声音却被舌尖困缚 / 那寂静是骸骨的静，夜开花的静，被遗忘已久的 / 事物的缺席，石头失去的言语……”然而，世界并非一派死寂，阿根廷诗人恩里克·索利纳斯和墨西哥诗人马加里托·奎亚尔的诗中发出了美妙的声音，那是永不消失的鸟儿的歌唱，是飞翔在不同语言之上的诗人心声。爱尔兰诗人托马斯·麦卡锡在诗中深情宣示：“让我告诉你，这场新冠肺炎疫情 / 将在爱逝去之前结束。”两位韩国诗人对现实和未来的描述和瞻望，展示的是希望之光：“黑暗和光明的鸿沟模糊不清 / 因为光明从至暗的深渊中渗透出来 / 不幸和幸福的鸿沟被填平 / 因为在最深的不幸中幸福逆势而生”。（金具丝）这些诗篇，不仅发表在我们的刊物上，在诗歌节期间，还通过网络，传播到世界各地。

祈愿新的一年为人类带来希望，祈愿生命的力量会战胜病疫。相信文学可以见证这一切！

庚子冬月于四步斋

（本文为 2021 年《上海文学》卷首）